Nebahat Ercan

# Mein Leben als Türkischlehrerin in Deutschland

Edition HAV

*Bibliografische Information der Deutschen Nationalbibliothek:
Die Deutsche Nationalbibliothek verzeichnet diese Publikation in der Deutschen Nationalbibliografie; detaillierte bibliografische Daten sind im Internet über http://dnb.dnb.de abrufbar.*

Mein Leben als Türkischlehrerin in Deutschland
© 2016 Nebahat Ercan

Herstellung und Verlag:
BoD –Books on Demand, Norderstedt

ISBN: 978-3-741282-79-9

# Inhalt

| | |
|---|---|
| Vorwort | 9 |
| Einleitung | 15 |
| Ein Einblick in meine Kindheit | 17 |
| Meine ersten Schritte auf dem Weg zur Lehrerin | 20 |
| Der Geruch Deutschlands begann mit der Ehe | 24 |
| Der Beginn unseres Lebens in der deutschen Stadt Hamburg | 28 |
| Meine Einreise nach Deutschland als Arbeitnehmerin | 42 |
| Die Ankunft in Hamburg als Arbeitnehmerin | 46 |
| Arbeitsantritt im Hotel | 49 |
| Unsere erste eigene Wohnung | 55 |
| Arbeitsantritt bei Valvo | 68 |
| Eine Woche im Krankenhaus | 72 |
| Meine Schwangerschaft und die Arbeit | 75 |
| Der zweite Umzug | 81 |
| Erste Muttergefühle | 82 |
| Urlaub in der Türkei | 91 |
| Die Geschichte vom Haare ziehen | 100 |
| Neue Entwicklungen in unserer Familie | 102 |
| Unser dritter Umzug | 107 |
| Mein Krankenhausaufenthalt | 109 |
| Die Geburt meines zweiten Sohnes | 118 |
| Türkeiurlaub mit kleinen Kindern | 120 |
| Meine Bewerbung als Lehrerin bei dem Generalkonsulat der Republik Türkei in Hamburg | 126 |
| Hochschulabschluss meines Mannes | 128 |
| Erster Krankenhausaufenthalt meines jüngeren Sohnes | 129 |

| | |
|---|---|
| Unser erster Türkeiurlaub mit dem Auto | 131 |
| Meine letzte Arbeitszeit in der Fabrik | 138 |
| Entlassung mit Abfindung | 140 |
| Die Geschichte mit meinem Führerschein | 142 |
| Mein Antrag bei dem Arbeitsamt | 143 |
| Meine Tätigkeit als Lehrerin in Hamburg | 145 |
| Die Unterrichtsfächer Lesen, Schreiben, Mathematik sowie entsprechende Seminare | 153 |
| Die Zusammenarbeit mit den deutschen Kollegen | 157 |
| Neue Entwicklungen in der Familie | 158 |
| Der Verkehrsunfall | 160 |
| Meine erste Schule in Hamburg-Altona | 165 |
| Die Erkrankung meines jüngeren Sohnes | 169 |
| Das neue Schuljahr | 187 |
| Das Unterrichtsfach „Lesen" | 189 |
| Das Unterrichtsfach „Schreiben" | 189 |
| Das Unterrichtsfach „Mathematik" | 152 |
| Die allgemeine Schulsituation | 193 |
| Einige deutsche Lehrer | 196 |
| Einige türkische Lehrer | 201 |
| Das Drama einer türkischen Familie | 205 |
| Einige Verantwortliche in der Türkei | 206 |
| Über den Unterricht hinausgehende Aufgaben (Sozialberatung und Dolmetschen) | 208 |
| Der familiäre Einfluss auf die Kinder | 210 |
| Wie meine Nichte zu meinem dritten Kind wurde | 215 |
| Die Geburt meiner Tochter | 217 |
| Die Menschen in schwierigen Zeiten | 218 |
| Militärdienst meines Mannes | 222 |
| Die Schule meines Sohnes | 224 |
| Noch ein notgedrungener Umzug | 228 |
| Kollegialität an der Schule | 229 |

| | |
|---|---|
| Meine Tochter kommt in den Kindergarten | 230 |
| Die Nachbarschaft | 231 |
| Die Geschichte mit dem Wohnungskauf und die emotionale Seite der Einbürgerung | 233 |
| Vorurteile gegen die Türkei und die Türken | 237 |
| Die Fächer Muttersprache und Islamische Religion | 239 |
| Auswirkungen der Arbeitslosigkeit | 242 |
| Sozialberatungsstunden | 243 |
| Unterricht mit der Schulaufsicht | 244 |
| Die vierjährige Schule | 245 |
| Der Stand der Zeugnisse | 247 |
| Schule für Kinder mit Lernschwierigkeiten | 249 |
| Die kollegialen Beziehungen unter Lehrern in Deutschland | 253 |
| Meine Tochter wird eingeschult | 257 |
| Meine Gesundheit leidet | 260 |
| Auswirkungen der türkisch-kurdischen Thematik auf die Schulen | 263 |
| Die Haltung der Gewerkschaft (GEW) | 267 |
| Einfluss moderner Technologien auf die Kinder | 269 |
| Als türkische Lehrerin in Deutschland | 271 |
| Appell an die Eltern | 276 |
| Maßstäbe in Erziehung und Ausbildung | 279 |
| Eine weitere Dimension des Erziehungsnotstandes | 281 |
| Die Ausbildungs- und Erziehungseinstellung der in Deutschland lebenden türkischen Eltern | 285 |
| Meine Pensionierung wegen gesundheitlicher Beschwerden | 289 |
| Nachwort | 292 |

# Vorwort

Die „Migration" ist im Grunde genommen ein Phänomen, so alt wie die Menschheit selbst. Gleichwohl stellte der Export von Arbeitskräften auf der Grundlage eines bilateralen Abkommens und unter der Aufsicht staatlicher Stellen Anfang der 60er Jahre in der Türkei ein Novum dar. Unsere Landsleute strömten aus den verschiedenen Teilen Anatoliens herbei und trafen am Bahnhof Istanbul-Sirkeci zusammen. Wenngleich sie aus freiem Willen gekommen waren, so wurden sie doch von gemischten Gefühlen begleitet. Ihre Gemeinsamkeit bestand darin, dass sie auf vielfältige Weise versuchten Trost und Ermutigung zu finden. Das Geräusch der Schienen, welches unmittelbar nach dem Zugpfiff ertönte, entriss sie nun ihrem Heimatland. Schon hatten sie, die sie kein anderes Land, außer ihrem eigenen kennen gelernt hatten, sich auf die Reise in ihr zweites Land gemacht...
Man reiste mit Tragenetzen und Koffern aus Holz. Eheleute, Kinder, Mütter und Väter: sie alle hatten ihre Liebsten zurückgelassen. War es denn nicht ohnehin nur für ein paar Jahre? Und hätten sie nicht auch eh in die größeren Städte umsiedeln müssen, wenn sie in der Türkei geblieben wären?
Doch die Reise, deren Dauer man auf ein paar Jahre geschätzt hatte, zog sich in die Länge und man durchlebte alle in der Natur der Migration wurzelnden Gefühle: die Bedrückung, die Traurigkeit, die Schwierigkeiten. Über die Trennungen, das Leben in der Fremde, die Heimat, die Kinder und die Sehnsucht zwischen Eheleuten sowie nach den Kindern wurden Gedichte geschrieben und Lieder gesungen:
> Deutschland, oh bitteres Land,
> niemals lächelt es mich an.
> Warum nur, man weiß es nicht,
> kehren manche nicht zurück.

Weder in dem Ziel-, noch in dem Herkunftsland der Migranten - und schon gar nicht auf Seiten der Migranten selbst – hätte man jemals vermutet, dass dieses „bittere" Land zur zweiten Heimat werden würde. Alles war fremd: der Zielort und die Sprache, die Arbeit, die sie erwartete und die Menschen. Auf der anderen Seite kannten auch die Gastgeber die Ankömmlinge nicht.

In Deutschland wurden sie vierzig Jahre lang „Gastarbeiter", in der Türkei hingegen „Deutschländer" genannt. Weder auf der einen, noch auf der anderen Seite war man sich dessen bewusst, dass man Tag für Tag immer tiefere gemeinsame Wurzeln entwickelte.

Ging man von Unterhaltungen oder von auf dem Papier gemachten Berechnungen aus, so wollte die Mehrheit der Ankömmlinge „im nächsten Jahr" zurückkehren. Dementsprechend wurden Pläne gemacht und alles wurde als provisorisch betrachtet. So wurden nicht einmal die gekauften Topf- und Geschirrsets benutzt. Man wollte sie nach der Rückkehr, in der Heimat benutzen. Also wurden die Schätze irgendwo aufbewahrt. So wurde bis zum heutigen Tage, tagtäglich erneut, alles aufgeschoben. Auch das Leben wurde aufgeschoben. In Deutschland sollte gearbeitet und in der Heimat das Erarbeiteten gelebt und genossen werden. Zum Genießen kamen jedoch die wenigsten.

In Deutschland blickt man heute auf eine vierzigjährige Geschichte der Arbeitsmigration zurück, während die Migrationsbewegung den Status der Migration erreichte. Die türkische Bevölkerung war hier einem ständigen Wandel unterworfen, in dessen Ergebnis die Identität des Dauerhaften angenommen wurde. 3,5 Millionen unserer Landsleute – davon 3 Millionen in den Ländern Westeuropas – führen auf fünf Kontinenten der Welt ihren Existenzkampf. In die Länder, in die sie gingen, nahmen sie auch ihre Kultur, ihre Lebensart, ihren Glauben und ihre Sprache mit. Vergleicht man ihre Zahl mit den Bevölkerungszahlen einiger europäischer Staaten, so stellt sie eine keineswegs gering zu schätzende Zahl dar. Die Migration ist kein leichtes Unterfangen, ebenso wie es nicht leicht ist, als Migrant zu leben. Doch wenn Du Deine Identität bewahren willst, ist alles umso mühsamer.

Sie veränderten nicht nur sich selbst, sondern wurden gleichzeitig Triebfeder und Zeuge bedeutender Veränderungen im wirtschaftlichen, sozialen und politischen Gefüge der Gesellschaft, in die sie gekommen waren. Äußerst verschiedene und vielfältige Kulturen, Menschen und Betriebe sind heute auf deutschen Straßen nicht zu übersehen. „Döner", „Yoğurt" und „Ayran" fanden ihren Weg nicht nur in die Esskultur des Landes, sondern auch in die Wörterbücher.

Erinnerungen niederzuschreiben ist nicht einfach, denn die Erinnerungen sind wie persönliche Eigenschaften eines Menschen. Sie kommen und wurzeln in einem. So gehört doch etwas Mut dazu, diese mit anderen Menschen zu teilen. Hierzu möchte ich meine Freundin Nebahat von ganzem Herzen beglückwünschen. Im Grunde genommen hat meine geschätzte Kollegin Nebahat Sakalli- Ercan, während sie ihre Erinnerungen niederschrieb, die Realität der Türken, des Türkischen und der Türkei in Deutschland wiedergegeben. Die Bemühungen im Bestreben, sowohl die türkische, als auch die deutsche Öffentlichkeit von der Bedeutung des Türkischunterrichtes in der Großraumregion Hamburg, sowie der Mehrsprachigkeit zu überzeugen und den Zusammenschluss der Lehrer voranzubringen, sind ein eigenes Unterfangen für sich. In diesem Buch werden sie eine idealistische Lehrerin sowie liebevolle Mutter kennen lernen, die Hand in Hand mit ihrem Mann und einem unerschütterlichen Glauben an sich selbst, mit vielfältigen gesellschaftlichen Unwägbarkeiten konfrontiert wird, mit diesen ringt, ihnen trotzt und gegen sie kämpft. Mit ihrer ständigen Selbstlosigkeit in ihrem Privatleben werden sie in der Autorin zudem ein Beispiel für Tausende von türkischen Frauen in der Fremde wieder finden.

„Das Leben einer türkischen Lehrerin in Deutschland" enthält Fragmente von uns und den unsrigen. Wiedergegeben wird die Geschichte derer, die ihren Platz innerhalb der Struktur der deutschen Gesellschaft eingenommen haben.

Diese Erlebnisse führen uns vierzig Jahre zurück in die Vergangenheit und verleiten uns ebenso dazu, Träume und Phantasien für die Zukunft zu entwickeln. Weitab von Beliebigkeit geht es hier um den Schmerz, die Not, aber auch um die Freude oder die Kontroversen, die die Migranten hier zu Hause, in der Schule, am Arbeitsplatz oder auf der Straße erlebten.

In der Summe all dessen tritt die „Geschichte der Türken in Deutschland" zutage. Durch die in den letzten Jahren immer häufigeren Erscheinungen erhalten diejenigen der ersten, bzw. zweiten Generation Gelegenheit ihre eigenen Erlebnisse Revue passieren zu lassen. Das Gelesene verursacht zeitweise ein bitteres Seufzen, manchmal aber auch ein glückliches Lächeln. Die Leser der dritten, vierten und kommenden Generationen werden sich indes ihren Wurzeln annähern können. Durch dieses Buch hat die Kollegin Nebahat einen der ersten Beiträge zur Migrantengeschichte der Türken in Deutschland geleistet und das auf eine anspruchsvolle Art und Weise.

In dem Land, in dem sich die Migration vollzieht, ist es einfach sich zu assimilieren oder unter die Räder der Gesellschaft zu geraten.

Schwieriger ist es, sich an das Land und die Gesellschaft in die man eingewandert ist einzugliedern, sich selber zu verändern und weiter zu entwickeln, während man nebenbei versucht seine Identität und seine Persönlichkeit zu bewahren. Diese Schwierigkeit bezieht sich auf den gegenseitigen kulturellen Austausch sowie auf die Kommunikation.

Heute existiert in Deutschland eine türkische Wirklichkeit. Es handelt sich hierbei nicht mehr ausschließlich um Arbeiter. Vielmehr besteht diese Realität nunmehr aus Menschen unterschiedlicher Schichten und Berufen (Ärzte, Anwälte, Arbeitgeber, Arbeitslose, Künstler, Investoren, Lehrer, Hausfrauen, u. dergl.). Es sind Millionen von Menschen, die ihre eigene Kultur leben und weiterleben lassen und doch gleichzeitig ein Teil der Gesellschaft sind, in der sie leben.

Man kann diese Menschen nicht einfach dazu auffordern, die Brücken zu ihrem Herkunftsland einzuschneiden und ihre Vergangenheit zu vergessen. Eine solche Einstellung, ein solches Verständnis – kurz eine Politik der Assimilation – wäre falsch.

Eine falsche Politik hingegen, führt zu bitteren Resultaten.

Viel wichtiger ist es, in einem Umfeld zusammenzuleben, das von gegenseitiger Zuneigung, Respekt, Verständnis und Toleranz geprägt ist und in dem jeder den anderen so akzeptiert, wie er ist.

Es gilt die Unterschiede als Reichtum und Schönheit zu betrachten.
Unter dem Titel „Das Leben einer türkischen Lehrerin in Deutschland" fasste meine geschätzte Kollegin Nebahat ihre Erinnerungen zusammen, wodurch sie der hier lebenden Gemeinde einen Spiegel vorhält und gleichzeitig Aufmerksamkeit erregt.
Türken neigen dazu, tagelang beisammen zu sitzen und zu erzählen. Doch wie heißt es in dem Sprichwort: Das Wort ist vergänglich, was bleibt ist das Geschriebene. Von äußerster Wichtigkeit ist es daher, das Erlebte nicht in Vergessenheit geraten zu lassen und es stattdessen in Form von Wissen, Dokumenten und Zeugnis für die Zukunft zu erhalten. Dafür, dass Nebahat dies realisiert hat, danke ich ihr.
Du hast Deine Pflicht erfüllt. Die Verwertung ist nun die Pflicht anderer.

Mai 2003<br>
Mete Atay<br>
Vorsitzender des ATÖF<br>
(Föderation der Vereine<br>
türkischer Lehrer in Deutschland)

# Einleitung

Immer schwerer liegt mir mein Schreiber in der letzten Zeit in der Hand; mein Schreiber, den ich seit Jahren nicht aus der Hand legte und der mir ein Bedürfnis war, ähnlich wie das Essen oder das Trinken. Ich war mir bewusst, dass der richtige Zeitpunkt gekommen war, um meine Gedanken, meine Gefühle, die Erlebnisse meiner in Deutschland verbrachten 29 Jahre zu Papier zu bringen und somit die Fragen der Meinigen zu beantworten. In Bezug auf die persönlichen Fragen hatte ich mich mit kurzen Antworten begnügt, jedoch bemerkt, dass dies weder mich, noch für meine Umgebung, in der man das Leben in Europa nicht kannte, zufrieden stellend gewesen war. Es gab Menschen, die noch vor mir in dieses Land gekommen waren. Durch meinen Beruf hatte ich die Möglichkeit gewonnen, deren Probleme und Lebensweise ein wenig kennen zu lernen. Vor vierzig Jahren hatte die Migration nach Deutschland begonnen, doch wie war diese Chronik verlaufen? Was wollte ich in diesem Land zustande bringen? Warum kam ich? Was habe ich gewonnen? Was habe ich verloren?
Was haben meine Landsleute gewonnen? Was haben sie verloren? Es gab viele, die über diese Themen schrieben. Es wird sie auch weiterhin geben und das hat seine Berechtigung, wenn wir es aus dem Aspekt heraus betrachten, dass wir eine historische Pflicht erfüllen. Nachdem jeder die Geschehnisse aus seinem Standpunkt heraus betrachtete und beobachtete, fühlte auch ich mich auf eine bedrückende Weise bemüßigt und verpflichtet, meine Beobachtungen dieser Gesellschaft mitzuteilen. Im Verlauf jeder Unterhaltung mit Menschen, die die Medien aufmerksam verfolgten, stellte ich fest, dass sie meinen Erzählungen mit Erstaunen und Verwunderung folgten. Für diejenigen, die für einen Zeitraum von lediglich drei bis fünf Jahren gekommen waren, hatte es sich nicht einfach gestaltet, sich nach vierzig Jahren in dem Land niederzulassen, in das sie einst eingewandert waren. Wenngleich der Grund meines Kommens anders gewesen

war, so war das Resultat doch das Gleiche. Ausgehend von all diesem beabsichtigte ich nicht zuletzt auch, eine Bilanz von dreißig Jahren meines eigenen Lebens zu ziehen. Auch wenn ich es als beschwerend empfunden hatte, zum Stift zu greifen, so glaube ich doch, dass es eine Aufgabe war, die ich zu erfüllen hatte. Ich glaubte fest daran, dass ich als Lehrerin dies zu bewerkstelligen hatte, denn anderenfalls hätte ich mich vor all den Menschen schämen müssen, die aus Anatolien kommend vierzig Jahre ihres Lebens in einem fremden Land verbrachten, dessen Sprache, Religion und Kultur sie nicht kannten.

Der Sinn des Geschriebenen besteht nicht etwa darin, die positiven oder negativen Seiten von Personen, Institutionen, Ländern oder Nationen zu präsentieren, sondern einzig darin, den Lesern die gelebte Wirklichkeit wiederzugeben. Das Leben der Türken in Deutschland und anderen europäischen Ländern ist vielen bekannt. Denjenigen, denen es nicht bekannt ist, wollte ich mit meinen Memoiren einen Ausschnitt aus dem Leben in der Fremde eröffnen.

Wenn ich aber daran dachte, wie unsere Menschen, für die schon das nächstgelegene Dorf die Fremde war, die das städtische Leben nicht kannten, und die hinter dem Pflug hervorkamen, um viele Kilometer in die Ferne zu reisen, wo sie elektronische Maschinen bedienten, und die sich noch abends in ermüdetem Zustand auf die Suche nach Hilfe machten, um ihren Lieben einen Brief in ihrer Muttersprache zu schreiben, wenn ich daran denke wie diese Menschen die vielfältigsten Schwierigkeiten meisterten, wenn ich an meine Schüler und deren Eltern dachte, war ich davon überzeugt, dass ich nun zu meinem Schreiber greifen musste um meine Erlebnisse niederzuschreiben, also das Schwierige zu bewältigen. Wenn ich dies bewerkstellige, werde ich zufrieden sein.

## Ein Einblick in meine Kindheit

Das Leben verläuft in verschiedenen Formen. Auch wenn es uns von Zeit zu Zeit erscheint, als hielten wir die Fäden unseres Lebens fest in der Hand, so stellen wir doch unversehens fest, dass wir in eine ganz andere, ungewollte Richtung getrieben werden. Ich selbst wurde im Jahre 1949 – sofern dies zutreffend sein sollte - zu einem ungewollten Zeitpunkt in ein ungewolltes familiäres Gefüge als sechstes Kind hineingeboren. Man hatte zunächst die ältere Schwester meiner Mutter mit meinem Vater verlobt, als die jedoch mit ihrem Liebsten durchbrannte, gab man meinem Vater dann meine Mutter zur Frau. In der Türkei der damaligen Zeit grassierte die Armut und hatte 90 Prozent der Bevölkerung im Griff. Soweit mein Vater erzählte, habe meine Mutter nach jedem Kind nach Wegen gesucht, um die Geburt eines weiteren zu verhindern. Auch habe sie intensiv versucht, sich meiner zu entledigen, trotz allem kam ich dann im Jahre 1949 zur Welt. Noch bevor ich anderthalb Jahre alt war, kam meine Mutter bei dem entschlossenen Versuch die Geburt eines weiteren Kindes mit aller Kraft zu verhindern ums Leben. Durch das Gebräu, das sie eingenommen und dessen Rezept ihr eine Nachbarin beschrieben hatte, hatte sie – wie viele anatolische Frauen auch - nicht nur dem Leben des Kindes, sondern auch ihrem eigenen ein Ende gesetzt. Zurückgelassen hatte sie meinen Vater mit sechs Kindern und zwei Greisen. In seinem Existenzkampf, den mein Vater bis weit über seinen achtzigsten Geburtstag hinaus führte, wurde er unterstützt von meiner Stief-Großmutter und meinem Großvater, der durch seine Erfahrungen aus den Kriegen über einen reichen Fundus verfügte.
Meinen ältesten Bruder verheirateten sie im Alter von sechzehn Jahren mit der zwölfjährigen Tochter einer Verwandten meiner Mutter, in der Hoffnung auf etwas Hilfe für die Alten. Allerdings hatten sie vergessen, dass es sich bei ihr selbst noch um ein Kind handelte. Jedes Mal, wenn ihr danach gewesen sei, habe meine

Schwägerin ihre paar Kleidungsstücke über die Schulter geworfen und sei schnurstracks in ihr Dorf gelaufen, wo sie sich versteckt habe. Die unsrigen hätten sie dann jedes Mal ausfindig gemacht und wieder zurückgeholt. Somit hatten wir dann also das siebente Kind im Haus, wodurch der Überlebenskampf in Armut erneut erschwert worden war.

Als ich mein siebtes Lebensjahr erreicht hatte, holte unser Vater uns eine Mutter ins Haus, doch diese Mutter wiederum war so kränklich, dass sie sich kaum auf den Beinen halten konnte. Immer wieder wurde sie von Anfällen und Bewusstlosigkeit geplagt. Ich kann mich gut erinnern, dass die Familie auch häufig mit ihrer Krankheit zu kämpfen hatte.

Bevor meine ältere Schwester und ich morgens zur Schule gingen, hatte mein Vater stets eine warme Suppe oder den Tee zubereitet und ließ uns nicht das Haus verlassen, ohne dass wir etwas Warmes zu uns genommen hatten. Zeit seines Lebens war er für uns sowohl Vater, als auch Mutter gewesen.

Wie kann ein Mensch all diese Widrigkeiten ertragen? Kann man auch in einem solchen

Leben Freude empfinden? Ich selbst habe erlebt, dass es durchaus erträglich war und dass auch dieses Leben mit Freude verbunden war.

Es stellt doch einen bemerkenswerten Erfolg dar, trotz all dieser Schwierigkeiten zu erreichen, dass vier von sechs Kindern verschiedene Hochschulen besuchen und bei ihrem Zusammentreffen in den Ferien dazu beizutragen, dass sie Spaß und Freude empfinden.

Bei all dem beschriebenem Kummer hatte man sich in der Familie stets zur Seite gestanden. Mein ältester Bruder und meine zwei Jahre ältere Schwester bewirtschafteten im Dorf gemeinsam mit dem Vater und dem Großvater den Hof und trugen so zum Lebensunterhalt der Familie bei, wodurch auch ermöglicht wurde, dass die Geschwister Schulen besuchen konnten. Meine zweit- und drittältesten Brüder hatten ihre Schulen bereits abgeschlossen und waren der Familie sowohl in finanzieller, als auch in moralischer Hinsicht eine Stütze. Um ehrlich zu sein, war ich diesbezüglich diejenige, die am meisten in den Genuss der fami-

liären Fürsorge kam. Als ich mit zwölf Jahren die Grundschule im Dorf abgeschlossen hatte, wollten meine Brüder auch mir eine weiterführende Schulbildung ermöglichen. Kurzerhand wurde ich, während mein Vater- der dagegen war, dass ich zum Schulbesuch in die Ferne ging- im Garten Äpfel pflückte, von meinem jüngsten und mittleren Bruder entführt. So wurde ich dann bei meinem Bruder Nummer zwei an der Mittelschule angemeldet. Als ich dort die zweite Klasse erreicht hatte, meldete mich mein Bruder auf der Lehrerschule an, da er selbst Lehrer an einer dieser Lehrerinstituten war. Aus verschiedenen Gründen war ich am Ende dieser Klasse gezwungen gewesen, zu meinem anderen Bruder zu gehen. Mein lieber Bruder, bei dem ich die Schule begonnen hatte, war sehr traurig darüber gewesen, dass er mich hatte wegschicken müssen, doch die anderen Brüder hatten beschlossen, dass es so besser wäre. Auch der Bruder Nummer drei war Lehrer an den Lehrerschulen. Also wurde ich zu Beginn der dritten Klasse bei meinem dritten Bruder angemeldet. In der Klasse, die aus über fünfzig Schülern bestand, war ich das einzige Mädchen. Auch wenn ich in den ersten Tagen etwas betrübt gewesen war, gewöhnte ich mich doch im Laufe der Zeit an diese Situation. Der Mensch gewöhnt sich doch fast an alles. Abgesehen davon hatte ich auch keine andere Wahl, denn bei jedem Ferienaufenthalt zu Hause bedrängte mich mein Vater, ich solle doch nicht zurück an die Schule gehen und stattdessen bei ihm bleiben. Meine einzige Furcht war jedoch, dass man mich von der Schule nehmen könnte. Diese Furcht war es auch, die mich davon abhielt, weder meinem Bruder, noch meinem Vater, noch irgendjemand anderem davon zu erzählen, was ich erlebt hatte, während ich mich bei meinem ältesten Bruder aufhielt. Bei meinem Bruder Nummer drei blieb ich dann schließlich, bis ich Lehrerin wurde.
Am 30. Juni 1968 erhielt ich an der Hasanoğlan Lehrerschule mein Diplom. Wie mein geliebter Bruder Nummer drei und meine liebe Schwägerin es ausdrückten, hatte ich somit meinen Beruf erworben „den ich wie einen goldenen Armreifen für alle Zeiten trug und der mir unzertrennlich werden sollte". Für ihre

Geduld und Unterstützung werde ich ihnen auf ewig dankbar sein.

## Meine ersten Schritte auf dem Weg zur Lehrerin

Zum Schuljahr 1968 begann ich in dem Dorf Kese des Kreises Taşköprü in Kastamonu meinem Beruf als Lehrerin nachzugehen. Die Dorfbewohner, meine Lehrerkollegen, meine Vermieter, die Ältesten, die Schüler und die gesamte Bevölkerung – kurzum alle waren einfach fabelhaft zu mir. Wir hatten ein geradezu familiäres Verhältnis entwickelt. Ich beobachte und hörte auch, dass ihre Töchter sich bemühten, sich wie ich zu kleiden, auszudrücken und sogar zu bewegen. Die Familie und die Großeltern meines Kollegen, mit dem ich zusammenarbeitete, waren unvergessliche Menschen. Ich werde es mein Leben lang nicht vergessen, wie sie sich meiner angenommen hatten. Als wäre ich ihr eigenes Kind gewesen. Die Bewohner dieses Dorfes, die – aus verschiedenen Gründen - zuvor alles in ihrer Macht stehende getan hatten, um meine beiden vorangegangenen Kolleginnen aus dem Dorf wegzuschicken, hatten mich in ihr Herz geschlossen. Ich hatte mir ihr sympathisches und herzliches Verhalten lieb gewonnen und kann mich bei ihnen gar nicht genug bedanken. Dennoch war es nicht in Ordnung und unverständlich, wie diese Menschen, die sich mir gegenüber so tolerant und gastfreundlich verhielten, sich derart unerbittlich meinen Vorgängerinnen gegenüber verhalten hatten.
Der „Onkel" Gemeindevorsteher, dessen Haus ich am ersten Tag meiner Ankunft im Dorf aufgesucht hatte, hatte mich über den Verbleib meiner Kolleginnen aufgeklärt. Er war ein äußerst gewitzter Mensch und indem er mir von den Ereignissen berichtete, verstand er es, mir die entsprechende Botschaft zu vermitteln. Er wollte mir verständlich machen, dass in diesem Dorf bestimmte Regeln herrschten und wenn ich diese beherzigte –

wie beispielsweise die Lehrerin, die vor Jahren gekommen und jemanden aus dem Dorf geheiratet hatte – würde ich von allen geachtet werden. Sollte ich mich aber wie die Vorherigen verhalten – hiermit meinte er die zwei jungen Lehrerinnen, die vor mir dort gewesen seien – dann werde man innerhalb kürzester Zeit einen Weg finden, um mich wieder wegzuschicken. Doch ihre Regeln waren mir nicht fremd: Da ich selbst aus einem Dorf stammte, wusste ich für mein Alter recht gut, wie ich mit diesen Regeln umzugehen und auf welcher Ebene ich die sozialen Beziehungen zu pflegen hatte. Ich würde weder alles tun, was sie von mir erwarteten, noch ihren Verhaltenskodex vollends ignorieren. In Anatolien sind die Menschen überall gleich: sie erkennen sehr schnell, wer ihnen Zuneigung und Respekt entgegenbringt und verstehen sich auf ihre Arbeit. Kommt man ihnen entgegen, so revanchieren sie sich mehr als Genug. Auch wenn sie sich unverständig geben, so differenzieren sie das ihnen entgegengebrachte Verhalten doch sehr genau.

Später hatte ich dann im Detail von den Ereignissen erfahren: neben dem ignoranten Verhalten meiner Kolleginnen kam hinzu, dass die Dorfbewohner zwei Lehrer in das Dorf holen wollten, die selbst von diesem Dorf stammten. Zu diesem Zweck waren eines Nachts, als die Lehrerinnen nicht zu Hause waren, zwei Personen mit schlammigen Schuhen in ihr Haus gegangen, um diesen einen Schrecken einzujagen. Die Lehrerinnen waren somit verängstigt worden, hatten ihre Versetzung beantragt und das Dorf verlassen. Auf diese Art und Weise hatten die Dorfbewohner es bewerkstelligt, dass ihre eigenen Leute als Lehrer in dieses Dorf versetzt wurden, wenngleich sich die Dinge nicht ganz so positiv entwickelten, wie sie sich zuvor erhofft hatten. Während die beiden Verwandten und ehemaligen Schulkameraden sich in den Anfangsmonaten gut verstanden, so verschlechterte sich im Laufe der Zeit ihr Verhältnis aus verschiedenen Gründen und es kam zwischen ihnen und ihren Familien zu Differenzen. Am Ende hatte der Verwandte des Einen den Bruder des Anderen getötet. Zurückgeblieben waren zwei Kinder, eine bedauernswerte Frau und die greisen Eltern. Der andere Lehrer bat dann um seine Versetzung und verließ mit diesen das Dorf. An dessen

Stelle war ich dann ins Dorf gekommen. Zeitweise hatte es mich emotional sehr stark belastet, in einem solchen Umfeld zu arbeiten, denn es war alles noch sehr frisch und die Kinder des Getöteten gehörten zu meinen Schülern. Die Kinder und deren Familie wollten den anderen Lehrer, der ebenfalls aus dem Dorf stammte und mit mir zusammenarbeitete, nicht sehen und wollten, dass er ebenfalls aus dem Dorf verschwinde. Bei jedem Zusammentreffen griffen sie ihn an. Somit war ich von Zeit zu Zeit gezwungen, zu schlichten oder zu beschwichtigen. Man kann sich also vorstellen, dass es für jemanden im Alter von achtzehn Jahren nicht leicht war, in einer derartigen Situation zu arbeiten.

Trotz allem arbeitete ich drei Jahre lang in diesem entlegenen Dorf. Während ich den Bewohnern bei allen Schwierigkeiten zur Seite stand, ließen diese mich wiederum auch niemals im Stich. Ich weiß nicht, ob Sie es nachvollziehen können, aber in den folgenden Jahren habe ich nie wieder so viel Freude an meiner Arbeit verspürt, wie in diesem Dorf. Es gab keine Opfer, zu deren Erbringung die Familien nicht bereit gewesen wären, um ihren Kindern eine Schulbildung und das Erlernen eines guten Berufes zu ermöglichen. Obwohl sie kaum über Möglichkeiten verfügten, leisteten sie doch alle erdenkliche Unterstützung.

Als Beispiel möchte ich Ihnen von einem meiner Arbeitsprojekte berichten: Im ersten Jahr meines Dienstantrittes bereiteten meine Schüler und ich uns mit Folklore-, Tanz- und Chorproben auf die Feierlichkeiten zum 23. April, dem Feiertag der Nationalen Souveränität und dem Feiertag der Kinder, vor. Wir hatten zwar schon fleißig geprobt, doch es war mir nicht gelungen, einen Ort für die Aufführung zu organisieren. Als ich meinen Kollegen fragte, ob man nicht einen geeigneten Ort für die Aufführung bereitstellen könne, nahm man sich umgehend meines Anliegens an. Daraufhin wurden binnen kürzester Zeit, dank der großen Unterstützung der Dorfbewohner, eine Bühne und Sitzgelegenheiten organisiert und das Ergebnis war einem Freilichtkino recht nahe gekommen. Gemeinsam mit den Müttern und den jungen Mädchen hatten wir Kostüme und Pluderhosen für die Folkloreaufführung genäht. Sie hatten mich tatkräftig unterstützt, wann immer ich Bedarf anmeldete. Der Großvater, dem sein geliebtes Pferd zu schade war, als dass er es irgendjemandem ausgeliehen hätte, pflegte mir stets zu sagen „Dieses Pferd züchte ich nur, damit Du es reiten kannst". Ich war die Einzige, die darauf ausreiten durfte. Der andere Großvater, der schon im Befreiungskampf mitgekämpft hatte, hatte erfahren, dass ich von Zeit zu Zeit die Frauen und die jungen Mädchen des Dorfes zu mir einlud. „Tagsüber plagst Du dich mit ihren Kindern ab und abends mit ihnen selbst. Es ist doch schade um dich." Ich hatte sie alle sehr lieb gewonnen und bin ihnen allen zu Dank verpflichtet. Ich kann nicht beschreiben, wie viel Freude es mir gemacht hat, mit diesen Menschen und ihren Kindern zu arbeiten. In den nachfolgenden Jahren hat mir diese harmonische Art zu arbeiten – im Einklang mit Mutter, Vater und Schülern – immer gefehlt.

Im ersten Monat des Jahres 1970, während ich in diesem Dorf im Dienst war, verlobte ich mich mit meinem jetzigen Ehemann, der mein Klassenkamerad aus der Lehrerschule war. Da er zum damaligen Zeitpunkt als Student in Deutschland war, wurde mir der Verlobungsring in seiner Abwesenheit stellvertretend durch seine Eltern und meine Familie angesteckt. Der „Onkel Gemeindevorsteher" hatte es sich nicht verkneifen können zu sagen, „Wir wollten Dich aus diesem Dorf eigentlich nicht mehr weggehen lassen. Da Du es aber von vornherein anders beschlossen hast, akzeptieren wir es. Wir wünschen alles Gute."

Mein Kollege hingegen hatte mich mit den Worten aufgezogen „Die Frau Lehrerin hat noch nicht einmal so viel Geld eingebracht, wie die Mädchen vom Kiraz Berg." Damit meinte er, dass eine Lehrerin zu jener Zeit mehr Wert sein müsste, als ein einfaches Mädchen aus dem Kiraz Berg und erinnerte mich daran, dass für mich kein Brautgeld gezahlt wurde.

In der Tat war es damals in dieser Region so, wie in vielen anderen Regionen Anatoliens auch, dass bei Hochzeiten ein hohes Brautgeld von der Familie des Bräutigams gefordert wurde, wodurch es vielen jungen Leuten erschwert wurde, zu heiraten.

Mein viertes Jahr als Lehrerin begann ich dann in meinem eigenen Dorf. Ich will Ihnen an dieser Stelle den Grund hierfür nicht vorenthalten, da ich ihn selbst für recht interessant halte: damals war ich das erste Mädchen aus meinem Dorf gewesen, das nach der Grundschule eine höhere Ausbildung absolvierte. Es war in meinem Dorf nicht so gern gesehen, dass Mädchen einer Ausbildung nachgingen. Als unsere Nachbarn aus dem Dorf jedoch auch nach meinem Schulabschluss nichts Negatives an meinem Verhalten feststellen konnten und andererseits auch einsahen, dass sich die Zeiten änderten, setzten diese Skeptiker nun ihrerseits selbst alles daran, um auch ihre eigenen Töchter studieren zu lassen. Darüber hinaus hatten sie erfahren, dass einige meiner Schüler die Zulassung zur Lehrerschule erreicht hatten und wollten nun, dass ich in unserem Dorf ihre Kinder unterrichtete. Daraufhin hatte ich – ohne größere Erwartungen – einen Antrag auf Versetzung gestellt. Dieser wurde dann zugelassen und ich wurde zum Dienst in mein eigenes Dorf versetzt. Es war mir damals nicht leicht gefallen, mich von meinen Schülern und Dorfbewohnern, die ich alle lieb gewonnen hatte, zu trennen. Als ich fünfzehn Jahre später gemeinsam mit meinem Mann das Dorf besuchte, hatte dieser gestaunt: „Fehlte nur noch, dass sie Deine Ankunft vom Minarett der Moschee ausrufen lassen. Warum bist Du nicht schon viel früher zurückgekommen, wenn man Dich hier so sehr schätzt?". Meine Dienstzeit in meinem eigenen Dorf hatte leider nur fünfzehn Tage gedauert.

## Der Geruch Deutschlands begann mit der Ehe

Auch ich musste mich auf den Weg machen. Zu einem völlig unerwarteten Zeitpunkt musste ich notgedrungen mein Dorf verlassen und mich um die Hochzeitsvorbereitungen kümmern. Da meinem Verlobten nur eine kurze Urlaubszeit zur Verfügung stand, reisten wir umgehend nach Ankara, um die Eheschließungsformalitäten einzuleiten. Am 16. Oktober 1971 heirateten wir und spätestens ab diesem Datum hatte sich für mich abgezeichnet, dass ich in Deutschland leben würde, ohne möglicherweise jemals wieder für immer in mein Land zurückkehren zu können. Niemals hatte ich in Erwägung gezogen, ins Ausland zu reisen, geschweige denn dauerhaft dort zu leben. Dennoch verbrachte ich 31 Jahre meines Lebens im Ausland. Ab hier sollte ich feststellen, dass mein Leben in immer schwierigeren Kurven verlaufen würde.

Am ersten Tag meiner Ehe, also dem 17. Oktober 1971 machte ich mich auf den Weg zu meiner neuen Familie. Zum ersten Mal war niemand aus meiner eigenen Familie bei mir. Gemeinsam mit meinem Mann und dessen Verwandten, die für die Hochzeit angereist waren, fuhren wir nach Antalya. Der jüngste Onkel meines Mannes mütterlicherseits, mein Mann und ich verbrachten die Nacht in einem Hotel in Burdur. Als ich am nächsten Morgen aus dem Fenster sah, erblickte ich die durch das Erdbeben verwüsteten Häuser und war froh, dass ich diese nicht bereits am Abend gesehen hatte. Anderenfalls wäre ich nicht nur erschöpft, sondern auch wegen der Erdbebengefahr beunruhigt gewesen. Die Anderen waren nach Antalya weitergefahren.

An diesem Tag hatten wir die in Burdur lebenden Verwandten meines Mannes besucht. Es handelte sich hierbei um zwei Schwestern, deren Männer in Deutschland waren und die mit ihren kleinen Kindern zusammenlebten. Sie beklagten sich darüber, dass ihre Ehemänner nicht auch sie zu sich nach Deutschland nachholten. Außerdem fragten sie den Onkel, der bei uns war, bedeutungsschwer, warum dieser noch immer nicht verheiratet sei. Schließlich würden selbst bereits Verheiratete, die nach Deutschland gingen, noch einmal heiraten. Als der Onkel antwortete, die dortigen Frauen würden nicht so gerne Ledige heiraten, sondern zögen bereits Verheiratete vor, versuchte ich zu begreifen, worum es hier eigentlich ging. Ich hatte bereits von einigen Problemen des Lebens in Deutschland Wind bekommen.

Am gleichen Tag fuhren wir weiter in das Dorf, in dem mein Mann geboren worden war. Während der Fahrt ins Dorf hatte der Onkel ein Kopftuch gekauft, das er mir mit dem Hintergedanken, dass es nicht richtig wäre, wenn ich mit unbedecktem Haupt unter die Augen der Großväter und Großmütter im Dorf träte, als Geschenk zugedacht. Obwohl ich es eigentlich nicht tragen wollte, nahm ich sein Angebot schließlich doch an, da ich ihn nicht verletzen wollte. Der Onkel war eine Persönlichkeit, die man nicht brüskieren sollte, im Gegenteil: durch sein einnehmendes Wesen übte er eine beeindruckende Wirkung auf seine Umgebung aus. Er wurde daher allerorten „Efendi" („Geehrter Herr") genannt. Ich werde ihn in diesem Buch noch häufiger erwähnen.

Im Dorf angekommen fand ich Gelegenheit, die Großmütter, Großväter, sowie zahlreiche weitere Verwandte meines Ehemannes kennen zu lernen, die alle miteinander äußerst warmherzige Menschen waren. Doch auch hier stellte ich fest, dass den Frauen des Dorfes die Sorgen über Deutschland ins Gesicht geschrieben standen. Aus meinem eigenen Umfeld war bislang noch niemand nach Deutschland gegangen, so dass ich mit den Nöten dieser Art noch keine Bekanntschaft gemacht hatte. Allerdings hatte ich Ähnliches in dem Dorf, in dem ich meinen ersten Dienst als Lehrerin absolviert hatte, bei den Frauen deren Männer nach Istanbul oder nach Ankara gegangen waren, miterlebt. Auch sie ersehnten stets, dass ihre Ehemänner sie zu sich nachholten, oder aber zu ihnen ins Dorf zurückkamen. Bereits am ersten Tag hatte es so manchen Unfrieden begründet, als die Frauen mit Erstaunen und auch ein wenig Neid zur Kenntnis nahmen, dass ich geradewegs mit meinem Ehemann nach Deutschland gehen würde. Wegen dieser Verstimmung waren auch die ersten Besuche eher bedrückend verlaufen. Diese Situation war nicht auf unseren dortigen Besuch beschränkt geblieben, sondern hatte sich vielmehr auch auf unsere spätere Zeit in Antalya und Deutschland hingezogen. Wir setzten uns so sehr bei den Problemen der von ihren Männern getrennten weiblichen Verwandtschaft ein, dass wir kaum unser eigenes Glück genießen konnten. Die Ehefrauen aller Onkel, die weiterer Verwandter und sogar meine eigene Schwiegermutter: sie alle wollten in kürzester Zeit zu ihren Ehemännern nachziehen und redeten daher von nichts Anderem. Ich wunderte mich, wie ungemein viele Menschen aus dieser Umgebung nach Deutschland gegangen waren und wenn ich ihnen zuhörte, fühlte ich mich, als wäre ich bereits in einem völlig anderen Land angekommen.

Damals beklagte man im Allgemeinen, dass die Nächsten zwar nur für ein oder zwei Jahre fort gegangen waren, doch nicht zurückkehrten, obwohl bereits fünf, sechs Jahre vergangen waren. Heute - nach über vierzig Jahren – stellen wir fest, dass eine Rückkehr nicht mehr zu erwarten ist. Wir haben am eigenen Leib erlebt und erfahren, dass diejenigen, die erzählten, „in der Migration gibt es keine Rückkehr" Recht behalten sollten. In Antalya waren wir einige Tage mit den gleichen Problemen, sowie unseren Passformalitäten beschäftigt und fuhren anschließend weiter nach Istanbul. Dort fanden wir Gelegenheit, unsere gemeinsamen Freunde von der Höheren Lehrerschule Çapa zu besuchen. Es war ein angenehmer Abend, den wir mit unseren Freunden, die wir seit vier Jahren nicht mehr gesehen hatten, verbrachten.
Mit dem Zug traten wir am 21. Oktober 1971 unsere Reise in Richtung Deutschland an. Sie sollte fünf Tage und fünf Nächte dauern und sich als äußerst beschwerlich erweisen. Zu groß war die Bedrückung darüber, dass man zum ersten Mal im Leben seine Liebsten und sein Land verließ, als dass man dies in Worte fassen könnte. Mir war bewusst, dass diese Trennung der gewichtigste Grund dafür war, dass diese Zugfahrt uns derart lang und beschwerlich erschienen war.
Ich habe hier ein äußerst knappes Resümee meines Lebens wiedergegeben, wie es bis zu diesem Zeitpunkt verlaufen war. Bis zu meinem zweiundzwanzigsten Lebensjahr war mein Leben nicht sonderlich einfach verlaufen. Ich wurde in einem Dorf geboren, verlor schon in frühen Jahren meine Mutter, lebte in mittellosen Verhältnissen, ging dann, ohne es wirklich zu wollen, langfristig ins Ausland und blieb dort. Ich musste alle erdenklichen Bürden auf mich nehmen, um eine Ausbildung genießen zu können. Vermutlich kann sich jeder ausmalen, dass die Stationen und die Hindernisse wesentlich vielfältiger waren, als hier geschildert. Zudem stellte es zu den Bedingungen der damaligen Zeit keineswegs eine Leichtigkeit für ein junges Mädchen oder eine Lehrerin dar, im Alltagsleben für sich selbst zu sorgen, oder auch zu reisen. Ich schließe nicht aus, dass ich in der Zukunft einmal meine in der Türkei verlaufene Lebensgeschichte niederschreiben werde, um diese auch den kommenden Generationen zu

vermitteln. Mit diesem Buch bezweckte ich allerdings primär, unser Leben in Deutschland zu schildern, weshalb ich es vorzog, die vorherige Phase eher kurz abzuhandeln.

## Der Beginn unseres Lebens in der deutschen Stadt Hamburg

Am 26. Oktober des Jahres 1971 kamen wir in Hamburg an. Was erwartete mich in Hamburg? Was würde ich hier machen? Würde ich hier weiterstudieren können, wie angedeutet wurde? Wovon würden wir leben? Würde ich hier die Gelegenheit bekommen, in meinem Beruf zu arbeiten? Diese und weitere ähnlich gelagerte Fragen hatten sich in meiner Gedankenwelt zu einem wahren Wust zusammengetan, wobei sich jedoch auf keine von ihnen eine klare Antwort abzeichnete. Ich fühlte mich, als würde ich völlig im Dunkeln tappen. In der Zukunft sollte ich noch ausreichend Zeit erhalten, um mich mit all diesen Fragen herumzuschlagen. Die Zeit verlief indes - ähnlich wie ein Fluss - mal in Geraden, mal in unvorhergesehenen Kurven, bahnte sich ihren Weg und gab uns immer neue unvorhergesehene Aufgaben vor.
Mein Mann hatte angekündigt, dass wir in einem kleinen Zimmer in der angemieteten 5-Zimmerwohnung seines Onkels väterlicherseits wohnen würden. In Hamburg angekommen, musste er jedoch feststellen, dass es sich bei dem Zimmer tatsächlich um einen provisorisch abgetrennten Teil des vom Onkel bewohnten Zimmers handelte. Hier hatte man uns ein Einzelbett und einen Schrank reserviert, während die andere Hälfte von ihnen bewohnt werden würde. Mein Mann war erstaunt und auch verärgert. Auch mir war sehr unwohl bei dem Gedanken mit dem Onkel in einem Zimmer zu wohnen, doch da alle weiteren Zimmer vermietet waren, hätte ich nichts ausrichten können. Angeblich habe der Onkel den Mieter des für uns vorgesehenen Zim-

mers nicht loswerden können und sich daher vorübergehend für diese Lösung entschieden.
Der Onkel lebte damals mit einer Frau zusammen, die etwa in meinem Alter war. Sie war ebenfalls als Arbeiterin nach Deutschland gekommen und - wie er selbst auch - in der Türkei bereits verheiratet. Der Onkel hatte eine 15 Tage alte Tochter mit ihr. Damals wurde eine Vielzahl derartiger inoffizieller Ehen geschlossen, die in vielen Liedern besungen wurden. Die meisten davon hatte seinerzeit die Künstlerin Yüksel Özkasap gesungen. Diese Frauen und Männer waren damals alleine aus der Türkei gekommen und – teils freiwillig, teils notgedrungen – Beziehungen dieser Art eingegangen, wie der Onkel es schon in der Türkei angedeutet hatte. Die Situation war so ausgesprochen kompliziert, dass es mir unmöglich ist, es in Worte zu fassen. Noch heute spüre ich von Zeit zu Zeit, wie sich die Sorgen der damaligen Tage fest in meinem Unterbewusstsein eingegraben haben. Ich begann zu begreifen, dass ich alles zu akzeptieren hatte, was man uns zudachte, da mein Mann kein eigenes Einkommen hatte. Wir durften also keine Zeit verlieren, um nach Möglichkeiten zu suchen, unsere derzeitige Situation zum Positiven zu verändern. Auch wenn es unter Betrachtung der gegenwärtigen Aussichten nicht einfach zu werden erschien, mussten wir das Schwierige einfach meistern.
Zu mir selbst sagte ich immer wieder, „entweder werden wir das Kamel durchs Nadelöhr bringen, oder aber dieses Land verlassen …". Auch wenn es nicht einfach gewesen war herzukommen, es würde uns um ein vielfaches schwerer fallen wieder zu gehen, ohne irgendetwas erreicht zu haben. Eine Woche nach unserer Ankunft reiste der Onkel zu seinem Jahresurlaub in die Türkei ab, während seine zweite Frau, die einmonatige Tochter und wir zurückblieben. Die Frau kümmerte sich die ganze Zeit über um ihr kleines Kind. Ich selbst war mit der Hausarbeit beschäftigt. Da das Semester angefangen hatte, besuchte mein Mann wieder regelmäßig die Universität. Währenddessen stellten wir bei der Ausländerbehörde einen Antrag, um für mich eine Aufenthaltserlaubnis zu erhalten. Wir hatten gehört, dass Antragstellern bei der Erteilung große Schwierigkeiten bereitet wurden, wenn der

Ehepartner kein eigenes Einkommen hatte. Um ehrlich zu sein waren wir recht zuversichtlich, da wir uns im Vorteil wähnten: die Onkel väterlicher- und mütterlicherseits hatten uns bescheinigt, dass sie für unseren Lebensunterhalt aufkommen würden. Da der Schwiegervater selbst noch in der Türkei war, hatten wir die für die Ämter erforderlichen Bescheinigungen von den übrigen Verwandten eingeholt.

Mein Mann hatte drei Onkel mütterlicherseits, drei Onkel väterlicherseits, sowie mehrere Cousins, die damals als Gastarbeiter hier beschäftigt waren. Mit Ausnahme eines einzigen Onkels arbeiteten sie allesamt als Eisverkäufer für eine jüdische Firma. Hinzu kam, dass der Onkel, bei dem wir wohnten, eine Gewerbeerlaubnis erworben hatte und dadurch selbst zum Arbeitgeber geworden war. Er arbeitete an seiner eigenen Eismaschine. Da es damals recht kompliziert war, überhaupt eine Gewerbeerlaubnis zu erhalten, war dieser Erfolg beachtlich und ich habe mich noch lange Zeit darüber gewundert, wie er das ganze mit seinen mageren Deutschkenntnissen überhaupt zustande gebracht hatte. Der Schwiegervater wiederum hatte selbst eine Eismaschine angeschafft und arbeitete offiziell für den Onkel, inoffiziell aber für sich selbst. Beide verdienten damals recht gut und arbeiteten nur in den Sommermonaten. Die Wintermonate wiederum verbrachten sie bei Kind und Kegel in ihrem eigenen Land. Mit dem Geld, das sie verdienten, kamen sie für den Lebensunterhalt ihrer Familien auf, hatten aber auch begonnen, erste Investitionen in der Türkei zu tätigen.

In diesem Urlaub hatte der Onkel für neunzigtausend Mark eine Eigentumswohnung im Stadtteil Kaleiçi von Antalya erworben, wohin er seine in Burdur lebende erste Frau und die drei Kinder zu holen beabsichtigte. Der zweite Onkel kaufte eine Wohnung in der dritten Etage desselben Wohnhauses. Seine erste Frau war eine Verwandte mütterlicherseits gewesen. Als sie ihm keine Kinder gebären konnte, heiratete der Onkel mit der Erlaubnis der ersten Ehefrau eine andere Frau, die jugoslawischer Herkunft war. Der Schwiegervater hatte für insgesamt siebzigtausend Mark zwei Wohnungen jeweils in der ersten und fünften Etage des Gebäudes gekauft. Nachdem sie alle ihre Ehefrauen und Kinder hier einquartiert hatten, kehrten sie nach Deutschland zurück. Die Ehefrauen hingegen wollten mehr, als eine Wohnung: Sie wollten mit ihren Männern zusammen sein und die Verantwortung für die Kinder mit ihnen teilen.

Meine Schwiegermutter gehörte zu denjenigen, die diesen Wunsch am besten hervorbrachten. Am Morgen unserer Fahrt von Antalya nach Ankara hatte sie dem Schwiegervater ein regelrechtes Ultimatum gestellt, „Entweder holst Du mich zu Dir nach, oder aber ich werde von nun an selbst für mich sorgen. Ich werde auch satt, wenn ich irgendwo bei einem Arzt arbeite." Damals war es mir nicht gelungen, mein Staunen zu unterdrücken und ich versuchte zu begreifen, was diese Frau da von sich gab. Trotz allem jedoch hatten wir uns alle sehr über den Kauf der Wohnungen gefreut. Natürlich war es eine angenehme Sache, aus zwei verschachtelten Zimmern in einem über Nacht gebauten Verschlag in eine Etagenwohnung zu ziehen. Auch wenn wir selbst hier zu Fünft in einem Zimmer hausen mussten, hatte es uns sehr erfreut, dass in der Heimat die Wohnungen angeschafft wurden.

Im Grunde genommen bestand auch unser Heim aus einer recht schönen Wohnung, doch leider hatte der Onkel alle Zimmer vermietet, um so Geld zu verdienen. Das große Zimmer hatte er für sich selbst reserviert, ein Zimmer hatte er den vier Onkels mütterlicherseits überlassen, während zwei Zimmer an jeweils unterschiedliche Personen vermietet waren. Mit diesen Einnahmen deckte er seine eigenen Kosten ab und erwirtschaftete sogar noch einen Überschuss. Der Onkel war in der Tat äußerst gewitzt und abgezockt, so dass ich vermute, er hatte die Regelung mit dem für uns vorgesehenen Zimmer nicht etwa aus Not, weil er angeblich den anderen Untermieter nicht losgeworden war, getroffen. Viel mehr hat er sich vermutlich gedacht, dass es einfach vorteilhafter wäre, wenn wir dieses Zimmer bewohnen würden, da er selbst ja ohnehin für zwei bis drei Monate im Heimaturlaub war. Ich kann mir kaum vorstellen, dass ein Untermieter es sich erlaubt hätte zu widersprechen. Eine Wohnung zu finden war damals kein leichtes Unterfangen und selbst wenn man fündig wurde, war es durchaus üblich, dass mehrere Personen oder Familien gemeinsam eine Wohnung anmieteten, da die Mieten recht hoch waren in Deutschland. Wenn man bedenkt, dass die Ausländer damals äußerst sparsam waren, um so schnell wie möglich und so viel Gespartem wie möglich in ihre Heimat zurückkehren zu können, so erscheint dieses Verhalten aus heutiger Sicht gar nicht so verkehrt.

Seit damals sind vierzig Jahre vergangen, doch diejenigen, die damals so dachten, führen noch heute ihren Existenzkampf in diesem Land fort. Auch wir gehören zu dieser Gruppe von Menschen, ich bin eine von ihnen. Trotz alledem jedoch war der Onkel ein guter Mensch. Wir beteiligten uns an keinerlei Kosten. Genauer gesagt konnten wir nichts beisteuern, da wir ja keinerlei eigene Einnahmen hatten. Er aber kam für alle unsere Kosten auf. Genau vier Monate bestritt der Onkel unseren gesamten Lebensunterhalt – Kost und Logis inbegriffen –, obwohl er hierzu nicht verpflichtet war und es auch hätte unterlassen können. Wir sind dem Onkel für all seine Unterstützung zu Dank verpflichtet, denn hätte er damals für uns nicht das getan, was er getan hat, so wären wir in unserem Leben vermutlich mit weitaus größeren Schwierigkeiten konfrontiert gewesen.

Die Zeit verging, ohne dass wir in Lohn und Brot standen und dass Unbehagen hierüber begann langsam, meine Gesundheit zu überschatten. Weder beherrschte ich die Sprache, noch kannte ich mich aus. Ich kannte meine Ziele, doch wenn ich nach Wegen suchte, diese umzusetzen, drohte ich manchmal, hieran zu verzweifeln. Auch wenn ich von Zeit zu Zeit mit meinem Mann Deutsch lernte, war es doch einfach nicht ausreichend. Es bereitete mir schon Schwierigkeiten, alleine in die Stadt zu gehen, um ein Brot zu kaufen. Da die Zwischenprüfungen nahten, musste mein Mann sich intensiv seinem Studium widmen. Tatsächlich hatte auch er noch Schwierigkeiten mit der deutschen Sprache. Er erzählte später noch jahrelang, was für ein großes Problem es für ihn gewesen war, mit einem nur sechsmonatigen Vorbereitungskurs der deutschen Sprache dem Studium zu folgen. Neben der Sprache stellte der Umstand, dass viele Menschen auf engstem Raum in der Wohnung zusammenlebten, ein weiteres Erschwernis dar. Er hatte dadurch keine Möglichkeit, jederzeit zu lernen, wie es ihm passte und noch nicht mal einen Schreibtisch. Wenn alle anderen zu Bett gegangen waren, setzte er sich an den Esstisch – immer bemüht, niemanden durch das Licht zu stören – und arbeitete. So sehr es mich auch mitnahm, ihn so arbeiten zu sehen und der Unmut über unsere Situation mich beherrschte, mein Mann war mindestens genauso betrübt war wie ich. Dadurch vermieden wir beide es, offen über das Thema zu reden oder uns auszutauschen. Weder sagte er mir etwas, noch ich ihm. Alles was wir taten war, uns mit Andeutungen Mut zuzusprechen.

Wir hätten auch niemandem irgendwelche Vorwürfe machen können, denn wir selbst hatten uns in diese Situation gebracht. War es unbedingt notwendig gewesen, in so jungen Jahren und in derartigen Verhältnissen zu heiraten? Hätten wir nicht noch etwas warten können? Ich selbst hätte in meinem eigenen Dorf als Lehrerin weiterarbeiten können, während mein Mann sein Studium zu Ende brachte. Zumindest hätten wir mit der Heirat warten können, bis einigermaßen geordnete Verhältnisse hergestellt waren. Meine älteren Brüder hatten zeitweilig versucht, uns auf verschiedene Art und Weise auf die kommenden Schwierigkeiten hinzuweisen. Damals hatte niemand auf sie gehört. Genauer gesagt, wollten wir sie damals nicht verstehen. Heute erzähle ich den Jugendlichen in unserem Umfeld und unseren Kindern von damals und offen gesagt, bin ich immer wieder erfreut, wenn ich sehe, dass junge Leute von unseren Erfahrungen profitieren. Als junger Mensch ist es nicht immer einfach, die Verhältnisse richtig einzuschätzen und wir waren nicht die Einzigen, die Fehler machten. Wir waren beileibe nicht die Ersten und werden auch nicht die Letzten sein, die derartig gelagerte Hürden zu meistern hatten. Dennoch: ich werde mich glücklich schätzen, wenn unsere Erfahrungen eine Lektion für andere sein sollten. Zu den Bedingungen unserer damaligen Zeit war die Zahl unserer Altersgenossen, die solche oder ähnliche Fehler machten, äußerst hoch. Vierzig Jahre sollte mein älterer Bruder seine eigenen negativen Erfahrungen mit den folgenden Worten kommentieren „Aus welchem Grund heiratet man unmittelbar nach Schulabschluss, ohne auch nur einen Cent in der Tasche zu haben? Noch dazu ein Mädchen, das der Vater ausgesucht hat? Es war ja nicht so, dass eine Knappheit an Mädchen drohte, also warum diese Eile? Außerdem ist es mir heute völlig unverständlich, wie man ausgerechnet zu einem Zeitpunkt heiraten kann, wo die Nächsten am meisten auf Deine finanziellen Unterstützung angewiesen sind".

Die Onkel gehörten zu den Ersten, die aus dem Urlaub zurückkehrten und ich war darüber sehr erleichtert, denn sie waren eine moralische Unterstützung. Alle vier Onkel bewohnten gemeinsam ein Zimmer, in dem sie auch für sich selbst kochten und aßen. Ob es nun daran lag, dass sie schon lange Zeit alleine lebten, oder so erzogen worden waren, auf jeden Fall kochten sie recht gut. Ich vermute, dass sie durch ihr langes Junggesellenleben gelernt hatten, für sich selbst zu sorgen. Wie ich damals feststellte, kochten und putzten alle allein stehenden Männer selbst für sich und wuschen auch ihre Wäsche selbst. Bis zum damaligen Zeitpunkt hatte ich nicht erkannt, dass wir Frauen die alleinigen Verantwortlichen für die Ungeschicktheit oder Untätigkeit der Männer in Bezug auf die Hausarbeit sind. Wie sollen sie auch geschickt sein, wenn wir alles im Haushalt für sie übernehmen. Trotz dessen brachte ich ihnen immer etwas, wenn ich gekocht hatte. Ich hätte mich sonst nicht wohl gefühlt. Glücklicherweise war unsere Schwägerin ein großzügiger Mensch, der gerne etwas abgab. So sagte sie niemals etwas, wenn ich den anderen etwas zu Essen brachte.

Bevor die Familie, die eines der anderen Zimmer bewohnte, für einen Monat in die Türkei reiste, boten sie uns an, uns bis zu ihrer Rückkehr ihr Zimmer zu überlassen. Wir freuten uns sehr und logierten bis zu ihrer Rückkehr in ihrem Zimmer. Es gab einen weiteren freien Raum - etwa vier Quadratmeter groß -, der sich gegenüber dem Waschraum in der unteren Etage befand. Dieser ungepflegte Raum wurde als eine Art Lagerraum benutzt, in dem allerlei ungenutzte Gegenstände verstaut waren. Nachdem wir dieses Zimmer hergerichtet hatten, begannen wir, dort zu übernachten. Im Zusammenhang mit diesem Zimmer habe ich ein Erlebnis, dass bei mir Spuren hinterlassen hat und dass ich hier kurz wiedergeben möchte. Auf dieser schlecht belüfteten und von Feuchtigkeit befallenen Etage gab es Kakerlaken und obwohl hier einmal die Woche saubergemacht und mit Spray desinfiziert wurde, wurde man die Insekten einfach nicht los. Eines Nachts erwachte ich mit einem unerträglichen Summen im Ohr. Als ich meinem Mann sagte, dass vermutlich ein Insekt in mein Ohr gekrochen sei und ich es nicht aushalten könne, sagte er nur „Du bist ja völlig durcheinander. Das kann doch nicht sein, dass ein Insekt ins Ohr kriecht." Nicht nur mein Mann und die anderen Mitbewohner der Wohnung zeigten sich ungläubig: Als wir ins Krankenhaus fuhren und dem Arzt davon erzählten, konnte auch er sein Erstaunen nicht verbergen. Er sah mich nur mit einem ungläubigen Gesichtsausdruck an. Offensichtlich konnte er nicht nachvollziehen, was ein Insekt im Ohr zu suchen hatte. Im Anschluss an die Untersuchung sagte er mit einem ebenso erstaunten Gesichtsausdruck „Da ist tatsächlich ein Insekt" und entfernte es mit einer Pinzette. Ich war befreit. „Während alle diskutierten, ob es nun da ist oder nicht, wäre mir vor lauter Summen beinahe der Schädel geplatzt. Jetzt geht es mir wieder besser, vielen Dank. Sie können nun diskutieren und die Frage erörtern, so lange sie wollen." Der Arzt hatte umgehend das Gesundheitsamt informiert. Nachdem man das Haus hatte besprühen lassen, waren wir dieses schreckliche Ungeziefer endlich losgeworden.

Die Schwägerin kümmerte sich kaum um die Hausarbeit und es war kaum zu übersehen, dass es ihr sogar schwer fiel, für das kleine Kind zu sorgen. Bei der Pflege des Kindes wurde sie von den älteren Frauen in der Wohnung und von mir tatkräftig unterstützt. Ich hatte mittlerweile sowohl die Hausarbeit, als auch die Pflege des Kindes mit übernommen. Einerseits wollte ich mich auf diese Art revanchieren für die Unterstützung, die wir erhielten und versuchte, mir nichts daraus zu machen. Auf der anderen Seite missfiel es mir allerdings, wenn man mich wie das Dienstmädchen des Hauses behandelte. Eines Tages – ich hatte gerade den Abwasch erledigt – sagte der ältere Onkel, „Ich gebe Dir einen Pfennig, wenn Du auch unseren Abwasch machst." Ich hätte zur Salzsäure erstarren können. In diesem Moment war ich so dermaßen traurig gewesen, dass ich es gar nicht in Worte

fassen kann. Den Abwasch der anderen erledigte ich ohnehin, wenn es von Zeit zu Zeit erforderlich war. Dieses direkte Angebot hatte ich aber nicht verkraften können. Warum nur hatte ich meinen Beruf, den ich unter so vielen Schwierigkeiten erlernt hatte, aufgegeben, um hierher zu kommen? Ich machte mir selbst schwere Vorwürfe, dass ich mich in diese Situation manövriert hatte. Zur gleichen Zeit versuchte ich, mir meinem Mann gegenüber nichts anmerken zu lassen. Die Worte des Onkels waren ein regelrechter Schlag für mich gewesen, noch mehr hatte es mir aber zu schaffen gemacht, dass ich mit niemandem darüber hätte reden können. Es vergingen etwa zwei Tage und ich war recht früh am Morgen aufgewacht, um das Frühstück für meinen Mann vorzubereiten, da er an diesem Tag eine Prüfung zu schreiben hatte. Während ich mich anziehen wollte, wurde ich plötzlich bewusstlos. Als ich wieder zu mir kam sah ich, dass alle Mitbewohner der Wohnung um mich herumstanden. Ich wusste nicht, was geschehen war und fühlte mich matt. Zu Hause herrschte ein reges Treiben. Der ältere Onkel war zurückgekehrt, mein Schwiegervater aber noch nicht.
Mein Mann war bestürzt und versuchte zu verstehen, was passiert war. Als der Onkel ihm dann auch noch sagte, „Du hast Dir eine kranke Frau geholt", muss das wohl der Tropfen gewesen sein, der das Fass zum Überlaufen brachte. Er schimpfte und tobte, konnte aber letzten Endes nichts ausrichten. An diesem Tag konnte er nicht an der Prüfung teilnehmen und brachte mich stattdessen zum Arzt. Während mein Mann dem Arzt die Situation schilderte verstand ich überhaupt nichts. Der Arzt wiederum redete zu meinem Mann und versuchte gleichzeitig, mir mit Händen und Füßen zu verstehen zu geben, „Nimm Deine Tasche und kehre so schnell wie möglich dahin zurück, wo Du hergekommen bist". Ich bat meinen Mann, mir schonungslos alles zu sagen und es stellte sich heraus, dass ich mit meiner Einschätzung richtig gelegen hatte. Das sagte sich natürlich so einfach. Doch wie hätte ich einfach so zurückgehen können? Was sollte ich als verheiratete Frau alleine in meinem Land machen? Ich hatte ja gesehen, wie es den Frauen erging, deren Männer in Deutschland waren, sollte ich auch eine von ihnen werden?

Nein, zurückzugehen, zu fliehen wäre keinesfalls eine Lösung gewesen. Wir mussten uns eine andere Lösung einfallen lassen. Hieß es in den Briefen meiner Brüder, an die ich stets voller Sehnsucht schrieb, nicht auch immer, „der Platz einer Frau ist der an der Seite ihres Mannes". Für mich bedeutete dies, dass ich mich keinesfalls anderen Träumereien hingeben durfte, um keine weiteren Fehler zu begehen.

Da ich nicht versichert war, mussten wir dem Arzt die Behandlungsgebühr bar und aus eigener Tasche bezahlen. Normalerweise kam es damals zwischen Patient und Arzt zu keinerlei Geldzahlungen, denn jeder Versicherte erhielt jährlich vier Bescheinigungen, von denen jede für die Dauer von jeweils drei Monaten gültig war und gegen deren Vorlage man sich behandeln lassen konnte. Da ich über keine solche Bescheinigung verfügte, zahlten wir die Behandlung in bar. Wenn ich mich recht erinnere, hatte damals der Onkel auch das Geld für die Behandlung meinem Mann gegeben. Natürlich hatte es mich bedrückt, dass gerade zu einer Zeit, in der wir ohnehin kein Geld hatten, ich noch zusätzliche Ausgaben verursacht hatte, doch glücklicherweise waren wir mit einem blauen Auge davongekommen. Seit dem ersten Tage meiner Ankunft in Deutschland, hatte mich das gut funktionierende Sozialversicherungssystem am meisten beeindruckt und ich stimme der diesbezüglichen Einschätzung meines Mannes voll zu, der sagte, „die gegenseitige menschliche Unterstützung und Solidarität, die es bei uns gibt, hat man hier durch Versicherungen ersetzt. Soziale Kontakte dagegen werden hier mit Hilfe von Maschinen aufrechterhalten. Das wiederum führt zur Abstumpfung von sozialen Beziehungen." Tatsächlich habe ich im weiteren Verlauf der Jahre mit Bedauern verfolgen müssen, wie in Deutschland und anderen sich entwickelnden Ländern die Beziehungen unter den Menschen immer weniger wurden. Als dann schließlich das EDV gestützte System eingeführt wurde, wurden die oben beschriebenen Bescheinigungen durch Chipkarten ersetzt und man ging dazu über, überall diese Karten einzusetzen.

Apropos Geld: Der jüngste Onkel hatte mir einmal 50,- DM gegeben, die ich für alle Fälle bei mir behalten sollte. Zwei Mona-

te lang trug ich dieses Geld bei mir und jedes Mal, wenn er mich fragte sagte ich, ich hätte Geld. Als er mich eines Tages erneut gefragt hatte, sagte er schließlich, „Dein Geld ist aber besonders ergiebig". Im Allgemein ist es doch so, dass niemand in den Schuhen des Anderen steckt. Genauso verhielt es sich mit unseren Verwandten in der Türkei, die für unsere Situation einfach kein Verständnis aufbrachten. Wie hätten sie uns auch verstehen können, ließen wir uns doch nie etwas anmerken: wir hatten zwar wenig, waren aber über die Maßen stolz. Mein Schwager, der damals in Erzurum studierte, hatte aus einer Modezeitschrift ein Mantelmodell ausgeschnitten und uns zugeschickt. Wir sollten doch bitte einen solchen Mantel kaufen und ihm zuschicken. Nach langem Suchen fanden wir schließlich einen dem gewünschten Modell entsprechenden Mantel für 70,- DM, den wir mit all unserem Geld kauften und ihm zuschickten. Noch heute erzählt er, wie sein damaliger Zimmergenosse ihm beim Mantelkauf zuvorgekommen war und ihn selbst hänselnd gefragt hatte, woher er diesen Frauenmantel habe. Dennoch hatte mein Schwager es damals kaum fassen können, dass der Mantel tatsächlich angekommen war. Nachdem er ihn habe umfärben lassen, habe er ihn dann doch noch getragen.
Soweit es die Hausarbeit zuließ, versuchte ich, Deutsch zu lernen. Mein Mann lotete die Möglichkeiten für meine Teilnahme an den Deutschkursen für Ausländer, die damals an der Universität stattfanden, aus. Da die Kurse gebührenfrei waren, sprach schließlich nichts dagegen, dass ich teilnahm. Hierüber hatte ich mich sehr gefreut, denn unversehens hatte mich ein Gefühl der Genugtuung darüber erfasst, endlich etwas Zielgerichtetes zu tun. Die letzten zwei Monate meines damals zugelassenen Aufenthaltes von insgesamt vier Monaten verbrachte ich dann mit der Teilnahme an diesem Kurs. Während meines annähernd dreißigjährigen Aufenthaltes in Deutschland unternahm ich noch zahlreiche weitere Versuche, Deutschkurse zu belegen. Dennoch muss ich sagen, dass dieser Kurs der einzige blieb, den ich bewusst und regelmäßig besuchte.
Das Arbeitsleben hier gestaltete sich äußerst schwierig. Neben den Beschwernissen eines Lebens in der Fremde brachte man für

eine achtstündige Arbeitszeit – mit Hin- und Rückfahrt – täglich bis zu zehn, elf Stunden täglich auswärts zu. Hinzu kam dass unsere Landsleute, in dem Bestreben innerhalb kurzer Zeit noch mehr zu verdienen, über die Maßen Überstunden abarbeiteten. So war es keine Seltenheit, wenn sie mindestens fünfzehn bis sechzehn Stunden täglich arbeiteten. Unsere Onkel gingen morgens um vier oder fünf Uhr aus dem Hause und kamen abends erst gegen sieben oder acht Uhr zurück. Der jüngste Onkel hingegen war seit seinem Urlaub arbeitslos. Zuvor hatte er gemeinsam mit dem Schwiegervater in Berlin Eis verkauft. Da er nicht mehr dorthin zurück wollte, suchte er nun hier nach einer Arbeit. Dann sagte er, dass er in der Fabrik, in der der ältere Onkel arbeitete, am nächsten Tag ebenfalls anfangen würde. Am ersten Tag ging er zur Arbeit. Als ich am nächsten Morgen, mit dem Gedanken, dass alle zur Arbeit gegangen waren, das Zimmer der Onkel betrat, um dort sauber zu machen, war ich überrascht, ihn im Bett schlafend anzutreffen. Natürlich fragte ich ihn, warum er nicht zur Arbeit gegangen war. Er erzählte dann, dass diese Arbeit sehr schwer sei und er unmöglich dort arbeiten könne. Den ganzen Tag verbrachte er daraufhin schlafend im Bett. Der ältere Onkel hingegen arbeite noch lange Jahre in dieser Fabrik, deren Arbeit der jüngere als unzumutbar schwer bezeichnet hatte.

Neben dem Besuch des Sprachkurses verrichtete ich weiterhin die übliche Hausarbeit. Solange ich mit dem Haushalt beschäftigt war, behandelte die Schwägerin mich außerordentlich zuvorkommend. Doch sobald ich mit meinem Mann ein wenig spazieren gehen wollte, veränderte sich ihr Gesichtsausdruck. Aus diesem Grunde nahmen wir sie immer mit, wohin wir auch gingen, auch wenn es uns störte, dass sie einfach nicht verstehen wollte, dass wir auch einmal alleine ausgehen wollten. Seit unserer Heirat waren fast drei Monate vergangen, doch wir waren bislang noch kaum allein gewesen. Wir waren ständig bestrebt, unserer Schwägerin über ihren Unmut hinweg zu trösten, dass sie die zweite, inoffizielle Frau unseres Onkels und dazu zwanzig Jahre jünger als ihr Mann war. Geld war ausreichend vorhanden und sie gab es mit vollen Händen aus. Damals war es so, dass bei der Zulassung von Arbeitskräften nach Deutschland Frauen der

Vorzug gegeben wurde. Da also ein höherer Bedarf an weiblichen Arbeitskräften bestand und sie darüber hinaus höhere Chancen hatten, nach Deutschland zu kommen, schickten viele Ehemänner ihre Frauen vor und versuchten später, über entsprechende Einladungen nachzureisen. Einige der Frauen jedoch gingen hier – wie die Männer auch - erneut eheähnliche Beziehungen ein, ohne ihre eigentlichen Ehemänner nachzuholen. Auch unsere Schwägerin war mit dem Ziel hergekommen, Geld zu verdienen und ihren Ehemann später nachzuholen. Ich vermute, dass sie später diesen Weg gewählt hatte, weil sie die Schwierigkeiten des Erwerbslebens nicht allein bewältigen konnte. Doch auch so wurde sie nicht glücklich. Es kam so weit, dass sie sogar einige Male ihr kleines Kind zurückließ und von zu Hause wegging. Einmal war sie mehrere Tage weggeblieben, so dass es uns überlassen blieb, uns um das Kind zu kümmern. Somit wurde uns die Verantwortung, für ein Kind zu sorgen, aufgebürdet, noch bevor wir selbst Kinder bekommen hatten.

Gezwungenermaßen mussten wir die Konsequenzen aus Begebenheiten wie diesen tragen, die im Grunde genommen nichts mit uns zu tun hatten. An gegebener Stelle werde ich diese im weiteren Verlauf noch schildern. Nur soviel möchte ich noch betonen: offensichtlich ist es so, dass das Ausmaß der einmal übernommenen Verantwortung im Laufe der Zeit immer weiter ansteigt, denn seit mein Mann und ich geheiratet hatten, waren immer wir es gewesen, die den Menschen in unserem Umfeld helfend zur Seite standen und uns mit ihren Problemen befassten – gerade so, als wären wir die Ältesten. Wenngleich unsere Angehörigen uns während der anfänglichen fünf Monate zwar finanziell unterstützt hatten, waren wir es doch, die sich moralisch ununterbrochen um alle kümmerten. Da wir gerade beim Thema sind sollte ich noch anmerken, dass ich interessanterweise faktisch bereits ein Kind, eine Schwägerin, eine Schwiegertochter und einen Schwiegersohn hatte, noch bevor ich beispielsweise überhaupt eine Tochter gehabt hätte.

Wie zuvor bereits erwähnt, lebten hier an Verwandten meines Mannes bereits drei Onkel väterlicherseits und vier Onkel mütterlicherseits. Der mittlere Onkel, den wir gelegentlich alle zusammen besuchten, lebte in einem anderen Stadtteil. Da seine jugoslawische Frau kein Türkisch verstand, sprachen die Frauen untereinander Deutsch, wodurch wiederum ich sie nicht verstand. Ich muss aber anmerken, dass sie sehr wohl einen Weg fanden, um sich verständlich zu machen, wenn sie *wollten*, dass ich sie verstand. Jedes Mal waren wir vergnügt, wenn wir dort ankamen. Doch sobald sie mich sahen, verzog sich der Gesichtsausdruck der beiden. Wie sehr hatte ich gestaunt, als ich viel später den Grund dafür erfuhr: sie hatten Partei gegen mich ergriffen, weil sie sich mit so grundlosen Sorgen plagten wie beispielsweise, ich würde auf sie herabsehen, weil ich Lehrerin sei, oder etwa, ob eines Tages deren Wohnung schöner sein werde oder meine. Dabei übte ich zum damaligen Zeitpunkt weder meinen Beruf aus, noch hatte ich eine eigene Wohnung oder Geld, um mir eine einzurichten. Ich begriff zwar, dass das eigentliche Problem darin bestand, dass sie die jeweiligen Zweitfrauen waren, doch gab es nichts was ich oder was wir an dieser Situation hätten ändern können. Da ich mir der Schwierigkeiten bewusst war, versuchte ich, mir keinen Kopf daraus zu machen. Doch von Zeit zu Zeit sehnte ich mich doch danach, mich bei einem mir nahe stehenden Menschen auszuweinen. Für mich selbst hatte ich zwar den Ausweg darin gefunden, Briefe voller Sehnsucht zu schreiben, doch konnte ich auch nicht frei weg und offen über alles schreiben. Auch gab es damals nicht – wie heute – die Möglichkeit, regelmäßig zu telefonieren. Mein älterer Bruder, bei dem ich während meiner Ausbildung gelebt hatte, schrieb in einem seiner Briefe „Denke jetzt nicht mehr an uns, sondern nur an Dich selbst und Deinen Ehemann". Dadurch hatte er mir tüchtig den Kopf gewaschen, und ich kam ein wenig zur Vernunft. Ich begriff, dass es richtiger wäre, mich auf die Bewältigung der vor uns liegenden Schwierigkeiten zu konzentrieren.

Unterdessen hatte die Ausländerbehörde, an deren regelmäßigen Besuch wir uns gewöhnt hatten, meinen Pass nach Ablauf der dreimonatigen Aufenthaltserlaubnis für ungültig erklärt, mit dem Vorwand, mein Mann sei nur zu Studienzwecken hier. Mir blieb somit keine andere Alternative, als Deutschland so bald wie möglich zu verlassen. Wir hatten allerdings gehört, dass in Berlin den Ehefrauen von Studenten sehr wohl eine Aufenthaltserlaubnis erteilt wurde, was wir der Sachbearbeiterin der Behörde auch mitteilten. Statt einer Vereinfachung der Lage hatte dies aber im Gegenteil weitere Nachteile und Hindernisse für uns verursacht. Sie teilte uns dennoch mit, dass sie – für den Fall, dass wir es doch dort versuchen sollten – unsere Akte dorthin übermitteln werde.

### Meine Einreise nach Deutschland als Arbeitnehmerin

Ende Februar kehrte ich gemeinsam mit dem Sohn des älteren Onkels in die Türkei zurück. Er und ich erhielten jeweils eine Einladung, die erforderlich war, um als Arbeitnehmer zurückkehren zu können. Die Einladung für seinen Sohn stellte der Onkel aus, während mein Mann eine Einladung für mich ausstellte. Im Grunde genommen hätte mein Mann mich gar nicht einladen können, da er selbst ja nicht als Arbeitnehmer in Deutschland war, doch aus unserem Umfeld hatten wir erfahren, wie man vorzugehen hatte und waren erstaunt, wie es dann doch vonstatten ging. Notgedrungen versuchten wir es dann auch auf diese Art. Für den ältesten Onkel, der als Selbständiger tätig war und in dessen Wohnung wir zur Untermiete wohnten, erledigte mein Mann in der Regel die Formalitäten - unter anderem, weil dieser nicht ausreichend Deutsch verstand. Sie hatten für viele Menschen aus der Türkei Einladungsschreiben erstellt, die dann auf diesem Wege als Arbeitnehmer einreisten. Mein Mann ging davon aus, dass dies die einzige Möglichkeit für uns war und nutzte die Gelegenheit, um auch für mich ein Einladungsschreiben zu erstellen. Er gab an, als Arbeitnehmer bei dem ältesten Onkel beschäftigt zu sein. Mit der Unterstützung des mittleren Onkels, der bereits jahrelang in einem Hotel angestellt war, lud er mich dann ein. Drei Wochen später hielten der Sohn des Onkels

und ich unsere Einladungsschreiben in den Händen und begannen sofort, die erforderlichen Formalitäten zu erledigen.
Zunächst erledigten wir alles Erforderliche in Antalya. Hier hatte ich alles selbst erledigt, doch da unser Personenstandsregister sich in der Ortschaft Gölhisar in Burdur befand, musste ich dorthin fahren. Der Schwiegervater war bereits nach Deutschland abgereist und meine Schwager studierten. Da man mich nicht alleine fahren lassen wollte, fuhr ich gemeinsam mit meiner Schwiegermutter zunächst in das Heimatdorf Dengere, wo wir die Nacht verbrachten. Am nächsten Morgen fuhr ich dann mit dem mittleren Onkel nach Gölhisar. Während der Fahrt ins Dorf musste ich notgedrungen mein berühmtes Kopftuch aufsetzen, welches der jüngste Onkel für mich gekauft hatte. Ich stammte selbst aus einem Dorf und die provinziellen Gegebenheiten waren mir nicht fremd. Ich hatte durch dieses Verhalten vermieden, für nur zwei Tage überflüssige Diskussionen einzugehen, dennoch missfiel es mir, auf diese Art Zugeständnisse machen zu müssen. Durch das Verhalten des Onkels musste ich, die als Staatsbedienstete, noch dazu als Lehrerin tätig gewesen war, mit einem Kopftuch bedeckt vor den Landrat treten. Für mich blieb es das erste und letzte Mal, dass ich gezwungenermaßen ein Kopftuch anlegte. Was aber hätte ich tun sollen: zumindest sagt der Volksmund, dass nur derjenige es zu etwas bringt, der auch bereit ist, Schwierigkeiten zu meistern. Mit Ausnahme der durchschnittlichen gläubigen Frauen, änderten bestimmte Kreise das Kopftuch in den darauf folgenden Jahren zum „Turban" ab. Wie wir alle wissen, wurde es in dieser Form zum Symbol gewisser Anschauungen stilisiert. Obwohl ich die kulturellen und traditionellen Werte der Menschen respektiere, entwickelte ich dennoch eine Aversion gegen das Kopftuch, da einige Behördenangestellte es als Errungenschaft oder Erfolg demonstrativ während des Dienstes trugen. Diejenigen, die es auf den fundamentalen Zusammensturz der Republik Türkei abgesehen haben, waren sowohl im In- als auch im Ausland aktiv und sind es nach wie vor, dennoch werden sie nicht erfolgreich sein. Auf diese Punkte werde ich im weiteren Verlauf noch eingehen.

Während wir in Antalya und Burdur die erforderlichen Formalitäten zu erledigen versuchten, traten bei dem Cousin Schwierigkeiten im Zusammenhang mit dem Militärdienst auf. Aus diesem Grunde konnte er seine Formalien als Arbeitnehmer nicht erfolgreich zu Ende bringen. Ich selbst musste nach Istanbul fahren, um die restlichen Anträge zu vervollständigen. Obwohl ich in Istanbul Verwandte hatte, wurde es erneut nicht gewünscht, dass ich allein reiste. Also bat ich den Cousin, mich bei der Reise zu begleiten. Dies war die Türkei: auch wenn man als Frau durchaus in der Lage war, seine Angelegenheiten selbständig zu erledigen, so musste man dennoch in jedem Fall durch einen Mann begleitet werden. Gemeinsam kamen wir also bei meinen Verwandten in Istanbul an. Dieses Mal hatte ich Glück und in einem kurzen Zeitraum von nur einer Woche hatte ich alles Erforderliche erledigt. Mir ist bekannt, dass bis heute bereits oftmals darüber geschrieben wurde, dennoch möchte ich doch auf einen gewissen Punkt eingehen.
Wie meine anderen Landsleute, die als Arbeitnehmer nach Deutschland kamen, wurde auch ich von Kopf bis Fuß, von meinen Zähnen bis zu den Nägeln gründlich untersucht. Während dieser Untersuchungen haderte ich erneut mit mir selbst: Warum nur hatte ich meinen Beruf aufgegeben und setzte mich stattdessen all diesen Strapazen aus? Aufgrund meiner Anspannung befürchtete ich, einen Nervenzusammenbruch zu erleiden. Ich fühlte, dass mein Zustand sich verschlechterte. Umgehend betrat ich eine in der Nähe befindliche Apotheke auf und schilderte meinen Zustand. Der Apotheker maß meinen Blutdruck, der – wie sich herausstellte – viel zu niedrig war und verabreichte mir gleich an Ort und Stelle eine Injektion. Da ich bereits in einer Stunde zur Untersuchung vorstellig werden sollte, musste ich so schnell wie möglich zu mir kommen. Zu meinem Glück wirkte das Medikament schnell, so dass es mir nach etwa 15-20 Minuten bereits wieder besser ging und ich zur Untersuchungsstelle zurückgehen konnte. Wie immer fanden wir dort eine Warteschlange vor, die bis auf die Straße reichte. In der Schlange zu warten war sehr beschwerlich für mich, doch da ich keine Alternative hatte, reihte ich mich geduldig ein und wartete, teils ste-

hend, teils sitzend. Manchmal hat man einfach Glück im Leben: die türkischen und deutschen Ärzte, die mich untersuchten, behandelten mich durchweg äußerst höflich. Zuvor hatte ich unfreiwillig mit angehört, welche unglaublichen Dinge anderen Menschen dort widerfahren waren. Während ich mit anhörte, welche Geschichten unter den Leuten kursierten, dachte ich bei mir nur, was für törichte Leute das seien. Warum blieben sie nicht besser in ihrem eigenen Land, wo sie auch arbeiteten und weiterleben könnten? Was zwang sie überhaupt, in die Ferne, in ein völlig fremdes Land zu gehen? Dass ich mich solchen Gedanken hingeben konnte, war ein eindeutiges Indiz dafür, dass ich bis dahin keine Vorstellung davon hatte, in welchen Dimensionen sich die Arbeitslosigkeit in unserem Land bewegte. Dabei hatte ich in Person meines Schwiegervaters und der Onkel ein lebhaftes Beispiel vor Augen. Beide Familien hatten zu den Großgrundbesitzern ihrer Dörfer gehört, doch da die Söhne arbeitslos geworden waren, oder der landwirtschaftliche Ertrag nicht mehr ausreichte, um die Bedürfnisse der Familie zu bestreiten, hatten sie bereits vor langer Zeit den Weg der Aussiedelung gewählt - zunächst in größere Städte wie Burdur und Antalya und von dort ins Ausland.

Der Ärztin, die meine letzte Untersuchung vornahm, muss irgendetwas merkwürdig vorgekommen sein, denn sie fragte mich, welcher Beschäftigung ich in der Türkei nachgegangen sei. Als sie merkte, dass ich mit einer Antwort zögerte, sagte sie beruhigend „Nun sind alle Formalitäten abgeschlossen und es ist alles positiv. Sie können also ausreisen und müssen nichts befürchten." Da ich spürte, dass sie aufrichtig interessiert war, antwortete ich, dass ich Lehrerin sei, mein Mann jedoch im Ausland studierte und ich aus diesem Grunde nachreisen musste. Sie antwortete daraufhin, dass in Kastamonu ein großer Bedarf an Lehrern bestehe, doch sie könne auch mich verstehen; anderenfalls hätte sie einfach eine unbedeutende Krankheit feststellen und mich dadurch an der Ausreise hindern können. Im Grunde genommen hätte sie zudem gar nicht lange nach einer Krankheit suchen müssen, denn mein niedriger Blutdruck wäre bereits ein Hindernis für meine Zulassung als Arbeitnehmerin nach Deutschland

gewesen. Zum Zeitpunkt der Untersuchung hatte ich mich schlecht gefühlt und nur durch einen Glücksfall war dieser Hinderungsgrund übersehen worden. Wenn ich heute zurückblicke und mein Leben Revue passieren lasse, frage ich mich von Zeit zu Zeit, ob es tatsächlich ein Glück gewesen war oder nicht und manchmal wünsche ich mir auch, es wäre irgendein Hindernis aufgetreten, das meine Ausreise verhindert hätte. Während meines dreißigjährigen Lebens hier habe ich einige Aufgaben erfüllt, was mich mit Zufriedenheit erfüllt. Andererseits bin ich aber auch unzufrieden, denn während all dieser langen Jahre ist es mir weder gelungen, mich hier im echten Sinne als zugehörig zu fühlen, noch Freude an meinem Tun zu empfinden.
Im Anschluss an alle diesen intensiven Bemühungen stieg ich also auch offiziell zum Status einer Arbeitnehmerin auf. Nachdem meine Eignung festgestellt worden war, reiste ich auf dem Flugwege gemeinsam mit einer Gruppe von Arbeitnehmern nach München. Dort wurden wir alle im Erdgeschoss eines Gebäudes zusammengesammelt und entsprechend der Städte, in die wir aufgeteilt wurden, sortiert. Anschließend setzte man uns in die entsprechenden Züge.

### Die Ankunft in Hamburg als Arbeitnehmerin

Für die einfache Entfernung von München nach Hamburg brauchte man damals zwölf Stunden. Mit den Hochgeschwindigkeitszügen von heute braucht man nur noch etwa fünf Stunden. Nach dieser langen Fahrt hielt ich den ersten Bahnhof, an dem wir hielten, bereits für den Hamburger Bahnhof und bereitete mich darauf vor, auszusteigen. Gleichzeitig suchte ich mit den Augen den Bahnsteig nach meinem Mann ab. Schon machte sich ein Anflug von Enttäuschung breit, als ich ihn nicht entdecken konnte, doch als einer meiner Mitreisenden mich darauf aufmerksam machte, dass dies Harburg war, wurde ich ruhiger.

Alles in allem kamen wir schließlich nach weiteren zwanzig Minuten - Wartezeit und eine kurze Anfahrt inbegriffen – am Hamburger Hauptbahnhof an, wo mein Mann mich bereits erwartete. Ich kann hier gar nicht in Worte fassen, wie glücklich ich war, ihn dort zu sehen. Hier kannte ich mich aus: es war der Ort, an dem türkische Zeitungen erhältlich waren. Außerdem war es der wichtigste Treffpunkt, an dem die Türken an den Wochenenden zusammenkamen. Unter der Woche gingen unsere Leute ihrer Arbeit in den beschwerlichsten Bereichen in Deutschland nach. An den Wochenenden aber kamen sie hier zusammen, um so zumindest ein wenig vom Alltagsleben Abstand zu bekommen, aber auch, um sich mit Landsleuten auszutauschen und sich so über ihr Heimweh und das Alleinsein hinwegzutrösten. So gesehen hatten diese Treffen viele positiven Seiten, doch wie überall auf der Welt gab es auch hier Menschen, die diese soziale Funktion für ihre niederen Motive auszunutzen versuchten. Ich war empört, wann immer mir das Gerede zu Ohren kam. Unwillkürlich entwickelte ich eine negative Einstellung gegen die meisten, die nach Deutschland gekommen waren – auch wenn dies ungerecht war. Die schwarzen Schafe unter unseren Leuten versuchten, sich diese Treffpunkte zu Nutzen zu machen, indem sie allein stehende Frauen ansprachen und vortäuschten, ihnen helfen zu wollen. Ihre tatsächlichen Absichten aber bestanden darin, dass sie diese Frauen auf dunkle Pfade schleifen und auf deren Rücken Profit erzielen wollten. Doch es waren nicht nur die Männer: leider waren auch Frauen unter denen, die auf Profitmacherei aus waren. Ich selbst erlebte einmal mit, wie so mit Hilfe einer simpel erscheinenden Masche ein ungeheures Geschäft gemacht wurde: Die Frau ließ sich durch ihren Frauenarzt eine Dreimonatspackung für die Anti-Baby-Pille verschreiben, für die sie zwanzig Mark bezahlte. Die verkaufte sie dann in jeweils in Einmonatsstückelungen an unbedarfte und unwissende arme Frauen für wiederum zwanzig Mark weiter und erzielte so einen Gewinn von vierzig Mark. Es war einfach ungeheuerlich!
Gemeinsam mit meinem Mann besuchten wir den Onkel, in dessen Wohnung wir zuvor zur Untermiete gewohnt hatten. Wir gingen nicht, sondern schwebten förmlich vor Glück. Natürlich

spielte es eine Rolle, dass wir endlich wieder zusammen waren, doch der eigentliche Grund für unsere Seligkeit war der, dass ich endlich den rechtlichen Status einer Arbeitnehmerin erlangt hatte. An dieser Stelle kann ich mir schon Ihre Kommentare vorstellen: Die Frau ist ausgebildete Lehrerin und freut sich nun auf ein Leben als einfache Arbeiterin! Wie ist das möglich? Ich sage Ihnen, es ist sehr wohl möglich, noch dazu ist es ein ganz besonderes Glücksgefühl. Möglicherweise trifft dies nicht auf normale Lebensumstände zu, wenn man aber mal ein eigenständiges Einkommen hatte und dann unversehens in die finanzielle Unfreiheit und Abhängigkeit von Anderen gerät, dann stellt einen dies vor ganz neue und ungewohnte Schwierigkeiten. Um endlich wieder auf eigenen Beinen stehen zu können, zieht man in einer solchen Situation selbst die einfachste Beschäftigung vor. Ich denke, dass diejenigen, die dies selbst durchlebt haben, mich am ehesten verstehen werden.

Zu Hause angekommen stellten wir fest, dass die Verwandten sich aufrichtig mit uns freuten, was uns sehr rührte. Da es Wochenende war, saßen wir noch bis zum späten Abend zusammen und versanken in einer angeregten Unterhaltung. Unsere Landsleute hatten jedoch die Angewohnheit, frisch aus der Türkei Angekommene auch dann noch lange erzählen zu lassen, selbst wenn es nicht gerade Wochenende war. Am Ende fühlten sie sich dann aufgetankt, als wären sie selbst im Urlaub gewesen. Auch ich musste eine kurze Zusammenfassung erzählen, wie ich all die Formalitäten erledigt hatte, um als Arbeitnehmerin wieder einreisen zu können. Unser jüngerer Onkel konnte sich denn auch nicht seinen Kommentar verkneifen, wie sie alle dazu beigetragen hatten, dass ich zur Arbeiterin `aufgestiegen´ war. Ich machte mir jedoch nichts daraus, denn mir erschien es nun am Wichtigsten, so schnell wie möglich ein eigenes geregeltes Einkommen erzielen zu können. Hierfür musste ich umgehend nach einem Arbeitsplatz suchen und die Aufenthaltserlaubnis beantragen.

Wie ich bereits zuvor schilderte, hatte man bei der Antragstellung für mich mitgeteilt, dass mein Mann bei dem ältesten Onkel als Arbeitnehmer angegeben wurde. Für mich hingegen hatte man über das Hotel, in dem der mittlere Onkel beschäftigt war, einen Arbeitnehmerantrag gestellt. Dieser Arbeitgeber betrieb mehrere Hotels. Also erkundigten wir uns bei dem Onkel, in welchem dieser Hotels ich arbeiten würde.

### Arbeitsantritt im Hotel

Da ich an einem Wochenende angekommen war, ging ich erst einige Tage später gemeinsam mit meinem Mann zum Hotel, wo ich mich vorstellen sollte. Dort wurden wir von einer etwa 35jährigen deutschen Vorarbeiterin empfangen. Sie machte auf mich sofort den Eindruck einer selbstbewussten, geschäftigen und in ihrem Fach versierten Frau. Gleich am ersten Tag brachte sie mir bei, wie man Betten machte, die Badezimmer und Waschbecken reinigte und die Böden aufwischte. Anschließend sollte ich vorführen, wie ich selbst die Böden wischte. Während ich den Lappen aus dem Eimer fischte, hörte ich, wie die Frau etwas zu meinem Mann sagte, was ich aber leider nicht verstand. Weder zum damaligen Zeitpunkt, noch später war es mir gelungen, die deutsche Sprache ausreichend zu erlernen. Außerdem war ich so aufgeregt, dass mich auch meine wenigen Kenntnisse zu verlassen schienen. Als ich meinen Mann fragte, was genau sie gesagt hatte, antwortete er mir etwas verlegen, sie habe es als ein Zeichen für Arbeitsunwillen interpretiert, dass ich den Lappen mit den zwei Fingerspitzen gehalten habe. Dabei hatte ich selbst gar nicht weiter darauf geachtet, wie ich den Lappen hielt.
Bei uns zu Hause war ich die Verrichtung von Hausarbeit selbstverständlich gewöhnt, doch trat ich zum ersten Mal in meinem Leben eine solche Arbeit an. Auch wenn ich mir dessen bewusst war, dass dies der Beginn in eine gute Zukunft war, so war es doch für mich nicht gerade einfach, diese Arbeit aufzunehmen. Doch wie hätte die Vorarbeiterin mich verstehen können? Ich hingegen hielt es für unangebracht, mich gleich am ersten Tag in

Erklärungsversuche zu begeben. Wie sie sich vorstellen können, hinterließ es keinen guten Eindruck, dass es zwischen uns gleich am ersten Tag zu einem solchen Wortwechsel kam. Dennoch teilte sie dann mit, dass ich ab diesem Tag offiziell eingestellt war.

Am nächsten Tag stand ich um sechs Uhr auf, um pünktlich zur Arbeit zu kommen. Als mein Mann mich fragte, ob ich die Anfahrt denn alleine bewältigen könne oder nicht, war ich offen gestanden ein wenig überrascht, da ich mir den Weg noch nicht so gut hatte einprägen können. Außerdem sollte es der erste Arbeitstag sein und es war noch dunkel. Ich war fest davon ausgegangen, dass wir zusammen fahren würden. Ohne mir aber die Enttäuschung anmerken zu lassen, verließ ich schließlich alleine das Haus. Nach etwa zehn Minuten war ich an der Station angekommen und stieg in die Bahn ein. An der zweiten Haltestelle stieg ich aus. Diese unterirdisch verlaufenden U-Bahnen waren noch ganz neu und ansehnlich, führten aber nur über wenige Stationen. In den darauf folgenden Jahren wurden die Strecken durch lange Tunnelarbeiten erheblich ausgebaut und bildeten bald ein umfangreiches unterirdisches Beförderungsnetz. Während in diesen frühen Morgenstunden die S-Bahnen durch den Berufsverkehr voll ausgelastet waren, ging es in der U-Bahn eher ruhig zu, denn das Hotel, in dessen Richtung ich fahren wollte, befand sich in keinem der Industriegebiete. Beim Verlassen der Station konnte ich das Gebäude mit der auffälligen Wandbemalung, die mir beim ersten Mal aufgefallen war, nicht entdecken. Trotz langer Suche gelang es mir somit nicht, die Straße, in der das Hotel lag, zu finden. Natürlich war ich traurig und auch sauer auf meinen Mann, weil er mich am ersten Tag nicht zur Arbeit begleitet hatte. Auf der Straße traf ich nur wenige Passanten an und die, die ich ansprach, kannten weder die Straße, noch das Hotel, zu dem ich wollte. Dann hatte ich einen Geistesblitz, der mir sagte, dass das Hotel doch auf der gegenüberliegenden Seite der Station liegen könnte. Ich war überglücklich, als ich dann auf der anderen Seite das Gebäude mit der Wandbemalung entdeckte.

Das Hotel, in dem ich arbeiten sollte, war zwar ganz in der Nähe, doch ich hatte mich trotzdem ein wenig verspätet. Zum Glück empfing die Vorarbeiterin mich dennoch recht freundlich und machte mich mit den weiteren Arbeitskolleginnen bekannt, die gerade am Frühstückstisch zusammen saßen. Drei meiner Kolleginnen waren Philippininnen, während die vierte aus Jugoslawien war.

Die Vorarbeiterin, die wir Hausdame nannten, schrieb uns jeden Morgen auf, welche Zimmer auf welcher Etage hergerichtet werden sollten. Auch an diesem Morgen hatte sie mir einen Zettel überreicht, auf dem aufgelistet war, wo ich zu arbeiten hatte. Ferner wies sie eine der Philippininnen an, mich zu unterstützen. Mit dem wenigen Deutsch, dass wir beherrschten, machten wir uns während des halbstündigen Gesprächs bekannt und ich stellte hierbei fest, dass sie alle den Onkel kannten.

Bei der etwa dreißigjährigen jugoslawischen Kollegin gewann ich durch ihre unkonventionelle Art den Eindruck, dass sie die Arbeit eher auf die leichte Schulter nahm und ihrem Aussehen und ihrer Freizeit bedeutend mehr Aufmerksamkeit widmete. Auch die philippinischen Kolleginnen waren um die dreißig Jahre alt. Es waren allesamt äußerst gebildete, gepflegte, versierte und sympathische Frauen, die uns in kultureller Hinsicht sehr ähnelten. Obwohl bereits seit über einem Jahr in Deutschland, sprachen sie noch weniger Deutsch als ich. In den nächsten Tagen sollte ich erfahren, dass sie unter der Auflage hergeholt worden waren, dass sie drei Jahre an dem gleichen Arbeitsplatz zu arbeiten hatten. Daher arbeiteten sie an sechs Tagen die Woche und erhielten dafür dreihundert Mark monatlich, zusätzlich freie Kost und Logis. Bei unseren Gesprächen ging es des Öfteren darum, dass sie mit dem Geld, das sie hier verdienten, in ihre Heimat gehen und ein Geschäft gründen wollten, oder aber versuchen würden, in die USA zu gehen. Als Lehrerin rühmte ich mich natürlich dessen, dass ich versuchte, die Medien aufmerksam zu verfolgen. Dennoch muss ich gestehen, dass ich mich angesichts der offenen Weltanschauung meiner Kolleginnen manchmal sogar einseitig und minder informiert fühlte.

Da man die gut ausgebildeten, jungen Leute des Landes für so wenig Geld bis an das andere der Welt zum Arbeiten geschickt hatte, kam ich zu dem Schluss, dass die Lebensumstände auf den Philippinen sogar härter als in der Türkei sein mussten. Hinzu kam, dass diese Menschen ihre Familien drei Jahre lang nicht sehen würden.
Ich hingegen hatte ein Jahr lang durchgehend an diesem Arbeitsplatz zu arbeiten. Man konnte unsere Arbeit nicht gerade als leicht bezeichnen, denn schließlich bestand unsere Aufgabe darin, den Dreck anderer Leute zu reinigen – ob es nun angenehm war oder nicht. Auch wenn – wie bei jeder anderen Arbeit auch – der erste Tag nur schwer vorüberging, hatte ich doch ein Gefühl der inneren Ruhe. In den nächsten Tagen versuchte ich dann, mit Hilfe der Kolleginnen, meine Arbeit praktischer zu gestalten und routinierter zu werden. Die wichtigste Aufgabe, die es nun aufzunehmen galt, war der Gang zur Ausländerbehörde, um eine Aufenthaltsgenehmigung für mich zu beantragen. Bei einer täglichen Arbeitszeit von acht Stunden arbeiteten wir an sechs Tagen in der Woche und mussten vorher mitteilen, an welchem Wochentag wir unseren freien Tag einlegen wollten. So teilte ich der Hausdame mit, dass ich zwar normalerweise sonntags zu Hause bleiben wollte, aber für die Erledigung der Angelegenheit bei der Ausländerbehörde den ersten Montag gerne frei haben würde. Ich arbeitete bereits eine Woche und hatte somit den schwersten Teil meines Starts ins Arbeitsleben gemeistert. Allerdings kann ich hier kaum in Worte fassen, welche gemischten Gefühle und Gedanken mir durch den Kopf gingen. Angesichts meiner neuen beruflichen Situation kam mir unwillkürlich immer häufiger der volkstümliche Ausspruch, „das stolze Pferd verlassen und auf einen Gaul aufsteigen" in den Sinn.
Am Montag gingen wir dann schließlich zur Ausländerbehörde, wo wir nach einer langen Wartezeit endlich an die Reihe kamen. Als wir eintraten, sahen wir vor uns die Sachbearbeiterin, die zuvor versucht hatte, uns behilflich zu sein. Sie war erstaunt und fragte uns, ob ich noch nicht abgereist sei. Mein Mann teilte ihr daraufhin mit, dass ich zwischenzeitlich zurückgefahren und als Arbeitnehmerin wieder eingereist sei. Daraufhin übergab er ihr

die erforderlichen Dokumente und Unterlagen, die wir mitgebracht hatten. Die Sachbearbeiterin konnte ihr Staunen nicht verbergen und sagte, „Es freut mich sehr, dass Sie so schnell wieder zurückgekommen sind. Glücklicherweise hat unser Chef Ihre Akte nach Berlin geschickt. Denn Sie können davon ausgehen, dass er Ihnen Schwierigkeiten bereitet hätte wenn die Akte hier wäre und er Sie wieder erkannt hätte. Er war nämlich äußerst verärgert über Ihren Fall. Jetzt wollen wir schnell eine neue Akte mit einem neuen Aktenzeichen anlegen, die ich ihn dann unterschreiben lasse. In der Zwischenzeit sollten Sie es aber vermeiden, ihm persönlich zu begegnen." Tatsächlich kam es dann so, dass die Sachbearbeiterin umgehend die Anträge ausfüllte, die Formalitäten erledigte und uns die Unterlagen wieder aushändigte. Dadurch, dass ich mir vorher einen neuen Pass hatte ausstellen lassen, hatte der Amtsleiter uns auch nicht über den vorherigen Ungültigkeitsvermerk in meinem alten Pass zuordnen können. Dieser Sachbearbeiterin, deren Namen ich noch nicht einmal kannte, war ich über die Maßen zu Dank verpflichtet. Zuversichtlich und mit dem Wissen, das schwerwiegendste Problem gelöst zu haben, kehrten wir nach Hause zurück. In dieser Nacht konnten wir sorglos einschlafen.
Als nächstes stand nun an, in kürzester Zeit ein eigenes Zimmer oder eine Wohnung anzumieten. Da ich wusste, in welcher Höhe mein Lohn in etwa liegen würde, konnte ich ungefähr kalkulieren, welchen Betrag wir jeweils für Miete und Lebenshaltungskosten aufbringen könnten. Die zu suchende Unterkunft musste im Rahmen unserer finanziellen Möglichkeiten liegen, das heißt, wir mussten uns diesen Verhältnissen anpassen. Auf dem Weg zur Arbeit oder zur Hochschule und auf Spaziergängen hielten wir ständig die Augen offen und durchforsteten die Zeitungen nach Wohnungsangeboten. Es stellte sich jedoch als äußerst schwieriges Unterfangen heraus, eine Wohnung zu finden, die wir uns mit meinem Lohn hätten leisten können. In Hamburg herrschte ein Mangel an Wohnungen und erschwerend kam hinzu, dass mein Schwiegervater aus Berlin nach Hamburg zurückgekommen war. Den Stehverkaufsplatz, an dem er dort seine Eismaschine platziert hatte, hatte er nicht erneut anmieten kön-

nen und auch keinen anderen passenden Platz gefunden. Da er außerdem vermutlich in unserer Nähe sein wollte, kam er mit seinen Geräten wieder zurück nach Hamburg, wo er glücklicherweise direkt vor einem Restaurant im Zentrum einen etwa ein Quadratmeter großen Stehplatz zur Miete fand. Dort stand außerdem ein kleiner Lagerraum zur Verfügung, in dem er abends die Maschine und andere Gegenstände abstellen konnte. Wir hatten daher bei der Wohnungssuche auch den Schwiegervater mit einzuplanen. Auch wenn mein Mann eher abgeneigt war, fühlte ich mich wiederum verpflichtet, mit ihm zusammenzuwohnen. Ich denke, dies lag auch daran, dass ich vom Lande komme und schließlich mein eigener Vater auch mit meinem älteren Bruder zusammenlebt.

Mein erstes Gehalt waren fünfhundertzwanzig Mark. Da man davon ausging, dass die Beschäftigten auch Trinkgelder einnehmen würden, waren Hoteljobs eher gering vergütet, allerdings haben wir von den Trinkgeldern nie was gesehen. Ich hatte gehört, dass einige Kollegen uns zuvor kamen, indem sie die Zimmer absuchten und die Trinkgelder für sich kassierten. Da unser Hotel aber eher klein war, wurden ohnehin nicht allzu hohe Trinkgelder gegeben. Alles in allem war es einfach ein Vorwand, um billige Arbeitskräfte beschäftigen zu können. Trotz alledem war es für uns natürlich viel Geld; so viel, wie wir seit langer Zeit nicht mehr in einer Summe in den Händen gehalten hatten. Für uns war es ein herrliches Gefühl zu wissen, dass wir ab jetzt nie wieder auf die Unterstützung anderer angewiesen sein würden.

## Unsere erste eigene Wohnung

Anderthalb Monate nach meinem Arbeitsantritt erfüllten wir unseren Wunsch einer eigenen Wohnung. Die Wohnung, die gegenüber der des mittleren Onkels lag, mieteten wir gemeinsam an. Da wir uns auch die Miete teilen würden, erwarteten wir auch keine finanzielle Überforderung. Der Onkel lebte mit seiner Familie und den jugoslawischen Schwiegereltern zusammen. Die gegenüberliegende Wohnung bestand aus vier Zimmern, die mit einem Ofen beheizt wurde und in einem recht heruntergekommenen Zustand war, was für uns aber keine Rolle spielte. Das für uns einzig Wichtige war, dass wir unsere eigenen Zimmer bewohnen würden. Außerdem lag die Wohnung in der Nähe meines Arbeitsplatzes, so dass ich zu Fuß nur noch fünf Minuten zur Arbeit brauchte. Der Onkel, seine Frau und die jugoslawischen Verwandten waren äußerst fleißige und handwerklich begabte Menschen. Alle gemeinsam richteten wir die Wohnung in nur zwei Wochen reinlich und sauber her. Die Wände wurden tapeziert, die Türen gestrichen und mit den Möbeln, die wir quasi auf der Straße gefunden hatten, richteten wir sie recht gemütlich ein.
In diesen Jahren war es so, dass einmal im Monat richtig schöne Möbel auf der Straße abgestellt wurden. Wer etwas brauchte, nahm es einfach mit und der Rest wurde von den Sperrmüllwagen abgeholt und entsorgt. Unsere Leute, die anderen Ausländer und sogar ein Teil der Deutschen gaben damals kaum Geld für Möbel aus und versorgten sich viel mehr mit diesen Einrichtungsgegenständen die monatlich auf der Straße abgestellt wurden. Später, in den achtziger Jahren, als ich bereits als Lehrerin arbeitete, gab mir ein deutscher Kollege wieder, was ihm ein türkisches Elternteil erzählt habe. Dieser Kollege suchte an solchen Tagen im Sperrmüll nach alten Nähmaschinen, Bildern, Stühlen und anderen Antiquitäten. Als einer unserer Landsleute ihn dabei antraf, habe er ihn erstaunt gefragt, „Was, Sie sammeln auch Gebrauchtmöbel?" Andere verdienten später durch den An- und Verkauf mit Gebrauchtmöbeln viel Geld. Auch heute

noch hört man von Gebrauchtmöbelhändlern, dass ihre Geschäfte gut gehen. Dies war eine der Alternativen, durch die die Ausländer versuchten, Ersparnisse anzulegen. Durch Mundpropaganda teilte man sich damals mit, „Morgen ist Markttag". Dieser Trend hielt bis in die neunziger Jahre hinein an.
Sowohl während meiner Zeit bei meinen Brüdern, als auch auf der Lehrerschule hatte ich bereits gelernt, wie man Wände streicht. Aber mit dem Tapezieren hatte ich bis dahin noch gar keine Erfahrungen gemacht. Nun, ich habe auch das gelernt. Mein Mann und ich hatten uns die Technik bei unseren Onkels abgeguckt und unsere eigenen Zimmer dann selbst tapeziert, wobei das Ergebnis sich durchaus sehen lassen konnte. In den folgenden Jahren haben wir unsere eigene Wohnung und die unserer Freunde immer gemeinsam tapeziert und uns dabei gegenseitig geholfen.
Mit den Onkels teilten wir die Zimmer auf, wobei sie zwei Zimmer bekamen und wir ebenfalls zwei. Allerdings waren unsere beiden Zimmer räumlich entfernt voneinander und jeweils am anderen Ende der Wohnung. Bei dem einen der Zimmer handelte es sich um einen normalen Wohnraum, den der Schwiegervater sogleich als Schlafraum beziehen wollte. Auch wir wollten eigentlich dieses Zimmer haben, denn wenn Besuch gekommen wäre, wäre es immer ordentlich gewesen und der Schwiegervater wäre nicht gestört worden, aber schließlich schwiegen wir doch. Der andere Raum war eine ehemalige Küche, in dem sich auch ein etwa drei Meter langer und einen Meter breiter Kochherd befand, den man wohl für eine Vielzahl von Personen benutzt hatte. Diesen deckten wir zunächst mit Kartons ab und verkleideten ihn anschließend mit ebenfalls gefundenen Mobiliarteilen, so dass er eine recht ansehnliche Form angenommen hatte. Die Böden der Räume bezogen wir mit PVC Auslegware, die wir für 200,- Mark gekauft hatten. Das Geld hatte uns der mittlere Onkel geliehen. Ich verdiente zwar bereits mein eigenes Geld, doch dieses reichte nicht einmal aus, um solch wichtige Ausgaben tätigen zu können. Also versuchten wir, die nötigsten Anschaffungen mit dem Geld zu finanzieren, das wir uns von unseren Angehörigen liehen. Exakt in dieser Situation erhielten wir dann

auch noch einen Brief von einem engen Freund, den sowohl mein Mann, als auch ich noch aus der Zeit von der Lehrerschule kannten. Er schrieb, dass er einen Unfall mit seinem Auto gehabt hatte und bat uns, ihm Geld zu leihen. Es war eine beträchtliche Summe, die wir ihm unmöglich hätten schicken können. Ihm selbst war unsere Lage nicht bekannt und schließlich hätte er uns auch nicht um Geld gebeten, wenn er es nicht wirklich gebraucht hätte. Am Ende hatten wir ihm das Geld nicht schicken können. Auch war es uns unmöglich gewesen, ihm vielleicht einen Zweizeiler zu schreiben, mit dem wir uns Situation hätten schildern können. So war es zum Bruch mit unserem engsten Freund gekommen. In den folgenden Jahren hörten wir nie wieder etwas von ihm. Wir selbst hatten zwar später einige Male versucht, Kontakt zu ihm aufzunehmen, doch auf unerklärliche Weise war uns dies nicht gelungen.

Damals konnte man auf den Straßen wirklich noch sehr schöne Möbelstücke finden, die so stabil waren, dass wir, hätten wir sie bis heute aufbewahrt, als Antiquitäten für sehr viel Geld hätten verkaufen können. Einer unserer jüngeren Bekannten von damals, ist heute noch im An- und Verkauf von Gebrauchtmöbeln tätig und erzielt gute Gewinne. Als er uns eines Tages besuchte, entdeckte er bei uns einen älteren Bilderrahmen inklusive Bild, das noch aus dieser Zeit stammte, und bot uns sogar fünfhundert Mark hierfür an.

Mit den Onkels hatten wir eine gemeinsame Küche und gemeinsam mit der Schwägerin richteten wir diese – ebenfalls mit aufgesammelten Schränken – gemütlich her. Da uns einfach das Geld fehlte, hatten wir nicht einmal Küchenmöbel kaufen können. Der Schwiegervater hingegen, hatte gerade erst wieder mit den Eisverkäufen begonnen, so dass auch er noch kein Geld zur Verfügung hatte. Dennoch gab er uns noch den Notgroschen, den er aufbewahrt hatte. Von diesem Geld kauften wir dann einen Topf, drei Teller, eine Pfanne, drei Gabeln, drei Esslöffel, drei Messer, ein Brotmesser, eine Teekanne und ein paar Gläser. Wenn wir Besuch bekamen, halfen wir uns beim Service bei den Onkels aus. Im Grunde genommen hätten wir die erforderlichen Küchengegenstände dieser Art auch von unseren Arbeitsplätzen mitnehmen können, doch für solche Dinge muss man einfach geschaffen sein. Von meinen Freundinnen hatte ich erfahren, dass ihre Ehemänner diese Dinge aus der Mensa der Hochschule mitbrachten, doch wir waren einfach nicht die richtigen Menschen für so etwas.

Apropos, zu diesem Thema würde ich an dieser Stelle gerne eine Anekdote wiedergeben, die wir selbst erlebten. Im März und April waren jeweils die Semesterferien, in denen mein Mann meist einer Aushilfstätigkeit nachging. Nachdem wir abends die Hausarbeit erledigt hatten, legten wir uns hin und schliefen ein. Mitten in der Nacht aber wurden wir geweckt durch den Lärm, den der in der Küche hektisch umherlaufende Onkel verursachte. Mal lief er in unser Zimmer hinein, mal wieder zur Küche. Mein Gott, dachten wir uns, war dieser Mann denn verrückt geworden? Oder aus welchem Grund lief er einfach in unser Zimmer hinein? Erst als wir nach dem ersten Schrecken auch den unerträglichen Gestank in der Wohnung feststellten, waren auch wir im Nu auf den Beinen. Unterdessen fragte der Onkel mich, ob ich vielleicht irgendetwas auf dem Herd vergessen hätte, was ich noch völlig schlaftrunken verneinte. Dabei hatte ich tatsächlich Eier zum Kochen auf den Herd gestellt, die mein Mann am nächsten Tag zur Arbeit mitnehmen sollte. Die hatte ich dann auf dem Herd vergessen und mich einfach Schlafen gelegt. Der Gestank der angebrannten Eier verteilte sich in der ganzen Wohnung und drang sogar bis auf die Straße. In der Zwischenzeit hatten die Nachbarn, die von einem Brand ausgegangen waren, bereits die Feuerwehr benachrichtigt. Das ganze Haus war schließlich durch das Klingeln der Feuerwehrleute wach geworden, während wir alle in alle Ruhe weitergeschlafen hatten. Erst durch das hektische Hin- und Herlaufen des Onkels, der in Sorge um uns gewesen war, waren wir wach geworden. Der Ärmste freute sich sehr, als er sah, dass uns nichts zugestoßen war. Den widerwärtigen Geruch in der Wohnung aber, wurden wir noch wochenlang nicht los. Jedes Mal, wenn wir heute an diesen Vorfall zurückdenken, brechen wir wie damals noch immer in Lachen aus.

Die Oberbetten und das Bettzeug waren damals völlig bunt zusammengewürfelt und erst nach und nach kauften wir die fehlenden Teile hinzu. Die zwei größten Nachteile dieser Wohnung bestanden darin, dass sie kein Badezimmer hatte und sich zum anderen nur schwer beheizen ließ und recht kalt war. Das Bad musste daher in einer großen Wanne, die am Boden abgestellt wurde, verrichtet werden. Die Onkels badeten in der Regel bei den gegenüber wohnenden Verwandten und ich selbst nutzte nach Möglichkeit das Badezimmer der im Hotel wohnenden philippinischen Kolleginnen. Dennoch empfanden wir es als äußerst störend, kein eigenes Bad im Haus zu haben. Hinzu kam, dass die Wohnung selbst im Sommer immer sehr kalt war und von keiner Seite die Sonne hineinstrahlte. Ohnehin war es in Hamburg kaum möglich, den Winter vom Sommer zu unterscheiden, doch unsere Angehörigen machten mit dem Verkauf von Eis dennoch gute Umsätze. Dieses ist ein Thema für sich, auf das ich im weiteren Verlauf noch eingehen werde.
Die Arbeit im Hotel wiederholte sich in einer täglichen Routine. Morgens kam ich um halb sieben im Hotel an und wechselte sofort die Bettlaken, Bettwäsche und Handtücher. Dann bereitete ich die Reinigungslauge vor und setzte mich gemeinsam mit den Anderen um sieben Uhr an den Frühstückstisch. Eine halbe Stunde später machte sich jeder an das Saubermachen der leer gewordenen Zimmer auf den entsprechenden Etagen. Doch manchmal kam es auch vor, dass die Zimmer noch nicht geräumt waren. In diesem Fall hielten wir an den Treppenaufgängen heimlich noch einen kleinen Plausch ab, denn sobald die Hausdame dies bemerkte, teilte sie uns noch weitere Aufgaben zu. Zwei Monate nach Dienstantritt war ich in der täglichen Arbeit zwar sehr viel routinierter geworden, dennoch fiel es mir noch immer nicht leicht, als Reinigungskraft zu arbeiten. Es fiel mir nicht leicht, meinen Beruf und die vielen lieb gewonnenen Gewohnheiten abzulegen, die mich in den Jahren zuvor geprägt hatten. Neben der Arbeit erlebten wir an manchen Tagen Dinge, die uns nicht einmal im Traum eingefallen wären. Es war ja keinesfalls so, dass nur niveauvolle und ordentliche Leute das Hotel besuchten. Vielmehr gehörten querbeet alle möglichen Typen

von Menschen zu den Gästen. Meist vermieden wir jeden direkten Kontakt mit ihnen, wenn auch manche es geradezu darauf anlegten, ihre verbalen Sticheleien loszuwerden. Auch wenn wir uns dann entsprechend zur Wehr setzten, empfanden wir es natürlich dennoch als störend. Eines Tages hatte einer der Gäste sich bis zur Besinnungslosigkeit betrunken und dann eine regelrechte Schweinerei in dem Zimmer verursacht. Die Hausdame wies mich daraufhin an, diese zu beseitigen. Als ich ihr sagte, dass ich dies nicht tun würde, kam es zur Aufruhr und sie beschwerte sich sogar bei dem Chef und meinem Onkel über mich. Später kam der junge Mann von der Rezeption und sagte, wenn ich es saubermachen würde, bekäme ich fünf Mark zusätzlich. Daraufhin schlug ich ihm vor, dass er selbst doch dort saubermachen und das Geld nehmen solle. Auch wenn sich alle redlich abmühten, so war ich doch nicht umzustimmen: ich würde keine Aufgabe übernehmen, die nicht zu meinem Bereich gehörte und tat dies auch nicht. Am Ende übernahm dann tatsächlich dieser junge Mann die Reinigung. Neben unangenehmen Situationen dieser Art bestand eine der anfänglichen Schwierigkeiten für mich persönlich darin, dass ich auch an Wochenenden und später in den Sommermonaten arbeiten musste. Diese Zeit hatte sich in meinem Unterbewusstsein als Urlaubszeit eingeprägt und alte Erinnerungen kamen hoch, was mich natürlich ein wenig bedrückt stimmte. Da der Mensch sich aber bekanntlich an alles gewöhnt, gewöhnte auch ich mich an diesen Rhythmus und in den folgenden Jahren machte es mir nicht mehr derart zu schaffen.

An manchen Tagen wurde mein Verstand von meinen Gefühlen getrübt und ich weinte viel während der Arbeit. Sobald ich aber wieder zu Hause war, achtete ich stets darauf, mir nichts anmerken zu lassen, um den Erfolg meines Mannes auf keinen Fall zu beeinträchtigen. Es kam auch vor, dass seine Vorlesungen früher als gewohnt endeten und er dann kurz vor Feierabend bei mir erschien, um mich abzuholen. Natürlich bemerkte ich, dass er traurig war, wenn er mich beim Saubermachen antraf, doch auch er versuchte, mir gegenüber sich nichts anmerken zu lassen. Immer versuchten wir, uns dem jeweils anderen gegenüber nichts anmerken zu lassen und unsere Probleme jeweils mit uns selbst auszumachen. Eines Tages sagte mein Mann, „Es reicht jetzt: ich werde das Studium aufgeben und wir gehen in die Türkei zurück. Du kannst dort wieder in Deinem Beruf arbeiten und ich suche mir eine Stelle und melde mich zu einem Fernstudium an. Ich widersprach vehement und sagte, dass dies auf keinen Fall in Frage komme. Wir hatten ein Ziel vor Augen und dieses Ziel bestand nun mal darin, dass mein Mann so schnell wie möglich sein Hochschulstudium abschließen sollte und wir dann umgehend in die Türkei zurückgehen würden. Um dieses Ziel zu erreichen gab es nun mal keinen anderen Weg, als sämtlichen auftretenden Schwierigkeiten geduldig zu begegnen und zu meistern. Ich versuchte ihm unmissverständlich klar zu machen, dass wir dies niemals vergessen dürften und in diesem Bewusstsein zu handeln hätten. Im Grunde genommen dachte er genauso wie ich, doch manchmal überkam ihn wohl eben seine Emotionalität und neben dieser Emotionalität auch seine türkische Mannesehre. Die Tatsache, dass der Haushalt durch das Gehalt seiner Frau bestritten wurde, war nicht leicht zu schlucken. Ich versuchte ihn zeitweise hiermit aufzuziehen und der Situation dadurch die Spannung zu nehmen.

Täglich arbeitete ich bis um halb drei im Hotel und verrichtete anschließend bis zum Abend den häuslichen Haushalt. Wir erlebten mal gute und mal schlechte Zeiten und unsere finanzielle Lage hatte sich inzwischen wesentlich verbessert, denn ich hatte ein geregeltes Einkommen und während der Semesterferien arbeitete auch mein Mann in Aushilfsjobs. Außerdem hatte mein Schwiegervater den Eisverkauf wieder aufgenommen.

Die Eisverkaufsmaschinen waren der Form nach unseren größeren Kühlschränken ähnlich und mit Rädern ausgestattet. Die Gebrauchtgeräte waren für etwa zehntausend Mark erhältlich. Bei diesen Geräten handelte es sich um italienische Fabrikate, mit denen in Deutschland erstmals die Juden gearbeitet hatten. Unsere Landsleute hatten es dann ihnen nachgetan, was sich im Nachhinein auch als ertragreich erwiesen hatte, denn an einem normalen Arbeitsplatz wäre es unmöglich gewesen, die gleichen Einnahmen in so kurzer Zeit und relativ mühelos zu erzielen.

Auch die drei weiteren Onkels waren zunächst als Angestellte an den Eismaschinen der Juden beschäftigt gewesen. Sie alle hatten ihre Verkaufsstände vor den großen Geschäften in der Innenstadt. Allerdings mussten sie noch jeweils durch die Gesundheitsbehörde zu genehmigende Lagerräume anmieten, in denen sie die Geräte reinigen und diese abends mitsamt dem Zubehör lagern konnten. Je nach Standort betrug die monatliche Miete für Verkaufsstand und Lagerraum zwischen tausendfünfhundert und zweitausend Mark. Ebenfalls je nach Standort erzielten sie so jährliche Nettoeinnahmen zwischen zwanzigtausend und dreißigtausend Mark.

Der Schwiegervater hatte unmittelbar nach unserer Hochzeit von seinen Einnahmen zwei Wohnungen in Antalya erworben, wodurch er sich hoch verschuldete. Natürlich gestaltete es sich nicht gerade einfach, das Studium für drei Kinder zu finanzieren, den Lebensunterhalt der Familie zu bestreiten und noch dazu einen Kredit abzuzahlen. Da wir zusammenwohnten und uns bei den Ausgaben einschränkten, hatten wir keine allzu hohen Kosten, wodurch er allen finanziellen Verpflichtungen, wie seinen Schulden in der Türkei oder den Ausgaben für meine in der Türkei lebende Schwiegermutter und seine drei Söhne nachkommen konnte. Sobald ich mit meiner Arbeit fertig war, besuchte ich meinen Schwiegervater, wo ich jede Menge Eis vertilgte. Auch mein Mann kam nach den Vorlesungen zu seinem Vater und vertrat ihn, damit er seine Essenspause einlegen konnte. Diese Ablösungsvertretung hielten wir insgesamt acht Jahre lang, in denen der Schwiegervater Eis verkaufte, Tag für Tag bei. Als wir eines Tages beim Schwiegervater ankamen sah ich wie er sich in äußerst vertrauter Art und Weise mit einer älteren deutschen Frau unterhielt. Ausgehend von den Gerüchten, die mir zu Ohren gekommen waren, hatte mich der Anblick sofort misstrauisch und verdrießlich gestimmt. Ich merkte ihm auch sein Missbehagen an, als er uns erblickte, doch die Frau stellte er uns einfach als Freundin vor. Nachdem er seine Mahlzeit zu sich genommen hatte, wollten wir gerade wieder gehen, als mein Schwiegervater uns plötzlich eröffnete, er werde am Abend nicht nach Hause kommen. In diesem Moment platzte mir der Kragen

und ohne über die Tragweite meiner Worte weiter nachzudenken, sprudelte es aus mir heraus, „Entweder Du kommst nach Hause, wie es jeder richtige Vater tut, oder Du lässt es ganz bleiben." Weder er, noch mein Mann hatten irgendetwas entgegnet. Ich war immer noch ganz verwirrt, als wir wieder gingen und unterwegs fragte ich meinen Mann, ob diese Frau die Geliebte meines Schwiegervaters sei. Es stellte sich heraus, dass ich richtig gelegen hatte. Auch mein Mann habe das Problem einige Male angesprochen, doch seine Brüder hätten gesagt, dass er die Mutter nicht nachholen und deswegen doch nicht alleine bleiben könne. Wie bei vielen anderen Männern auch, sei es für ihn nur ein Zeitvertreib und nichts Anderes. Dennoch fühlt man sich ganz anders betroffen, wenn man es mit eigenen Augen sieht.
Da ich das erste Mal in eine solche Situation geriet, war ich recht betroffen von dem Vorfall und gab dem Zorn meiner Schwiegermutter schließlich innerlich Recht.
Am Abend nahmen wir unser Abendessen ein, ohne auf ihn zu warten und legten uns – in der Erwartung, er werde ohnehin nicht kommen - zu Bett. Doch er hatte nicht weggehen können und war zu später Stunde nach Hause gekommen. Da er keinen Schlüssel hatte, klingelte er stundenlang und wartete an der Tür, was wir aber wiederum nicht hörten. Einerseits lag unser Schlafzimmer am anderen Ende des Gangs, andererseits waren wir so erledigt von der Arbeit, dass wir vor Erschöpfung tief und fest schliefen. Zum Glück hatten die Onkels am Ende das Klingeln gehört und dem Schwiegervater die Tür geöffnet.
Am nächsten Morgen hatte der Schwiegervater einen Gesichtsausdruck, als wäre ihm eine Laus über die Leber gelaufen. Er hielt uns vor, dass er lange Zeit vor der Tür gestanden und gewartet habe. Auf Grund seines schlechten Gewissens aber, hielt sich der Vortrag in Grenzen. Unter anderen Vorzeichen wäre es für uns wohl völlig anders gelaufen. Doch es war das erste und letzte Mal, dass er gesagt hatte, er werde die Nacht auswärts verbringen.
Die anderen Onkels konnten es sich nicht verkneifen, von Zeit zu Zeit zu sticheln, dass sein eigener Sohn ihn nicht von seiner

Geliebten hatte trennen könne, dass ich dies aber bewerkstelligt hätte.

Da ich in diesem Jahr erst zu arbeiten begonnen hatte, hatte ich noch keinen Urlaubsanspruch und war verpflichtet, ein volles Jahr durchzuarbeiten. Hinzu kam, dass mein Mann Hausarbeiten zu schreiben hatte, die er während der Ferien anfertigte. Bis jetzt hatte ich die Sommermonate immer in den Ferien verbracht. Somit fiel es mir – wie auch die anfängliche Wochenendarbeit – sehr schwer, mich an die neuen Arbeitsbedingungen zu gewöhnen. Immer wieder überkam mich ein Gefühl der Niedergeschlagenheit, wenn ich mich an alte Gewohnheiten zurückerinnerte, was mir jedes Mal einen Stich in die Seele versetzte. Ich tröstete mich aber schnell darüber hinweg, wenn ich daran dachte, welche anderen Schwierigkeiten wir überstanden hatten. In meinen darauf folgenden Jahren als Arbeiterin gewöhnte ich mich an diese Umstände. Doch trotz aller Gewöhnung verspürte ich auch gleichzeitig einen bedeutenden Verlust in mir. Unter dem Einfluss meines eigenen Kampfes mit mir selber, sowie dem Einfluss des Lebens in der Fremde und der permanenten Sehnsucht verschlechterte sich meine Gesundheit. Immer häufiger wurde ich krank und musste zu Hause bleiben und mich krankschreiben lassen, auch wenn ich versuchte, möglichst nicht der Arbeit fernzubleiben, befürchtete ich doch, auch wenn die Wahrscheinlichkeit nur gering war, gefeuert zu werden und meine Arbeitserlaubnis zu verlieren. Denn vertragsgemäß hatte ich ein Jahr lang ununterbrochen in diesem einen Betrieb zu arbeiten. Anderenfalls wäre der Vertrag automatisch aufgelöst und die Betreffende in ihr Heimatland zurückgeschickt werden. Doch nach einem Jahr hätte ich mir einen Arbeitsplatz meiner Wahl suchen können. Zwischenzeitlich bemühten wir uns ständig, Druck auf meinen Schwiegervater auszuüben, damit er seine Frau und die Tochter ebenfalls nachholte. Als er gegen Ende des Sommers etwas weniger zu tun hatte, stellte er schließlich einen Einladungsantrag für meine Schwägerin, die ebenfalls in der Firma arbeiten sollte, in der ich beschäftigt war. Etwa gegen Ende November bereits reiste meine Schwägerin als Arbeitnehmerin ein. Ich freute mich sehr darüber, dass sie zu uns kam, denn somit hatte ich Gesellschaft bekommen. Auch arbeiteten wir im gleichen Betrieb und unternahmen Hin- und Rückfahrt stets gemeinsam.

Wie immer reisten alle diejenigen, deren Ehefrauen in der Türkei lebten, sowie der Schwiegervater gegen Ende der Saison zum Urlaub in die Türkei. Nachdem dieser dort seinen zweimonatigen Urlaub verbrachte, kam er anschließend mit der Schwiegermutter zurück. Sobald die anderen Onkels erfahren hatten, dass die beiden zusammen anreisen würden, überließen sie uns die Wohnung vollständig und zogen erneut nach gegenüber zu ihren eigenen Schwiegereltern. Wir selbst waren nun zu fünft und der Wohnraum würde auch so knapp genug werden. Die Wohnung gestalteten wir erneut um, doch wie eingangs bereits beschrieben, gelang es uns nicht, einige der Mängel zu beheben. Der wichtigste Mangel war nach wie vor, dass es in der Wohnung bitter kalt war. Zuvor hatten wir von Zeit zu Zeit mit dem Kohleofen geheizt und somit die überaus große Wohnung erwärmen können, doch da die Schwiegermutter diese Wärme nicht vertrug, entfiel auch diese Möglichkeit. Das Wetter war sehr kalt und bis zum Sommer mussten noch viele Monate vergehen. Also versuchten wir, uns dadurch zu behelfen, dass wir uns warm anzogen und ab und zu den kleinen, elektrischen Heizstrahler benutzten, was allerdings recht umständlich war. Es blieb keine andere Wahl: wir mussten so schnell wie möglich eine Wohnung mit Etagenheizung finden. Natürlich war meine Schwiegermutter diejenige, die von der Kälte am meisten betroffen war, da sie ja den ganzen Tag über zu Hause blieb. Auch wenn ich mich noch so sehr abmühte, um sie zum Tragen eine Hose zu bewegen, es wollte mir doch einfach nicht gelingen, da sie es nicht gewohnt war. Erst nach unzähligen Versuchen und Überredungskünsten gelang es uns, sie zum Tragen einer Hose unter einem Kleid zu bewegen. Als sie dann selbst feststellte, wie bequem es doch eigentlich war, trug sie die Hosen, bis sie aus Deutschland wieder wegging. Durch die Ankunft meiner Schwiegermutter, war die Last der täglichen Hausarbeit im Wesentlichen von unseren Schultern gewichen. So konnten wir uns nach Feierabend zu Hause sofort ausruhen. So gesehen hatten wir es nun wesentlich komfortabler und ich fühlte mich auch nicht mehr so einsam wie früher. Mit meiner Schwägerin arbeitete ich drei Monate lang am gleichen Arbeitsplatz zusammen.

Als das Ende meines Arbeitsvertrages nahte, hatte ich bereits begonnen, mich hier und da nach einer neuen Arbeitsstelle umzuhören. Ich hatte schon mehr als genug an Zeit als Reinigungskraft verbracht. Unsere Arbeit bestand aus den täglich gleichen Aufgaben: sobald die Gäste die Zimmer räumten, wechselten wir die Bettwäsche, reinigten Badezimmer und Waschbecken, wischten Staub und die Böden auf. Aufgrund der PVC Beläge mussten wir die Böden täglich feucht aufwischen und durch das Auswringen der Aufwischtücher hatten sich an meinen Händen schon Schwielen gebildet. Ich kann mich noch gut erinnern, wie ich meinem Vater und meinen Brüdern in den Schulferien bei der Feldarbeit geholfen hatte; doch nicht einmal damals hatte ich je Schwielen an den Händen bekommen. Auch hierzu werde ich im Folgenden noch schreiben, doch an dieser Stelle sei bereits angemerkt, dass ich später eben wegen dieser Schwielen an meinen Händen sogar operiert werden musste. Da meine Gesundheit sich an diesem Arbeitsplatz enorm verschlechtert hatte, hatte ich fast so viele Fehlzeiten, wie tatsächliche Arbeitszeiten.

Da nun endlich auch mein Vertrag ausgelaufen war, konnte ich mich nun mit voller Kraft um einen neuen Arbeitsplatz bemühen. Natürlich suchte ich neben meiner täglichen Arbeitsplatz auch ständig nach Wegen, um in irgendeiner Form in meinen eigentlichen Beruf zurückzukehren. Bislang aber waren hierfür weit und breit keine Anhaltspunkte festzustellen. Kurz nach meiner Ankunft in Deutschland hatten wir gehört, dass an einer bestimmten Schule eine türkische Lehrkraft gesucht werde. Daraufhin hatten wir uns beworben, allerdings keinerlei Antwort erhalten. Außerdem hatte ich nach meiner Einreise als Arbeitnehmerin mein Diplom übersetzen lassen und der Abteilung für Erziehung am Konsulat vorgelegt. Doch auch von dort ließ man nicht von sich hören. Trotz dessen gab ich die Hoffnung niemals auf und verfolgte ständig zuversichtlich die Presse, dass vielleicht irgendwo eine Bekanntmachung oder Ausschreibung erfolgen würde. Andererseits war die Erfüllung dieser Erwartungshaltung auch nicht so vehement wichtig, da wir ja beabsichtigten, unmittelbar nach dem Hochschulabschluss meines Mannes in die Türkei zurückzukehren, wo ich dann in meinen Beruf zurückkehren würde. Während ich also meiner damaligen Arbeit nachging, suchte ich gleichzeitig nach Möglichkeiten, um im Wege einer Ausschreibung in den Lehrberuf zurückkehren zu können. Selbstverständlich hätte ich mich sehr gefreut, wenn es damals geklappt hätte. In jedem Falle jedoch, hätte ich weiterhin eine Arbeit zu besseren, als meinen damaligen Arbeitsbedingungen gesucht.

Während meiner Dienstzeit als Lehrerin in der Dorfschule hatte ich eine junge Kollegin kennen gelernt, die im Nachbardorf tätig gewesen war. Diese Kollegin war nach ihrer Heirat nach Deutschland gegangen. Als ich deren damalige Kollegin fragte, was sie nun in Deutschland mache, hatte sie mir geschrieben, dass sie in der Firma Philips beschäftigt und mit ihrer Arbeit äußerst zufrieden sei. Diese Information war mir noch im Gedächtnis haften geblieben. Nach Ablauf meines Vertrages würde also auch ich dorthin gehen und wegen einer Beschäftigung anfragen. Inzwischen war der Schwiegervater aus dem Urlaub zurückgekehrt und hatte mit den Vorbereitungen für die neue Saison begonnen. Als ich ihn dahingehend ansprach, dass ich mir eine neue Arbeit suchen wolle, ging er zu meinem Ärger nicht weiter darauf ein und antwortete nur unwirsch, „Du hast doch einen Arbeitsplatz? Wozu willst Du wechseln?" Nach mehrmaligem Drängen meinerseits sagte mein Schwiegervater schließlich eines Tages, „Ich weiß, wo der Betrieb ist. Gleich nebenan ist auch die Nivea Fabrik, wo wir auch nachfragen könnten." Ich wollte gleich am nächsten Tag losgehen, doch nach drei Tagen machten wir uns schließlich gemeinsam auf den Weg. Zunächst bewarben wir uns bei Beiersdorf – also Nivea -, wo man uns sagte, dass man derzeit keinen Mitarbeiterbedarf habe. Also gingen wir gleich weiter nach nebenan, wo sich die Valvo Fabrik befand, die ein Ableger von Philips war. Die Angestellte im Büro sagte uns, dass sie tatsächlich momentan Bedarf an Arbeitskräften hätten und dass ich daher zwei Tage später zum Einstellungstest erscheinen solle. Bei dieser Auskunft freute ich mich, als hätte man mich schon eingestellt. Ich erschien also am genannten Tag und nahm am Einstellungstest teil. Mit mir nahm noch eine weitere Türkin am Test teil und wir beide bestanden ihn. Meine erste Freude beim ersten Vorstellungsgespräch war also nicht vergebens gewesen.

Ich hätte sofort anfangen können, doch mein Vertrag bei dem vorherigen Arbeitgeber lief noch etwa einen Monat und so gab man mir eine Woche Zeit, um diese Angelegenheit zu erledigen. Über den Onkel ließen wir der alten Firma die Situation erklären. Nachdem man dort meinen Resturlaub und weiteres berechnet hatte, wurde mein Beschäftigungsverhältnis dort für beendet erklärt.

Natürlich wusste ich nichts über die neue Firma. Dennoch freute ich mich, denn ich hatte zumindest gehört, dass es besser sei, in einer Fabrik zu arbeiten, als im Reinigungsbereich zu arbeiten. Schließlich arbeitete doch auch meine ehemalige Lehrerkollegin dort. Es gab also keinen Grund für Bedenken. Außerdem hatte ich gehört, dass ich dort wesentlich mehr verdienen würde, als an meinem vorherigen Arbeitsplatz.

## Arbeitsantritt bei Valvo

In der ersten Aprilwoche des Jahres 1973 nahm ich die Arbeit in der Fabrik auf. Während ich eingewiesen wurde, suchte ich gleichzeitig mit den Augen die Halle nach der Frau ab, mit der ich gemeinsam an dem Einstellungstest teilgenommen hatte. Als ich sie schließlich an einem der nächsten Tage in der Kantine antraf und befragte, erfuhr ich, dass sie gleich am nächsten Tag nach dem Test eingestellt worden war. Die Abteilung, der sie zugewiesen worden war, befand sich im zweiten Stock, die Arbeit war auf Akkordbasis. Je mehr sie von ihrer Arbeit erzählte, desto mehr dachte ich bei mir, dass ich glücklicherweise nicht auch dorthin versetzt worden war. Sie erzählte, dass sie gezwungen waren, eine gewisse Stückzahl an Teilen fertig zu stellen, wobei sie mit Mikroskopen arbeiteten. Sie hätten so große Schwierigkeiten, den angeforderten Stückzahlen nachzukommen, dass sie ihr Essen teilweise an den Mikroskopen einnahmen. Je mehr mir diese und ähnliche Verhältnisse in anderen Abteilungen geschildert wurden, desto mehr erwärmte ich mich für meinen eigenen Arbeitsplatz, denn wir hatten nicht etwa den Druck, innerhalb einer bestimmten Zeit eine bestimmte Stückzahl an Teilen fertig zu stellen. Doch, wie man mir auch gleich zu Anfang mitgeteilt hatte, würde ich im Schichtdienst arbeiten. Eine Schicht begann morgens um 6 Uhr und dauerte bis um 14:30 Uhr. Die zweite Schicht wiederum begann um 14:30 Uhr und ging bis um 23:00 Uhr. Es gab noch eine weitere Schicht, in der allerdings nur die Männer beschäftigt wurden. Diese endete jeweils morgens um 6 Uhr, was bedeutete, dass die Bänder und Maschinen nie zum Stillstand kamen.

An meinem ersten Arbeitstag stand ich um vier Uhr auf und verließ um fünf Uhr das Haus, um die Arbeit um sechs Uhr aufzunehmen. Durch die vielen Maschinen war es sehr laut und die einhundertfünfzig Arbeiter allein in dieser Abteilung verursachten ein einziges Gewusel. Die ersten Tage war ich von dem Lärm der Maschinen wie benommen. Der Vorarbeiter machte mich gleich mit einer türkischen Arbeitnehmerin bekannt, die ebenfalls in meiner Abteilung beschäftigt war. Als diese mich auf Türkisch begrüßte und willkommen hieß, war ich so erfreut, dass ich mit einem Schlag hellwach wurde. Während meine Kollegin mir dann meinen Spind zeigte, in dem ich meine Arbeitskittel und persönlichen Gegenstände aufbewahren konnte und gleichzeitig kurz die Fabrik vorstellte, stellten wir uns gegenseitig kurz die Fragen, die man sich eben stellt, wenn man erst seit kurzer Zeit in einem fremden Land lebt und sich kennenlernen möchte. Später, während sie mir die Funktionsweise der Maschinen erklärte, setzten wir diese Unterhaltung fort. Bald wurden wir so vertraut miteinander, als würden wir uns schon seit Jahren kennen. Ich erfuhr, dass sie aus Isparta stammte und bereits seit Jahren in dieser Fabrik arbeitete. Ihr Mann, der in der Nacht-

schicht der Fabrik beschäftigt war, sei ausgebildeter Lehrer. Für einen Moment fühlte ich mich, als wäre ich in der Türkei.
Alle halbe Stunde reinigten wir abwechselnd die Maschinen, füllten die entleerten Nachfüllvorrichtungen mit Ware, bestehend aus kleinen Transistorteilen, die in Elektrogeräten eingesetzt wurden, auf. Während der verbleibenden Zeit unterhielten wir uns.
Die Arbeit gefiel mir und stellte sich als angenehmer heraus, als ich es erwartet hatte und mit Ausnahme des hohen Lärmpegels war alles positiv. Meine Abteilung, in der hundertfünfzig Menschen arbeiteten, war trotz der unzähligen Maschinen so sauber, als wäre es keine Werkshalle, sondern ein Krankenhaus. Es ist wohl auch keine Übertreibung, wenn ich sage, dass die Arbeitskittel meiner Kollegen sauberer waren, als die des Pflegepersonals in den meisten Krankenhäusern bei uns. Wir alle trugen weiße Kittel, die denen der Ärzte ähnlich waren. Diese wurden wöchentlich gereinigt und gebügelt und wenn wir sie zurückbekamen fühlten sie sich an, als wären sie gestärkt. Saubere Arbeitskleidung war Vorschrift.
Nachdem ich zwei Wochen in dieser Schicht gearbeitet hatte, teilte mir die Vorarbeiterin, die selbst ausnahmslos nur in der Frühschicht arbeitete, mit, dass ich ab der nächsten Woche der anderen Schicht zugewiesen worden sei. Das gefiel mir zwar nicht, doch widersprach ich dennoch nicht. Ich hatte mich an die Kollegen hier gewöhnt, doch als ich nach meiner Versetzung in die andere Schicht feststellte, dass auch hier türkische Frauen arbeiteten, hielt sich mein Verdruss in Grenzen. Die Frauen wurden in nur zwei Schichten eingesetzt, wobei die Spätschicht um 23 Uhr endete. Nach Schichtende wurden wir dann vom Fabriktor aus mit Bussen zu den zentralen Haltestellen der öffentlichen Verkehrsmittel transportiert und fuhren von dort aus mit Bus oder Bahn weiter nach Hause. Die Verkehrsanbindungen waren so gut organisiert, dass man beim Umsteigen kaum Wartezeiten zu erwarten hatte. Weder gab es Warteschlangen, noch Gedränge und egal, wo die Leute auch hinfuhren: gleich nachdem sie eingestiegen und Platz genommen hatten, schlugen sie ihre Bücher und Zeitungen auf und lasen, bis sie wieder aus-

stiegen. Eines der Dinge, die mir nach meiner Ankunft in Deutschland am positivsten aufgefallen waren, war diese Form des Personennahverkehrs: die Leute belästigten einander nicht und versuchten auch aus den kurzen Strecken das Beste zu machen. Trotzdem wurden die meisten weiblichen Landsleute, die weitere Strecken fahren mussten, an der jeweiligen Endstation von den Ehemännern oder Angehörigen abgeholt. In der damaligen Zeit konnten wir alle völlig furchtlos den Heimweg antreten, denn die Ausländerfeindlichkeit, die es heute gibt, existierte damals nicht. Auch mein Nachhauseweg war um diese Zeit eher dunkel, so dass mein Mann mich an der Haltestelle abholte und wir gemeinsam nach Hause gingen. Dies war zwar nicht unbedingt notwendig, aber dennoch willkommen, da durch das Leben in der Fremde und mangelnde Sprachkenntnisse das Selbstbewusstsein doch recht angeschlagen war.

Ausgerechnet ich, die ich zuvor in der Türkei jahrelang auf eigenen Beinen gestanden hatte und zudem zu den dortigen Personenverkehrsbedingungen überall allein hingereist war, fragte mich nun, warum ich nach meiner Heirat und insbesondere hier meine Selbständigkeit verloren hatte. Ich begriff, dass der Verlust meines Selbstbewusstseins eingesetzt hatte, als ich in ein Land kam, dessen Sprache ich nicht beherrsche und in dem ich meine finanzielle Unabhängigkeit verlor. Doch dieser Zustand hielt nicht allzu lange an und kurze Zeit später begann ich wieder, meine eigenen Angelegenheiten selbst in die Hand zu nehmen.

Der Grund für meine Versetzung in die andere Schicht war der gewesen, dass eine der dort beschäftigten Türkinnen demnächst in den Mutterschaftsurlaub ausscheiden würde und ich ihre Maschinen dort übernehmen sollte. Weder fiel es mir schwer, mich mit den dortigen Arbeiterinnen anzufreunden, noch mich an die Maschinen zu gewöhnen. Ohnehin waren es die gleichen Maschinen und die gleiche Abteilung; lediglich die Kolleginnen waren andere, doch auch sie gewann ich von Anfang an lieb. Besonders bei den türkischen Kolleginnen handelte es sich um starke Persönlichkeiten, die sich durch ihre Geschicklichkeit in ihrem Arbeitsumfeld durchgesetzt hatten. Mit ihnen nahmen wir die Mahlzeiten gemeinsam ein und unterhielten uns. Unsere

Erschöpfung nahmen wir so kaum war. Eine dieser Kolleginnen kam aus Istanbul. Sie war verheiratet, hatte zwei Kinder und war etwa zwanzig Jahre älter als ich. Sie war eine äußerst liebenswürdige und hilfsbereite Person. Dadurch war sie wie eine ältere Schwester für uns alle und wir liebten sie sehr. Wie gesagt, gewöhnte ich mich binnen kürzester Zeit an meine neuen Kolleginnen und schloss sie alle in mein Herz. Sie waren allesamt sympathische Frauen. Eine dieser Kolleginnen kam aus Izmir, hatte ebenfalls zwei Kinder und war etwa fünfunddreißig Jahre alt. Eine andere Kollegin war etwa fünfundzwanzig Jahre alt, hatte nach Gölcük geheiratet und erwartete gerade ihr erstes Kind. Doch wie es im Leben so ist: Es waren noch keine Wochen vergangen, seit dem ich die Maschine der schwangeren Kollegin in dieser Abteilung übernommen hatte, da brach ich während der Spätschicht zusammen. Ich wurde zunächst in die Sanitätsabteilung der Fabrik und von dort aus ins Krankenhaus gebracht.

### Eine Woche im Krankenhaus

Ich begriff nicht, was passiert war? Wie konnte es sein, dass sich mit einem Mal mein Zustand so verschlechtert hatte, dass ich ins Krankenhaus gebracht werden musste? Mir war ununterbrochen übel. Mein Mann war Hals über Kopf ins Krankenhaus gekommen und versuchte nun herauszufinden, woran es liegen könne. Die Ärzte hatten zwar in der kurzen Zeit noch keine Diagnose feststellen können, doch versuchten sie, uns zu beruhigen, da man etwas Schlimmes wohl ausschließen könne. Ich selbst war nervös, da ich erst vor kurzem eingestellt worden war und befürchtete, man könnte mich entlassen. Als ich wieder zu mir gekommen war, wurde ich daher immer angespannter, geschweige denn, dass ich mich beruhigte. Ich wollte so schnell wie möglich das Krankenhaus verlassen und möglichst am nächsten Tag

wieder die Arbeit aufnehmen. Allerdings sagte man mir, dass es unmöglich sei, aus dem Krankenhaus entlassen zu werden, ohne dass ein Befund vorliege. Mir fiel auf, dass das Krankenhaus sehr sauber und gepflegt war und die Ärzte, die Krankenschwestern, sowie das gesamte Personal äußerst bemüht um die Patienten waren. Jedes Mal, wenn mich in den folgenden Jahren mein Weg in die Krankenhäuser führte, stellte ich fest, dass der Mensch hier wirklich eine Wertschätzung als Mensch erfuhr. Es war hier jeder bestrebt, seinen Dienst so gut wie möglich zu tun und niemand zeigte sich den Patienten gegenüber mürrisch. Anders als bei uns war es auch nicht erforderlich, dass die Patienten von einer Art persönlicher Begleitperson betreut wurden. Selbst die Schwerstpatienten wurden von den Schwestern und dem geschulten Personal gepflegt. Von Zeit zu Zeit traf ich unter ihnen auch Landsleute an und dachte bei mir, wie penibel sie ihre Aufgaben hier doch wahrnahmen, während ihre Kollegen in ihrem eigenen Land doch eher negativ auffallen und auch teilweise ihre Stellung missbrauchen. Auch kam ich nicht umhin, mich häufig zu fragen, ob man unsere Landsleute wohl nach einer Auswahl hierher entsandt hatte, oder ob sie erst hier begonnen hatten, ihren Aufgaben in so mustergültiger Weise nachzukommen. Es erschien mir geradezu, als würden diese Leute nicht aus unserem Land kommen!
Ähnlich wie im Straßenverkehr, hatte man auch im Gesundheitswesen alle Probleme gelöst und das System arbeitete so zuverlässig, wie ein Uhrwerk. Auch in meinem eigenen Land hatte ich zu verschiedenen Anlässen schon Krankenhäuser aufgesucht. Das Bild, das sich mir dort aber geboten hatte, war schier zum Verzweifeln gewesen. Während der langen Zeit, die ich dort lag, grübelte ich darüber nach, ob es wohl je möglich sein würde, dass auch in meinem Land zumindest die Probleme im Straßenverkehr und im Gesundheitswesen überwunden werden könnten.
Als man mir nach Abschluss der Untersuchungen mitteilte, dass ich schwanger sei, entgegnete ich, „Das ist unmöglich! Ich nehme doch die Pille…", doch die Tatsachen sprachen nun einmal für sich. Obwohl jeder wissen musste, dass man trotz dieser

Verhütungsmittel schwanger werden konnte, hatte sich herausgestellt, dass dies mir als „Spätzünderin" wohl verborgen geblieben war. Wenn man allerdings berücksichtigt, dass ich aus einer Gesellschaft kam, in der alles, was mit Sexualität zu tun hatte, verboten und sündig war, aus einem Land, in dem man erzogen wurde, ja sogar heiratete, ohne jegliche diesbezügliche Information oder Erfahrung, war es wiederum doch nicht so verwunderlich.

Somit war ich angesichts meiner ersten Schwangerschaft betrübt. Von Freude war keine Spur vorhanden. Was sollte ich nun der Firma sagen, noch dazu, wo man mich doch als Schwangerschaftsvertretung eingestellt hatte. Den Ärzten und meinem Mann teilte ich mit, dass eine Abtreibung in dieser Situation wohl die beste Lösung wäre. Schließlich war mein Mann selbst noch Student und wir kaum in der Lage, für uns selbst zu sorgen. Was würde aus uns werden, wenn wir jetzt auch noch ein Kind bekämen? Je mehr wir auch hin und her überlegten: allein der Gedanke daran, dass wir unser erstes Baby abtreiben sollten, frustrierte uns sehr. Die Einwände meiner Schwiegereltern und der Ärzte, die die Ansicht vertraten, man könne nicht einfach willkürlich eine Abtreibung vornehmen, stimmte uns schließlich um und wir entschlossen uns, das Baby zu bekommen. Weder hatten wir uns zeitlich, noch in irgendeiner anderen Weise darauf vorbereitet, unser erstes Kind zu bekommen. Doch die Ereignisse entwickelten sich gänzlich anders, als wir es uns vorgestellt hatten. Unwillkürlich hielten wir uns an der Einstellung fest, dass man wohl in Allem das Gute sehen sollte. Nach einer Woche im Krankenhaus und einer weiteren Woche, die ich zu Hause verbrachte, nahm ich die Arbeit wieder auf. Am ersten Tag war ich mit einem gewissen Unbehagen bei der Arbeit erschienen, doch der väterliche Vorarbeiter war zu Scherzen aufgelegt und schmunzelte, dass ich wohl noch vor der Kollegin, für deren Vertretung ich eingestellt worden war, in Mutterschaftsurlaub gehen würde. Sowohl die rührenden Anstrengungen des Vorarbeiters, die er unternahm, um mich zu beruhigen, als auch die Unterstützung meiner geliebten Landsleute hatten dazu geführt, dass alle meine Zweifel und Ängste beseitigt waren. Nachdem ich nun offenbar nicht mehr zu befürchten hatte, entlassen zu werden, hatte ich mich auch meiner dahingehenden Befürchtungen entledigt, wie wir unser Kind großziehen würden.

## Meine Schwangerschaft und die Arbeit

Wir hatten uns nun auf ein neues Leben als Mutter und Vater vorzubereiten, doch es stellte sich auch die Frage, ob wir dieser Aufgabe, Eltern zu werden und ein Kind großzuziehen, überhaupt schon gewachsen waren. Wenngleich ich persönlich der Auffassung war, dass wir für diesen Schritt noch nicht bereit waren, war es doch auf der anderen Seite auch so, dass wir in unserem Leben bislang noch gar nichts wohl überlegt und durchdacht in Angriff genommen hatten. Wieder waren wir überrascht worden, doch trotz allem wird man mit der Zeit von einem wunderschönen Gefühl gefangen genommen und stellt sich psychisch ganz automatisch auf die neue Situation ein.
Wenn früher die Alten und Weisen sagten, dass jeder Mensch einen für ihn unausweichlich vorgezeichneten Weg zu beschreiten hat, hatte ich regelmäßig dagegen protestiert. Doch wie sich zeigte, zwang das Leben uns regelrecht, einige dieser Weisheiten als richtig zu akzeptieren – ob es uns nun gefiel oder nicht.
So sehr wir uns auch vornehmen, unseren eigenen Weg zu bestimmen, so stellen wir doch fest, dass sich dies nicht realisieren lässt und akzeptieren wohl oder übel, dass es außerhalb unserer Kraft liegt, manche Dinge zu ändern. Genauso hatten auch wir uns an den Gedanken der neuesten Entwicklungen bereits gewöhnt und neben unserem Alltag hatten wir nun auch Vorbereitungen für die Geburt unseres Kindes zu treffen.
Die Suche nach einer passenden und gut heizbaren Wohnung hatte hierbei oberste Priorität. Mein Mann vertrat die Auffassung, dass es sowohl für ihn, als auch für das Kind das Beste wäre, wenn wir alleine eine Wohnung anmieten würden. Hiermit

hatte er auch nicht ganz Unrecht, denn da die jetzige Wohnung heillos überbelegt war, hatte er kaum Gelegenheit zum Lernen. Der Umstand, dass mein Lohn in der neuen Firma das Zweifache meines früheren Lohnes betrug, trug außerdem zur Entspannung unserer finanziellen Situation bei. Für mich war dies ganz besonders wichtig, denn einerseits war die Arbeit einfacher, andererseits verdiente ich hier doppelt so viel wie vorher. Meine Stimmung hatte sich hierdurch erheblich gebessert. Zu diesen Bedingungen hätten wir uns zwar durchaus eine eigene Wohnung leisten können, doch die Wohnungssuche an sich gestaltete sich äußerst schwierig. Die Sommermonate nahten und die Temperaturen stiegen langsam wieder an. Vor uns lag ein langer Sommer und wir mussten aufmerksam suchen, vielleicht würde sich ja eine Umzugsmöglichkeit bieten. Wir waren recht flexibel und je nach dem, ob wir eine kleinere oder größere Wohnung gefunden hätten, wollten wir unsere Entscheidung ausrichten, ob wir mit den Unsrigen zusammenziehen oder nicht. Mir persönlich behagte der Gedanke an einen Umzug nicht, denn ich war das Zusammenleben und das Gewusel in einer Großfamilie gewohnt und daher eher abgeneigt. Das Wichtigste war aber, dass ich zurzeit eine Arbeit hatte, die ich gerne und mühelos verrichten konnte.

Meine Kollegin, die vor mir an meiner Maschine gearbeitet hatte, wurde in den letzten Tagen vor ihrem Mutterschutz ausschließlich in leichteren Arbeitsbereichen eingesetzt. Sie begann morgens um sieben Uhr und arbeitete nur tagsüber. Also wurde ich an ihrer Stelle an ihre Maschine versetzt. Die Maschinen arbeiteten automatisch, so dass wir neben der Bedienung viel freie Zeit hatten, die wir entweder für Unterhaltungen, oder für die Handarbeit nutzten. In den Abendstunden jedoch verbrachten wir diese Freiräume überwiegend mit der Lektüre von Zeitungen oder Büchern, wogegen niemand etwas einzuwenden hatte. Bis auf einmal: der Werksleiter hatte mich beim Lesen an der Maschine gesehen und daraufhin dem Vorarbeiter gesagt, dass er zwar Verständnis für mich habe, dass ich aber wenigstens das Buch weglegen solle, wenn er vorbeigehe. Da er davon ausging, dass ich als Lehrerin mich am Arbeitsplatz langweile, hatte er nichts weiter gesagt.

Es war so, dass während der entstehenden Freiräume jeder etwas las oder Handarbeit machte. Doch seine positive Einstellung mir gegenüber hatte vermutlich einerseits damit zu tun, dass ich meine Arbeit gut machte und andererseits damit, dass ich Lehrerin war. Während ich davon ausgegangen war, dass man dem Bildungsstand der Menschen keinen besonderen Wert beimaß, wurde ich aber sowohl an diesem Arbeitsplatz, als auch bei meiner späteren Arbeit als Lehrerin eines Besseren belehrt.

In den folgenden Jahren stellte ich außerdem durch eigenes Erleben fest, dass für die Deutschen auch die Herkunftsländer der Ausländer eine große Rolle spielten. So gebildet die Menschen auch sein mochten, die aus Ländern wie dem unseren kamen, so mussten sie doch doppelt so erfolgreich sein wie die Deutschen oder die Europäer, um von ihnen akzeptiert zu werden.

Bei vielen von uns ist es in der Tat so, dass wir über ein ausgefeiltes handwerkliches und praktisches Geschick verfügen. Sie hingegen führten alles exakt so aus, wie man es ihnen vorlegte und zeigten nur selten Mut, die Grenzen des ihnen vermittelten zu überschreiten. Ich denke, dass auch ich über ein gewisses Geschick in praktischen Dingen verfügte, denn innerhalb kürzester Zeit hatte ich die Funktionsweise der Maschinen recht gut begriffen und konnte bei Defekten selbst kleinere Reparaturen vornehmen, wodurch man meiner Arbeitskraft weitere Bedeutung zumaß. So verbrachte ich eine lange Zeit von fünf Jahren an ein und demselben Arbeitsplatz, ohne, dass ich je ein böses Wort hörte. Natürlich gab es auch Kollegen, die des Öfteren ermahnt wurden. Diese waren es dann, die bei der kleinsten Krise als erste entlassen wurden. Bei meiner Einstellung wurden in meiner Abteilung noch einhundertfünfzig Personen beschäftigt, von denen die meisten Ausländer waren. Im Rahmen der zunehmenden Automatisierung in den darauf folgenden Jahren wurde die Zahl der Beschäftigten hier schließlich bis auf fünfzig herabgesenkt. Allerdings beschränkten sich die Entlassungen nicht nur auf unsere Abteilung, sondern waren auch in weiteren Abteilungen ein Thema.

Zu Entlassungen kam es im Allgemeinen nicht das ganze Jahr über, sondern vielmehr in Wellen, die sich im Abstand von drei oder sechs Monaten vollzogen. Dies waren dann Perioden, in denen alle vor Angst zitterten. In den Umkleide- und Erholungsräumen wurde dann über nichts anderes geredet.

Eines Tages, als es wieder so weit war, dass Entlassungen anstanden, hörte ich, wie eine Kollegin mit lauter Stimme erzählte, dass sie ebenfalls befürchte, entlassen zu werden, obwohl ihr Mann doch Student sei und sie gezwungen sei, zu arbeiten. Ich ging zu der Frau hin und wir machten uns bekannt. Die Kollegin war in der Akkordabteilung beschäftigt, hatte ein geselliges, offenes Wesen und stammte aus der Stadt Isparta. Ihr Mann studierte am Fachbereich für Ingenieurwesen. Mit dieser Kollegin, mit der ich mich damals anfreundete, bin ich noch heute befreundet.

Wir arbeiteten in einer der Abteilungen, in der die meisten Deutschen beschäftigt waren. In anderen Abteilungen hingegen, insbesondere in solchen, in denen im Akkord gearbeitet wurde, waren teilweise kaum Deutsche anzutreffen.

Im Allgemeinen war es in diesem Betrieb so, dass man keine Entlassung zu befürchten hatte, solange man den Arbeitsanforderungen gerecht wurde und seine Mitarbeiter respektierte. Nach Möglichkeit wurde man auch dann zuerst in anderen Abteilungen eingesetzt, wenn am eigentlichen Arbeitsplatz gerade Arbeitsmangel herrschte. Doch im Zuge der weiteren Automatisierung der Arbeit wurde dann insofern eine Auswahl getroffen, dass man die fähigeren Arbeitnehmer behielt, während man sich von den übrigen trennte. Daher bemühte auch ich mich, die einzuhaltenden Regeln zu befolgen, wann immer der Werksleiter sich sehen ließ, doch an diesem Tag hatte ich ihn nun mal nicht gesehen und drückte mein Bedauern aus.

Unser Werksleiter war etwa fünfundfünfzig Jahre alt, hatte stets einen mürrischen Gesichtsausdruck und gab sich mit den Arbeitern nicht weiter ab. Nur von Zeit zu Zeit ließ er sich blicken und musterte uns alle im Vorbeigehen. Dennoch unterließ er es nie, uns zu grüßen, wenn er an uns vorbeiging und nie hörte jemand ein kränkendes Wort von ihm. Im Grunde genommen hatten wir auch eher wenig mit ihm zu tun, denn alles Erforderliche besprachen wir in der Frühschicht mit den beiden Vorarbeiterinnen und in der Spätschicht mit den männlichen Vorgesetzten.

Langsam näherte sich der Sommer des Jahres neunzehnhundertdreiundsiebzig und aus verschiedenen Gründen konnten wir auch in diesem Sommer nicht in den Heimaturlaub fahren. Ich selbst war erst seit kurzem im Betrieb und hatte noch keinen Urlaubsanspruch, währen mein Mann Prüfungen zu schreiben hatte, auf die er sich vorbereiten musste. Meine Schwangerschaft aber war der wichtigste Grund, warum wir in diesem Jahr hier bleiben würden. Ich war bereits seit anderthalb Jahren hier ich vermisste meinen Vater, meine Brüder, die anderen Verwandten und auch mein Heimatland sehr, doch es war unmöglich, in Urlaub zu fahren. So würden wir auch diesen Sommer hier verbringen. Die Sommertage verbrachten wir so, dass wir nach Feierabend die häuslichen Arbeiten verrichteten oder mit den Angehörigen oder meinem Mann spazieren gingen. Schließlich gab es in Hamburg eine Vielzahl von wunderschönen Parks und anderen Orten, die wir gemeinsam mit meiner Schwiegermutter besuchten. Die Ärmste wäre sonst den ganzen Tag zu Hause allein gewesen. Tatsächlich war sie darüber aber nicht allzu unglücklich, hatte sie doch jahrelang getrennt von ihrem Mann gelebt. Gemessen daran stellten die jetzigen Lebensumstände keine Schwierigkeiten für sie dar. Nun lebte sie endlich mit ihrem Mann zusammen und hatte außerdem zwei ihrer Kinder, ihre Geschwister, Schwager und Schwägerinnen um sich, wodurch sie sich auch nicht allzu fremd fühlte. Allerdings wäre ihr noch wohler geworden, wenn wir endlich eine bessere Wohnung finden würden. Eines Tages besuchten wir den älteren Onkel, der uns mitteilte, dass er in die Türkei reisen würde und er sich außerdem mit den Untermietern nicht so gut verstehen würde. Die anderen Onkels waren bereits in eine andere Wohnung umgezogen. Wir schlugen ihm daraufhin vor, seine Wohnung zu übernehmen und ihm dafür unsere eigene Wohnung gegen eine Abstandszahlung zu überlassen. Diese könnte er dann weitervermieten. Nachdem er akzeptierte, übernahmen wir schließlich die Wohnung, in der wir zuvor bereits gewohnt hatten. Ende November überließ der

Onkel dann unsere Wohnung gegen eine Abstandszahlung von zweitausend Mark an den mittleren Onkel. War es nicht so, dass unsere Landsleute immer einen ihrer Nächsten fanden, wenn es galt, irgendetwas abzugeben? Der Onkel wiederum brauchte damals eine größere Wohnung, da er beabsichtigte, in Kürze seine Frau und die Kinder aus der Türkei nachzuholen, denn anderenfalls hätte er für sie keine Aufenthaltsgenehmigung bekommen. Bis zu deren Ankunft mussten wir sowohl den Umzug, als auch die offizielle Wohnungsübergabe erledigen. Da sich außerdem bereits meine Mutterschutzzeit näherte, mussten wir so schnell wie möglich eine Wohnung mit Heizung beziehen. Das Problem war nur, dass in der Wohnung zum damaligen Zeitpunkt nur ein kleines und ein größeres Zimmer frei waren. Die Untermieter hätten wir nicht einfach so auf die Straße setzen können und mussten ihnen eine angemessene Frist setzen, damit sie sich ein neues Dach über dem Kopf suchen konnten. Also willigten wir ein, zunächst die beiden freien Zimmer zu beziehen und teilten gleichzeitig dem Onkel mit, dass die anderen Zimmer so bald wie möglich geräumt werden sollten. Allerdings hatte der Onkel unterdessen sein Kind, das er mit seiner zweiten Frau hatte, zu seiner ersten Frau in die Türkei bringen müssen, da die leibliche Mutter sich nicht ausreichend darum gekümmert hatte. Es war äußerst bemerkenswert, dass seine in der Türkei lebende erste Frau das Kind aufzog, als wäre es ihr eigenes gewesen. Die zweite Frau des Onkels aber siedelte später in die Türkei um und kehrte nie wieder nach Deutschland zurück. Die beiden Frauen lebten dort etwa sechs, sieben Jahre zusammen, doch auch dort konnte die Zweitfrau nicht heimisch werden. Sie heiratete später einen ihrer eigenen Landsleute und gemeinsam mit ihm verließ sie Antalya, während sie ihr Kind erneut bei der Stiefmutter zurückließ. Somit fand auch die Erstfrau endlich ihre Ruhe, denn nun wurde sie nicht mehr aufgefordert, sie solle ihren Mann offiziell freigeben, die Wohnung hergeben oder gar wegziehen. Es war, wie der Volksmund sagt, „die Wünsche des geduldigen Derwischs werden am Ende erfüllt". Die bedauernswerte Frau und Mutter von drei Kindern verfügte über keinerlei wirtschaftliche oder soziale Absicherung und fand am Ende doch ihren Frieden wieder.


## Der zweite Umzug

Mein Mutterschutz begann in der ersten Dezemberwoche und nach einer Woche, die ich zu Hause verbrachte, begannen wir, die Wohnung für den Umzug sauber zu machen und diverse organisatorische Dinge zu erledigen. Da wir nicht besonders viele Möbel hatten, brauchten wir für den Umzug an sich nur einen einzigen Tag. Wenngleich meine erfahrene Schwiegermutter – selbst Mutter von fünf Kindern – mich zwar ermahnte, dass ich mich in meinem Zustand nicht zu sehr anstrengen sollte, überhörte ich dies sehr geschickt und rackerte mich weiter ab. Im Untergeschoss befand sich eine Küche, die man vorher einer Familie zu Wohnzwecken untervermietet hatte. Diese funktionierten wir wieder zur Küche um, wodurch das Essen nicht mehr in den Zimmern zubereitet werden würde, wie wir es früher getan hatten. Ich freute mich, dass wir in Zukunft in der Küche essen würden. Ein weiterer Anlass zur Freude für mich war, dass wir in Zukunft warmes Wasser und ein Badezimmer haben würden. Der eigentliche Umzug vollzog sich am zehnten Dezember und bis zwanzig Uhr hatten wir alle Hände voll zu tun gehabt. Endlich war der Umzug perfekt, doch bevor ich mich auch nur eine Stunde in der neuen Wohnung hatte ausruhen können, musste ich ins Krankenhaus.

## Erste Muttergefühle

Als die Abstände meiner Wehen, die eingesetzt hatten, immer kürzer wurden, musste ich gegen zweiundzwanzig Uhr notgedrungen ins Krankenhaus. Nach der durchgeführten Untersuchung entschied der wachhabende Arzt, dass es angebrachter wäre, mich gleich dort zu behalten. Als ich erfuhr, dass es sich um die Vorwehen einer Frühgeburt handelte, wurden meine Schmerzen noch durch die einsetzende Sorge und Angst verstärkt. Was, wenn unserem Kind etwas zustoßen sollte? Warum hatte ich nur all die schweren Gegenstände getragen? Es gab doch schließlich genug Leute, die uns halfen. Ich ging recht hart mit mir ins Gericht und machte mir schwere Vorwürfe. Gegen die unerträglichen Schmerzen hatte man mir Medikamente verabreicht, unter deren Einfluss ich mich zwar etwas entspannte; doch mich beschäftigten so viele gemischte Gefühle, dass ich am nächsten Morgen völlig durcheinander war.
Gleich nachdem die Patientenvisite am nächsten Tag begann, verabreichte man mir erneut Medikamente, mit denen wiederum die Geburt eingeleitet werden sollte. Begleitet von sieben oder acht Studenten erschien etwa gegen vierzehn Uhr der Arzt. Da ich jedoch bereits unter dem Einfluss der Medikamente stand, nahm ich alles nur in benommenem Zustand wahr. Allerdings vernahm ich noch, dass mir einige junge Leute als angehende Ärzte vorgestellt wurden. Gegen 14:30 Uhr brachte ich unseren Sohn zur Welt, der aber unmittelbar nach der Geburt von mir getrennt wurde. Ich selbst kam erst einige Stunden später wieder zu mir und fragte dann gleich meinen Mann, der bei mir saß, wo unser Sohn sei. Er antwortete mir, dass man ihn in den Brutkasten gebracht hätte, da er zu früh geboren wurde. Der erwartete Geburtstermin unseres Sohnes wäre der zwölfte Januar gewesen, doch er kam genau vier Wochen zu früh, nämlich am elften Dezember, auf die Welt. Daher hatte man das Baby in diesen Kasten gelegt. Als man mich am späten Abend zu meinem Kind brachte, war ich beinahe schon wieder bei vollem Bewusstsein. Ich war erschüttert, als ich mein Kind, mit all den Schläuchen in

Mund und Nase, in diesem Kasten sah, der einem Korb ähnelte und brach in Tränen aus. Ich wurde begleitet von Krankenschwestern und meinem Mann, die mich alle zu trösten versuchten und mir versicherten, dass es dem Kleinen gesundheitlich gut gehe und er schon nach einigen Tagen den Brutkasten würde verlassen können.

Tatsächlich wurde das Kind bereits nach drei Tagen aus dem Brutkasten herausgenommen. Um aber zu vermeiden, dass er von verschiedenen Dingen beeinträchtigt würde, brachte man ihn noch immer nicht zu mir. Da er selbst noch nicht saugen konnte, saugte man mir mit Hilfe einer Pumpe die Muttermilch aus der Brust und gab sie dem Baby aus einer Flasche.

Gemeinsam mit meinem Mann hatten wir uns zuvor bereits für einen Namen entschieden, den wir aus dem Wörterbuch ausgesucht hatten. Wir hatten beschlossen, dass wir diesen Namen sowohl einem Mädchen, als auch einem Jungen geben würden. Seitens der Familie wurde angedeutet, dass man es gern gesehen hätte, wenn wir unseren Sohn nach meinem Schwiegervater benennen würden. Als wir jedoch nicht weiter darauf eingingen, sahen sie wiederum davon ab, diesbezüglich weiteren Druck auszuüben.

Während ich selbst nach zehn Tagen aus dem Krankenhaus entlassen wurde, musste das Baby noch zwei weitere Wochen im Krankenhaus bleiben, bis es ein bestimmtes Gewicht erreichte. Während dieser zwei Wochen pumpten wir täglich die Milch aus meiner Brust ab und brachten sie ins Krankenhaus. Das Zimmer, welches wir zu Hause bewohnten, war nur vier oder fünf Quadratmeter groß, wodurch es sich als äußerst schwierig herausstellte, dort ein Kinderbett unterzubringen. Obwohl wir den Onkel baten, er solle seinen Untermieter zu einem schnellstmöglichen Umzug bewegen, damit wir eines der größeren Zimmer hätten beziehen können, gelang es uns doch nicht, dies bis zur Ankunft unseres Sohnes zu bewerkstelligen. Wir waren der Ansicht, dass es im Hinblick auf die Gesundheit des Säuglings nicht vorteilhaft wäre, zu dritt in dem kleinen Zimmer zu wohnen und wünschten uns, bis zu seiner Ankunft zu Hause alles für das Kind optimal herzurichten. Auch wenn unser Wunsch sich nicht sofort erfüllte, versuchten wir dennoch, eine annehmbare Lösung zu finden. Also kauften wir ein kleines Bettchen und gestalteten das Zimmer dennoch angenehm.

Am Neujahrsabend des Jahres 1974 konnten wir unseren Sohn endlich nach Hause holen, wodurch dieser Tag für uns eine doppelte Bedeutung gewann. Zu solchen Anlässen wurden traditionell viele Feuerwerkskörper entzündet und wir hatten dem Kleinen Watte in die Ohren gestopft, damit der Lärm ihn nicht störte. Daraufhin zogen einige unserer Verwandten uns damit auf, dass wir wohl etwas überängstlich in Bezug auf das Kind seien. Erst nachdem unser Sohn bei uns zu Hause ankam, begannen wir zu begreifen, was es hieß, sich als Mutter und Vater zu fühlen, denn bis dahin hatten unsere Ängste alles überschattet. Es war ein unbeschreiblich schönes Gefühl. Wir hatten zwar schon oft davon gehört, wenn Mütter und Väter aus unserem Umfeld davon erzählten, doch ich denke, dass man dieses Gefühl unmöglich nachvollziehen kann, ohne es selbst erlebt zu haben.

Wir schoben alle negativen Gedanken und Sorgen beiseite und konzentrierten uns einzig und allein auf unseren Sohn, wobei wir jede seiner Regungen bis ins kleinste Detail beobachteten: ob er genug aß, wie oft er in die Windeln machte, ob er hungrig war, seinen Schlaf, sein Gewicht, sein Wachstum, und, und, und. Das Studium meines Mannes verlief zwar ebenfalls gut, doch auch wenn es nicht so gewesen wäre, hätten wir in diesen Tagen wohl kaum einen Gedanken daran verschwendet, denn wir hatten nun eine Quelle der Freude, die alles andere einfach in den Schatten stellte. Neben meinem Mann und mir waren auch meine Schwiegereltern völlig hingerissen, da unser Sohn ihr erstes Enkelkind war.

Obwohl unser Sohn bei seiner Geburt recht klein gewesen war, entwickelte er sich doch sehr gut. Als ich eines Tages entdeckte, dass sein Rücken komplett bläulich angelaufen war, war ich wie von Sinnen vor Schreck, doch meine Schwiegermutter sagte, „Das ist kein Grund zur Sorge: sein Vater und alle meine anderen Kinder hatten das ebenfalls". Da mich dies aber nicht beruhigte, ging ich dennoch umgehend mit dem Kleinen zum Arzt. Erst als der schon etwas ältere Arzt sagte, „Das nennt man einen

Mongolenfleck und der zeigt, dass Sie von den Mongolen abstammen. Mit zunehmendem Alter wird sich das verwachsen" waren wir beruhigt. Außerdem hatten wir etwas Neues erfahren, nämlich, woher wir eigentlich entstammten.

Aufgrund der Frühgeburt hatte ich von meinem sechswöchigen Urlaubsanspruch vor der Geburt lediglich zehn Tage nutzen können. Doch nach der Geburt standen mir weitere acht Wochen Mutterschutz zu, die ich ebenfalls vollständig zu Hause verbrachte. Unser Sohn war mittlerweile zwei Monate alt. Der kleine Racker hatte ordentlich zugenommen und war gewachsen. Er war einfach bezaubernd und es erschien mir fast unmöglich, ihn zu Hause zurückzulassen und wieder zur Arbeit zu gehen, doch es musste sein. Zumindest konnte ich bezüglich seiner Betreuung beruhigt sein, denn seine Großmutter, die ihn zu Hause pflegen würde, war erfahren und liebte ihn über alles. Dieses war eben einer der Vorteile, die das gemeinsame Wohnen mit sich brachte: weder mussten wir uns auf die Suche nach einer vertrauenswürdigen Kinderbetreuung machen, noch mussten wir das Kind in aller Herrgottsfrühe wecken.

Im Februar des Jahres 1974 begann ich wieder zu arbeiten. Bei der Arbeit war alles beim Alten geblieben, wenngleich ich den Eindruck gewonnen hatte, dass das Tempo ein wenig zugenommen hatte. Es wurde nun verlangt, dass in der Frühschicht auch sonnabends gearbeitet wurde. Da dies nur alle zwei Wochen sein und sich in gewissem Maße auch finanziell niederschlagen würde, entschied ich mich, auch an diesen Tagen zu arbeiten. Mein Schwiegervater, der Onkel und wir kamen gemeinsam für die Miete auf. Wann immer einer von uns in einen finanziellen Engpass geriet, unterstützten wir uns gegenseitig. Unsere Geldprobleme gehörten nun der Vergangenheit an und wir hatten sogar begonnen, erste Ersparnisse zu bilden. Auch mit der Einrichtung waren die Schwierigkeiten größtenteils ausgeräumt, nachdem wir in das größere Zimmer gezogen waren.

Aus einem Geschäft für Gebrauchtmöbel hatten wir eine komplette Schlafzimmergarnitur erworben und unser Zimmer damit eingerichtet. Aus einer der gegenüberliegenden Häuser hatte man außerhalb der vorgesehenen Abstelltage eine kleinere und sehr

ansehnliche Sitzgruppe auf der Straße zur Entsorgung abgestellt, die ich nach Hause mitnahm. Die mit Reißverschluss versehenen Bezüge wusch ich sorgfältig und richtete dann eine weitere Ecke unseres Zimmers mit diesen Möbeln ein. Dadurch hatten wir unser Zimmer in einen Schlaf- und einen Wohnbereich aufgeteilt. Der recht große Raum erschien uns nun um vieles behaglicher. In der Schlafzimmerecke hatte selbst das Babybettchen noch Platz gefunden und in der Wohnecke stellten wir noch einen kleinen Arbeitsplatz auf. In diesem einen Zimmer fand somit alles das Platz, was eine Familie, wie die unsere, benötigte. Wir hatten alles was wir brauchten und konnten nun auch Bekannte vom Arbeitsplatz und andere Gäste bedenkenlos empfangen.
Eines Tages besuchten wir einen ehemaligen Kommilitonen meines Mannes vom Lehrerinstitut, der aus der Türkei geheiratet hatte. Da die beiden kein eigenes Einkommen hatten, war der Vater – ein pensionierter Lehrer der Provinzinstitute – für sämtliche Ausgaben aufgekommen, obwohl er insgesamt sechs Kinder zu ernähren hatte. Ich war sowohl überrascht, als auch ein wenig neidisch, als ich dies erfuhr, denn die Wohnung der beiden hatte mir sehr gut gefallen. In den darauf folgenden Jahren jedoch, waren die beiden immer wieder mit zahlreichen Problemen konfrontiert, wodurch ich zu der Überzeugung gelangte, dass es die Menschen nicht glücklich macht, wenn sie sich nicht selbst etwas erarbeiten und ihnen alles von Dritten ermöglicht wird. Im Gegenteil denke ich, dass es besser ist, durch eigene Anstrengungen, etwas zu erreichen, so wie wir es getan haben. Ich vertrete die Auffassung, dass man selbst etwas geleistet haben muss, um schließlich die Erfolge Wert schätzen zu können. Selbst die kleinste Errungenschaft, der kleinste Fortschritt erfreute uns über die Maßen und schweißte uns umso mehr aneinander. Ich weiß noch, wie erstaunt ich war, als während eines Bekanntenbesuches in Berlin darüber geredet wurde, wie ein wohlhabender Unternehmer seinen eigenen Sohn in der Fabrik mit den Arbeitern hatte arbeiten lassen, damit dieser das Leben kennen lernte. Damals hatte ich nicht nachvollziehen können, welcher Sinn darin verborgen sein mochte, doch in den späteren Jahren begriff

ich, dass dies eine kluge Entscheidung gewesen war. Das Sprichwort, „Wie gewonnen, so zerronnen", welches unsere älteren Leute gerne verwenden, hat also doch seine Berechtigung.
Nachdem wir unsere Wohnung nun hergerichtet hatten, waren wir endlich auch in der Lage, problemlos unsere Gäste zu empfangen. In der Fremde versuchten unsere Leute, ihre Sehnsucht durch häufige gegenseitige Besuche zu lindern und so war es natürlich auch bei uns. Statt in der Freizeit ins Kino oder etwa ins Theater zu gehen, zog man es gemeinhin vor, sich gegenseitig zu Hause zu besuchen. Meiner persönlichen Ansicht nach zog man diese Art der Freizeitgestaltung nicht zuletzt auch deswegen vor, weil sie relativ kostengünstig war und die Alternativen aufgrund mangelnder Sprachekenntnisse auch kein Vergnügen bereiteten. Da wir außerdem auch ein kleines Kind hatten, bekamen wir also immer häufigeren Besuch. Allerdings waren es ausnahmslos Türken, mit denen wir Kontakte auf diese Art pflegten, wodurch unser Leben fast den Anschein hatte, wir würden nicht in Deutschland, sondern in der Türkei leben. Wir hatten weder Kontakt zu den Deutschen, noch zu den weiteren Ausländergruppen. Abgesehen davon, dass wir keine familiären Kontakte zu ihnen pflegten, wussten wir oftmals nicht einmal, wer unsere Nachbarn im gleichen Haus waren. Die Gründe dafür, dass viele unserer Landsleute zwar seit vierzig Jahren hier leben, aber dennoch keine Kontakte zu ihren deutschen Nachbarn haben, liegen teilweise auf unserer Seite, teilweise aber auch auf Seiten der Deutschen, die Ausländern gegenüber eine eher verschlossene Haltung innehaben.
Ich denke, es wird von Nutzen sein, an dieser Stelle eine Tatsache besonders hervorzuheben: die erste Generation der Gastarbeiter, die damals nach Deutschland kam, profitierte von dem Wohlstand hier und lernte es, diszipliniert zu arbeiten. Allerdings blieben die Möglichkeiten des sozialen Lebens weitgehend unentdeckt. Erst später lernte ein Teil der zweiten und dritten Generation das soziale Leben kennen und schätzen. Dennoch ist es noch immer so, dass die Mehrheit unserer Landsleute die Chancen, die das Leben in einem europäischen Land bietet, noch immer nicht in adäquater Weise für sich entdeckt hat und diese

nach wie vor nicht nutzt, obwohl inzwischen Jahrzehnte vergangen sind, sie teilweise hier geboren sind und das hiesige Schulsystem durchlaufen haben.

Da wir noch in der Gewöhnungsphase unseres gemeinsamen Wohnens waren, kam es in dieser Zeit, in der die gegenseitigen Besuchskontakte sich häuften, auch innerhalb unserer Familie zu interessanten Entwicklungen. Wir empfingen beispielsweise zahlreiche Gäste, die kamen, um unser Kind zu sehen, denn schließlich waren wir ja eine Großfamilie. Eines Tages teilte meine Schwiegermutter mir mit, dass ihre Bekannten zu Besuch kommen würden und bat mich, etwas Langes anzuziehen und ein Kopftuch anzulegen. Nachdem ich erste die Sprachlosigkeit überwunden und mich gesammelt hatte, entgegnete ich ihr, dass ich einverstanden wäre, allerdings nur unter der Bedingung, dass sie ihrerseits ihr Kopftuch ablegen und einen Rock ohne die langen Hosen darunter tragen würde, wenn ich das nächste Mal Besuch erwarte. Dieses Mal war sie diejenige, die perplex war und antwortete gleich, „Das geht nicht, das kann ich nicht tun". Daraufhin schlug ich vor, dass wir uns doch gegenseitig so akzeptieren sollten, wie wir waren: sie sollte sich einfach weiterhin so kleiden, wie sie es für richtig hielt und ich würde mich ebenfalls so kleiden, wie ich es für richtig hielt. Nach diesem Tag brachte meine Schwiegermutter nie wieder Einwendungen gegen meine Kleidung vor, obwohl ich in ihrer Gegenwart sogar mit Bikini Schwimmen ging. Außerdem mischte sie sich auch nie in die Kleiderordnung ihrer späteren Schwiegertöchter ein, oder verlor ein negatives Wort über die Kleidung. Neben den Vorteilen einer Wohngemeinschaft wie der unseren gab es natürlich auch Nachteile dieser Art, doch mit Geduld und Engelszungen versuchten wir, diese zu überwinden, oder zumindest abzumindern.

Während meine Schwiegermutter sich um das Kind kümmerte, schaffte sie es auch, fünf Mal am Tag zu beten und die tägliche Hausarbeit zu erledigen. Eines Tages sagte ich zu ihr, sie brauche sich nicht um den Haushalt zu kümmern, da wir dies auch nach der Arbeit erledigen könnten, als sie unter Lachen antwortete, „Ich habe einen Trick herausgefunden: wenn der Plattenspieler läuft, schläft der Kleine ein. Ich kann dann beten und die Hausarbeit erledige ich meistens, während er schläft". Wir hatten damals einen neuen Plattenspieler angeschafft, besaßen aber nur eine einzige Platte. Diese LP hatte mein Mann von seinen Kommilitonen bekommen. Weiter verbreitet waren damals die kleineren 45´er Vinylplatten. Der Onkel besaß damals eine große Sammlung an 45´er Platten, hörte aber am liebsten „Der Reiter auf dem Schimmel". Wir hingegen liebten die LP von Ruhi Su, die wir häufig hörten. Ohne den Sänger zu kennen, hörten unsere Verwandten von ihm gerne die Lieder „El Kapıları", „Köroğlu" und „Zeybekleri", gleichzeitig unterließen sie es aber auch nicht, meinem Mann vorzuhalten, dass er ein Linker war. Ohne dass wir es mitbekommen hatten, hatte sich also auch unser Sohn zu einem wahren Ruhi Su Fan entwickelt. Die eine Seite dieser Platte war in einer halben Stunde abgespielt und hatte wohl auf ihn die Wirkung eines Einschlafliedes, so dass die Oma dem Kleinen nichts mehr vorzusingen brauchte. Sie hatte übrigens noch erzählt, dass sie eines Tages zum Test eine andere Platte aufgelegt hatte, gegen die der Kleine aber sofort protestiert hatte.

Die Zeit verging so rasend schnell und unser Sohn war schon wieder gewachsen und konnte mittlerweile krabbeln. Eines Tages räumte ich in der Küche im Untergeschoss gemeinsam mit meiner Schwiegermutter das Fleisch, das wir en gros eingekauft hatten, in den Kühlschrank ein. Für einen Moment hatten wir beide den Kleinen völlig vergessen. Unterdessen war der Knirps die fünfzehn Stufen hinaufgekrabbelt, vermutlich, um die Katzen aus der Nähe zu betrachten. Dabei war er in die Grube gestürzt, wo sich die alte Kellertür befand. Als wir seinen Schrei hörten, eilten wir sofort die Stufen nach oben, wo sich uns ein schlimmer Anblick bot: der Kleine war in eine zwei Meter tiefe Grube gefallen, wo er auf einem Haufen aus Dreck, Steinen und kaputten Flaschen lag und weinte. Ich war wie von Sinnen, doch glücklicherweise war mein Mann zum Lernen zu Hause geblieben. Sofort rannten wir zum nächsten Krankenhaus, wo ich während der ärztlichen Untersuchung noch immer in Panik war und weinte. Plötzlich sagte die anwesende Krankenschwester zu

mir gewandt „Sie machen aber ein Theater". Ich vermute, dass sie selbst noch keine Kinder hatte, war aber dennoch sehr verärgert über sie. Da unserem Kind aber nichts Ernsthaftes zugestoßen war, verging meine Verärgerung dann auch schnell.
Da es langsam wieder wärmer wurde, gingen wir nach Feierabend meist in den Parks spazieren oder besuchten den Schwiegervater auf ein Eis. Meine Kollegin aus der Fabrik, deren Mann ebenfalls Student war, hatte einen Monat nach mir entbunden und ebenfalls einen Sohn bekommen. Der Kopf des Kindes sah aus, als wäre er aus zwei Teilen zusammengesetzt worden. Als die Freundin mir eines Tages sagte, sie würde sich schämen, das Kind anderen Leuten zu zeigen, antwortete ich entrüstet, sie sei wohl nicht bei Trost und unfähig, sich zu freuen. Ich sagte ihr auch, dass es einfach von Undankbarkeit zeugte, so über ein völlig normales Kind zu reden. Ermutigt durch meine Reaktion gab sie mir schließlich Recht. Im Laufe der Zeit normalisierte sich das Erscheinungsbild des Schädels völlig und der Kleine wuchs zu einem äußerst gut aussehenden Ingenieur heran.
Diese Kollegin wohnte bei mir ganz in der Nähe und im Laufe der Zeit wurden wir zu guten Freundinnen und bauten einen intensiven familiären Kontakt auf. Obwohl wir häufig miteinander unterwegs waren, wurde meine Sehnsucht, die ich nach der Türkei verspürte, immer größer. Ohne den Rückhalt innerhalb der Familie wäre das Leben hier vermutlich unerträglich gewesen. Apropos Familie: Eines Tages erwähnte ich während eines Gespräches mit eben dieser Freundin, wie sehr ich meine Brüder vermissen würde, als sie mich völlig überrascht fragte, ob ich denn Geschwister hätte. „Na und ob" antwortete ich, „wir sind sechs Geschwister". Da sagte sie voller Verwunderung, dass sie immer davon ausgegangen sei, dass ich überhaupt keine Verwandten hätte und der Familie meines Mannes gegenüber aus diesem Grunde so verbunden sei. Wie Sie sehen, war eine Zeit angebrochen, in der gute Beziehungen bereits als außergewöhnlich erachtet wurden.
Obwohl wir es fest geplant hatten, in diesem Jahr in den Heimaturlaub zu fahren, so befürchteten wir doch, dass das Kind unter der sengenden Hitze von Antalya krank werden könnte. Eines

Tages kam das Thema zur Sprache, als meine Schwiegermutter unvermittelt vorschlug, wir sollten doch alleine verreisen und den Kleinen bei ihr lassen. Natürlich hatten wir zunächst Bedenken, unseren erst acht Monate alten Jungen hier zurückzulassen. Doch als uns dann versichert wurde, dass sich auch meine Schwägerin und die anderen Onkels um den Kleinen kümmern würden, beschlossen wir, dass es das Beste wäre, ihn hier zu lassen. Ich konnte mir schon nicht mehr vorstellen, es ein weiteres Jahr auszuhalten, ohne in Urlaub zu fahren. Hinzu kam, dass es in diesem Jahr zeitlich auch meinem passte, was keineswegs immer der Fall war.

## Urlaub in der Türkei

Es war das erste Mal seit unserer Heirat, dass ich mit meinem Mann in den Urlaub fuhr und so war ich in zweierlei Hinsicht aufgeregt. Einerseits würde ich meine Familie das erste Mal als verheiratete Frau besuchen. Andererseits würde ich meinen kleinen Sohn zur Pflege bei meiner Schwiegermutter hier zurücklassen. Also war ich glücklich und bedrückt zur gleichen Zeit. Nachdem mir in der Firma mein Urlaub genehmigt wurde, flogen wir in die Türkei, blieben aber in Gedanken hier hängen. Wie alle „Gastarbeiter" in Deutschland hatten auch wir, im Rahmen unserer finanziellen Möglichkeiten kleinere Mitbringsel für alle eingekauft. Es war völlig unmöglich, so ganz ohne Geschenke anzureisen! Jahre später wurde einer meiner Neffen auf einen hoch dotierten Posten als Sicherheitsbeauftragter an die Türkischen Botschaft in Wien versetzt, wo ihm die Frage der Mitbringsel wohl einige Kopfzerbrechen bereitet hatte. Also fragte er mich eines Tages, „Tante, verrate mir doch mal, wie Ihr jahrelang mit den Geschenkekäufen für alle die Verwandten hinterhergekommen seid."

Sobald die Urlaubssaison nahte, begannen unsere Landsleute schon damit, ihre Geschenkekäufe zu tätigen. Natürlich kostete es Geld und Zeit, alle diese Besorgungen zu erledigen. Die Mitbringsel mussten einerseits kostengünstig, aber gleichzeitig von guter Qualität sein, da die Empfänger sonst die Nase rümpfen würden. Es galt, das Unmögliche möglich zu machen, nämlich alle zufrieden zu stellen. Dabei musste man es nur darauf anlegen und schon hatte man einen Makel ausgemacht. Also haben die bedauernswerten „Gastarbeiter" es in all den Jahren weder geschafft, die Geschenkfrage zu lösen, noch ihre Nächsten zufrieden zu stellen. Im Gegenteil, während der Wert der Mitbringsel im Laufe der Jahre immer weiter anstieg, wurde es auch immer komplizierter, die Ansprüche der dortigen Verwandten zu erfüllen. Immer häufiger wurden die „Gastarbeiter" als Gans angesehen, die es auszunehmen galt.

Auf dieser Reise passierte uns etwas, was ich niemals vergessen werde: Am Flughafen wurde mein Mann von einem Herrn angesprochen, der sagte, dass er hier bei der Schwarzarbeit erwischt worden sei und nun in die Türkei abgeschoben werden solle. Er traue sich aber nicht, das Geld, welches er zusammengespart habe, beim Grenzübertritt selbst bei sich zu tragen, da er befürchte, die deutschen Beamten könnten es konfiszieren. Also bat er meinen Mann, das Geld für ihn in die Türkei einzuführen. Damals hatten wir häufig davon gehört, dass die Polizei die Gelder der gefassten Schwarzarbeiter beschlagnahmte. Wir hielten dem Mann vor, dass er uns doch gar nicht kenne und wir ihn ebenso wenig. Doch er entgegnete nur, er würde uns vertrauen und übergab uns an Ort und Stelle achtzehntausend Mark in bar. Als er sagte, man könnte ihn eventuell einige Tage wegen illegalen Aufenthaltes festhalten, wurden wir unruhig und fragten ihn, wem wir denn das Geld geben sollten, wenn er nicht gleichzeitig mit uns einreisen könne. Da gab er uns die Anschrift seiner Frau, der wir das Geld schicken sollten. Er und drei weitere Personen, die sich in einer ähnlichen Situation befanden, wurden separat in das Flugzeug begleitet. Am Istanbuler Flughafen angekommen konnten wir dann glücklicherweise doch gemeinsam den Zoll passieren. Wir halfen ihm dann noch, sein Gepäck, das aus einem teppichbunten Bettwäscheset bestand, in Empfang zu nehmen, übergaben ihm sein Geld und waren somit einer schweren Last entledigt.

Unsere Reise hatte aufregend begonnen und blieb es auch weiterhin. Am zweiten Tag nach unserer Ankunft in Antalya intervenierte die Türkei in Zypern. Zu meiner Sorge um unser Kind, das wir zurückgelassen hatten, kam nun von Anfang an auch die Befürchtung hinzu, dass wir eventuell nicht zurückreisen könnten. Die Transport- und Kommunikationsmöglichkeiten, wie z. B. Telefon, waren damals noch nicht so weit verbreitet, so dass wir nur in begrenztem Maße an Informationen gelangten. Unter dem Schatten all dieser Ereignisse besuchten mein Mann und ich unsere Verwandten, die wir so sehr vermisst hatten. Gleichzeitig wünschten wir uns insgeheim, dass der Urlaub doch schnell vorübergehen möge und konnten den Tag unserer Abreise kaum erwarten. Indes hatten wir natürlich unser Vorhaben, unmittelbar nach Studienabschluss in unser Land zurückzukehren, keineswegs vergessen und handelten auch dementsprechend. Bei unserer Rückkehr wollten wir eine Bleibe haben, die uns gehören sollte und insbesondere ich hatte darauf bestanden, dass diese in der Nähe meiner Verwandten, also meines mittleren in Istanbul lebenden Bruders liegen sollte. Als ich jedoch den Istanbuler Stadtteil sah, in dem er damals lebte, überlegte ich es mir wieder anders.

Stattdessen wandten wir uns an den Bauunternehmer in Antalya, bei dem zuvor auch mein Schwiegervater seine Immobilie erworben hatte. Im Stadtzentrum von Antalya kauften wir eine kleine Wohnung im sechsten Stock eines Wohnhauses, die einundzwanzigtausend Mark kosten sollte. Wir hatten zehntausend Mark dabei, die wir gleich als Anzahlung leisteten. Den verbliebenen Betrag liehen wir uns von meiner Schwägerin und dem Schwiegervater und zahlten somit auch den Rest. Es war nichts Außergewöhnliches, wenn wir alle uns in dieser Form gegenseitig unterstützten. Später dann, als meine Schwägerin eine Wohnung kaufte, revanchierten wir uns auf ähnliche Art und Weise. Solange wir dann wieder Barmittel hatten, zahlten wir es einander zurück, ohne dass wir in Engpässe gerieten. Nachdem wir diese Wohnung, die wir dann schließlich kauften, besichtigt hatten, war es nicht mehr möglich gewesen, meinen Mann zur Besichtigung anderer Wohnungen zu bewegen. Von der mitten im Zentrum gelegenen Wohnung aus eröffnete sich ein weiter Blick auf die Stadt und das Mittelmeer hinaus. Da die Wohnung aber in einer Art Staffeletage war, war sie sehr hoch und laut, verfügte über keinen Fahrstuhl und wurde noch dazu im Sommer sehr heiß. Trotz all dieser Nachteile erstanden wir die Wohnung. Obwohl wir die Wohnung bis heute kaum genutzt haben, kam es über sie schon zu mancher Auseinandersetzung, da sie meinen Vorstellungen nicht entsprochen hatte. Bei einem heutigen Verkauf würden wir keinesfalls den Preis erzielen, den wir damals gezahlt hatten.

In Kastamonu besuchten wir meine Familie, meine Brüder und die Verwandten. Dort angekommen merkte ich erst, wie sehr ich mich nach der Landschaft, den Gärten, ja sogar nach den einfachen Feldern meiner Heimat gesehnt hatte. Es mag zwar merkwürdig erscheinen, doch in Gedanken fragte ich mich damals, ob ich denn nicht jemanden aus der Gegend hier hätte heiraten können. Stattdessen war ich so weit in die Ferne gegangen. Im Scherz hatte ich auch mit meinem Mann über diese Gedanken geredet und auch meine Stiefmutter und meine Schwägerin hatten sich ähnlich geäußert. Besonders meine ältere Schwägerin, über die ich auf den folgenden Seiten noch berichten werde, war es, die, insbesondere nachdem ihre eigene Tochter nach Deutschland geheiratet hatte, immer häufiger auf dieses Thema zu sprechen kam.

Nach meinem Familienbesuch hatte ich noch Gelegenheit genutzt, für ein paar Tage mit meinen Schwägern ans Meer zu fahren. Mein Mann war der älteste seiner Geschwister. Sein jüngerer Bruder studierte damals in der Stadt Erzurum. Er wurde gefolgt von meiner in Deutschland lebende Schwägerin. Nach ihr kamen meine jüngsten Schwäger, von denen einer das Gymnasium und der andere noch die Mittelschule besuchte. Alle drei waren sie in den Ferien nach Antalya gekommen. Während mein Mann das älteste Geschwisterkind war, war ich zu Hause die Jüngste gewesen. Das brachte manchmal Anpassungsschwierigkeiten mit sich, die wir aber zu überwinden versuchten. Während unserer Tage am Meer zogen die anderen mich ein wenig auf, weil ich nicht Schwimmen konnte. Ich weiß nicht ob es daran lag, dass ich dies nicht mit meinem Stolz vereinbaren konnte, doch im Rahmen unserer Möglichkeiten habe ich später sowohl das Schwimmen, als auch Ski- und Autofahren noch gelernt – wenn auch erst viel zu spät.

Als unser Urlaub zu Ende war, fuhren wir ohne irgendwelche Hindernisse mit dem Bus nach Istanbul und flogen von dort aus nach Hamburg weiter. Damals gab es noch keine Direktflüge nach Antalya, wie es heute der Fall ist. Heutzutage ist man in komfortablen drei bis dreieinhalb Stunden in Antalya und somit sogar schneller als manche Inlandsreisenden in der Türkei.

Wieder in Hamburg angekommen schien unser Sohn ein wenig mit uns zu fremdeln, doch es war ganz offensichtlich, dass er dies nur vortäuschte, um uns damit sein Missfallen darüber zu verstehen zu geben, dass wir ihn zurückgelassen hatten. Es war einfach unglaublich, denn der Kleine war regelrecht eingeschnappt! Es ist absolut zutreffend, dass man das Verhalten der Kinder nicht unterschätzen sollte, denn er – jedenfalls – behielt diese Haltung noch tagelang bei und bis er sich wieder mit uns versöhnte, mussten wir uns richtig Mühe geben. Als wir auch noch erfuhren, dass er während unserer Abwesenheit die Masern bekommen und erkrankt war, bereuten wir es sehr, ihn einfach zurückgelassen zu haben. Ich nahm mir damals fest vor, nie mehr ohne weiteres ohne mein Kind irgendwohin zu fahren und tatsächlich sind wir nie wieder ohne eines unserer Kinder verreist, bis sie groß waren.

Der Urlaub war zu Ende und ich nahm die Arbeit in gewohnter Weise wieder auf. Es war die gleiche Arbeit an der gleichen Maschine, allerdings mit dem Unterschied, dass das Arbeitsaufkommen gestiegen war, während die Zahl der Beschäftigten täglich sank. Während der letzten anderthalb Jahre, die ich nun schon hier arbeitete, war die Automatisierung so weit vorangeschritten, dass die Produktivität immer weiter stieg, während gleichzeitig immer weniger Menschen beschäftigt wurden. Dieser

Trend hielt während der insgesamt fünf Jahre, die ich in dieser Fabrik arbeitete, an.

Die Solidarität und Freundschaft unter den Kolleginnen in meiner Abteilung war sehr gut. Unsere Mahlzeiten nahmen wir zusammen ein und es ging zu, wie auf einem Ausflug. Manchmal aßen wir von dem Essen, das in der Kantine ausgegeben wurde. Wenn es uns nicht schmeckte, verköstigten wir uns einfach an Mitgebrachtem und erholten uns dabei. Zwischendurch fanden wir natürlich auch Gelegenheit, uns mit den Kollegen aus anderen Abteilungen zu unterhalten.

Interessanterweise unterhält man sich an solchen und ähnlichen Arbeitsplätzen kaum über die Arbeit an sich, sondern vielmehr über andere Themen. Immer wieder beliebte Themen waren beispielsweise, wo es etwas Günstiges zu kaufen gab, wer welche Anschaffungen getätigt hat und wer wen geheiratet hat.

Während einer dieser gemeinsamen Mahlzeiten erwähnte meine Freundin, dass ein Kommilitone ihres Mannes Heiratsabsichten habe. Daraufhin schlug ich vor, dass er ja mal meine Schwägerin kennenlernen könne. Als meine Freundin dies ebenfalls positiv einschätzte machten wir ab, die beiden in kürzester Zeit einander vorzustellen. Sollte sich etwas Ernstes daraus ergeben, so würden wir ihnen damit einen Gefallen erwiesen haben. Meine Schwägerin erreichte langsam das heiratsfähige Alter und meine Schwiegermutter brachte das Thema immer häufiger zur Sprache. Sie verdiente gut und war auf niemanden angewiesen, doch in unserer Gesellschaft ist es - unabhängig davon wo wir leben - überall das gleiche: ab einem bestimmten Alter erwartet die Familie, dass man heiratet und übt dementsprechend seinen Einfluss aus. Es hatte sich zuvor eine Gelegenheit geboten, bei der ein Verwandter sein Interesse für seinen Sohn bekundet hatte, doch meine Schwägerin war durch den negativen Verlauf von Ehen unter Verwandten eher abgeschreckt. Als ich sie damals gefragt hatte, warum sie diesen jungen Mann nicht geheiratet hatte, hatte sie mit der Gegenfrage geantwortet, warum ich keinen Verwandten geheiratet hätte. Da musste ich ihr Recht geben, denn meine drei älteren Brüder und meine Schwester hatten ebenfalls zu meinem Missfallen Verwandte geheiratet. Hinzu kam, dass es kaum noch jemanden gab, der über die Risiken von Ehen im Verwandtenkreis nicht informiert war.

Nachdem ich mit meiner Freundin darüber geredet hatte, die beiden miteinander bekannt zu machen, eröffnete ich dies auch meinem Mann und meiner Schwägerin, die ebenfalls zustimmten. Nachdem die beiden sich kennen lernten, heirateten sie schließlich neunzehnhundertfünfundsiebzig. Unser Vermittlungsunterfangen hatte also gefruchtet und wir waren glücklich in dem Gefühl, eine glückliche Ehe gestiftet zu haben. Unseren Schwiegersohn schlossen wir für immer in unser Herz.

Auch wenn es mir in meinem angenehmen Arbeitsumfeld erschien, als würde die Arbeit mich überhaupt nicht ermüden, war ich doch in Wahrheit sehr erschöpft. Allein der Umstand, dass wir im Schichtdienst arbeiteten, hatte meinen Körper negativ beeinflusst, denn der innere Rhythmus wollte sich einfach nicht darauf einstellen, in der einen Woche früh zu erwachen und in der anderen spät aufzuwachen und bis spät in die Nacht zu arbeiten. Nie fand ich echte Erholung. Hinzu kam, dass in unserer Abteilung ein hoher Geräuschpegel herrschte, wodurch ich mich zusätzlich geistig erschöpft fühlte. Nach Feierabend vermied ich es daher tunlichst, irgendwelche Arbeiten in Angriff zu nehmen, bei denen ich mit dem Kopf arbeiten musste. So oft ich auch Deutschkurse angefangen oder versucht hatte, mit meinem Mann zu lernen, es gelang mir einfach nicht, dies konsequent durchzuhalten. Dabei war es mir immer von Anfang an klar, dass ich mit meinem Mann keinen Lernerfolg haben würde. Sobald er auch nur einen Hauch von Kritik laut werden ließ, entgegnete ich gleich, dass ich hier die Lehrerin sei, er müsse nur einen Blick in das Familienbuch werfen. Damit war der Unterricht meist beendet. Im Familienbuch war ich als Lehrerin und er als Student eingetragen, was sich auch nicht mehr ändern wird, solange wir zusammen sind. Ich weiß noch aus meiner Zeit, in der ich mit meinen älteren Brüdern lernte, wie schwer es ist, mit einem Angehörigen zu lernen. Eines Tages hatte der Freund meines Bruders, der gleichzeitig mein Geschichtslehrer war, sich über mich beschwert, weil ich in Geschichte schwach war. Daraufhin hatte mein Bruder, der Chemielehrer war, versucht, mit mir Geschichte zu lernen. Da ich den Lehrstoff nicht sofort begriffen hatte, war er dann verärgert und irgendwann begann er dann von Spielen statt von Kriegen zu erzählen. Als ich ihn darauf hinwies, er möge mir doch bitte die Kriege erklären, warf er das Buch völlig entnervt hin, womit die Geschichtsstunde beendet war. Genauso waren auch meine Versuche, von meinem Mann Deutsch zu lernen, nicht von Erfolg gekrönt.

Meine Arbeit war also recht angenehm und nach Feierabend hatte ich zu Hause nicht sonderlich viel zu tun. Somit hätte ich mir eigentlich eine Gelegenheit schaffen können, um an mir selbst zu arbeiten. Ich habe mich später noch oftmals hinterfragt, warum ich dies nicht getan habe. Sobald ich aber die Hintergründe in meine Betrachtung mit einbeziehe, desto mehr Verständnis kann ich im Nachhinein für meine Nachlässigkeit aufbringen. Die Arbeit und das Arbeitsumfeld, in dem ich beschäftigt war, brachten nämlich nicht nur positive, sondern auch negative Seiten mit sich. Zusammengerechnet mit An- und Abfahrtszeiten umfasste mein Arbeitstag zehn Stunden und ferner – wie eingangs bereits dargelegt – arbeitete ich im Schichtdienst. Da ich außerdem noch ein kleines Kind hatte, konnte ich mich auf nichts mehr wirklich konzentrieren. Neben all der Arbeit haderte ich auch noch mit mir, warum ich einfach nicht hatte Deutsch lernen können. Ich gestehe ein, dass es mir bis heute nicht gelang, mein diesbezügliches Handicap zu überwinden. Auch wenn es auf den ersten Blick so erscheint, dass es in der Hand eines jeden selbst liegt, eine weitere Sprache in guter Form zu erlernen oder in einer anderen Sache erfolgreich zu sein, so habe ich doch festgestellt, dass man auch psychisch dazu bereit sein muss und die äußeren Umstände geeignet sein müssen. Möglicherweise haben diese Umstände sich im Laufe der Zeit eingestellt und es lag an mir, dass ich diese nicht habe nutzen können. Doch aus welchen Gründen auch immer, ist es mir bis heute nicht gelungen, diese Sprache in dem Ausmaß zu lernen, dass ich mich in ihr in angemessener Weise hätte artikulieren können.

Von Zeit zu Zeit organisierten die Arbeitnehmervertreter in unserem Betrieb Informationsveranstaltungen für die Beschäftigten und ihren Aussagen zufolge gab es in der Firma genügend

Arbeit. Aber dennoch gab es manchmal Entlassungen, mit denen man die Leute vermutlich einschüchtern und bei der Stange halten wollte. Es hatte nicht gerade den Anschein, als wollte der Betriebsrat besonders vehement dagegen vorgehen. Nicht zuletzt auch durch einige Widersprüche hatten wir den Eindruck, dass es hier zu regelmäßigen Absprachen kam. Auch meine Freundin, zu deren ganzer Familie wir Kontakt hatten, bekam bei den Entlassungen ihr Fett weg. Beim Feierabend eröffnete sie mir mit den Worten, „Du kannst Dich freuen", dass auch sie entlassen worden war. Daraufhin entgegnete ich, dass dies für mich doch kein Grund zur Freude war, da ich doch in keiner Weise davon profitierte. Tatsächlich hatte ihre Entlassung mich sehr mitgenommen, denn ich wusste, dass auch sie eine Familie zu ernähren hatte. Auch bei ihren späteren Beschäftigungsverhältnissen musste sie immer wieder den Arbeitsplatz wechseln. Doch zum Glück war sie sehr aktiv und hatte auch einen recht großen Bekanntenkreis, wodurch sie immer wieder eine neue Anstellung fand.

Die Tage vergingen wie im Fluge und durch so manche Schwägerin, die aus der Türkei nachgeholt wurde, wurde unser Familienkreis hier immer größer. Nach dem Bruder meiner Schwiegermutter hatte auch der jüngste Onkel seine Frau nachgeholt. Die älteren Untermieter, die ebenfalls Landsleute aus der Heimat der Unsrigen waren und die zuvor eines unserer Zimmer bewohnt hatten, waren ausgezogen. Dieses freigewordene Zimmer überließen wir nun dem Onkel, seiner Frau und dem Kind. Es war natürlich um einiges komplizierter, mit den indirekten Verwandten zusammen zu wohnen, als mit den engeren Verwandten. Durch die Erschöpfung, den täglichen Alltagsstress, oder einfach, weil es ihr Naturell war, ließen die Leute sich immer wieder zu unbedachten und überempfindlichen Handlungen hinreißen. Ein solches Erlebnis, das ich bis zu meinem Lebensende nicht vergessen werde, hatte ich mit der Ehefrau des jüngsten Onkels. Ihr Kind war drei Jahre älter als unser Sohn und wenn die Eltern zur Arbeit gingen, kümmerte sich meine Schwiegermutter auch um deren Kind. Auch ich übernahm das Kind, wann immer ich zu Hause war. Wann immer ich meinen

Sohn zum Spielplatz brachte, nahm ich auch das andere Kind mit. Ich behandelte beide gleich und kümmerte mich einfach um sie. So erschien es mir ganz natürlich und ich beklagte mich auch keinesfalls darüber. Einerseits freute ich mich auch, denn so hatte unser Junge einen Spielgefährten gewonnen. Natürlich kommt es von Zeit zu Zeit vor, dass man mit seinem eigenen Kind auch mal schimpft und es ermahnt, wie man es mit einem fremden Kind natürlich nicht tun sollte. Obwohl ich mir dessen bewusst war, dass ich einen Fehler beging, zog ich das Kind eines Tages ein einziges Mal am Ohr, nachdem ich seine Frechheiten einfach nicht mehr hatte ertragen können. Die Mutter war in dem Moment ebenfalls bei uns und begann – zu Recht – mit mir zu schimpfen und zu schelten. Obwohl ich mich entschuldigte und zugestand, dass ich dies nicht hätte tun sollen, war sie beleidigt. Dieser Zustand hielt noch lange Zeit an und führte später noch dazu, dass wir etwas äußerst Unangenehmes erlebten. Ich begriff einfach nicht, warum sie so reagiert hatte, obwohl ich mich doch vorher um alles gekümmert und kein Unterschied zwischen dem Kleinen und meinem eigenen Kind gemacht hatte. Dennoch schwieg ich zu allem. Natürlich wissen wir alle, dass es neben Vorteilen auch so manche Nachteile mit sich bringt, mit Verwandten oder in anderer Form dicht gedrängt beieinander zu wohnen. Aber manchmal sind es eben einfach die Verhältnisse, die einen daran hindern das zu tun, was man für richtig hält.


### Die Geschichte vom Haare ziehen

Es war nach der Rückreise meiner Schwiegereltern in die Türkei und in schon zwei Wochen sollten wir in unsere neue Wohnung umziehen. Aufgrund der Schwielen, die sich an meinem früheren Arbeitsplatz an meinen Händen gebildet hatten, war ich operiert worden. Während mein Mann an seinem Schreibtisch lernte und der Kleine schlief, stülpte ich mir einen Handschuh über den

Handverband und wollte so einige Wäschestücke in der Badewanne, in die ich hatte Wasser laufen lassen, per Hand waschen. Als ich plötzlich aus den Augenwinkeln sah, dass die Schwägerin, die Ehefrau des jüngsten Onkels sich näherte, freute ich mich insgeheim, da ich vermutete, dass sie mir wegen meiner verletzten Hand helfen wollte. Als ich jedoch völlig unvermittelt an den Haaren gezogen wurde, schrie ich auf. Ich begriff nicht, was passiert war.

Ich vermute, dass sie, die zwar jünger, dafür aber wesentlich kräftiger als ich gebaut war, es sich regelrecht in den Kopf gesetzt hatte, mich zu traktieren. Schließlich konnte sie davon ausgehen, dass niemand zu Hause war. Sobald mein Mann meine Stimme hörte, kam er herbeigelaufen. Als er voller Staunen die Situation erblickte, zog er sie beiseite und fragte, was passiert sei. Trotzig entgegnete sie, dass sie weitermachen werde. Gleichzeitig griff sie nach einem Stuhl, der dort stand, und machte Anstalten, ihn damit zu attackieren, wurde doch dieses Mal durch seine Ohrfeige gestoppt. Dieser Vorfall hatte mich zutiefst verletzt und noch heute schmerzt es mich, so etwas erlebt zu haben. Als der Ehemann am Abend nach Hause kam, erzählte mein Mann ihm alles genauso, wie es sich zugetragen hatte. Er verschwieg auch nicht das, was er selbst getan hatte – obwohl es falsch war, er aber dazu gezwungen war. Der Onkel äußerte sein großes Bedauern, entschuldigte sich und sagte zu, alles angesichts der Lage Erforderliche zu tun.

Da es unter diesen Bedingungen unmöglich wäre, weiter dort zu wohnen, zogen wir in unsere neue Wohnung um, noch bevor sie vollständig hergerichtet war. Es war ganz offensichtlich und klar, dass einer der Gründe für das Geschehene purer Neid war. Obwohl dies für uns ganz offensichtlich und erkennbar war, konnten wir nichts tun, um es zu vermeiden. Deswegen kann ich nur wiederholen, dass ich gezwungen war, alles frühzeitig zu durchleben: dass ich bereits meine frühzeitigen Erfahrungen mit Schwägerinnen machte und außerdem schon einen Schwiegersohn hatte, noch bevor ich eine Tochter hatte. Mit Freude aber kann ich berichten, dass ich die hier geschilderten Schwierigkeiten später mit meinen eigenen Schwägerinnen nicht hatte. Ich wünsche mir, dass weder ich, noch jemand anderes ähnliches mit der Schwiegertochter oder dem Schwiegersohn erlebt. Nicht mal meinem ärgsten Feind würde ich wünschen, dass er so etwas erlebt.

### Neue Entwicklungen in unserer Familie

Mein älterer Schwager, der Student im letzten Semester war, logierte zu Besuch bei uns. Er nutzte seinen Aufenthalt, um ein wenig die Sprache zu lernen, die Region zu bereisen und auch um an der Hochzeit seiner Schwester teilzunehmen. Drei Monate lang besuchte er einen äußerst kostspieligen Kurs, um hier Deutsch zu lernen. Da er das Hamburger Klima aber nicht vertrug, legte er sich gleich nachdem er vom Kurs nach Hause kam, schlafen. Selbst uns, die wir seit bereits über dreißig Jahren in diesem Land leben, ist es bislang nicht gelungen, uns an das hiesige Klima zu gewöhnen. Wie hätte mein Schwager da in nur wenigen Monaten mehr Glück haben sollen. So schaffte er es, uns mit seinen Scherzen zu erheitern: „Das Einzige, was man bei diesem Wetter machen kann ist, sich hinzulegen und schön auszuschlafen." Er hatte das Talent uns, die wir es verlernt hatten ausgelassen zu sein, selbst mit seinen einfachsten Äußerungen zum Lachen zu bringen. Sobald mein Schwiegervater nach Hause kam, griff er nach dessen Beutel mit dem Kleingeld und rief, „Seht nur, mein Vater besitzt säckeweise Geld." Mit seiner Trophäe lief er dann im Zimmer herum und steckte uns alle mit seiner Lebensfreude an.
Auch amüsierten wir uns sehr, wenn er seine Quizspiele zwischen unserem Sohn, der gerade das Sprechen lernte, und dem Sohn eines Freundes veranstaltete. Noch heute erzählt er, natürlich nicht, ohne es ausführlich auszumalen, wie er uns während unseres Umzugs an der Nase herumführte. Es war um die Diskussion über den Aufbau eines Schrankes gegangen: „Ich war am

Abend noch nicht zu Bett gegangen, als sich von der Straße her eine schluchzende Stimme unserem Haus näherte. Mein Bruder holte nämlich meine Schwägerin von der Arbeit ab. Doch was musste ich sehen: Sie war mitten in der Nacht in Tränen ausgebrochen, weil wir beim Umzug die Schranktür abgesägt hatten." Natürlich war diese Geschichte frei erfunden. Diese völlig frei erfundene Geschichte erzählte er, als hätte sie sich tatsächlich so zugetragen.

Im Sommer des Jahres neunzehnhundertfünfundsiebzig waren wir aus verschiedenen Gründen nicht in Urlaub gefahren. Meine Schwägerin hatte sich im Frühjahr verlobt und im Herbst geheiratet. Die Zweizimmerwohnung im Obergeschoss eines älteren Wohnhauses hatten sie für recht viel Geld angemietet und waren dort eingezogen. Da die Schwiegereltern zum Ende der Saison in die Türkei fahren würden, wäre es in jeder Hinsicht nachteilig für uns, in dieser Wohnung zu bleiben. Daher mussten auch wir uns notgedrungen erneut eine neue Wohnung suchen. Da meine Schwiegermutter keine Aufenthaltsgenehmigung erhalten hatte, hatte sie drei Jahre lang nicht in die Türkei reisen können. Da ihr außerdem das Hamburger Klima nicht bekommen war, reiste sie – gleich nach der Hochzeit ihrer Tochter – in die Türkei. Diese Ausreise war endgültig gewesen und meine Schwiegermutter kehrte nie wieder hierher zurück.

Ich komme an dieser Stelle nicht umhin, Ihnen von einem Vorfall zu berichten, der sich damals zutrug. Mein Schwiegervater hatte, dem Rat aus dem Bekanntenkreis folgend, für meine Schwiegermutter einen neuen Pass durch das Konsulat erstellen lassen, um ihr Einreisedatum nach Deutschland zu verbergen. Schließlich hatte sie sich ganze drei Jahre lang ohne Aufenthaltsgenehmigung hier aufgehalten, was strafbar war. So erschien es am sinnvollsten, sich unter dem Vorwand, der alte Pass sei verloren gegangen, einen neuen erstellen und mit diesem auszureisen. Natürlich gab es Leute, die bei diesen Dingen äußerst geschickt vorgingen, doch wieder andere hatten einfach kein Talent, wodurch die Situation am Ende noch vertrackter wurde. Genauso erging es auch meinem Schwiegervater: hätte er doch nur auf uns gehört und den alten Pass zerrissen und weggeworfen! Aber nein, er musste ihn ja unbedingt behalten. So bewahrte er den alten Pass in der linken und den neuen in der rechten Jackentasche auf. Mein Mann und der Onkel blieben hinter ihnen zurück und beobachteten die beiden wie auf glühenden Kohlen. Als die beiden dann bei der Kontrolle an der Reihe waren, holte mein Schwiegervater mit seiner gewohnten Pingeligkeit und Nervosität erst den alten Pass hervor, den er aber sofort wieder in der Tasche versteckte. Auch wenn er sofort den neuen Pass hervorkramte, war es zu spät: der Polizist hatte den alten Pass bereits gesichtet und forderte auch dessen Vorlage. Wir sahen, wie mein Schwiegervater knallrot anlief. Nachdem er eine Geldbuße von fünfhundert Mark zu zahlen hatte, durften sie dann schließlich doch den Übergang passieren, doch wir konnten uns vor Lachen kaum noch halten, denn alles hatte sich genauso zugetragen, wie wir es vorausgesehen hatten.

Nachdem nun die Unsrigen also abgereist waren, gab es für uns – auch aufgrund der bereits dargestellten Gründe – keine Veranlassung mehr, um weiter mit der Familie des Onkels in dieser riesigen Wohnung zu wohnen. Für den Betrag unseres Mietanteils hätten wir auch eine kleinere Wohnung finden können. Also begannen wir wieder, uns auf die Wohnungssuche, die dieses Mal recht schnell von Erfolg gekrönt wurde. Hierbei spielte es natürlich auch eine Rolle, dass wir nun erfahrener mit den Methoden und der richtigen Vorgehensweise der Wohnungssuche waren, so dass wir in recht kurzer Zeit eine gemütliche, kleine Dreizimmerwohnung fanden, die zum Bestand des staatlichen, sozialen Wohnungsbaus gehörte und die wir uns auch leisten konnten. Ich würde zwar einen längeren Anfahrtsweg zur Arbeit haben, doch diesen kleinen Nachteil nahmen wir in Kauf. Auch bei dem Kindergarten, in dem wir unser Kind anmelden würden, hatten wir Glück, da er in unserer Nähe lag. Da die Heizungen noch installiert wurden, hätten wir unmöglich sofort einziehen können und mussten noch einen Monat warten. Hinzu kam, dass wir eine Kündigungsfrist von drei Monaten hatten. Doch aufgrund der vorher geschilderten Vorfälle, erschien uns dieser Zeitraum unzumutbar lang, so dass wir sofort umzogen, ohne dass die Wohnung hergerichtet war.

Da wir nun zu Hause niemanden mehr hatten, der auf unser Kind hätte aufpassen können, hatten wir es bereits im Kindergarten angemeldet. Es war auch damals kein einfaches Unterfangen, einen Kindergartenplatz zu bekommen, doch unser Vorteil war, dass mein Mann Student war, wodurch wir recht schnell einen Kindergartenplatz bekamen. Die Kosten für die Kindergartenplätze bemaßen sich damals nach dem Einkommen der Eltern. Für uns bedeutete dies, dass wir unser Kind für eine geringe Gebühr ganztags in guten Händen wissen würden.
Von unserer alten Wohnung zur neuen Wohnung musste man eine Stunde fahren, doch wegen der Probleme, die wir vorher gehabt hatten, war dies für uns kein Hindernis und diese Entfernung nahmen wir gerne auf uns. Natürlich hätten wir auch abwarten können, bis die Instandhaltungsarbeiten der Wohnung abgeschlossen gewesen wären, doch die negativen Ereignisse beschleunigten schließlich unseren Umzug. Andererseits war es natürlich auch nicht einfach, dass wir zwei Stunden Fahrtzeit auf uns nehmen mussten, um den Kleinen zum Kindergarten zu fahren, doch durch jeweils eine Kinderschokolade, die er während der Fahrt bekam, versüßten wir ihm die Fahrt und er strengte uns nicht weiter an. Was uns bedeutend mehr zu schaffen machte war, dass er vom Augenblick seiner Ankunft bis zu seiner Abholung durch uns weinte, doch leider hatten wir keine Alternative. Einer der wichtigsten Vorzüge dieses Kindergartens war es, dass sowohl die Leitung, als auch die Erzieher ihren Aufgaben sehr sorgsam nachgingen und es sehr sauber war. Wann immer wir von den Erfahrungen anderer Bekannter hörten, schätzten wir uns glücklich über unseren Kindergartenplatz.
Trotz allem jedoch hatten wir das Glück gehabt, dass der Kleine bis zu seinem zweiten Lebensjahr von seiner Großmutter versorgt worden war. Durch den Besuch des Kindergartens würde er jetzt auch Deutsch lernen. Wenngleich in der Regel empfohlen wird, die Kinder im Alter von drei Jahren zum Kindergarten anzumelden, hatten wir unser Kind jedoch notgedrungen bereits jetzt angemeldet und ich werde nie den ersten Tag vergessen, an dem wir ihn im Kindergarten abgaben.

Mir war zumute gewesen, als würde ich ihn einer fremden Person übergeben und wir würden ihn nie wieder sehen. Wie sehr hatten wir beide geweint – der Kleine im Kindergarten und ich draußen vor der Tür.

Unser Kleiner konnte sich im Kindergarten sowohl mit den Erzieherinnen, als auch den anderen Kindern gut verständigen, obwohl er noch kein Deutsch sprach. Neben den deutschen Kindern gab es auch vereinzelt ausländische Kinder anderer Familien, die aus den verschiedensten Ländern stammten. Untereinander unterhielten die Kinder sich in einer Art Kindersprache und machten sich ganz gut verständlich.

Wie bei den Erwachsenen auch entwickelten sie Vorlieben für Einige und wiederum Abneigungen gegen Andere und auch mit unserem Sohn hatten wir eines Tages ein interessantes Erlebnis: mein Mann hatte ihn gerade abgeholt und Hand in Hand gingen die beiden gerade durch die Tür nach draußen, wo ein kleiner afrikanischer Junge stand, der sich vor einem Hund erschreckt und reflexartig die Hand meines Mannes ergriffen hatte. Da schrie unser Kleiner seinen Vater empört an und verlangte, er solle die Hand des anderen Jungen loslassen.

Sein Vater entgegnete, „Aber warum? Sieh doch, der Junge hat Angst."

Da antwortete unser Sohn, „Aber er ist ganz dreckig und Deine Hände werden jetzt auch dreckig".

Unser Sohn hatte so reagiert, weil er bis dahin noch nie einen Menschen mit dunkler Hautfarbe gesehen oder bemerkt hatte. Dennoch waren mein Mann und ich sehr erschrocken über diese Reaktion unseres Kindes. Während der Rückfahrt versuchte mein Mann, und in Gesprächen zu Hause auch ich, ihm die Situation in einer für ihn verständlichen Sprache zu erklären. Als wir an einer Stelle im Gespräch sagten, dass die Menschen auch eine dunklere Hautfarbe annehmen, wenn sie lange in der Sonne bleiben fragte er plötzlich, „Werde ich denn auch so aussehen, wenn ich zu lange in der Sonne bleibe?"

Dies zeigte, dass bei ihm zwar noch einige Fragen offen geblieben waren, doch eine ähnliche Situation erlebten wir nie wieder. Mit dem kleinen Jungen freundete er sich in der darauf folgenden Zeit gut an und in späteren Jahren schloss er sehr enge Freundschaften mit Menschen dunkler Hautfarbe schließen.


## Unser dritter Umzug

Im November neunzehnhundertfünfundsiebzig bezogen wir unsere neue Wohnung, noch bevor die Reparaturarbeiten abgeschlossen waren. So brachte ich notgedrungen einen Monat lang meinen Feierabend damit zu, den Dreck, den die Handwerker hinterließen, wegzuräumen. Doch hatten unsere unangenehmen Erlebnisse der letzten Zeit uns dazu bewogen, dies auf uns zu nehmen. Als sich die Gegebenheiten langsam einrenkten, hatten wir dann schließlich auch unsere Ruhe. Ein besonderes Glücksgefühl verband uns mit dieser Wohnung, denn als wir die Wohnungsschlüssel ausgehändigt bekamen und die Wohnung aufschlossen, war es das erste Mal, dass wir unsere eigene Wohnung angemietet hatten: unsere eigene Wohnung und alles gehörte uns! Wir räumten sie ein, wie wir es wollten, lebten, wie wir wollten und brachten sie durcheinander, wie wir es wollten. Nicht umsonst sagt man, „Selbst bei meinen Geschwistern sehne ich mich, nach meinem eigenen Heim." Es gibt einem einfach ein ganz anderes Gefühl von Geborgenheit, wobei ich nicht vermute, dass es sich hierbei um Egoismus handelt!
Mitte Dezember verließ uns schließlich auch mein Schwager, der zu Besuch aus der Türkei gekommen war und zum ersten Mal waren mein Mann, mein Sohn und ich alleine. Erst jetzt fanden wir die Möglichkeit, aufeinander einzugehen, uns zu verstehen und die Verantwortung eines familiären Zusammenlebens zu spüren. Für uns war dies eine ganz neue Situation. Wie bei allem anderen auch, hatte auch dies seine Vor- und Nachteile und auch das Alleinsein hatte für uns seine angenehmen Seiten. Ich ging weiter zur Arbeit und mein Mann an die Hochschule. Nachdem auch unser Sohn sich im Kindergarten gut eingelebt hatte, führ-

ten wir ein recht sorgloses Leben. Andererseits fielen nun im Haushalt auch weniger Arbeiten an, da wir nur zu Dritt waren. Diese wiederum teilten wir uns und konnten sie dadurch problemlos bewältigen. In unserem Wohnhaus lebten sieben weitere Parteien. Mit Ausnahme unserer türkischsprachigen jugoslawischen Nachbarn gab es keine weiteren ausländischen Mitbewohner. Bei den deutschen Nachbarn handelte es ausnahmslos um ältere Leute, die uns anfangs zwar etwas zögerlich gegenüberstanden, mit denen wir aber im Lauf der Zeit ein gutes Verhältnis entwickelten.

Wann immer unser Sohn zu Hause war, spielte er mit dem Sohn unserer jugoslawischen Nachbarn, wodurch die Kinder sich nicht langweilten. Auch wir Familien besuchten uns gegenseitig. In der Wohnung unter uns lebten zwei ältere deutsche Damen, von denen die eine ein eher zurückhaltendes, aber gutmütiges Naturell hatte. Die andere jedoch stattete uns gleich am ersten Tag unseres Einzuges einen Besuch ab, kümmerte sich um uns und bis zu ihrem Lebensende blieb sie dann unsere Oma. In ihrer Freizeit holte sie unseren Sohn des Öfteren zu Spaziergängen ab. Nachdem wir in dieses Wohnhaus gezogen waren, begannen wir, auch Kontakte zu Menschen anderer Nationen aufzubauen und häufig mit den Nachbarn zu verkehren.

Den Jahreswechsel neunzehnhundertsechsundsiebzig feierten wir gemeinsam mit ein paar engeren Verwandten, wobei der Großteil der Verwandten den Winter – wie in jedem Jahr – in der Türkei verbrachte.

Während seines Urlaubes in Antalya, war unser jüngerer Onkel plötzlich erkrankt und musste ins Krankenhaus eingeliefert werden. Da sein Zustand sich sehr verschlechtert hatte, verlegte man ihn von Antalya nach Ankara. Es war diagnostiziert worden, dass beide Nieren nicht mehr funktionierten. Wir alle waren völlig überrascht von der Krankheit dieses jungen Mannes, der vorher nicht einmal über Kopfschmerzen geklagt hatte. Er wurde dann umgehend nach Hamburg gebracht, wo er untersucht und behandelt wurde. In den folgenden Tagen wurden seine drei Brüder auf die Verträglichkeit der Nieren hin untersucht, bis dann festgestellt wurde, dass bei einem der Brüder die Gewebeverträglichkeit vorlag. Sodann wurde die erste Nierentransplantation in Hamburg vorgenommen. Mit seiner neuen Niere lebte unser Onkel noch insgesamt sieben Jahre. Später heiratete er noch und bekam zwei Kinder. Seine letzten Lebensjahre brachte er damit zu, sein Vaterglück zu genießen.

Im Allgemeinen überbrückte man die Weihnachts- und Neujahrstage dadurch, dass man selbst noch Urlaubstage beantragte. Auch ich hatte einige Urlaubstage genommen, wodurch ich etwas länger zu Hause blieb. Neben der Hausarbeit, den Besuchen und den zu erledigenden Besorgungen hatten wir keine andere Möglichkeit, unseren Urlaub zu verbringen. Wann immer wir Zeit fanden, war die einzige Abwechslung für unseren Sohn und auch für uns, wenn wir mit ihm zusammen die Spielplätze und Zoos in der Umgebung besuchten. Da das Studium meines Mannes sich dem Ende näherte, hatte er nur wenig Freizeit. Er hatte viel zu lernen, dennoch vernachlässigte er es nicht, einen Teil seiner Zeit auch uns zu widmen. Der Urlaub hatte mir gut getan und ich war erholt. Es war Zeit, wieder zu arbeiten, wie es die meisten Kollegen bereits taten. Doch am letzten Abend meines Urlaubes, also gerade als ich mich wieder auf die Arbeit hätte vorbereiten müssen, erkrankte ich plötzlich.

### Mein Krankenhausaufenthalt

Wie war es plötzlich zu dieser Erkrankung gekommen, wo ich mich doch gerade so erholt hatte? Ich konnte mich kaum bewegen. Da wir in unserer Wohnung kein Telefon hatten, ging mein Mann zu den älteren Damen, den beiden älteren Nachbarinnen aus der Wohnung unter uns, und rief einen Notarztwagen. Den Kleinen ließ er dann bei der Oma und begleitete mich ins Krankenhaus. Nach der Untersuchung verabreichten mir die Ärzte eine Spritze. Sie hatten mir zwar gesagt, dass sie es für besser hielten, wenn ich dort bliebe, doch ich entgegnete, dass ich am

nächsten Tag wieder arbeiten müsse. Hinzu kam, dass ich mich unter dem Einfluss der Spritze wieder besser fühlte. So fuhren wir drei Stunden später wieder nach Hause. Trotz meines Schwächeanfalls vom Vorabend verließ ich am nächsten Morgen um fünf Uhr das Haus, um zur Arbeit zu gehen. Da es mir nicht gut ging, wollte mein Mann zwar, dass ich zu Hause blieb, doch da ich eine Entlassung befürchtete, hörte ich nicht auf ihn. Also begleitete er mich bis zur Haltestelle und um sechs Uhr nahm ich die Arbeit auf.
Mein ausgelaugter Zustand war weder dem Vorarbeiter, noch den Kollegen entgangen, also fragten sie mich, was ich denn im Urlaub unternommen hätte, dass ich so erschöpft sei. Etwa gegen neun Uhr wurde ich dann an der Maschine bewusstlos. Als ich wieder zu mir kam, sah ich den Vorarbeiter neben mir stehen. Er erklärte mir, dass ich in diesem Zustand nicht würde arbeiten können und ins Krankenhaus müsse. „Vielleicht bist Du ja schwanger und deswegen erkrankt, wie bei Deinem ersten Kind". Seine Gedanken äußerte er halb im Scherz, doch ich entgegnete schüchtern, das sei nicht möglich, da meine Periode erst gestern zu Ende gegangen sei. Obwohl ich widersprochen hatte, stellte sich heraus, dass der Mann Recht gehabt hatte. Während meines folgenden zehntägigen Krankenhausaufenthaltes wurde ich vielfach untersucht und fünf Mal geröntgt.
Am neunten Tag meines Krankenhausaufenthaltes eröffnete mir der Arzt, dass ich schwanger sei. Da ich erst vor wenigen Tagen schwanger geworden war, habe man dies bei den vorherigen Untersuchungen noch nicht feststellen können. Ich war völlig perplex und mit einem Schlag von meinen eigenen Beschwerden abgelenkt. Vielmehr machte ich mir nun darüber Sorgen, wie sich wohl all die Röntgenaufnahmen auf mein ungeborenes Kind ausgewirkt hatten. Meine diesbezüglichen Zweifel teilte ich umgehend dem Arzt mit. Natürlich wusste man dort bereits selbst um die schwierige Situation, doch was sollten sie uns vorschlagen? Welche Lösung hätte man finden können? Also sagten sie uns zu, dass sie die Fragen, die meinen Mann und mich beschäftigten in kürzester Zeit beantworten und uns behilflich sein würden. Ich rief umgehend bei der Oma an und bat darum, dass

mein Mann herkam. Sobald mein Mann kam, erklärte ich ihm die Situation und gemeinsam suchten wir meinen Arzt auf, um uns weiter zu informieren. Er erklärte uns, dass insbesondere die Röntgenaufnahmen der Magengegend das Kind beeinträchtigt haben könnten. Daher wäre es angebrachter, eine Abreibung vorzunehmen, was aber erst nach entsprechender unterschriftlicher Genehmigung durch drei krankenhausfremde Ärzte möglich sei.

Weiterhin wurde uns mitgeteilt, dass eine Abtreibung nicht grundsätzlich verboten sei, dass man diese allerdings nur durch die uns ausgehändigten Unterlagen und mit Genehmigung der uns genannten Ärzte vornehmen lassen könne. Vor uns stand nun eine weitere wichtige Aufgabe, die es zu bewältigen galt. Am zehnten Tag meines Krankenhausaufenthaltes wurde ich somit mit einem Gefühl von Bitterkeit entlassen.

Unverzüglich und noch am gleichen Tage suchten wir den ersten der Ärzte auf, deren Name auf der uns übergebenen Liste stand und schilderten ihm die Situation. Nachdem er auch das Attest des Krankenhauses las, unterschrieb er anstandslos die Bescheinigung. Noch am gleichen Tag suchten wir den zweiten Arzt auf. Nach einer langen Wartezeit kamen wir schließlich an die Reihe und schilderten ihm die Situation ebenfalls in allen Einzelheiten. Auch er unterschrieb. Am nächsten Tag schließlich suchten wir einen dritten Arzt auf, der uns – im Anschluss an unsere detaillierte Schilderung – zunächst befragte, ob wir uns noch ein zweites Kind wünschten. Wir bejahten dies, sagten aber auch, dass wir uns momentan noch nicht bereit für ein zweites Kind fühlten. Vielmehr wollten wir zurzeit nicht darüber nachdenken, da ein Kind für uns in einer solch risikobehafteten Situation nicht in Frage kam. Der Arzt riet uns, unseren Kinderwunsch gut abzuwägen, denn da der Fötus zum Zeitpunkt der Röntgenaufnahmen noch sehr klein gewesen sei, wäre es möglich, dass keine Schädigung aufgetreten sei. Falls wir es wünschten, so sagte er weiter, könnten wir einen diesbezüglichen Experten, einen Professor der Hamburger Universität, hierzu befragen und seine Meinung einholen.

Nun waren wir mit einer völlig neuen Situation konfrontiert. Nach einem erneuten Gespräch unter uns einigten wir uns und ließen uns einen Termin bei dem betreffenden Professor geben. Zwei Tage später erschienen wir dann schließlich bei dem Professor. Dieser informierte uns zunächst in ähnlicher Weise, wie der vorangegangene Arzt. Anschließend teilte er uns mit, dass der Fötus zum Zeitpunkt der Röntgenaufnahme noch sehr klein gewesen sei. Daher wäre die Röntgenbelastung keinesfalls höher einzustufen, als die Belastung eines Sonnenbades oder der Strahlenbelastung einer Flugreise. Wir waren nun vollkommen verwirrt und wussten nicht, was zu tun war.

Also gingen wir nach Hause, wo wir durch unsere Entscheidung, die wir nach nochmaliger Überlegung getroffen hatten, den eigentlichen Grundstein für das Unglück gelegt hatten, das uns später treffen sollte. Allen negativen Gedanken und Ängsten, die sich gebildet hatten, entschlossen wir uns, dieses Kind zu bekommen. Wenn es denn so ungefährlich war, stand aus unserer Sicht einem zweiten Kind nichts entgegen, da das Studium meines Mannes sich schließlich dem Ende zuneigte. Außerdem hatte die Angst, wir könnten nach einer Abtreibung keine weiteren Kinder mehr bekommen, die Angst davor verdrängt, ein behindertes Kind zu bekommen.

Von den Älteren aus unserem persönlichen Umfeld hatten wir gehört, dass Frauen nach einer Abtreibung keine Kinder mehr bekommen könnten. Dabei hatte ich in den folgenden Jahren zwei Abtreibungen, wurde aber danach trotzdem wieder schwanger und brachte meine Tochter zur Welt.

Auch wenn wir an die Wissenschaft glaubten, so ignorierten wir doch trotzdem nicht die Erfahrungen der älteren Leute. Ich muss zugestehen, dass wir uns von Zeit zu Zeit unschlüssig darüber waren, wem wir denn nun Glauben schenken sollten.

Wie sicher jeder bestätigen wir, hat das Interesse an althergebrachten Hausrezepten und Heilkräutern in Europa und allen weiteren entwickelten Ländern stetig zugenommen. Der Presse und den Medien entnehmen wir immer wieder, wie angeblich zahlreiche Krankheiten auf diesem Wege geheilt werden, doch

können wir natürlich nicht wissen, inwieweit diese Meldungen zutreffend sind.
Das Vertrauen, das wir in einen Wissenschaftler setzten, kam uns teuer zu stehen! Aufgrund der Nebenwirkungen der Strahlenbelastungen verloren wir am Ende unser geliebtes Kind und das Leid darüber wird uns unser Leben lang nicht verlassen. Möglicherweise hat man uns damals wissentlich als Versuchsobjekt benutzt. Auf dieses Thema werde ich im Weiteren und an gegebener Stelle noch ausführlicher eingehen.
Nach meiner Entlassung aus dem Krankenhaus blieb ich weitere fünfzehn Tage zu Hause, in denen wir mit all diesen Dingen beschäftigt waren. Anschließend ging ich wieder zur Arbeit, wo alles nach dem gewohnten Lauf weiterging. Manche wurden entlassen, wieder andere neu eingestellt. Während drei Arbeiter entlassen wurden, stellte man einen Neuen ein, wodurch der Personalstand reduziert wurde. Gleichzeitig war man bestrebt, eine Politik der Verbesserung des Personalstandes zu betreiben und dadurch die Leistungsqualität des Betriebes zu erhöhen. Aufgrund der jüngeren Ereignisse hegte auch ich immer mehr Befürchtungen, entlassen zu werden. Dem Vorarbeiter gegenüber deutete ich eines Tages meine diesbezügliche Befürchtung an. Doch die Antwort meines Vorarbeiters beruhigte mich: „Wir kennen Ihre Krankheit besser als Sie selbst." Er vernachlässigte es auch nicht, seine Späße zu machen. In jeder Hinsicht war ich mit meinem Arbeitsplatz sehr zufrieden.
Ich ging gerne zur Arbeit und hatte unter meinen Kollegen auch gute Freunde gefunden. Mit Menschen aus verschiedenen Ländern verbrachten wir eine gute Zeit. Neben den Türken arbeiteten hier auch Italiener, Jugoslawen und Griechen und mit unserem dürftigen Deutsch unterhielten wir uns recht nett miteinander. Besonders als der Zypernkrieg ausbrach waren die deutschen Kollegen erstaunt darüber, dass wir uns mit unseren griechischen Kollegen unterhielten und fragten, „Ja, herrscht denn kein Krieg zwischen Euch?". Wir antworteten daraufhin, dass wir keinen Krieg wollten und uns darüber bewusst waren, dass Kriege den Völkern nur Schaden hinzufügten. Aufgrund dieses Bewusstseins seien wir gegen den Krieg. Dies hatte die Verwun-

derung unserer Kollegen noch weiter erhöht. Durch unsere gegenseitigen Besuche mit unseren Kollegen an diesem Arbeitsplatz hatten wir auch Gelegenheit bekommen, fremde Kulturen kennen zu lernen.

Der Frühling kam und die Temperaturen stiegen wieder. Damit war für die Unsrigen die Urlaubszeit zu Ende gegangen und mein Schwiegervater kehrte dieses Mal allein aus der Türkei zurück, denn die Schwiegermutter war in der Türkei zurückgeblieben. Schwiegervater schlief in dem unteren Bett des Etagenbetts, das wir für das Zimmer unseres Sohnes gekauft hatten. Somit wohnten wir wieder zusammen. Unser Sohn schlief in einem Bett, das wir in unserem Zimmer aufgestellt hatten. Jedes Mal, wenn er früh aufwachte, ging er schnurstracks zu seinem Großvater und die beiden führten Ringkämpfe im Bett aus. An einem Morgen war er wieder schon in der Frühe aufgewacht und hatte das Zimmer verlassen. Da wir davon ausgingen, dass er zu seinem Großvater gegangen war, kümmerten wir uns nicht weiter darum und schliefen weiter. Doch der kleine Racker hatte in der Zwischenzeit still und leise das Make-up, das ich erst kürzlich gekauft und noch nie benutzt hatte, aus dem Tiegel genommen und – ohne es zu verschütten – fein säuberlich als Farbe auf die Heizung geschmiert. Als wir ihn dann zur Rede stellten, warum er dies getan habe antwortete er nur, „Ich habe gemalt. Es ist doch so schön geworden."

Nachdem mein Schwiegervater wieder begonnen hatte, seine Eismaschine zu betreiben, berechnete er abends immer seine Einnahmen. Unser Sohn setzte sich dann immer zu ihm und versuchte, ihm Geld abzuknöpfen. Es war unglaublich, dass ein so kleines Kind schon etwas von Geld verstand. Anfangs nahm er gerne die Groschen, die sein Opa ihm gab, doch im Laufe der Zeit verlangte er erst fünfzig Pfennig Stücke und später bereits Mark Stücke. Da der Kleine das erste Enkelkind seines Großvaters war, liebte dieser ihn sehr und konnte ihm nichts abschlagen. Später warf der Opa jeden Tag fünf Mark in die Spardose seines Enkels. Dieses Geld stockten wir später auf und legten es in einer Baukooperative in der Türkei an, die von dem Gewerkschaftsverband DISK gegründet worden war. Wir vertrauten diesem Verband sehr, doch am Ende gingen wir völlig leer aus. Mit unseren Einlagen hatten die hohen Herren nur für sich selbst Häuser gebaut und bezogen.

Der Eisverkauf hatte wieder begonnen und auch zuvor, unterstützte mein Mann seinen Vater wieder, indem er ihn mittags ablöste, damit er essen konnte. Auch ich ging manchmal alleine, mit meinem Sohn oder meinem Mann vorbei, wenn ich nachmittags arbeitete oder Feierabend hatte. Auch in diesem Sommer fuhren wir im Sommer nicht in Urlaub, da ich ja schwanger war. Die Sommermonate vergingen sehr heiß und man erzählte sich, dass es der heißeste Sommer in Hamburg seit Jahren gewesen sei. Bei solchen Temperaturen verlief die Schwangerschaft natürlich besonders beschwerlich. Sogar mein selbst genähtes Kleid aus dünnem Stoff beengte mich. Es herrschte eine bis dahin ungekannte, unglaubliche Hitze, durch die die Rasenflächen in den Parks verdorrten und die Erde förmlich austrocknete. In den Fabrikhallen war es unerträglich heiß. Obwohl wir alle Fenster weit geöffnet hielten, linderte es kaum die Hitze. Wenn ich heute darüber nachdenke, kann ich nicht sagen, ob es damals noch keine Klimaanlagen gab, oder ob man sie schlicht nicht einsetzte.

Für die Eisverkäufer war es natürlich eine einträgliche Zeit, doch für die Arbeiter und Angestellten, die acht Stunden in den Fabriken oder anderen Arbeitsplätzen zubrachten, war sie nur schwer zu überstehen. Ohnehin beschäftigten mich damals die vielfältigen Fragen, die in meinem Kopf herumschwirrten. Doch zusätzlich wurde meine Schwangerschaft noch durch die hohen Temperaturen erschwert. Alles was ich mir wünschte war, dass der Geburtstermin so schnell wie möglich kam. Selbst die Hausarbeit zu erledigen war mir fast unmöglich. Mein Mann versuchte mich zwar, hierbei zu entlasten, doch da er im Haushalt „zwei linke Hände" hatte, war mir sein Anblick bei der Hausarbeit gewöhnungsbedürftig. Bei den einfachen Arbeiten hatte er eigentlich immer mitgeholfen, doch weder hatte er vorher Erfahrungen mit ernsthafter Hausarbeit gemacht, noch hatte ich nach unserer Heirat dafür gesorgt, dass er hier routinierter wurde. Obwohl wir beide uns dessen bewusst waren, dass es falsch war, hatten wir es uns zur Gewohnheit gemacht, dass er sich wie ein typischer

„türkischer Mann" und ich mich wie eine richtige „türkische Frau" verhielt. Ohne, dass es uns bewusst war, hatten wir unsere Aufgabenteilung auch diesem Rollenverständnis nach vorgenommen. Manchmal mussten wir notgedrungen unsere Aufgaben vertauschen oder versuchten dies freiwillig. Doch entweder wurde dies von unserem Umfeld mit Belustigung wahrgenommen, oder wir selbst amüsierten uns über uns. Wenn ich nicht zu Hause war, wechselte er dem Kleinen zwar die Windel, unterließ dies aber immer tunlichst, wenn ich zu Hause war. Ich selbst ließ ihm natürlich auch keine Gelegenheit, die Windeln auch sonst zu wechseln. Eines Tages hatte er aus Mitgefühl mit meinem Zustand versucht, mir dabei zu helfen, einige Wäschestücke mit der Hand zu waschen. Doch über die Blasen, die sich dabei an seinen Händen bildeten, stöhnte und murrte er dann noch eine geschlagene Woche lang.

Wir besaßen damals keine Waschmaschine und auch in der vorherigen Wohnung, in der so viele Menschen zusammengelebt hatten, war keine Waschmaschine angeschafft worden. Jedes Mal, wenn ich anregte, eine Waschmaschine zu kaufen, bekam ich als Antwort, „Wir brauchen keine, aber wenn Du so viel Geld besitzt, dann kannst ja Du eine Waschmaschine kaufen." Somit ließ auch ich es sein. Wir konnten zwar eine Wohnung in der Türkei kaufen, aber für eine Waschmaschine, die zu unseren wichtigsten Erfordernissen hier gehörte, war kein Geld da. Es kam den Menschen damals so vor, als sei jede Anschaffung, die man hier tätigte, unwichtig und nicht erforderlich. Im Allgemeinen wurde es als sinnlose Ausgabe angesehen, wenn man hier sein Geld ausgab. Als würde das Leben, das wir hier führten, nicht auch uns gehören. Zum Kauf einer Waschmaschine kam es somit erst nach der Geburt unseres zweiten Kindes.

Eines Tages sah mein Mann, wie ich mich in hochschwangerem Zustand abmühte, um die Treppen zu reinigen und wollte mir diese Arbeit abnehmen. Normalerweise beginnt man hierbei bei den obersten Stufen und arbeitet sich dann nach unten vor. Als ich sah, wie der Herr unten anfing und sich in Richtung der oberen Geschosse vorarbeitete, konnte ich mich vor Lachen kaum mehr halten. Auf die Frage, warum er so vorgegangen war erhielt

ich die Antwort, „… damit ich die Stufen nicht wieder beschmutze, wenn ich hinaufgehe."
Wenngleich ich bei den jungen Leuten von heute bedeutende Fortschritte feststelle, so ist der Idealzustand dennoch nicht erreicht. Uns Müttern und Pädagogen kommt eine immens große Aufgabe dabei zu, die Männer in jeder Hinsicht und insbesondere dahingehend zu erziehen, dass die Arbeitsverteilung im Haushalt optimiert wird. Dieses Bewusstsein stellt gleichzeitig einen gesellschaftlichen Indikator dar. In diesem Zusammenhang entsinne ich mich einer Begebenheit, die in dem Werk „Eine Frau zu sein" von Zeynep Oral wiedergegeben wird und sich in einem muslimisch geprägten Land in Afrika abspielt: Eine fortschrittlich gesinnte Frau möchte ihre Tochter vor der Beschneidung bewahren, doch dieses Mädchen widersetzt sich dem und lässt sich heimlich beschneiden aus Angst, es könnte durch das Umfeld stigmatisiert und ausgegrenzt werden.
Wir müssen erkennen, dass uns eine gravierend Verantwortung auch dabei zukommt, gesellschaftlich bedingte Repressalien wie diese, die der Gesundheit großen Schaden zufügen, zu eliminieren. Ich glaube fest daran, dass wir erfolgreich sein können, ohne größere Schäden anzurichten, wenn wir uns bewusst machen, dass relevante Fortschritte nicht von heute auf morgen erzielt werden können und dass vielmehr langfristige Bestrebungen erforderlich sind. Darüber hinaus ist es ab einem bestimmten Alter kaum mehr möglich, Handlungen in notwendiger Weise zu erwirken, so sehr dies auch erforderlich sein mag.
Halb im Scherz und halb im Ernst pflegte mein Schwiegervater zu meinem Mann zu sagen, „Du bist doch ein Mann. Warum verrichtest Du alle diese Frauenarbeiten? Warum wickelst Du den Kleinen? Warum machst Du den Abwasch?" Er antwortete darauf, „Wer soll es denn sonst machen? Soll das Kind etwa ungesäubert abwarten, bis die Mutter zurückkommt? Wenn Du möchtest, kannst Du uns ja finanzieren, damit sie nicht mehr arbeiten gehen muss. Oder Du stellst ein Dienstmädchen für uns ein." Dabei war es der gleiche Schwiegervater, der später, wenn wir nicht zu Hause waren, selbst die Wohnung aufräumte, den Abwasch machte oder das Kind wickelte. Angesprochen auf

seine eigenen Worte entgegnete er, „Meine Tochter, ich war beschämt, weil Du gearbeitet hast und habe es daher gemacht." Ich bin der Auffassung, dass eine bessere Arbeitsaufteilung im Haushalt und ein besseres Auskommen zwischen Eheleuten dann gewährt sein wird, wenn unsere Männer ein Bewusstsein dafür entwickeln, dass man sich für Arbeiten dieser Art nicht zu schämen braucht.

Je größer mein Bauch wurde, desto öfter fragte unser Sohn nach, wann sein Geschwisterchen endlich komme und hatte es eiliger damit, als wir. Bei jeder Vorsorgeuntersuchung beruhigte mein Arzt mich damit, dass alles in Ordnung sei, doch mein banges Warten hielt noch bis zur Geburt unseres Kindes an.

Vom sechsten Monat meiner Schwangerschaft an bis zum Eintritt in den Mutterschutz wurde ich im Betrieb nur noch in leichteren Tätigkeiten eingesetzt. Diese Regel galt für alle Beschäftigten des Betriebes. Doch so leicht die Tätigkeit auch war, war doch allein die An- und Abfahrt bereits ermüdend für eine Schwangere. Gegen Ende Juli des Jahres schied ich in den Mutterschaftsurlaub aus. So verbrachte ich die letzten sechs Wochen vor der Geburt überwiegend mit den zu erledigenden Besorgungen, aber auch mit Spaziergängen und gemeinsam mit meinem Mann und meinem Sohn gingen wir manchmal in die Parks der Stadt, oder aber zu meinem Schwiegervater.

## Die Geburt meines zweiten Sohnes

Gegen elf Uhr dreißig des fünften September 1976 setzten meine Wehen ein. Gegen zwölf Uhr fuhren wir mit dem Notarztwagen ins Krankenhaus. Aufgrund meiner Ängste hatten wir – wie bei meiner ersten Geburt auch – das Universitätskrankenhaus vorgezogen. Eine halbe Stunde nach unserer Ankunft kam unser zweiter Sohn zur Welt. Von dem Krankenhauspersonal hörte ich, dass dies sei ja nun kein Kind sei, was eine so kleine und zierliche

Person wie ich zur Welt bringen könnte. So brachten sie ihr Erstaunen über den Kleinen zur Sprache, der mit einem Gewicht von 4,5 kg zur Welt gekommen war. Er war 55 cm groß und gesund und munter.
Noch am gleichen Tag kamen mein Sohn und der Onkel gemeinsam zu Besuch. Mein älterer Sohn zeigte auf meinen Bauch und fragte, wo sein Geschwisterchen geblieben sei. Ich antwortete ihm, dass er seinen Bruder jetzt noch nicht sehen könne, dass ich ihm das Baby aber so bald wie möglich zeigen werde. An die Freude in seinen Augen, als ich ihm sagte, es sei ein sehr großes, blondes und schönes Baby, erinnere ich mich, als wäre es heute gewesen. Als man den Kleinen direkt nach der Geburt neben mich gelegt hatte, war es mir tatsächlich so vorgekommen, als wäre es ein ein- oder zweimonatiges Baby, denn mit seinen lächelnden, niedlichen Augen blickte er putzmunter durch die Gegend. Da ich bei meiner ersten Geburt diese Situation nicht erlebt hatte, war mir dieses Gefühl neu gewesen. Außerdem verließen mich auch meine Ängste und die Anspannung, als ich sah, dass der Kleine gesund war. In diesem Moment war ich so unendlich glücklich darüber gewesen, dass unser Kind keinerlei Behinderungen hatte. Doch nach nicht einmal drei Jahren verloren wir dieses Glück und behielten stattdessen eine lebenslange Trauer in uns zurück. Im Krankenhaus blieb ich eine Woche lang. Obwohl wir es lange gemeinsam eingeübt hatten und mein Sohn bereits nicht mehr in die Hosen machte, begann er ab dem Tag, an dem wir mit seinem kleinen Bruder zu Hause ankamen, wieder einzunässen. Er liebte seinen Bruder sehr. Der Einschätzung des Arztes nach, war dies für das Kind ein Weg gewesen, um seine Eifersucht zum Ausdruck zu bringen und wurde als normale Reaktion bewertet, die bei vielen Kindern auftrat. Diese problematische Situation hielt an, bis wir unseren jüngeren Sohn verloren. Bei der späteren Geburt meiner Tochter trat dies nicht auf. Vermutlich war es damals dazu gekommen, weil er selbst noch zu klein war, um ihn akzeptieren zu können - so sehr er seinen jüngeren Bruder auch liebte.
Nachdem unser zweites Kind geboren war, schafften wir eine Waschmaschine an. Jahrelang hatte ich mich völlig vergebens

abgemüht: die Waschmaschine ist meines Erachtens nach eine der ersten notwendigen Anschaffungen eines Haushaltes. Der Zugewinn an Komfort und die Zeitersparnis hätte den Kauf so mancher weiterer Waschmaschine aufgewogen. Offensichtlich reicht es eben nicht, gewisse Dinge zu wissen. Man muss sie eben erproben und selbst erfahren!

### Türkeiurlaub mit Kleinkindern

Gleich nach der Geburt meldeten wir unseren kleinen Sohn ebenfalls im Kindergarten an. Als die frühere Erzieherin unseres älteren Sohnes sagte, sie werde den Kleinen in ihre Gruppe aufnehmen, freuten wir uns sehr. Gemeinsam mit meinem Jahresurlaub blieb ich nach der Geburt vierzehn Wochen zu Hause. Währenddessen fuhren wir zum Ende der Saison zusammen mit dem Schwiegervater für vier Wochen in die Türkei, wo die Hochzeit meines jüngeren Schwagers stattfinden sollte. Ich nahm auch die Kinder mit. Mit zwei kleinen Kindern in Urlaub zu fahren ist vermutlich ein Unterfangen, das man nur in jungen Jahren auf sich nehmen kann. Würde jemand anderes dies heute in Erwägung ziehen, würde ich sagen, dass dies unmöglich ist und gar nicht geht. Damals aber reiste ich ohne zu zögern erst mit dem Flugzeug nach Istanbul und nahm von dort aus eine dreizehn- oder vierzehnstündige Busfahrt auf mich, um nach Antalya weiter zu fahren. Heute erscheint dies mir natürlich nicht besonders rational.
Mit den beiden Kleinen erlebte ich während der ganzen Reise keinerlei Schwierigkeiten. Natürlich hatte ich auch befürchtet, dass ich vielleicht eine missglückte Bemerkung von meinem Schwiegervater zu hören bekommen könnte, auf die ich dann meinerseits hätte reagieren müssen. Schließlich war mein Schwiegervater, mit dem ich zusammen reiste, ein äußerst penibler Mann. Durch einen solchen Konflikt wäre uns dann der Ur-

laub verdorben. Doch meine Befürchtung bestätigte sich nicht und wir alle verlebten eine sehr angenehme Reise.
Genau wie ich hatte auch mein Schwiegervater anfängliche Bedenken gegen eine Reise mit zwei kleinen Kindern gehabt, doch am Ende der Reise brachte er zu mir gewandt seine Zufriedenheit zum Ausdruck, „Ich bin zwar übergenau, doch dank Deiner Glanzleistung verlief die Reise so bequem, als wären gar keine Kinder dabei gewesen." Meine älteren Brüder und deren Frauen, sowie viele weitere Bekannte in Istanbul wiederum meinten angesichts meiner manierlichen Kinder, „Mit so artigen Kindern würden wir auch so eine Reise machen."
Ich beließ es nicht nur mit Antalya, sondern besuchte für zwei Tage auch meinen Vater, meine älteren Brüder und weitere Verwandte von mir. Die Kinder hatte ich solange bei meiner Schwiegermutter gelassen. Ich vermute, dass der Antrieb für eine so strapaziöse Reise im Unverstand lag, der aus der Sehnsucht und dem Leben in der Fremde resultierte. Mit rationalen Argumenten oder Abwägungen kann man dies wohl kaum rechtfertigen.
Nach der Rückkehr aus dem Urlaub gaben wir auch unseren jüngeren Sohn in den Kindergarten, den auch mein älterer Sohn bereits besuchte. Die Anmeldung hatten wir bereits zuvor vorgenommen. Es war nicht gut, ein Baby, das erst zweieinhalb Monate alt war, in die Krippe zu geben, doch wir taten es notgedrungen. Zumindest konnten wir beruhigt sein, da beide Geschwister im gleichen Kindergarten und unter der Aufsicht von Menschen, die uns bereits bekannt waren, sein würden.
Ich ging wieder zur Arbeit. Inzwischen war es für mich sehr schwer geworden, mit zwei Kindern im Schichtdienst zu arbeiten, doch zumindest für eine kurze Zeit noch musste ich mich damit arrangieren. Denn der Studienabschluss meines Mannes näherte sich. Noch am ersten Tag begann ich, mich nach Möglichkeiten zu erkundigen, um nur tagsüber zu arbeiten. Doch in unserem Betrieb war es kaum möglich, im Einschichtdienst und nur im Frühdienst zu arbeiten.
Durch die Automatisierung der Maschinen in unserem Betrieb und die Einführung neuer Produktionstechnologien, sank der

Bedarf an einfachen Arbeitern. Immer mehr ungelernte Kräfte wurden entlassen, stattdessen stellte man qualifizierte Arbeitnehmer ein. Die Entlassungen und Neueinstellungen erfolgten unter der Berücksichtigung unterschiedlichster Faktoren. In vielen größeren Betrieben und Fabriken wurden intelligente Roboter eingestellt, wodurch eine Vielzahl von Arbeitnehmern bereits entlassen wurde. Wenngleich die Gewerkschaften versuchten, gegen diese neue Arbeitslosigkeit entgegenzusteuern, konnten sie sich gegen diese Entwicklungen jedoch nicht wirklich wehren. Tag für Tag verbreiteten sich die automatischen Maschinen und Roboter in den Fabrikhallen und ersetzten die menschliche Arbeitskraft.

So weit wir es beobachten konnten, war der erste Grund hierfür, dass durch die neuen Maschinen eine höhere Produktivität mit weniger Arbeitnehmern erzielt werden konnte. Hinzu kam an zweiter Stelle, dass Arbeitnehmern, die über längere Zeit am gleichen Arbeitsplatz beschäftigt waren, gewisse Rechte zustanden, durch die sie den Arbeitgebern zu teuer wurden. Andererseits versuchte man vermutlich auch, durch eine gewisse Fluktuation bessere und fähigere Arbeitnehmer zu finden. Neben den qualifizierten Mitarbeitern wurden in geringerem Maße auch ungelernte Kräfte eingestellt.

Meine Schwägerin arbeitete damals an sechs Tagen im Monat und verdiente einen geringen Lohn von sechshundert Mark. Also schlug ich ihr vor, sich doch bei unserem Betrieb zu bewerben, da Neueinstellungen erfolgen sollten. Auch ihr Mann war Student und mit wenig Geld auszukommen, war nicht leicht. In unserer Firma hätte sie doppelt so viel verdienen können. Als ich ihr das Ganze erzählte, zeigte sie sich zunächst uninteressiert. Wie ich jedoch später erfuhr, hatte sie sich mehrfach ohne mein Wissen bei der Firma beworben. Beim ersten Mal war sie gemeinsam mit ihrem Mann erschienen, um sich vorzustellen, hatte jedoch eine Absage erhalten. Beim zweiten Mal hatte sie sich alleine beworben, doch am Fabrikausgang begegneten wir uns. Während wir uns unterhielten, sah uns einer der Angestellten der Verwaltung und fragte, ob wir Verwandte seien. Der Hintergrund ist der, dass bei Stellenausschreibungen, die intern am

Schwarzen Brett ausgehängt wurden, wie in jeder Firma auch, nach Möglichkeit Neueinstellungen aus dem Umfeld bereits Beschäftigter getätigt wurden – natürlich unter Berücksichtigung der Personalakte. Als ich dann sagte, dass es meine Verwandten seien und sich aufgrund meiner Empfehlung hin beworben hätten, fragte er, warum sie das nicht erwähnt hätten. Als der Angestellte daraufhin zusagte, dass sie in Kürze eingestellt werden würden, freuten die beiden sich sehr. Natürlich waren sie auch ein wenig beschämt, weil sie sich ohne mein Wissen beworben hatten. Bereits kurze Zeit später wurde sie in der Mikroskop-Abteilung eingestellt, in der im Akkord gearbeitet wurde. Der Stundenlohn dort war höher als unserer, wodurch sie bald mehr als das Doppelte ihres früheren Lohnes verdiente. Dadurch entspannte sich ihre finanzielle Lage und die beiden zogen bald – durch die Vermittlung von Freunden unserer Familie – in eine kleine Wohnung in unserer unmittelbaren Nachbarschaft. Für uns war es sehr vorteilhaft, dass sie nun in unserer Nähe wohnten, denn nun konnten wir uns häufig besuchen.

Unsere Kinder hatten unseren Schwiegersohn in ihr Herz geschlossen und auch er widmete sich ihnen intensiv. Eine Geschichte werde ich nie vergessen: eines Morgens hatten wir die beiden zum Frühstück eingeladen. Unser älterer Sohn hatte uns und unseren Besuch überraschen wollen und so klein wie er war, den Tisch gedeckt. Plötzlich schreckten wir mit einem lauten, scheppernden Geräusch aus der Küche zusammen. Was bot sich uns dort für ein Anblick?! Als der Kleine nicht an den zweiteiligen Küchenschrank gelangen konnte, war er einfach an ihm hochgesprungen, wodurch der obere Teil des Schrankes umgekippt war. Sämtliche Teller und Gläser waren heraus gefallen und zerschellt. Zum Glück zeigte eine Ecke des Schrankes nach oben und unser Sohn war in den leeren Zwischenraum geraten, wodurch ihm nichts zugestoßen war. Er muss wirklich einen Schutzengel gehabt haben. Immer, wenn unser Schwiegersohn bei uns war, wollte mein kleiner Sohn sich nicht von mir, sondern von ihm die Windeln wechseln lassen. Er war wirklich ein äußerst liebenswürdiger Mensch, den wir alle ins Herz geschlossen hatten. Doch schon bald sollten wir ihn verlieren.

Mit meiner Arbeit war ich sehr zufrieden, musste jedoch umgehend einen Weg finden, um nur in der Frühschicht arbeiten zu können. Es fiel mir mit meinen zwei Kindern immer schwerer, in Wechselschichten zu arbeiten. Es ging mir auch nicht nur um die Kinder: ich kam spätabends erst gegen 23:30 Uhr nach Hause und stand bereits um sieben Uhr wieder auf, um meinem Schwiegervater das Frühstück vorzubereiten.

Aus verschiedenen Gründen kam es in manchen Nächten dazu, dass die Kinder uns nicht schlafen ließen. Doch egal was passierte und wie müde ich auch war: früh am Morgen musste ich wieder aufstehen, denn ich wusste, dass man beleidigt und pikiert sein würde, wenn ich das Frühstück nicht zubereitete. Da ich keine Probleme entstehen lassen wollte, machte ich immer wieder Zugeständnisse und musste mich einfach noch ein wenig gedulden. Wenn mein Mann erst die Hochschule abgeschlossen hatte, würde sich alles viel besser einrenken. Ich wusste, dass sich dies bereits näherte und ermahnte mich selbst zur Geduld. Ich erhoffte mir damals, dass ich, sobald mein Mann sein Studium beendet haben würde, in meine Heimat zurückgehen und in meinem eigenen Beruf arbeiten würde. Dementsprechend richtete ich alle unsere Pläne an unserer baldigen Rückkehr in unsere Heimat aus.

Ich hatte es noch immer nicht überwinden können, dass ich mein Land gerade in einem Moment verlassen hatte, wo ich in meinem eigenen Beruf tätig geworden war. Zudem war ich in ein Land gekommen, in dem ich einer völlig anderen Arbeit nachging. Gerade als ich den Gedanken an eine Tätigkeit als Lehrerin schon fast völlig aufgegeben hatte, hörte ich am Abend des 11.4.1977 in der türkischsprachigen Sendung des Westdeutschen Rundfunks aus Köln, dass für Hamburg Türkischlehrer eingesetzt werden würden. Diese Radiosendung fand täglich in türkischer Sprache statt und somit unsere wichtigste Informationsquelle. Niemand wollte diese Sendung daher versäumen, denn diese Sendung stellte für uns die einzige Möglichkeit dar, uns sowohl aus der Türkei, als auch aus dem Land, in dem wir lebten, in unserer eigenen Sprache zu informieren. In den deutschen

Medien wurde das Türkische überhaupt nicht beachtet und nur, wenn es etwas Negatives zu berichten gab, ging man darauf ein.
Jahre später wurde auch dieser Mangel behoben und die Sehnsucht hatte ein Ende. Über die Ausstrahlung von TRT-INT und die Einführung von Satellitenantennen hatten wir später die Möglichkeit, alle Sendungen aus der Türkei zu empfangen. Dies war den Verantwortlichen auf deutscher Seite natürlich bekannt und man beschwerte sich nun darüber, dass wir die türkischen Sendungen verfolgten – als hätten sie uns zuvor als Menschen wahrgenommen, sich je Gedanken über uns und unsere Bedürfnisse gemacht, uns berücksichtigt oder Sendungen für uns konzipiert. Auch auf der Versammlung von Vertretern aus Ausländerbehörde und der CDU hatte sich ein Sprecher der CDU hierüber beschwert. Ich war wiederum sehr empört und fragte in türkischer Sprache, welche Sendungen man in den vergangenen vierzig Jahren denn für diese Menschen konzipiert habe, die schließlich seit Jahren für die Weiterentwicklung dieses Landes arbeiten und hier ihre Steuern zahlen. Auch wollte ich wissen, welche Projekte im Hinblick auf unsere speziellen Bedürfnisse man denn betrieben habe. Warum sollten wir also die deutschen Sendungen verfolgen? Der Moderator war ein Professor, der auch türkisch verstand. Also übersetzte er meinen Einwand mit einem süffisanten Lächeln, dem ich entnahm, dass er mir seinerseits zustimmte. Doch der Parteienvertreter, der angesprochen worden war, machte sich nicht einmal die Mühe, meine Frage zu beantworten.
Ich hatte meinen Ohren nicht trauen können, als ich hörte, dass man in Hamburg Lehrer einstellen würde. Die betreffenden Anträge mussten über die Konsulate gestellt werden. Ob Sie mir wohl glauben würden, wenn ich Ihnen erzähle, dass ich in dieser Nacht vor Aufregung nicht geschlafen habe? Ich wollte auch meinem Mann nichts davon erzählen, denn ich wusste, er würde sagen, „Wozu dieser Antrag? Nach meinem Studienabschluss in einem Jahr werden wir ohnehin sofort alle sieben Sachen zusammenpacken und in die Türkei zurückgehen." Also ging ich zur Arbeit, ohne ihm irgendetwas zu erzählen. Ich hatte es mir in den Kopf gesetzt, diesen Antrag zu stellen, egal was es kosten

sollte. Hierfür hatte ich auch mein Diplom mitgenommen. Im Betrieb hatte ich die Maschinen bereits eingeschaltet. Gegen acht Uhr sagte ich dem Vorarbeiter, dass ich im Konsulat etwas sehr Wichtiges zu erledigen hätte und bat ihn um ein paar Stunden Urlaub. Netterweise erlaubte der Mann es.

## Meine Bewerbung als Lehrerin bei dem Generalkonsulat der Republik Türkei in Hamburg

Gegen acht Uhr dreißig verließ ich meinen Arbeitsplatz und erzählte auch der Lehrerin, die in der angrenzenden Halle arbeitete, von meinem Vorhaben. Die zeigte sich allerdings wenig begeistert und sagte, sie würde sich gegebenenfalls später noch bewerben. Sofort machte ich mich dann auf den Weg. Da es mir mit dem öffentlichen Nahverkehr zu lange dauern würde, fuhr ich gleich mit einem Taxi hin und stellte meinen Antrag. In kürzester Zeit war ich wieder zurück an meinem Arbeitsplatz. Ich war erfasst von dem schönen Gefühl, ganz allein etwas Großes bewerkstelligt zu haben.
Als ich zu Hause ankam und meinem Mann und meinem Schwiegervater von dem Antrag erzählte, wollten sie es zunächst nicht glauben – vermutlich, weil ich schon lange nichts mehr ohne meinen Mann getan hatte. Dann wünschten sie mir aber doch viel Glück.
Schon nach knapp zwei Monaten wurde ich eingeladen. Vor Ort erfuhr ich, dass über siebzig Bewerbungen eingegangen waren und dass man eine kleine Prüfung abhalten werde. Zugelassen würden aber nur solche, die die Lehrerschule absolviert hatten. Im Rahmen der Prüfung ließ man uns einen Text in deutscher Sprache schreiben. Anschließend wurden wir kurz mündlich sowohl zu dem geschriebenen Text, als auch zu unserem Lebenslauf befragt. Man sagte uns allen, dass man uns benachrichtigen werde.

Als ich dann eine Zeit lang weder eine positive, noch negative Nachricht erhielt, suchte ich persönlich den Bildungsattaché auf, um mich zu erkundigen. Noch bevor der Bildungsattaché überhaupt richtig mit mir geredet hatte, sagte er sofort, „Sie können sowieso nicht angenommen werden." Ich war empört darüber und fragte ihn, ob seine Beurteilungsmethode darin liege, den Menschen nur einmal ins Gesicht zu sehen. Mit diesen Worten verließ ich den Raum. Ich fragte mich, wohin es uns mit diesem Verständnis noch führen würde. Wenn nicht einmal die Pädagogen es als ihre Pflicht ansehen, den Menschen mit Wertschätzung zu begegnen, von wem sonst könnten wir dies dann erwarten.

Nach wie vor erforschte ich ständig alles im Zusammenhang mit der Besetzung der Lehrerstellen. Ich war umso bedrückter als ich erfuhr, dass man im August 1977 drei Lehrer eingestellt hatte, von denen kein einziger Absolvent der Lehrerschule war. Also suchte ich das Konsulat auf, wo ich meine Kritik zum Ausdruck brachte. Auch wollte ich wissen, warum man die Leute nicht richtig informiere. Einerseits behaupten sie, man werde nur Absolventen der Lehrerschule einstellen, andererseits nehme man aber andere Einstellungen vor. Ich hielt ihnen vor, dass sich auch Bekannte, die Universitätsabsolventen waren, sich beworben hätten, wenn man sie richtig informiert hätte. Daraufhin versuchte man mich mit Floskeln hinzuhalten und zu beschwichtigen, dass ich im Recht sei und dass man beim nächsten Mal versuchen werde, es genauer zu machen. Die Enttäuschung war so groß, als hätte man mir schon zugesagt und sich dann anders überlegt. Da ich aber keine Möglichkeit hatte, irgendetwas auszurichten, ging ich weiter meiner Arbeit nach.

## Hochschulabschluss meines Mannes

Im Sommer des Jahres siebenundsiebzig schloss mein Mann schließlich sein Hochschulstudium ab. Wir waren die glücklichsten Menschen der Welt und erlebten einen der schönsten Tage unseres Lebens. Jahrelang hatten wir viele Entbehrungen auf uns genommen, nur um diesen Tag erleben zu können. Doch nun war der lang ersehnte Tag gekommen und natürlich waren wir sehr glücklich. Mein Mann zeigte auf sein Diplom, das er in der Hand hielt und sagte, „Unglaublich, all diese Anstrengungen für dieses eine Stück Papier." Wir fühlten uns, als wäre eine tonnenschwere Last von unseren Schultern abgefallen, so erleichtert waren wir. Es ist einfach unmöglich, dieses Gefühl zu beschreiben, so groß war unser Glück. Hinzu kam, dass achtzig Prozent der ausländischen Kommilitonen, die gemeinsam mit meinem Mann das Studium begonnen hatten, ohne einen Abschluss abgebrochen hatten. Natürlich ist es die Hauptsache, ein glückliches Leben zu führen, doch das was uns bis heute eine Stütze war und uns dabei half, die vielen Schwierigkeiten im Leben zu meistern, war die Ausbildung gewesen. Für uns war es wichtig, dieses Ziel zu erreichen, also erreichten wir es. Natürlich war auch die Freude darüber nicht zu unterschätzen, dass wir das erste der uns selbst gesetzten Ziele erfolgreich erreicht hatten.
Mit dem Geld, das wir mit Müh und Not zusammengespart hatten, kauften wir ein Auto der Marke Ford, das wir bei unserer endgültigen Rückkehr in die Türkei mitnehmen wollten. Mein Mann hatte seinen Führerschein schon 1972 gemacht, was ich in meiner Zeit, in der ich sonst nicht weiter zu tun hatte, auch nachholen wollte. Als aber mein Mann gemeinsam mit den Onkels sich anmeldete, sah ich davon ab. Es wäre sehr kostspielig geworden, wenn wir beide uns bei der Fahrschule angemeldet hätten, denn die Fahrstunden waren nicht gerade billig. Damals kam es einen Fahrschüler etwa 1.500,- Mark zu stehen, bis er den Führerschein hatte. Wie es in unserer Gesellschaft so üblich ist, war ich als Frau schließlich diejenige, die den Rückzieher machte. Den Autokauf aber hatten wir zeitlich verschoben, bis das Studi-

um abgeschlossen sein würde. Wir beabsichtigten, vor unserer endgültigen Rückkehr noch einen Urlaub in der Türkei zu machen. In den Ferien wollten wir unser Glück mit den dort lebenden Verwandten teilen und gleichzeitig auch die dortigen Beschäftigungsmöglichkeiten ausloten. Da ich aber vorher keinen Urlaub bekam, konnten wir erst im Herbst verreisen. Mein Mann wollte bis dahin auch etwas Geld dazuverdienen, doch trotz aller Bewerbungen erhielt er keine positive Antwort. Das Studium war nun abgeschlossen, doch es würde nicht einfach werden, eine seinem Niveau adäquate Beschäftigung zu finden. Die Beschäftigungsmöglichkeiten, die seiner Ausbildung entsprachen, wurden vorzugsweise mit Deutschen besetzt. Die Arbeitgeber sagten ganz offen, dass man nur dann Ausländer beschäftigte, wenn kein geeigneter Deutscher zusagen würde. Allerdings war es bei der Beschäftigungslage und dem Beruf eher abwegig, dass irgendjemand die Nase über eine solche Gelegenheit rümpfen würde, denn bereits damals gab es viele junge Leute, die ihren Abschluss gerade gemacht hatten. Mein Mann hatte sich auch bei einer größeren Firma als Dolmetscher beworben, war aber nicht angenommen worden. Als Begründung hatte man ihm mitgeteilt, dass er überqualifiziert sei. Sie hatten die Bedenken, dass so jemand nach einer Einstellung dahingehend Einfluss auf die Arbeitnehmer ausüben könnte, dass sie sich gewerkschaftlich organisieren und zu kritisch werden könnten. Alles in allem wurde es weder einfach, eine Beschäftigung als Volkswirt, in seinem eigenen Beruf, oder in anderen Beschäftigungsfeldern zu finden. Die Zeit bis zum Urlaub überbrückte er daher mit kurzfristigen ein- bis zweiwöchigen Tätigkeiten.

**Erster Krankenhausaufenthalt meines jüngeren Sohnes**

Manche Bekannte aus unserem Freundeskreis kehrten auf Grund der Krise auf dem Arbeitsmarkt oder auch wegen anderer Gründe für immer in die Türkei zurück. Eine meiner Arbeitskollegin hatte sich ebenfalls mit ihrer Familie zur endgültigen Rückkehr entschieden. Nachdem wir mitgeholfen hatten, ihre gesamte Habe auf einen Lkw zu laden, luden wir sie am Abend zu uns ein. Mein Mann hatte die Kinder vom Kindergarten abgeholt und vergnügt nahmen wir gemeinsam das Abendessen ein, das ich selbst zubereitet hatte. Unsere Freunde sagten, dass unsere Kinder schon wieder gewachsen seien, seit dem sie sie das letzte Mal gesehen hatten und herzten sie. In dieser Nacht übernachteten unsere Freunde bei uns und reisten am nächsten Morgen ab. Unser kleiner Sohn aber, dem am Vortag rein gar nichts gefehlt hatte, weinte die ganze Nacht über und schlief nicht eine Minute. Von Zeit zu Zeit bekam unser Sohn Fieberanfälle, doch sowohl sein Arzt, als auch die Gesundheitspflegerin, die wir regelmäßig wöchentlich aufsuchten, sagten immer wieder, dass ihm nichts fehlen würde. Meistens gaben sie ihm ein Zäpfchen, wodurch er sich dann entspannte. Doch in dieser Nacht hatte er auch kein Fieber gehabt. Am nächsten Morgen schickte ich meinen Mann mit unserem älteren Sohn in den Kindergarten und behielt den Kleinen zu Hause. Er hatte auch keine Kraft, um aus dem Haus zu gehen. Dieses quicklebendige Kind, das normalerweise nicht eine Minute stillsitzen konnte, schlief immer wieder still und leise ein, wo auch immer ich es hinlegte oder setzte. Mein Mann hatte währenddessen der Erzieherin des Kleinen von seinem Zustand berichtet und sich erkundigt, wie er am Tag vorher gewesen sei. Doch die Erzieherin hatte ihm gesagt, dass er fröhlich und munter gewesen war. Der Zustand des Kindes war keinesfalls normal. Gegen Mittag ging mein Mann aus dem Haus, um kurz seinen Vater zu besuchen. Ich brachte es an diesem Tag nicht über mich, das Kind zu Hause zu lassen und zur Arbeit zu gehen. Also erledigte ich die restliche Wäsche und legte mich mit dem Kleinen auf das Bett. Mein Junge hatte seinen Kopf auf meinen Arm gelegt und ich beobachtete dann, wie er seinen Blick an die Decke geheftet hatte. Dann zitterte er drei Mal und wurde bewusstlos. Sofort griff ich mir das Kind und rannte zu den älteren Damen im Untergeschoss. Die Oma spritzte ihm das Gesicht mit kaltem Wasser ab und er kam wieder zu sich. Als die Ohnmacht sich aber wiederholte, riefen wir einen Notarztwagen. Nach weniger als zehn Minuten kam der Notarztwagen, mit dem wir den Kleinen ins Krankenhaus brachten. Ich hatte panische Angst. In völlig ermattetem Zustand ließ ich das Kind im Krankenhaus und ging los, um die Familie zu benachrichtigen. Unser Kleiner war damals elf Monate alt und trotz der vielen Untersuchungen in den folgenden zehn Tagen fand man nichts. Wenngleich keine bestimmte Krankheit diagnostiziert wurde, beschäftigten uns die vielen Fragen noch eine lange Zeit lang. Bis zu seinem 27. Lebensmonat fieberte unser Sohn zwar von Zeit zu Zeit, doch nennenswerte Beschwerden traten nicht mehr auf.

## Unser erster Türkeiurlaub mit dem Auto

Ab dem ersten November 1977 hatte ich mit meinem Jahresurlaub bei meiner Firma einen zweimonatigen Urlaub eingereicht. Wenngleich mein Mann bereits seit 1972 im Besitz eines Führerscheins war, war er doch in der Zwischenzeit kaum Auto gefahren. Da nun also eine lange Zeit vergangen war, hatte er in den ersten Tagen große Anfangsschwierigkeiten mit dem sicheren Fahren eines Autos. In den nächsten Tagen war er zwar schon routinierter, doch muss ich sagen, dass es keinesfalls empfehlenswert war, mit einem unerfahrenen Fahrer, der eine erst dreimonatige Fahrpraxis hatte, noch dazu mit zwei Kleinkindern, im Winter auf eine solche Reise zu gehen. Auch wir machten damals den Fehler, den eine Vielzahl von so genannten ungebildeten Landsleuten auch begingen und trotz unserer Unerfahrenheit machten wir uns auf den Weg. In Österreich angekommen, gerieten wir mit zu hoher Geschwindigkeit in eine scharfe Kurve und landeten auf einem Acker. Auf dem Acker rammten wir einen Strommast aus Holz, der durch den Aufprall in zwei geteilt wurde. Als wir dann auch noch sahen, dass aus der Motorhaube Rauch aufstieg, dachten wir, dass Auto würde abbrennen. Wir behielten einen kühlen Kopf und verließen mit den Kindern umgehend das Auto.

Ich kann es mir nicht erklären warum, aber ich neige dazu, in solchen Situation anfangs sehr rational zu reagieren. Erst nach Stunden kommen die Emotionen hoch und ich breche in Tränen aus. Glücklicherweise war der Hügel, über den wir unseren Sturzflug hinlegten, nicht allzu hoch und noch bevor wir das Auto verlassen hatten, hielten bereits die ersten Vorbeifahrenden, um uns zu helfen.

Weder wir, noch die Kinder hatten irgendwelche Verletzungen erlitten. Nur unser jüngster Sohn bekam eine kleine Schramme an der Stirn. Somit waren wir glimpflich davon gekommen. Am Frontbereich des Autos war durch den Aufprall ein Schaden eingetreten. Der Rauch wiederum war durch die Verdampfung des warmen Wassers ausgetreten, weil der Wasserkühler bei dem Aufprall beschädigt worden war. Natürlich freuten wir uns darüber, dass das Auto nicht abbrennen würde und uns nichts zugestoßen war. Da das Auto im Vorderbereich regelrecht demoliert war, transportierten wir es mit einem Abschleppwagen zur nächsten Werkstatt. Als mein Sohn die Vorderansicht des Autos sah, versuchte er uns und sich selbst zu trösten und sagte, „Die kaputten Stellen kann ich ja mit meinen Farben übermalen. Dann sieht das Auto wieder wie neu aus." Das werde ich nie vergessen.

Das Auto ließen wir dort reparieren und übernachteten am Ort, um uns auszuruhen. Nach dem Frühstück am nächsten Morgen fuhren wir wieder los. Die verbleibende Fahrt verlief bis zur Türkei ohne Schwierigkeiten.

Viele Landsleute kauften in diesen Jahren Autos und machten sich, wie wir auch, als Fahranfänger auf die Reise. Doch die Zahl derer, die unterwegs schwere Unfälle erlebten oder hierbei ums Leben kamen, war nicht zu unterschätzen. Auch unser jüngerer Onkel hatte bei seiner Fahrt durch Jugoslawien einen schweren Unfall überstanden. In der Gegend um die Stadt Nis hatte er in diesen berüchtigten Kurven ein völlig unüberlegtes Überholmanöver gestartet. Um dann einem entgegenkommenden Fahrzeug zu entgehen, hatte er das Auto gegen einen Hügel gelenkt, wodurch es an der einen Seite seines Autos zum Totalschaden gekommen war. Zum Glück war weder ihm, noch den weiteren Insassen etwas zugestoßen. Zum Zeitpunkt des Unfalls spielte im Kassettenrekorder die Kassette von Ruhi Su und wenn er später von dem Unfall erzählte sagte er, „Wir waren schon längst aus dem Auto ausgestiegen, doch er sang mit voller Lautstärke weiter".

Ein besonderes Vergnügen war für uns die Übernachtung in Österreich gewesen. Nachdem wir uns in dieser schönen und sauberen Familienpension erholt hatten, wurde uns am nächsten Morgen die Freundlichkeit und Bewirtung dieser netten Menschen zu teil. Diese Momente versüßten uns natürlich auch unseren Urlaub.

Auch während unserer Reisen in den nächsten Jahren versäumten wir es nie, diese äußerst angenehme Atmosphäre zu genießen. Sowohl für uns, als auch für die Kinder waren die Übernachtungen auf der Hin- und der Rückfahrt durch Österreich immer ein zusätzliches Bonbon, auf das wir uns freuten.

In den nächsten Jahren und auch mit zunehmendem Alter zogen wir Österreich, das wir als sicheres Land kennen gelernt hatten, immer wieder als Reiseziel für unsere Skiurlaube vor. Auch wenn es jetzt den Anschein hat, ich würde bewusst Werbung für Österreich machen, muss ich doch die Wahrheit sagen. Bis heute habe ich in diesem Zusammenhang noch von niemandem etwas Negatives, wie etwa Diebstahl oder Korruption gehört. Selbst diejenigen, die draußen auf den Parkplätzen, in den Hotels oder Pensionen Rast einlegten, waren sehr zufrieden. Die Sauberkeit der Rastplätze die ganze Fahrtstrecke entlang war ein Gradmesser dafür, dass man den Menschen hier mit Wertschätzung begegnete.

Im Jugoslawien der damaligen Jahre wiederum war es so, dass die Hotels von außen zwar sehr mondän wirkten, man beim Betreten aber durch den Schmutz abgeschreckt wurde. Es war schwierig, etwas Essbares aufzutreiben und wenn es einem dann doch gelang, waren gleich die Wucherer an Ort und Stelle. Für uns war es keine vertrauenserweckende Strecke: die Straßen voller Einschlaglöcher, die Rastplätze so verdreckt, dass man sich vor Gestank nicht hinsetzen mochte, um etwas zu essen, oder sich auszuruhen. So war die Situation, mit der man dort konfrontiert wurde.

Bulgarien wiederum war ein Thema ganz für sich. Hier war es verboten, die ausgeschilderten Fahrstrecken zu verlassen oder an anderen Stellen, als den ausgewiesenen Punkten zu halten. Und in einem solchen Land redete man von Menschenrechten und Frieden. Einmal waren wir mit dem Auto angehalten, da wir vor Müdigkeit zu erschöpft waren, um weiterzufahren und Angst hatten, einen Unfall zu verursachen. Doch im gleichen Moment standen wir einem Polizisten gegenüber, der uns anwies, sofort weiterzufahren, da hier das Halten verboten war. Er schenkte uns kein Gehör, als wir versuchten, ihm unsere Situation zu schildern, sondern bestand vielmehr darauf, dass wir sofort weiterfuhren. Ein Mal hatten Freunde von uns, die im gleichen Verein aktiv waren wie wir dieses Land gelobt. Ich entgegnete daraufhin sofort, dass ich das Lob verstehen könnte, wenn man in diesem Land den Menschen nur halb so viel Wertschätzung entgegenbrächte, wie es in Österreich der Fall war. Meine Kritik hatte sie damals schwer getroffen. Leider wurde meine Ansicht durch die Entwicklungen in diesen Ländern in den nächsten Jahren bestätigt. Die Freunde von damals sagten dann, sie hätten bestimmte Dinge zwar gesehen, sich aber nicht getraut, diese zu äußern.

Nach einer anstrengenden Reise kamen wir schließlich bei meinen älteren Brüdern in Istanbul an. Wir blieben eine Woche bei ihnen. Während dieser Zeit erholten wir uns und ließen die noch ausstehenden Mängel des Autos nacharbeiten. Anschließend fuhren wir nach Kastamonu und von dort aus nach Antalya weiter. Dies war auch gut so gewesen, denn der Winter hatte in diesem Jahr nicht lange auf sich warten lassen.

Mein Onkel war damals als Lehrer in einem Bergdorf der Ortschaft Çankırı-Orta bedienstet. Auf der Durchreise hatten wir bei ihm einen Halt gemacht. Als wir vor seinem Haus im Schnee stecken blieben, mussten wir das Auto mit einem Traktor herausziehen lassen. Die Winter verliefen damals noch kälter als heute und Schnee und Eis brachen früher über das Land ein. Damals verlief der Winter nicht so lau wie heutzutage. Doch als

wir in Antalya ankamen stellten wir fest, dass es wie immer warm und geradezu sommerlich war. In Hamburg verliefen die Sommermonate teilweise kühler, als der Winter in Antalya.
Da die allgemeine Lage im Land damals eher schlecht war, hatten wir manchmal Schwierigkeiten, aus dem Haus zu gehen, doch wir freuten uns dennoch, mit unseren Angehörigen zusammen sein und uns austauschen zu können. Aus Angst vor den Vorfällen, zu denen es damals kam, trauten sich die Menschen kaum, unbehelligt auf den Straßen unterwegs zu sein und kehrten abends in der Frühe nach Hause zurück. Ich werde nie vergessen, wie mein Schwiegervater meinen Mann am helllichten Tage nicht zum Einkaufen schicken wollte und stattdessen selber ging. Trotz allem jedoch hatten wir uns sehr gut erholt und die Zeit für die Rückreise war gekommen. Am 5. Januar 1978 fuhren wir in Antalya los. Als wir versuchten, mit dem Auto das Taurus Gebirge zu erklimmen, wurde uns schlagartig bewusst was es hieß, hier im Winter unterwegs zu sein. Nach der steppenartigen Kälte in Burdur näherten wir uns der verschneiten Region und den vereisten Straßen bei Afyon und wir begriffen nun, wie riskant die Fahrt verlaufen würde. Allerdings hatten wir keine andere Wahl, als weiterzufahren.
Während die erfahrenen Fahrer problemlos die Fahrt meisterten, zog unser Auto plötzlich nach rechts und auf der Seite, zu der wir abzurutschen drohten, befand sich ein Abgrund von drei oder vier Metern. Ich wagte es zwar nicht, meinem Mann irgendetwas zu sagen, doch insgeheim betete ich zu Gott, dass wenn wir in diesen Abgrund stürzen und sterben sollten, wir doch alle gemeinsam sterben sollten. In diesem Moment lösten sich die Reifen vom Asphalt und die Vorderreifen gruben sich in den Kies am Straßenrand, wodurch das Auto zum Stehen kam. Wir alle waren sehr erleichtert.
Mein Mann sagte, er habe durch eine plötzliche Vollbremsung das Auto zum Stehen gebracht. Nachdem wir anschließend die Schneeketten an die Reifen anbrachten, machten wir uns wieder auf die Reise. Trotz der Schneeketten an den Reifen überstanden wir noch einige Male brenzlige Situationen, in denen wir fast ausgerutscht wären. In Istanbul angekommen verbrachten wir

eine Nacht und setzten unsere Reise dann wieder fort. Genauso wie die trockene, steppenartige Kälte der Region um Afyon, ist auch die Kälte in Thrazien unerträglich. Das war uns auch vorher bekannt, doch da wie vorher noch nie mit einem Privatauto unterwegs gewesen waren, hatten wir es nicht für möglich gehalten, dass eine längere Autofahrt im Winter so schwer sein würde. Offensichtlich hatten wir die Klima- und Straßenverhältnisse nicht ernst genug genommen.

Wie ich eingangs bereits sagte, ein vernünftig denkender Mensch hätte diese Reise mitten im Winter niemals mit zwei kleinen Kindern angetreten. War dies nun ein Indiz dafür, dass wir nicht vernünftig handelten, oder schlicht für unsere Unerfahrenheit? Ich begreife noch heute nicht, warum wir uns völlig gedankenlos auf eine solche Reise machten. Als wir die Grenze nach Bulgarien passierten, sah man kaum die Hand vor Augen. Durch den Einbruch der Dunkelheit, noch dazu die Schnee- und Windstürme, erschien es uns unmöglich, der Straßenspur zu folgen. Einem der Lkw-Fahrer, die in jeder Jahreszeit über die Straßen fahren und die Waren in alle möglichen Länder transportieren, muss unsere Amateurhaftigkeit wohl aufgefallen sein. Also fuhr er rechts ran und forderte uns auf, ihm einfach zu folgen. In dieser Nacht folgten wir ihm einfach und passierten schließlich den Grenzübergang nach Jugoslawien. Tagsüber nutzten wir die Helligkeit aus und fuhren bis 200 km an die österreichische Grenze heran. Diese Gegend Jugoslawiens erschien uns recht sauber und gepflegt.

Die Region um die Stadt Nis, in der Nähe zu Bulgarien, war damals noch ganz anders. Die Tatsache, dass wir bereits damals an vier, fünf verschiedenen Haltepunkten Autobahngebühren zu zahlen hatten, waren offensichtlich damals bereits die Vorboten für die Existenz der heutigen zersplitterten kleineren Staaten, nur hatten wir dies damals nicht erkennen können. Wir stiegen in einem sehr schönen Hotel ab, wo wir übernachteten und uns erholten. Nach unserem Frühstück machten wir uns in aller Frühe wieder auf den Weg. Auch wenn es uns nicht leicht fiel, versuchten wir vorsichtig zu fahren und unterwegs nicht allzu viele Pausen einzulegen. Kurz vor Sonnenuntergang steuerten wir in

Österreich eine schöne Pension an. Ich weiß nicht, ob es daran lag, dass wir uns hier einfach geborgener fühlten, doch am nächsten Morgen erwachten wir erfrischt und belebt, nahmen unser Frühstück ein und gingen zum Auto. Doch was für eine Überraschung: das Auto wollte nicht anspringen. Mein Mann teilte dem Pensionswirt mit, dass das Auto nicht ansprang und fragte ihn, ob er behilflich sein könne.

Daraufhin schleppte man den Wagen mithilfe eines Traktors zur Straße, wo das Auto wieder ansprang. Die ganze Landschaft war mit Schnee überzogen, doch die Straßen waren frei, wodurch wir die Fahrt problemlos fortsetzen konnten. Der einzige Haken war der, dass unsere Lebensmittel und Getränke, die wir im Auto deponiert hatten, eingefroren waren. Also hielten wir an einem Krämerladen am Straßenrand, wo wir uns mit notdürftigen Einkäufen versorgten und fuhren wieder weiter. Ab hier hatten wir keine größeren Befürchtungen mehr, denn schlimmstenfalls, also im Falle eines Autoschadens, oder Ähnlichem, hätten wir einfach die Versicherung anrufen und Unterstützung anfordern können. Wir fühlten uns also in Sicherheit und bis zu unserer Einreise nach Deutschland verlief die Reise angenehm.

Als wir in der Gegend um München herum angekommen waren, begann unser jüngster Sohn plötzlich zu fiebern, also fuhren wir notgedrungen in die Stadt hinein, wo wir die nächste Apotheke im Notdienst ansteuerten. Wir kauften Fieberzäpfchen für den Jungen und machten eine kurze Pause. Als das Medikament seine Wirkung zeigte und der Kleine sich entspannte, fuhren wir wieder weiter. Nachdem wir tagelang unterwegs gewesen waren und nun auch der Kleine krank zu werden schien, fühlten wir uns schließlich am Ende unserer Kräfte angekommen. Auf der Autobahn fuhren wir so langsam, dass wir schließlich sogar von der Polizei gestoppt und gefragt wurden, ob wir alkoholisiert seien. Nachdem wir dies verneinten, wurden wir angewiesen, nicht mehr so langsam zu fahren, da wir den Verkehrsfluss behinderten.

Gegen zwei Uhr in der Nacht erreichten wir die Gegend um Hannover und von Hamburg waren wir nur noch etwa zweihundert Kilometer entfernt. Wir waren keinesfalls in der Lage, noch

weiter zu fahren und mir fielen schon die Augen zu. Wenn auch ich nicht diejenige war, die fahren sollte, versuchte ich dennoch nicht zu schlafen, da ich befürchtete, auch mein Mann könnte dann einschlafen. Möglicherweise ist es noch die Gewohnheit dieser Reise, die ich nicht ablegen kann, doch noch heute kann ich nie schlafen, wenn wir mit unserem eigenen Auto unterwegs sind. Aus Angst, vor Müdigkeit einen Unfall zu verursachen, fuhren wir auf das Gelände einer Tankstelle, wo wir eine etwa zweistündige Rast einlegten. Sobald wir den Motor ausstellten, wurde es unerträglich kalt, doch wenn wir den Motor laufen ließen, drangen die Abgase ins Innere des Autos. Auch wenn es aus Angst vor einer Vergiftung nicht gerade komfortabel war, tat diese Rast uns doch gut. Nachdem wir dort gegen Morgen eine warme Suppe tranken, machten wir uns wieder auf den Weg. Wir freuten uns schon darauf, Hamburg in Kürze zu erreichen und gegen Mittag kamen wir endlich zu Hause an.
Ich übertreibe keinesfalls wenn ich sage, wir waren so erschöpft, dass ich am liebsten fünfzehn Tage lang das Bett nicht verlassen hätte. An diesem Tag und der darauf folgenden Nacht verließen wir das Bett nur, um die unerlässlichen Dinge zu erledigen, denn die einwöchige Reise voller Schrecken hatte uns regelrecht ausgelaugt. Die Eindrücke dieser abenteuerlichen Reise lasteten noch tagelang auf mir.

### Meine letzte Arbeitszeit in der Fabrik

An einem Montag im Januar des Jahres 1978 nahm ich die Arbeit in der Spätschicht wieder auf. Wie jedes Mal, nach einem Urlaub, fiel mir dies nicht leicht. Obwohl ich jemand bin, der gerne arbeitet, muss ich doch zugestehen, dass es mich – wie jeden anderen Menschen auch - einengte, in einem so stringenten und von Regeln und Arbeitsplänen bestimmten Umfeld zu arbeiten. Ich weiß nicht, ob es vielleicht daran liegt, dass der Mensch seinem

Naturell nach eher auf Müßiggang angelegt ist. Andererseits ist aber ein effizientes Arbeiten so ganz ohne Regeln und Pläne auch nicht möglich. Jahrelang habe ich meine eigenen Wünsche und Pläne immer wieder verschoben und auf die lange Bank gelegt. Ich habe also die Faulheit vorgezogen und dadurch mein Ziel, das ich mir ursprünglich gesetzt hatte, nie wirklich erreichen können. Immer wieder hörte ich auch von meinen Bekannten, wie verführerisch einfach es doch war, sich einfach von der Bequemlichkeit treiben zu lassen.

Nach meiner Rückkehr aus dem Urlaub, also gleich während der ersten Tage meines Arbeitsantrittes, begann ich, die Vorgesetzten immer wieder daraufhin anzusprechen, dass ich meinen derzeitigen Schichtdienst aufgrund verschiedener Gründe ändern musste. Da mein Mann sein Studium beendet hatte, war er intensiv auf Arbeitssuche. Doch wenn ich weiterhin im Schichtdienst arbeitete, wäre es ausgeschlossen, dass er Vollzeit arbeitete, denn wenn ich in der Spätschicht wäre, hätte niemand die Kinder aus dem Kindergarten abholen können. Andererseits wäre es nicht zum Wohle der Kinder gewesen, sie von jemand anderem abholen zu lassen. Es war uns bewusst, dass es falsch wäre, die Kinder abends der Obhut Anderer zu überlassen, wo sie doch ohnehin den ganzen Tag lang von ihren Eltern getrennt waren. Damit mein Mann – wenn auch nur vorübergehend – eine Anstellung in Vollzeit annehmen könnte, war es unabdingbar, dass meine Arbeitszeit so gestaltet wurde, dass ich nur in der Frühschicht arbeitete. Ohnehin planten wir ja, so bald wie möglich für immer in die Türkei zurückzukehren.

## Entlassung mit Abfindung

Ich beabsichtigte damals, selbst zu kündigen, sollte meine Firma nicht zustimmen, dass ich nur im Frühdienst arbeitete. Die Belastung meiner ständigen Schichtarbeit hatten sowohl meinen Mann und mich, als auch die Kinder in ausreichendem Maße belastet. Die Zeit war nun gekommen, diese Arbeitsweise zu ändern und es erübrigte sich auch, weiter darüber nachzudenken. Ende März teilte ich schließlich dem Vorarbeiter mit, dass ich nur noch in der Frühschicht arbeiten könne. Ich bat sie, mich bei der Umsetzung dieses Anliegens zu unterstützen, da ich anderenfalls ausscheiden würde. Er antwortete mir, dass er diesbezüglich keine Entscheidung treffen könne, die Angelegenheit aber unverzüglich dem Abteilungsleiter mitteilen werde. Ich würde dann einen Termin zur Vorsprache bei ihm erhalten. Als ich am nächsten Tag an meinem Arbeitsplatz erschien, teilte der Vorarbeiter mir mit, dass der Abteilungsleiter mit mir reden wolle, also gingen wir zusammen zu ihm. Gleich nach der Begrüßung teilte er mir mit, dass es ausgeschlossen sei, nur im Frühdienst zugeteilt zu werden. Gleichzeitig betonte er aber auch, dass er nicht im Traum daran dächte, mich zu entlassen und versicherte mir seine positiven Einschätzung über meine Arbeitsleistung. Als ich ihm dann wiederum meine Situation schilderte, sagte er plötzlich, „Da Sie offensichtlich fest entschlossen sind, auszuscheiden, wollen wir Ihnen zumindest entgegenkommen. Wir werden ihr Ausscheiden dann so abwickeln, als hätten wir Sie entlassen. Dann kommen Sie zumindest in den Genuss der Abfindung, die für jedes Jahr ihres Arbeitsverhältnisses ein Monatsgehalt beträgt." Über diesen Vorschlag war ich natürlich ebenso erstaunt, wie erfreut, denn ich hatte dies weder erwartet, noch damit gerechnet. Ich bedankte mich also und teilte mit, wie erfreut ich darüber war.
Gleich im Anschluss an das Gespräch gingen wir dann gemeinsam in die Personalabteilung, wo der Abteilungsleiter die Sekretärin anwies, die Abwicklung der Entlassung wie besprochen zu veranlassen. Zwei Tage später wurde mir dann offiziell mitgeteilt,

dass ich bereits in einer Woche aus dem Betrieb ausscheiden würde. Man hatte meinen Resturlaub ebenfalls mit berechnet. Gemeinsam mit der Abfindung, die 6.000,- Mark netto betrug und meinem letzten Gehalt erhielten wir somit auf einen Schlag 8.000,- Mark. In finanzieller Hinsicht war dies natürlich sehr erfreulich für uns.

Obwohl ich mich selbst entschlossen hatte, in dieser Firma aufzuhören, erfasste mich offen gestanden ein Gefühl von Traurigkeit, als ich dann schließlich das Schreiben in der Hand hielt, in dem mir mein letzter Arbeitstag mitgeteilt wurde und ich hatte Tränen in den Augen. Schließlich hatte ich sechs Jahre meines Lebens in diesem Betrieb und Seite an Seite mit diesen Menschen verbracht. Neben einigen wenigen Deutschen bestand der überwiegende Teil meiner Kollegen aus Ausländern, die aus verschiedenen europäischen Ländern stammten und mit ihnen hatte ich jahrelang in einer freundschaftlichen Atmosphäre zusammengearbeitet. In den späteren Jahren habe ich mich immer wieder mit Zufriedenheit an diese schöne Zeit zurückerinnert. Auch wenn es eine Ironie des Schicksals war, dass ich hier gearbeitet hatte, verbrachte ich doch viele schöne und manche traurige Stunden in dieser Firma, wobei die positiven Stunden jedoch bei weitem überwogen und meine Erinnerung bis heute prägen. Ich habe hier nette Freundschaften geschlossen, die allerdings aufgrund der Schwierigkeiten, denen die Menschen in den größeren Städten ausgesetzt sind, nicht von Dauer blieben. Die Freunde, die ich hier kennen gelernt hatte, waren es schließlich auch, die mich am letzten Tag mit einem Wandteller verabschiedeten. Sowohl dieses Abschiedspräsent, als auch die lieben Erinnerungen, die ich an diese Zeit habe, werde ich ein Leben lang in meinem Herzen bewahren. Es ist mir unmöglich hier im Detail zu beschreiben, wie angenehm es für mich war, mit diesen freundlichen Menschen hier zusammenzuarbeiten, mit ihnen Freud und Leid zu teilen und mit unserem wenigen Deutsch uns mit den Kollegen, die aus verschiedenen Ländern stammten, auszutauschen.

### Die Geschichte mit meinem Führerschein

Nachdem ich aus meinem Arbeitsplatz ausgeschieden war und an den zuständigen Stellen die erforderlichen Anträge gestellt hatte, widmete ich mich nun verstärkt meine Fahrstunden, um endlich auch meinen Führerschein zu machen. Obwohl ich die Theorieprüfung fehlerfrei bestanden hatte, war ich doch beim ersten Versuch in der Fahrprüfung durchgefallen. Erst beim zweiten Versuch bestand ich schließlich und erhielt den Führerschein. Obwohl das Ganze einfach erschien, hatte es für mich doch seine Tücken. Allein die Bezeichnung „Prüfung" war schon genug, um meine Aufregung zu erzeugen. Für mich wurde es umso komplizierter, nachdem ich in der ersten Fahrprüfung durchgefallen war, da ich in unzulässiger Weise versucht hatte, abzubiegen. Glücklicherweise hatte ich die Fahrschule zu einem Zeitpunkt in Angriff genommen, als ich sonst nichts weiter zu tun hatte. Als ich schließlich Ende Juni den Führerschein ausgehändigt bekam, war ich so stolz, als hätte ich etwas ganz Außergewöhnliches vollbracht.
Als ich später als Lehrerin eingestellt werden sollte, fragte man mich, ob ich einen Führerschein hätte. Ich bejahte dies stolz, obwohl ich damals bei Weitem nicht jeden Tag mit dem Auto fuhr, und verursachte so, dass ich in zwei Schulen unterrichten sollte, die 40-50 km voneinander auseinander lagen. Erst nachdem ich als Fußgängerin in einen Unfall verwickelt wurde, fand ich den Mut, endlich alleine Auto zu fahren. Denn obwohl ich immer befürchtet hatte, einen Unfall mit dem Auto zu verursachen, war ich vor Verkehrsunfällen doch nicht gefeit. Ich dachte mir, wenn ich auch so zu Schaden kommen kann, dann kann ich ebenso mit dem Auto fahren. Also teilte ich meinem Mann mit, dass ich ab jetzt immer Auto fahren würde und beachtete seine Einwände nicht weiter. So tat ich es auch und das war auch gut so.

## Mein Antrag bei dem Arbeitsamt

Gleich in der ersten Woche meines Ausscheidens aus meiner alten Firma im März 1978 ging ich zum Arbeitsamt. Einerseits stellte ich einen Vermittlungsantrag für eine geeignete neue Stelle, andererseits beantragte ich das Arbeitslosengeld.
Mit meinem Antrag beim Arbeitsamt hatte ich – ohne mir dessen bewusst zu werden – den Schritt in einen neuen Lebensabschnitt getan. Die Sachbearbeiterin sagte mir in einem freundlichen Ton, dass man mich informieren werde, sobald eine geeignete Stelle für mich gefunden sei. Bereits drei Wochen, nachdem ich meine alte Arbeit aufgegeben hatte, erhielt ich ein Schreiben von der Hamburger Behörde für Bildung. In der Einleitung des Schreibens ging man auf meine Bewerbung als Lehrerin ein, die ich vor einem Jahr abgegeben hatte. Im weiteren Verlauf teilte man mir mit, dass ich zu genanntem Datum vorstellig werden sollte, falls ich nach wie vor interessiert sein sollte. Vor Freude und Rührung haute es mich fast um und den Termin, der bereits in fünfzehn Tagen stattfinden sollte, konnte ich kaum abwarten.
Nachdem ich bei meiner Firma aufgehört hatte, wartete mein Mann auf Antworten auf seine Bewerbungen, die er versandt hatte. Unterdessen hatte mein Schwiegervater ihm angeboten, in diesem Sommer seine Eismaschine zu betreiben. In einem Gespräch einigten die beiden sich darauf, dass mein Mann ihm im Gegenzug einen bestimmten Betrag zahlen sollte. Mein Mann sagte seinem Vater zu, ihm diesen Betrag zu zahlen, unabhängig davon, wie hoch seine Umsätze sein würden und ob er überhaupt Gewinn erzielen würde oder nicht. Auch würde sein Vater nicht in sein Geschäft hineinreden. Da alle Väter der Erfahrung nach sich in die Arbeit ihrer Kinder einmischen und sein eigener Vater besonders penibel in diesen Dingen war, hatte mein Mann sich somit schon im Vorwege dagegen abgesichert. Die Arbeit selbst gefiel ihm zwar nicht, doch für eine Saison würde er es aushalten. Somit hatte ich endlich die Möglichkeit, mich zu Hause um die Kinder zu kümmern.

Wie immer besuchte ich ihn täglich zusammen mit den Kindern, wann immer ich Zeit hatte. Nun hatte ich ein wenig mehr Zeit, um dort spazieren zu gehen und ließ ihn nach Möglichkeit nicht allein. Ungeachtet dessen, dass mein Mann meinen Schwiegervater gebeten hatte, dass er sich möglichst nicht einmischen sollte, so konnte der Schwiegervater es doch nicht unterlassen, seinen Kommentar über die Arbeit an sich, das Verhalten gegenüber den Kunden, das Zeitungslesen während der Arbeit, das pünktliche Auf- und Abbauen der Maschine, und viele weitere Punkte, die ihm missfielen, abzugeben. Vielmehr sagte er mir alles das, was er nicht wagte, meinem Mann direkt zu sagen. Ich wiederum versuchte ihn zu beschwichtigen und ihm gut zuzureden, mein Mann könne zwar nicht genauso arbeiten wie er selbst, aber er werde es schon richtig machen und der Schwiegervater werde sein Geld in jedem Fall bekommen. Schließlich gelang es uns, ihn zu einem längeren Urlaub zu überreden und er reise in die Türkei, wodurch es ihm besser ging und uns auch.

Am vorher mitgeteilten Termin jedoch hatten wir die Eismaschine meinem Schwiegervater überlassen und waren gemeinsam mit meinem Mann zur Behörde für Bildung gegangen. Wie wir es vermutet hatten, hatte man nach der Prüfung im letzten Jahr, an der ich im Konsulat teilgenommen hatte, die entsprechenden Namen, je nach Prüfungsergebnis, dieser Behörde als Vorschläge übermittelt. Während des Gesprächs mit zwei Herren mittleren Alters in diesem Büro erfuhr ich, dass man gedachte, die ersten zehn Kandidaten aus dieser Liste an verschiedenen Schulen einzusetzen und hatte sie zu diesem Zweck zu Gesprächen eingeladen. Nachdem sie mich fragten, ob ich nach wie vor interessiert sei und weiteren Gesprächspunkten teilten sie mir die Schule mit, an der ich ab August 1978 den Dienst antreten würde. Wir planten zwar, so bald wie möglich in die Türkei zurückzugehen, doch angesichts dieser neuen Entwicklung waren wir natürlich hocherfreut. Als mir signalisiert wurde, ich könnte in meinen Beruf, dem ich jahrelang fern geblieben war, zurückkehren, war ich überglücklich. Wir waren begeistert von den jüngsten Entwicklungen. Unterdessen wurde ich erneut zum Arbeitsamt bestellt, wo man mir ein neues Stellenangebot unterbreitete. Während

Andere monatelang nach Arbeit suchen und von Arbeitslosengeld leben mussten, hatte ich noch vor Monatsfrist mehrere Angebote erhalten, was mir einerseits schmeichelte, andererseits aber nachdenklich stimmte, da ich es für unklug hielt, eine andere Stelle anzunehmen, da ich doch nach drei Monaten ohnehin in meinen Lehrerberuf zurückkehren würde. Die zuständige Sachbearbeiterin teilte mir mit, dass sie mir dieses Stellenangebot unterbreitet hatte, da es ein solides Unternehmen war und ich nur in der Frühschicht arbeiten würde. Etwas beklemmt übergab ich ihr das Schreiben, aus dem hervorging, dass ich im August eine Stelle als Lehrerin antreten würde und versuchte ihr zu erklären, dass ich daher diese andere Stelle nicht annehmen könne. Die Sachbearbeiterin teilte mir mit, dass sie sich für mich freue und dass es unter diesen Umständen besser wäre, wenn ich noch drei Monate Arbeitslosengeld beziehe. Ich war sehr dankbar, als sie mir außerdem zusagte, sie werde sehen, was sie für mich tun könne. Wenn wir auch nicht in Urlaub fahren würden, könnte ich mich somit doch bis zum Schulanfang ohne Angst vor der Arbeitslosigkeit, ausruhen und die Zeit bis dahin mit meiner Familie verbringen. Besser konnte es gar nicht sein.

### Meine Tätigkeit als Lehrerin in Hamburg

Anfang Juli 1978 erhielt ich ein Schreiben, mit dem mir mitgeteilt wurde, dass ich in den Schulen Slomanstieg in dem Hamburger Stadtteil Veddel, sowie in der Schule Cranz in Cranz anfangen würde. Ein Blick auf den Stadtplan trübte meine Stimmung, denn ich stellte fest, dass sowohl zwischen den beiden Schulen, als auch zu meinem Wohnort eine große Entfernung bestand. Ich war nicht sonderlich angetan, denn ich konnte mir vorstellen, dass es problematisch werden würde, in beiden Schulen zu arbeiten. Ich suchte die Schulbehörde auf, um das Problem zur Sprache zu bringen. Der hier zuständige ältere Sachbearbeiter, der auf mich sehr väterlich wirkte, sagte mir, dass er mir die beiden Schulen zugeteilt habe, da ich einen Führerschein hätte, doch wenn ich wollte, könnte ich auch absagen. Also zog ich es vor, an einer einzigen Schule zu unterrichten. Daraufhin erklärte er mir, dass ich in einer Schule anfangs nur in Teilzeit beschäftigt werden könnte, wodurch ich ein niedrigeres Einkommen haben würde. Er fügte aber auch hinzu, dass ich in ein paar Monaten vielleicht einer weiteren geeigneten Schule zugewiesen werden könnte, wodurch ich dann mehr verdienen würde. Dies wiederum munterte mich auf.

Der 01. August 1978 war mein erster Arbeitstag im Schuldienst. Doch da ich in der Nationalen Übergangsklasse lehren würde, hatte ich in der ersten Schulwoche noch keinen Unterricht. Am ersten Grundschultag nach den Sommerferien machte ich mich voller Aufregung auf den Weg zur Schule. Ich suchte das Zimmer des Direktors auf, um mich vorzustellen. Was für ein erster Auftritt! Es ist keine Übertreibung, wenn ich hier schreibe, dass ich vor lauter Aufregung auch das wenige Deutsch vergaß, das ich beherrschte. Der Direktor selbst hatte die mittleren Jahre bereits überschritten und machte auf mich keinen sonderlich sympathischen Eindruck. Doch der ebenfalls anwesende Lehrer, von dem ich später erfuhr, dass er der stellvertretende Direktor war, unterhielt sich in kurzen Sätzen mit mir, was zu meiner Entspannung beitrug. Unterdessen rief der Direktor die Lehrerkollegin zu uns, mit der ich gemeinsam die gleiche Klasse unterrichten würde. Wie mir kurz mitgeteilt wurde, würden die NÜK Klassen jeweils von einer türkischen und einer deutschen Lehrerin unterrichtet werden.

Während der ersten beiden Unterrichtsstunden fand im Lehrerzimmer eine Versammlung statt, an der das gesamte Lehrerkollegium teilnahm. Ich selbst ging mit dieser Lehrerkollegin dorthin. Der Direktor redete über alles, was es an einem ersten Schultag zu sagen gab. Dann stellte er die Neuzugänge und mich vor und berichtete von den neuesten Entwicklungen. Offen gestanden, kann ich nicht behaupten, dass ich an diesem Tag besonders viel verstand, denn einerseits war ich sehr aufgeregt und andererseits waren die pädagogischen Fachbegriffe mir fremd. Allerdings

verstand ich, dass ich zwei Wochen lang an verschiedenen Seminaren teilzunehmen hatte. Er übergab mir die Adressen der Seminarstätten und teilte mir ferner mit, dass der Unterrichtsbeginn für die ersten Klassen zwei Wochen nach dem Schulstart sein würde.
Das Unterrichtskollegium der Schule war recht groß. Auch wenn ich die genaue Zahl nicht feststellen konnte, vermute ich, dass es an die 30-35 Lehrer waren. Es war eine reine Gesamtschule. Es war hier so, dass man den niedrigsten Schulabschluss einer Allgemeinschule nach neun bis zehn Jahren erwarb. Je nach Leistungsstand des Schülers konnte er die Schule nach neun Jahren abschließen. Sollte es beim ersten Versuch nicht klappen, wurde die nächste Möglichkeit gewährt, den Schulabschluss in der zehnten Klasse nachzuholen. Nach langen Diskussionen wurde endlich auch in der Türkei die Mindestdauer der Schulpflicht auf acht Jahre angehoben.
Für eine Lehrerin, die zuvor in einer Dorfschule mit nur zwei Lehrern unterrichtet hatte, war diese Schule einfach unübersichtlich groß. Andererseits war ich ein größeres Lehrerkollegium bereits von der Schule gewohnt, an der meine Brüder unterrichteten und die ich selbst besucht hatte. Ich hatte damals alle Lehrer kennen gelernt und war praktisch unter ihnen groß geworden. Selbstverständlich ist es aber ein ganz anderer Aspekt und auch als solcher zu bewerten, als Schülerin unter Lehrern zu sein, oder als Kollegin.
Auch die Kleiderordnung war so ganz anders als bei uns damals. Nahezu alle Lehrer waren in Jeans und Pullover oder einem Hemd in der Schule erschienen. In späteren Jahren sah ich, wie andere Lehrer in anderen Schulen in höchst fragwürdiger Kleidung unterrichteten. Insbesondere die Herren waren es, die in hosenähnlichen und extrem engen Kleidungsstücken in bunten Farben zur Schule kamen und unterrichteten. Dieser Kleidungsstil kam unseren Kindern merkwürdig vor und sie nahmen diese Lehrer auch nicht ernst. Es waren nicht nur unsere Kinder, sondern auch deutsche Schüler und viele ihrer Eltern, die diesem Kleidungsstil mit Befremden entgegenstanden. Offen gesagt, konnte man auch gar nicht anders, als dies abzulehnen, denn

genauso wie die Eltern, sind auch die Lehrer in der Pflicht, den Schülern in allem ein gutes Vorbild zu sein.

Ich selbst hatte mich an diesem Tag so gekleidet, wie ich es aus der Türkei gewohnt war. Offensichtlich war den Kollegen mein Kleidungsstil ebenso merkwürdig vorgekommen, wie mir der ihre, denn als wir uns eines Tages über Garderobe im Allgemeinen unterhielten, sagten sie zu mir, ich würde mich kleiden, als nähme ich an einer offiziellen Tagung teil.

Natürlich ist die Frage der Garderobe eine Geschmacksfrage, die jedem selbst überlassen sein sollte, doch ich denke, dass man es sich selbst und seinem Umfeld leichter macht, wenn man sich den Gegebenheiten auch äußerlich anpasst. Genauso wie man bei dreißig Grad Hitze nicht in Wintermontur auftritt oder im Bikini über die Straße geht, gibt es auch Kleidungsstücke, die man in der Schule trägt und wieder andere, die man besser vermeidet. Im Grunde genommen befürworte ich weder das hiesige Extrem, noch den unsrigen Kleidungsstil. Der Mittelweg wäre die ideale Lösung. Ich vertrete die Ansicht, dass man in der Schule eine bequeme, sportliche Kleidung bevorzugen sollte, die Beweglichkeit ermöglicht.

Doch nicht nur bei der Kleidung, auch bei anderen Dingen bestanden Meinungsverschiedenheiten zwischen uns. Hierbei gab es natürlich Einige, die es als Mangel, wiederum Andere, die es als Zugewinn betrachteten, dass wir aus anderen Kulturen kamen. Tatsächlich war es jedoch so, dass im Laufe der Zeit die Deutschen viel von uns lernten und wir auch viel von den Deutschen lernten.

Im Hinblick auf die familiäre Kommunikation hatten wir aus verschiedenen Gründen noch immer kein Telefon angeschafft, obwohl dies eine unerlässliche Anschaffung gewesen wäre. Solange wir noch in der Wohnung des Onkels wohnten, hatten wir sein Telefon mitbenutzen können, doch für unsere eigene Wohnung hatten wir noch immer keines angeschafft. Als wir erfuhren, dass ich als Lehrerin anfangen würde, beantragten wir sofort einen Telefonanschluss und schon nach kurzer Zeit wurde unser Telefon angeschlossen. Wie groß doch die häusliche Freude selbst bei den kleinsten Anschaffungen ist. Selbst wenn der Gebrauch neuer Geräte doch ungewohnt und kompliziert ist, gewöhnt man sich doch schnell an deren Komfort. Nachdem wir unser Telefon endlich bekamen, wurde es für uns wesentlich einfacher, mit unserem Bekanntenkreis zu kommunizieren, wodurch für uns vieles vereinfacht wurde.

An den Seminaren nahmen wir zehn Kollegen, die neu in den Schuldienst aufgenommen waren, gemeinsam teil. In diesen fünfzehn Tagen erhielten wir Gelegenheit, verschiedene Schulen kennen zu lernen. Darüber hinaus erhielten wir während der zweiwöchigen Seminare und Kurse in kurzen Einheiten verschiedene Informationen, die von Lehrmethoden für Mathematik, bis zu Alphabetisierungskursen oder der Herstellung und dem Einsatz von Lehrmaterialien reichten. An diesen Schulungen nahmen wir auch nach Unterrichtsbeginn noch ein Jahr lang einmal wöchentlich weiter teil.

Während dieser zwei Wochen traf ich mich zum Austausch über die Lehrmaterialien zwei Mal mit der Kollegin, mit der ich gemeinsam meine Klasse unterrichten würde. Eines dieser Treffen fand bei uns zu Hause statt und nie werde ich vergessen, wie sie in Begleitung ihres riesigen Hundes erschien. Zum ersten Mal betrat ein Hund unsere Wohnung und ich fragte mich, wie ein so großer Hund in einer Wohnung gehalten werden konnte. Noch dazu frage ich mich noch heute, wie ich dies zugelassen hatte, wo ich doch gesehen hatte, wie sehr meine zwei kleinen Kinder sich erschreckt hatten. Als wäre dieser riesige Hund wichtiger als meine Kinder! Ich bin der Überzeugung, dass wir mit dieser Gastfreundschaft im Grunde genommen auch unser eigenes Selbstvertrauen beschädigen. Es steht jedem frei, in seiner Wohnung zu züchten, was immer er möchte, doch es musste ja nicht unbedingt sein, dass dieses riesige Tier, das meine Kinder verängstigt hatte, in meine Wohnung kam. Später sollten wir in unserem Umfeld noch häufig beobachten, wie vielfältig die Tier- und Hunderassen waren, die ebenfalls als Haustiere gehalten wurden, doch niemals luden wir diese zu uns nach Hause ein. Hinzu kam, dass ich mit dieser Kollegin etwa zwei Monate lang zusammenarbeitete. Sie kam nie wieder in Begleitung ihres Hundes zu uns nach Hause.

Jahre später schafften wir, auf Wunsch unserer Tochter hin, eine Hauskatze an, der wir den Namen Samur gaben. Samur wurde zu einer Art festem Inventarbestandteil in unserem Haus und wir vermissten ihn, wenn er für einen Moment aus unserem Blickfeld verschwand. Jedes seiner Wünsche wurde umgehend erfüllt. Als in den Tagen unseres Umzuges in unsere jetzige Wohnung bei uns zu Hause eingebrochen wurde, hatten die Einbrecher den Kater vom Balkon aus hinausgeworfen. Wir selbst waren danach tagelang damit beschäftigt gewesen, mit selbst gebastelten Plakaten und polizeilicher Hilfe nach unserem Kater zu suchen. Als wir ihn dann schließlich fanden, waren mein Mann, die Kinder und ich einfach unbeschreiblich glücklich! Hätte ich selbst mit angesehen, wie jemand anderes der Kriminalpolizei beschrieb, wie es zu Samurs Verschwinden gekommen war, hätte ich höchstvermutlich gedacht, dass diese Person nicht normal sei. So betrübt konnte doch kein normaler Mensch über das Verschwinden eines einfachen Katers sein. Aber wenn man erst mal ein Tier in sein Herz geschlossen hat, dann ist es wie ein Familienmitglied. Als mein älterer Bruder und seine Frau uns in Hamburg besuchten und sahen, wie komfortabel Samur es bei uns hatte sagten sie, „Bei Euch müsste man Hauskatze sein." Wenngleich ich später nicht mehr negativ über das Halten von Katzen und Hunden zu Hause dachte, habe ich doch nie wieder Besuch mit Hunden geduldet.

Die Teilnahme an den Seminaren half uns dabei, unsere Nervosität leichter abzulegen. Schließlich waren wir alle lange Zeit unserem Beruf fern geblieben und würden noch dazu in einem fremden Land unterrichten. Wir profitierten während dieser Treffen in hohem Maße sowohl von den teilnehmenden deutschen Pädagogen, als auch von dem Meinungsaustausch mit den unseren Kollegen. Zwei Wochen später schließlich, hatten wir unsere Nervosität soweit abgelegt und uns grundlegende Kenntnisse des deutschen Schulwesens angeeignet, dass wir einigermaßen entspannt unserem Dienst in der Schule entgegensahen.

Einen Tag, bevor die Erstklässler anfangen sollten, war ich bereits sehr aufgeregt. Nach einer sechsjährigen Unterbrechung würde es mir nicht leicht fallen, erneut vor meine Schüler zu

treten. Also schlief ich in dieser Nacht nur schlecht und wachte schon früh am Morgen auf. Ich zog meine Kinder an, die mein Mann zum Kindergarten bringen würde und machte mich dann gleich auf den Weg. Schon am ersten Tag machte die Schule keinen sonderlich sympathischen Eindruck auf mich, wobei ich nicht weiß, ob es daran lag, dass ich mit dem Stadtteil, in dem die Schule lag, bislang nichts zu tun gehabt hatte, oder daran, dass sie – wie ein Gefängnis - von allen Seiten mit Mauern umgeben war und in einer Vertiefung lag.
Meine Kollegin, mit der ich zusammen arbeiten würde, traf ich im Lehrerzimmer. Gegen 7:45 Uhr gingen wir zusammen hinunter in den Versammlungssaal, wo die Erstklässler gemeinsam mit ihren Familien bereits versammelt waren und warteten. Auch meiner Kollegin, mit der ich zusammenarbeiten würde, war die Nervosität leicht anzumerken. Sie selbst würde ebenfalls nach einer längeren beruflichen Unterbrechung wieder anfangen. Noch dazu war sie aus einer fremden Stadt hinzugezogen.
Der Direktor kam pünktlich um acht Uhr dazu und hielt zunächst seine Willkommensrede in Richtung der Erstklässler. Anschließend rief er zunächst die Klassenlehrer auf und danach die Schüler, die ihnen zugewiesen wurden. Gemeinsam machten sie sich dann auf den Weg in ihre jeweiligen Schulklassen. Vor uns war die A Klasse aufgerufen worden. Unsere war die B Klasse. Als wir schließlich an der Reihe waren, waren nur noch die Türken übrig geblieben. Wie bei den anderen auch rief der Direktor zunächst meine Kollegin und mich auf und später unsere Schüler hinzu. Wir nahmen dann unsere Schüler mit und gingen gemeinsam in unseren Klassenraum. Der Direktor hingegen setzte die Versammlung fort, um die Eltern über die Schule zu informieren. Diese Versammlung dauerte etwa eine Stunde lang und die Eltern wurden über Punkte wie Schülerzahl, Größe des Lehrerkollegiums, Elternvertretung und Ähnliches informiert. Unterdessen machten wir uns mit den Schülern bekannt und übergaben ihnen die Liste mit den anzuschaffenden Schulmaterialien.
Da unsere Klasse ausnahmslos aus türkischen Schülern bestand und sie nur notdürftige Deutschkenntnisse hatten, war ich dieje-

nige, die die erforderlichen Informationen mitteilte. Die Kinder schienen erfreut darüber zu sein, dass sie einer Lehrerin gegenübersaßen, die sie in ihrer Muttersprache ansprach. Zwischendurch versuchte ich, meiner Kollegin den Inhalt dessen zu übersetzen, was geredet wurde. Ihr selbst jedoch gelang es trotz ihrer Bemühungen nicht, ihren Unmut darüber zu verbergen, dass sie das meiste Gesprochene nicht verstand und sie quasi in den Hintergrund gerückt war. Nach einer jahrelangen Unterbrechung wieder in einer Klasse vor diesen kleinen, liebenswerten Kinder zu stehen und mit ihnen zu sprechen hatte mich überglücklich gemacht und ich war selbst ausgelassen wie ein Kind. Ich hatte sowohl die Nervosität, als auch die Aufregung abgelegt. An meinem Rockzipfel hängend stellten die Kinder mir Fragen. Wieder andere versuchten sich mir zu nähern, um sich so über die Trennung von ihren Eltern hinwegzutrösten. Wie hätte ich also noch aufgeregt sein können. Die eine Stunde war wie im Fluge vergangen.

Die Dauer der Informationsveranstaltung für die Eltern war der Unterrichtsstunde der Kinder angepasst worden. Also kamen die Eltern anschließend in die Schulklasse, um die Schulräume ihrer Kinder zu sehen, sich mit den Lehrern bekannt zu machen und um ihre Kleinsten abzuholen. Zwischen Tür und Angel machten wir uns kurz mit ihnen bekannt und erklärten ihnen, was für die erste Zeit für die Schule benötigt wurde. Auch für die Eltern war ich notgedrungen die erste Ansprechpartnerin gewesen, denn damals gab es kaum deutschsprachige Eltern, wie es heute der Fall ist.

Sie waren sehr erfreut darüber, dass man eine türkische Lehrerin eingestellt hatte, die die Klasse mit unterrichten sollte, doch plagten sie sich mit unzähligen Fragen. Also teilten wir ihnen mit, dass wir gleich am ersten Tag nicht alle Fragen würden beantworten können und informierten sie ebenfalls darüber, dass in der nächsten Woche eine Infoversammlung stattfinden würde.

Somit war mein erster Unterrichtstag beendet und ich war glücklich. Ich war der Auffassung, dass ich den ersten Unterrichtstag alleine bewältigt hatte. Denn wie mir die Kollegin später mitteilte, war sie mehr als ungehalten darüber gewesen, dass während des ganzen ersten Unterrichtstages nur Türkisch gesprochen worden war. Gleich am ersten Tag beklagte sie sich im Lehrerzimmer in einem kurzen Gespräch mit dem Direktor darüber, dass weder die Schüler, noch die Eltern kein Wort Deutsch gesprochen hätten.

Aus ihrer Warte gesehen war sie zwar im Recht, doch ich hatte versucht ihr verständlich zu machen, dass es sich im Laufe der Zeit schon einrenken würde und dass es keinen Grund zur Sorge gab.

Die anderen türkischen Lehrer, die auf dem gleichen Wege wie ich eingestellt worden waren, und ich wurden jeweils verteilt auf die bilingualen, gemischten Klassen mit Schülern aus verschiedenen Klassen, oder auf die so genannten Nationalen Übergangsklassen (NÜKs). In meiner Klasse wurde zweisprachig unterrichtet.

In der ersten Klasse, der NÜK, wurde in den Fächern Lesen und Schreiben, sowie Mathematik schwerpunktmäßig in der Muttersprache unterrichtet.

Ab der zweiten und der dritten Klasse sollte der muttersprachliche Unterrichtsanteil dann sukzessive reduziert und die deutschsprachigen Unterrichtsanteile erhöht werden. Der Lehrplan war so aufgestellt worden, dass die Schüler bis zur vierten Klasse einen Wissensstand erreichen sollten, so dass der Unterricht wie in den normalen Klassen auch, in deutscher Sprache erfolgen sollte.

## Die Unterrichtsfächer Lesen, Schreiben, Mathematik sowie entsprechende Seminare

Bereits am zweiten Schultag begannen wir mit den Unterrichtsfächern. In der Klasse hatte ich im Vergleich zu meiner Kollegin den höheren Unterrichtsanteil an den Lehrfächern. Während ich in türkischer Sprache die Fächer, Lesen und Schreiben, sowie

Mathematik unterrichtete, lehrte sie Deutsch. Beim Lesen und Schreiben arbeitete ich mit der deduktiven Methode, da wir in den Vorbereitungsseminaren mit den Kollegen auch die der deduktiven Methode entsprechende Lehrmaterialien vorbereitet hatten. Diese Methode kann man in der Kürze wie folgt veranschaulichen: Es wird ein Satz vorgegeben, der bis hin zu den einzelnen Buchstaben aufgeteilt wird, die am Ende des Lernprozesses vermittelt werden sollen. Aus dem Satz werden die Wörter, aus den Wörtern die Silben und aus den Silben schließlich die Buchstaben abgeteilt, die schließlich im Einzelnen fokussiert und gelehrt werden. Die Lehrmaterialien, die wir im Seminar vorbereitet hatten, vereinfachten unsere Arbeit ungemein. Ein türkischer Kollege, der als Einziger bereits vor fünf oder sechs Jahren in den Schuldienst aufgenommen worden war, stellte uns seine Arbeiten und Lehrmaterialien vor, wovon wir sehr profitierten. Für uns, die wir neu anfangen sollten, war dies von großem Nutzen gewesen, denn da wir in der Muttersprache unterrichten sollten, gab es keine fertigen Lehrmaterialien, die wir hätten einsetzen können. Theoretisch hätten wir auf Lehrmaterial aus der Türkei zurückgreifen müssen, was allerdings schon deswegen schwerlich möglich war, da sie kaum verfügbar waren und außerdem die Implizierung im deutschen Schulsystem ebenso diffizil war. Schließlich waren sowohl das Umfeld, als auch die Unterrichtszeiten ganz anders gestaltet. Eine andere Möglichkeit wäre es gewesen, die Materialien unserer deutschen Kollegen zu übernehmen und nach unseren Unterrichtszielen zu justieren. Auch unser Kollege, der vor uns angefangen hatte, hatte die Lehrmaterialien seiner deutschen Kollegen musterhaft übernommen und überarbeitet, wodurch er gute Werkzeuge für den Unterricht im Lesen und Schreiben entwickelt hatte, wenngleich diese gewisse Mängel aufwiesen. Also nutzten wir unsere wöchentlichen Treffen auch dazu, diese Materialien zu überarbeiten und uns darüber auszutauschen, wie man sie weiter optimieren konnte.
Ich entsinne mich noch gut, wie wir eines Tages mit den Kollegen darüber diskutierten, welches Wort wir am besten verwenden sollten, um den Buchstaben „N" zu vermitteln. Es war uns

bewusst, dass wir zur Veranschaulichung im Unterricht möglichst solche Wörter und Buchstaben benutzen sollten, die die Kinder mit ihrem Lebensumfeld in Zusammenhang bringen konnten. Der Kollege, der die bestehenden Lehrmaterialien erarbeitet hatte, hatte für das „N" das türkische Wort „Nal" ausgewählt, was „Hufeisen" bedeutet. Mit einigen Kollegen regten wir an, hier ein anderes Wort zu verwenden, da das Wort „Hufeisen" in dieser sozialen Umgebung kaum benutzt wurde. Der Kollege, der die Materialien erarbeitet hatte, war etwas verärgert über unseren Alternativvorschlag. Doch nachdem wir einige Wochen über dem Problem gebrütet hatten, machten wir schließlich die Wörter aus, die für diese Verwendung ideal waren.

Während wir unsere gemeinsame Arbeit fortsetzten, hatte sich der ehemalige Direktor dieses Kollegen bei dem für die Ausländer zuständigen Direktor über uns fünf Kollegen beschwert mit der Begründung, wir würden Schwierigkeiten machen. Somit wurden wir erst vier Monate, nachdem wir eingestellt worden waren, durch den für die Ausländer zuständigen Direktor vorgeladen. Wir waren äußerst verärgert, als er uns vorhielt, wir würden die Arbeit behindern und uns implizit mit Entlassung, also der Entfernung aus dem Schuldienst, drohte. Ich war empört und wir betonten, dass keiner von uns Schwierigkeiten machen wollte. Ganz im Gegenteil kämen wir regelmäßig zum Meinungsaustausch zusammen, um im Rahmen unserer Möglichkeiten den Unterricht weiter zu verbessern. Offensichtlich wollte der Mann aber ein Exempel statuieren und beharrte weiter auf seinem Standpunkt.

Da antwortete ich, „Bevor ich würdelos unterrichte, ziehe ich es vor, in Würde putzen zu gehen. Es steht Ihnen frei, uns zu entlassen. Aber wie können Sie es uns abverlangen, entgegen unserem besseren Wissen zu handeln? Wir haben diesen Beruf nicht erst heute und hier erlernt. Ich selbst habe in der Türkei drei Jahre lang unterrichtet, doch unter uns befinden sich erfahrene Kollegen, die bereits eine fünfzehnjährige Berufserfahrung vorweisen können. Hinzu kommt, dass dieser andere Kollege nicht wie wir die Lehrerschule absolviert hat und nicht über die gleiche Erfahrung verfügt, wie wir."

Offensichtlich hatte der Direktor mit einem solchen Vortrag nicht gerechnet. Ohne weiteres Hin und Her gingen wir wieder.
Die Drohung des für die Ausländerfragen zuständigen Direktors hatte ich nicht überwinden können, also berichtete ich vier Monate später dem Direktor meiner zweiten Schule, an der ich beschäftigt war, von dem Vorfall. Der wiederum schickte mich zum Generaldirektor, dem ich ebenfalls die Geschehnisse schilderte. Nachdem er mich angehört hatte sagte er, „Ich werde mit ihm reden. Er kann Ihnen gar nichts anhaben". Somit war das Thema erledigt. Obwohl ich später dem für Ausländerfragen zuständigen Direktor noch des Öfteren begegnete, kam er nie wieder auf dieses Thema zu sprechen.
In den ersten Klassen zu unterrichten war ebenso großartig, wie erschöpfend. Im Leseunterricht hatten die Kinder Schwierigkeiten, die Buchstaben zu erkennen, da wir im Schreibunterricht mit der Schreibschrift begonnen hatten.
Für das Erlernen der Schreibschrift wurde Vorarbeit geleistet und wir brachten den Schülern die Groß- und Kleinbuchstaben so bei, wie sie in Schreibschrift auszusehen hatten. Da die Buchstaben außerdem in der Lautschrift anders und in der Schreibschrift anders aussahen, kam es den Kindern vor, als würden sie die doppelte Anzahl an Buchstaben lernen.
Später kam man allgemein darin überein, dass diese Lehrmethode falsch war und gab sie acht Jahre, nach meinem Diensteintritt, vollends auf. Man ging dazu über, die Schreibschrift erst dann zu lehren, nachdem die Kinder das Lesen und Schreiben bereits gelernt hatten und befreite sie damit von dieser überflüssigen Erschwernis.
Im Mathematikunterricht begann man mit geometrischem Gerät und den Formen und ging später zu den Zahlen über. Zur diesbezüglichen Unterrichtsvorbereitung trafen wir uns ebenfalls einmal wöchentlich zu Seminaren und nutzten die dort erarbeiteten Lehrmaterialien.
Da ich im weiteren Verlauf noch auf die Details der Lehrmethoden in den Fächern Lesen, Schreiben und Mathematik eingehen werde, habe ich diese bis zu dieser Stelle lediglich in Kürze dargestellt.

## Die Zusammenarbeit mit den deutschen Kollegen

Während wir unsere Arbeit in intensiver Form weiterführten, hielt die eisige und verstimmte Atmosphäre zwischen mir und meiner deutschen Kollegin, die bereits am ersten Tag entstanden war, zunehmend weiter an. Immer wieder mischte sie sich in meine Unterrichtsform ein und intervenierte an völlig überflüssigen Stellen. Als ich dieses Problem im Gespräch mit meinen türkischen Kollegen anschnitt sagten sie mir, dass auch sie ähnliche Schwierigkeiten hätten.

Wir kamen überein, dass das Problem darin bestand, dass wir den dominanten Part in den Klassen übernommen hatten und die jeweils anderen Kollegen in den Hintergrund rückten. Zu dieser Feststellung war ich bereits am ersten Tag gelangt, an dem wir die Schüler in die Klasse geholt hatten. Noch deutlicher zeigte sich die Verstimmung nach Beendigung des ersten Elternabends. Nicht zuletzt auch aufgrund der Sprachproblematik nahmen die Eltern in erster Linie mich als Ansprechpartnerin. Obwohl ich auch übersetzte, redeten sie im Endeffekt mehr mit mir, wodurch meine Kollegin erneut in den Hintergrund gerückt war und sich ihre Mine zusehends verfinsterte.

Dabei hatten wir uns bei unseren Treffen während der ersten zwei Wochen unserer Zusammenarbeit äußerst angeregt unterhalten. Je mehr ich jedoch versuchte, im Interesse einer harmonischen Zusammenarbeit einzulenken, desto mehr schien sie, sich mir trotzig entgegenzustellen. Dieser Zustand überschattete natürlich meinen Wunsch, mit Freude an der Schule zu unterrichten, doch in der Schule selbst hätte ich mit niemandem darüber reden können. Als sie mir eines Tages während des Leseunterrichtes vorhielt, die von mir angewandte Methode sei falsch, brauste ich auf und entgegnete, „Dann arbeite Du, wie Du es gelernt hast und ich auf meine Weise. Misch Dich nicht ein."

## Neue Entwicklungen in der Familie

Etwa einen Monat nach Schulbeginn war mein Mann in die Türkei gereist, um dort an der Prüfung für wissenschaftliche Assistenten teilzunehmen. Ich dagegen war mit den Kindern hier zurück geblieben und hatte den jüngeren Onkel mit seiner Frau zu uns eingeladen. Die beiden hatten seit ihrer Heirat noch keine eigenen Wohnung finden können und lebten daher bei ihrem älteren Bruder. Auch für mich war die Situation so angenehmer, denn einerseits waren wir nicht alleine, andererseits holten sie die Kinder aus dem Kindergarten ab, wenn ich unvorhergesehene Dinge zu erledigen hatte und kümmerten sich um sie. Unsere Hausarbeit erledigten wir gemeinsam. Apropos Besorgungen: obwohl ich nun zwischenzeitlich meinen Führerschein gemacht hatte, fuhr ich trotzdem nicht mit dem Auto. Bevor mein Mann abreiste, hatte er mich noch ermahnt, auf keinen Fall mit dem Auto zu fahren, da ich noch Anfängerin sei und einen Unfall bauen könnte. Da ich ja nun einmal eine artige(!), türkische Ehefrau war, unterließ ich es auch, zu fahren, doch das Auto musste dringend zur Inspektion und es stellte sich die Frage, wer es dorthin fahren würde?!
Der Onkel hatte zwar auch einen Führerschein, doch seitdem er die Prüfung bestanden hatte, hatte er kaum Übung gehabt und so traute er sich die Fahrt nicht zu. Nach langem Hin und Her, ob nun er fahren sollte oder ich, setzte ich mich schließlich hinters Steuer und gemeinsam fuhren wir los. Die Entfernung war auch nicht allzu weit und nachdem ich einige Male auf den Bordstein fuhr, erledigten wir die Inspektion schließlich und kehrten unbeschadet wieder zurück. Was haben wir gelacht, als der Onkel sich zu Hause darüber lustig machte, dass wir zwar beide einen Führerschein hatten, aber nur mit Müh und Not die Fahrt hinter uns gebracht hatten. Aufgrund meiner Angst vor einem Verkehrsun-

fall habe ich mich völlig vergebens zurückgehalten, denn wie ich später erfahren sollte, konnte einem auch als Fußgänger ein Unfall passieren. Nach meinem Unfall, in den ich selbst als Passantin verwickelt war, begriff ich, dass es nicht richtig war, allzu artig zu sein, aber davon werde ich später noch erzählen.

Das Telefon war damals noch nicht so verbreitet, wie es heute der Fall ist und mit den Angehörigen in der Türkei kommunizierte man auf dem Postwege oder durch Telegramme. Auch mit meinem Mann schrieben wir uns damals. Der Postweg dauerte damals wesentlich länger als heute. Seit seiner Abreise waren bereits 25 Tage vergangen und die Kinder begannen langsam aufsässig zu werden, weil sie ihren Vater vermissten. In der Schule gab es Stress und die ganze Situation begann, mich zu belasten. Doch ich musste noch geduldig sein.

Es war in den letzten Oktobertagen, als ich mit meiner Schwägerin frühzeitig das Haus verließ, da ich am Nachmittag noch das Alphabetisierungsseminar und im Anschluss daran den Deutschkurs besuchen wollte, der allerdings nur der Form halber stattfand. Gemeinsam bummelten wir noch durch die Geschäfte, wo ich mir Möbel ansah, die wir mitnehmen würden, wenn wir endgültig in die Türkei zurückgingen. Schließlich planten wir ja, sofort zurückzugehen, sobald mein Mann die Assistentenprüfung bestanden haben würde. Also musste ich mich schon jetzt um unsere Einrichtung kümmern.

Selbst in diesen Tagen noch, wo die Migration nach Deutschland bereits eine 40jährige Geschichte umfasst und wir selbst seit nunmehr 30 Jahren hier sind, lebe ich noch immer mit einem Bein in der Türkei und mit einem hier. Weder gehöre ich in die Türkei, noch nach Deutschland. Ich weiß nicht, wie Sie über mich denken werden, doch so ist es nun mal: ich fühle mich keinesfalls so, als wäre ich hier angekommen. Gleichzeitig ist es mir bewusst, dass ich mit dieser Ansicht nicht allein bin. Die Zahl meiner Landsleute, die ebenso denken wie ich, ist nicht zu unterschätzen. Obwohl sie – wie wir selbst auch – hier ihr Wohnungseigentum erwarben und die deutsche Staatsangehörigkeit annahmen, schlägt ihr Herz noch immer für die Türkei. Unsere diesbezügliche konservative Haltung – sofern man dies so nennen kann – hat neben zahlreichen Deutschen und deutschen Verantwortlichen auch den deutschen Innenminister Otto Schily verärgert. Wir wurden selbst Zeugen, wie er sich im Rahmen der Hauptversammlungen, sowie verschiedenen Tagungen der Türkischen Gemeinde in Deutschland beklagte, „Die Türken investieren nur in die Türkei. Türkische Jugendliche stehen bei Fußballspielen auf der Seite der türkischen Vereine." Tatsächlich ist es doch aber so, dass wir nicht die einzigen sind, die diese Entwicklung zu verantworten haben. Die gleiche Verantwortung trifft auch die Bevölkerung und die Verantwortlichen dieses Landes, in dem wir leben. Gezwungenermaßen werde ich an gegebener Stelle noch häufig auf diesen Punkt zu sprechen kommen.

### Der Verkehrsunfall

Gegen 13:30 Uhr trennten meine Schwägerin und ich uns, da sie zur Arbeit und ich zum Seminar gehen wollten. Nach etwa 200 Metern Fußweg wollte ich die Straße überqueren. Ich sah nur noch, dass die Ampel auf grün umgeschaltet war und setzte mich etwa zwei bis drei Meter abseits der Ampel in Bewegung, um hinüber zu gehen. Als ich unter großen Schmerzen die Augen öffnete, wusste ich weder, wo ich war, noch, was geschehen war. Selbst vom Öffnen und Schließen der Augen wurde mir übel. Mir war schwindlig und erneut wurde ich bewusstlos. Außer den Krankenschwestern, die kamen und gingen, sah ich kein bekanntes Gesicht in der Nähe. Als ich zwischendurch erneut zu mir kam sah ich, wie ein Arzt mich behandelte. Der Arzt sprach mich auf Türkisch an und ich fragte ihn, was passiert war. Nachdem er meinen Namen las, erkannte er mich, ohne dass ich ihn erkannt hätte. Voller Verwunderung fragte er mich, was mir zugestoßen sei, „In was für einem Zustand bist Du? Wo ist Dein Mann?" Erst da hatte ich ihn wieder erkannt: es war ein Freund meines Mannes. Da mein langes Haar und mein Kopf völlig blutverschmiert waren, hatte er mich zunächst nicht wieder erkennen können. Das Erste was ich ihm sagte war, dass mein Mann nicht benachrichtigt werden sollte. Selbst hier befürchtete ich, dass unsere endgültige Rückreise verhindert werden könnte, wenn mein Mann jetzt dort alles stehen und liegen ließ und zurückeilte. Sogar in diesem Zustand noch war mein einziger Gedanke der gewesen, dass unsere Rückkehr in die Türkei irgendwie verhindert werden könnte. Ich weiß nicht, ob Sie nachvollziehen können was es heißt, dreißig Jahre in diesem Land zu verbringen und dabei immer nur diesen einen Gedanken, dieses eine Gefühl im Kopf zu haben. In diesem Moment noch steigen mir bei diesem Gedanken die Tränen in die Augen.

In den späten Abendstunden kamen der Onkel und der Mann meiner Schwägerin zu mir ins Krankenhaus. Als ich wie aus weiter Ferne die Worte hörte, „Was ist Dir nur passiert?", riss ich mich aus meinem Halbschlaf wach und öffnete meine Augen. Sie wollten wissen, wann, wo und wie das Ganze passiert sei, doch ich konnte nur antworten, dass ich es einfach nicht wisse. Dann erkundigte ich mich nach den Kindern. Da es erst mein erster Tag und bereits spät war, blieben die beiden nicht allzu lange bei mir. Wie hätte ich ihnen sagen sollen, wann es passiert war, wenn ich noch nicht einmal selbst wusste, wie lange ich ohnmächtig gewesen war. Allerdings vermutete ich, dass ich bis zu drei oder vier Stunden lang in bewusstlosem Zustand dort gelegen haben musste. Allein mein Zustand, in dem ich halb bewusstlos war, dauerte fast zwei Tage lang an. Meine Besucher, die mich in den nächsten Tagen aufsuchten erzählten mir dann, wie die Polizisten zu Hause gewesen seien und meinem älteren Sohn gesagt hätten, dass die Mama krank geworden sei. Mein Sohn habe darauf laut zurückgegeben, dass seine Mutter nicht krank sei, sondern einen Verkehrsunfall gehabt habe. Dabei hatten die Angehörigen extra leise darüber geredet, damit die Jungs nichts verstanden. Erst später erzählten sie mir, wie sehr sie sich bei meinem ersten Anblick erschreckt hätten. Ja, sie hatten bereits die Hoffnung aufgegeben, dass ich es überleben würde. Insgesamt musste ich zehn Tage lang im Krankenhaus bleiben. Erst zwei Tage später, als ich mein Gesicht gereinigt und ein wenig hergerichtet hatte, brachte man mir auch die Kinder. Meine Kleinen hatten große Angst gehabt und mich sehr vermisst. Besonders mein älterer Sohn, der in bestimmten Dingen schon verständiger war, hatte viele Fragen an mich. Obwohl ich mich nicht in der Lage fühlte, auf diese Fragen zu antworten, bemühte ich mich dennoch. Schließlich hatte er die Onkels und deren Frauen bereits zwei Tage lang mit seinen Fragen gelöchert.

Bei dem Unfall hatte ich mir eine Gehirnerschütterung, sowie Brüche im Mittelohr und im unteren Bereich des linken Knies zugezogen. Mein langes Haar war durch das viele Blut, das aus dem Mittelohr geflossen war, völlig durchnässt. Sechs Tage später kam die Krankenschwester, um mich zu waschen und es dauerte unermesslich lange. Ich fragte mich, wie es möglich war, dass so viel Blut aus dem Ohr trat. Mein Bein musste sechs Wochen lang im Gipsverband stecken bleiben. Sechs Tage lang musste ich im Liegen verbringen und konnte mich nicht einmal aufsetzen. Währen der zehn Tage, die ich im Krankenhaus lag, erhielt ich häufig Besuch von Verwandten, Freunden und Bekannten. Unter anderem kamen meine Kollegin, mit der ich gemeinsam unsere Klasse unterrichtete, der Direktor, der Kollege aus dem Seminar, der uns zwar an seinen Erfahrungen teilhaben ließ, jedoch etwas verärgert über mich und meine Kollegen war, sowie viele andere Besucher, die sich alle rührend um mich kümmerten. Erst in solchen Situationen begreift man den Hintergrund der Redewendung, „Geteiltes Leid ist halbes Leid, geteilte Freude ist doppelte Freude". Selbst der junge Mann, der mich mit seinem Motorrad angefahren hatte, besuchte mich mit einem Strauß Blumen. Als unser Schwiegersohn, also der Mann meiner Schwägerin erfuhr, dass der junge Mann mich besucht hatte, war er verärgert, aber schließlich hatte der ja nicht mit Absicht gehandelt.

Der junge Mann, der gleichzeitig Student an der Universität war, war sehr bedrückt über den Unfall, gleichzeitig aber auch froh und erleichtert darüber, dass ich mir keine größeren Verletzungen zugezogen hatte. Ich selbst war später diejenige, die bei dem Unfall für schuldig befunden wurde. Gerade als die Ampel auf

Gelb für Fußgänger umschalten sollte, war ich losgegangen und vor Schreck über den nahenden Motorradfahrer soll ich hin und her gegangen sein, wodurch der Unfall verursacht worden sei. Ein anderer Kollege, der nach mir den gleichen Weg zum Seminarort gegangen war, hatte dort den Seminarkollegen erzählt, dass es einen schweren Unfall gegeben habe und die ganze Straße voller blutiger Tücher gewesen sei.

Nach zehn Tagen im Krankenhaus wurde ich schließlich entlassen. Ich wollte ohnehin so schnell wie möglich nach Hause zu den Kindern, nachdem ich mich ein wenig gesammelt hätte. Ich sagte, dass ich auch zu Hause liegen könne, aber zumindest wäre ich dann bei den Kindern, wofür man im Krankenhaus Verständnis hatte. Auch wenn ich den Eindruck hatte, dass ich die Kopfschmerzen und das Schwindelgefühl noch lange Zeit behalten würde, hatte ich mich doch ein wenig aufgerappelt. Gemeinsam mit den Onkels und mit deren Hilfe kam ich schließlich nach Hause. Doch eine lange Zeit, insgesamt zwei Monate, konnte ich nicht zum Unterricht an die Schule gehen.

Der stellvertretende Schuldirektor, der mich ebenfalls im Krankenhaus besuchte, hatte mich gefragt, ob ich jemanden kennen würde, der mich bis zu meiner Genesung vertreten könne. Ich nannte ihm den Namen einer Kollegin, die manchmal das Seminar besuchte und ebenfalls in den Schuldienst aufgenommen werden wollte. Diese Kollegin war dann sofort als meine Vertretung eingestellt worden. Später besuchte sie mich zu Hause, worüber ich mich sehr freute und ihr bei dieser Gelegenheit die Lehrmaterialien gab. Während ich die folgende Zeit zu Hause bleiben musste, war ich sehr traurig darüber, dass ich so lange Zeit dem Unterricht fern bleiben musste. Doch zumindest waren die Schüler nicht gänzlich ohne Lehrerin und ich freute mich auch, dass eine Kollegin, wenn auch vorübergehend, in ihrem Beruf arbeiten konnte. Wie der Volksmund eben beruhigend sagte, konnte man allem Geschehen etwas Schlechtes und etwas Gutes abgewinnen oder anders ausgedrückt, „Auf die Nacht folgt immer der Tag".

Eine lange Zeit von zwei Monaten musste ich zu Hause verbringen und erst nach sechs Wochen wurde mir der Gipsverband abgenommen. In den ersten Tagen danach fiel mir das Laufen ohne Verband sehr schwer. Außerdem erschien es nicht so, als würde ich von dem Schwindelgefühl, der Übelkeit und dem Sausen im Ohr kurzfristig befreit werden. Auch die Ärzte hatten mir gesagt, dass die Beschwerden im Laufe der Zeit weniger werden, aber nie völlig abklingen würden. Trotz all dieser Belastungen kam ich doch langsam wieder zu mir. Ich hatte allen unseren Bekannten eingeschärft, dass sie meinem Mann, der nach wie vor in der Türkei war, nichts über meinen Zustand mitteilen sollten. Ich schrieb ihm nach wie vor, er antwortete mir und das reichte mir völlig.

Das Jahr neigte sich dem Ende zu und eines Tages rief mich der für die Einstellung zuständige Generaldirektor der Schulbehörde zu Hause an und teilte mir mit, dass ich in Vollzeit an zwei Schulen in dem Stadtteil versetzt worden sei, den die Türken im Allgemeinen „Altınova", das Goldene Tal, nannten. Ich freute mich sehr darüber, denn diesen Stadtteil kannte ich gut. Gleich nach Neujahr könnte ich anfangen. Der Generaldirektor mit der väterlich-freundlichen Art nannte mir den Namen des ersten Schuldirektors, an dessen Schule ich vorrangig arbeiten würde. Er erzählte mir detailliert, dass ich zunächst zu diesem Direktor Kontakt aufnehmen sollte, um meine Unterrichtsstunden mit ihm abzustimmen. Wer hätte sich über eine solche Nachricht nicht gefreut?! Einerseits würde ich nicht mehr zu der anderen Schule gehen müssen, an der ich mich so unwohl gefühlt hatte, andererseits würde ich durch die Vollzeittätigkeit doppelt so viel verdienen, wie bisher. Außerdem würde meine Kollegin, die als meine Krankheitsvertretung eingestellt worden war, in ihrem Beruf weiterarbeiten können. Was für umwerfende Neuigkeiten! Auch wenn ich nach wie vor die Rückkehr in die Türkei im Hinterkopf hatte, war ich über diese Nachricht trotzdem überglücklich.

Zwischen all diesem emotionalen Hin und Her kehrte eines Tages mein Mann wieder zurück. Meinem älteren Bruder, bei dem er solange untergekommen war, hatte er gesagt, „Wir sind jetzt schon zu lange getrennt. Nach Neujahr könnt Ihr mir ja die Prüfungsergebnisse für die Assistentenstelle mitteilen. Gegebenenfalls komme ich dann sofort zurück. Irgendwie habe ich ein un-

gutes Gefühl. Ich will mal nach dem rechten sehen." Als mein Mann dann erfuhr, was in der Zwischenzeit passiert war, war er sehr verärgert darüber, dass wir ihn nicht vorher informiert hatten. Außerdem sagte er, dass nichts wichtiger war als die Gesundheit und dass er dem Tenor der Briefe schon entnommen hatte, dass irgendetwas nicht stimmte. Er hatte irgendwie eine Ahnung gehabt. Trotz allem war er aber auch froh darüber, dass die ganze Familie wieder beisammen war und ich noch dazu in zwei neuen Schulen anfangen sollte.
Den Silvesterabend feierten wir gemeinsam mit meiner Schwägerin, ihrem Mann und den Onkels. Ich hatte zwar noch einige Beschwerden, aber im Großen und Ganzen schon so weit, dass ich nach Neujahr meine beiden neuen Lehrerstellen würde antreten können. Offen gestanden konnte ich es kaum abwarten, wieder zu arbeiten, denn die Zeit zu Hause wurde mir langsam aber sicher langweilig.

## Meine erste Schule in Hamburg-Altona

Neujahr war vorbei und nachdem ich auch das Okay der Ärzte eingeholt hatte, ging ich gemeinsam mit meinem Mann zum Vorstellungsgespräch, um an den beiden neuen Schulen den Dienst anzutreten. Der Schuldirektor empfing uns äußerst freundlich. Der Beauftragte, der mich zuvor über die neuen Stellen informiert hatte, hatte mein Kommen für diesen Tag ohnehin bereits angekündigt. Er begleitete mich dann ins Lehrerzimmer, wo er mir die Kollegin, mit der ich zusammen unterrichten würde, sowie die weiteren Lehrer vorstellte. Nach etwa 15 Minuten dort erhielt ich meinen Lehrstundenplan und wir gingen wieder.
Wie bei meiner vorherigen Schule handelte es sich auch hier um eine allgemein bildende Schule. Auch wenn das Gebäude auf den ersten Blick nicht so groß erschien, wie das meiner früheren

Schule, so mussten es doch ungefähr gleich viele Lehrer und Schüler sein. Im Umfeld der Schulen, in die wir versetzt wurden, wohnten überwiegend Ausländer, also unsere Landsleute. Die Wohngebiete, die bevorzugt von Ausländern bewohnt wurden, nannte man „Gettos". Auch aus diesem Grund bestand ein Großteil der Schüler aus ausländischen Kindern und es kamen noch immer neue Schüler hinzu. Schon am ersten Tag hatte ich den Eindruck, so große Unterschiede zwischen dieser und der vorherigen Schule auszumachen, dass ich mich wirklich glücklich schätzte, gewechselt zu haben. Es erschien mir, dass zwischen den Lehrern hier eine wesentlich freundlichere und entspanntere Atmosphäre herrschte.
Am nächsten Tag sollte mein Unterricht beginnen und ich betrat die Klasse gemeinsam mit der deutschen Kollegin. Diese verhielt sich nicht sonderlich freundlich zu den Kindern und schon am ersten Tag fiel mir auf, dass sie die Kinder immer wieder anherrschte. Auch die Kinder mochten sie nicht und nahmen sie auch nicht ernst. Die Kollegin war 13 Jahre älter als ich und dadurch, dass sie von recht korpulenter Statur war, wirkte ich mit meinem zierlichen Wuchs neben ihr eher wie eine der Schülerinnen. Die Klasse selbst setzte sich überwiegend aus Schülern zusammen, die in der Türkei bis zur vierten Klasse die Grundschule besucht, oder dort bereits die Grundschule abgeschlossen hatten. Da sie überhaupt kein Deutsch beherrschten, hatte man hier zum Übergang die Bilinguale Klasse gebildet. Jeder Neuzugang an Schülern wurde in diese Klasse geschickt. Die Schüler blieben hier, bis sie jeweils das erforderliche Niveau erreicht hatten, um dem Unterricht einer normalen Klasse zu folgen. Auch diese Klassen wurden an den Schulen eingerichtet, die sich in überwiegend von Ausländern bewohnten Stadtteilen befanden. An dieser Schule befand sich eine solche Klasse. Eine weitere derartig ausgerichtete Klasse hatte man an der zweiten Schule eingerichtet, an der ich ebenfalls unterrichten sollte.
Am dritten Schultag ging ich zur zweiten Schule, die gar nicht so weit entfernt von der anderen war. Da die Schule, der man mich primär zugewiesen hatte, die andere Schule war und alle Angelegenheiten mit der Schulbehörde über die dortige Schule laufen

würden, hatte mein dortiger Direktor mit der zweiten Schule bereits alle Fragen des Lehrplanes und des Unterrichtsprogramms im Vorwege geklärt. Ich würde demnach zweieinhalb Tage an der einen und zweieinhalb Tage an der anderen Schule unterrichten. Meinen so lautenden Stundenplan nahm ich also in Empfang. Offen gestanden machte der Direktor der zweiten Schule zwar keinen sympathischen Eindruck auf mich, doch zerbrach ich mir nicht weiter den Kopf darüber, da ich mit ihm ohnehin nicht viel zu tun haben würde.

Meine Kollegin, mit der ich zusammen unterrichten würde, machte bereits durch ihr Äußeres auf mich den Eindruck einer aparten Person. Sie war etwa in meinem Alter und genau so zierlich und klein wie ich. Man merkte ihr sofort an, dass sie die Ausländer gern hatte. Beim ersten Zusammentreffen mit einem anderen Menschen ist es immer das Äußere, das den ersten Eindruck prägt, doch beim näheren Kennenlernen ändert sich dieser Eindruck. Besonders bei Menschen, die wie ich aus einem anderen Kulturkreis stammen, kann der äußere Anschein häufig zu Fehleinschätzungen führen. Anfangs waren wir beiden uns vorgekommen, als kämen wir aus völlig unterschiedlichen Welten, doch wir gewöhnten uns sehr schnell aneinander und mochten einander sehr. In den ersten Tagen gingen wir gemeinsam in die Klasse. In dieser Klasse waren doppelt so viele Schüler, wie in meiner Klasse an der anderen Schule. Als ich mich erkundigte, warum man die Schüler nicht gleichmäßig auf die Bilingualen Klassen in den beiden Schulen aufteilte, da diese doch sehr nah beieinander lagen und die Schüler nahezu im gleichen Alter und Kenntnisstand waren, antwortete man mir, dass die Kinder in Anbetracht ihres Alters und ihrer Wohnadressen auf die ihren Adressen am nächsten gelegene Schule verteilt werden mussten.

Als ich in den nächsten Tagen einen Einblick in das Arbeitsprogramm erhielt, konnte ich mich des Eindruckes nicht erwehren, dass die Kinder hier den anderen gegenüber weit im Vorteil waren. Meine Lehrerkollegin arbeitete mit vollem Einsatz, um den Kindern innerhalb kürzester Zeit die deutsche Sprache beizubringen. Die Kinder lernten gut und hatten ihre Lehrerin sehr gern, daher kamen sie gern in die Schule. Sie hatten nicht das

Gefühl, an einer Schule in einem fremden Land zu sein. Meine Kollegin in meiner Primärschule brachte es nicht zustande, eine positive Lehrer-Schüler-Beziehung aufzubauen. Daher sagte sie jedes Mal, wenn etwas nicht ihren Vorstellung entsprechend verlief, „In der Türkei hättet ihr Euch auch nicht so verhalten können, denn dort hätte es gleich Schläge gesetzt". Diese Andeutungen waren kontraproduktiv und führten einzig zu dem Ergebnis, dass die Schüler verärgert waren und sich trotzig verhielten. Wenn ich die Schüler dort mit denen in der zweiten Schule verglich kam ich zu dem Ergebnis, dass die Schüler in der ersten Schule sehr viel weniger und langsamer lernten – und das, bei nur der Hälfte der Schülerzahl der zweiten Schule. Wenn ich sah, wie gerne die anderen Schüler zur Schule kamen und wie groß der Lernerfolg war, fühlte ich mich in meiner Einschätzung bestätigt, dass für einen erfolgreichen Bildungsweg neben der Familie auch die Haltung der Lehrer von äußerster Wichtigkeit sind. Dies wurde mir spätestens hier in offener und klarer Weise deutlich.

In beiden Schulen unterrichtete ich neben dem Fach Soziallehre auch Türkisch. Der Mathematik Unterricht wiederum wurde von den deutschen Kollegen erteilt. Auch in diesen Unterrichtsstunden ging ich teilweise mit in den Unterricht und half, wo immer es Verständigungsschwierigkeiten gab. Hier stellten wir allerdings fest, dass unsere Kinder in Mathematik weiter waren, als ihre Schulkameraden in der Parallelklasse. Der einzige Unterschied bestand in geringfügigen Abweichungen bei der Berechnungsmethode im Addieren und Subtrahieren.

Wir hatten große Schwierigkeiten, an geeignete Lehrmaterialien für das Fach Türkisch zu gelangen. Die Unterrichtsmaterialien, die wir von dem Bildungsattaché in Hamburg erhielten, waren für den Unterricht in der Türkei konzipiert worden. Dabei standen uns hier für eine Klasse weitaus weniger Unterrichtsstunden zur Verfügung, als dies in der Türkei der Fall war. Also versuchte ich dementsprechend die Themen auszuwählen und in abgekürzter Form zu vermitteln. Auch beabsichtigte ich, Bücher mit Kurzgeschichten oder Märchen anzuschaffen, aus denen ich den Schülern in ihrer Freizeit vorlesen würde, um sie zum regelmäßigen Lesen zu animieren. Daher freute ich mich sehr, als ich hörte, dass die Ehefrau eines Kollegen eine Buchhandlung eröffnet hatte. Ich teilte den Direktoren beider Schulen mit, dass ich Bücher anzuschaffen gedachte. Der Direktor der ersten Schule sagte mir gleich zu, dass ich so viele Bücher kaufen könne, wie ich für nötig hielt. Der Direktor der zweiten Schule hingegen sagte, ich könne je Schüler ein Buch kaufen. Daraufhin berichtete ich ihm, wie der Direktor der anderen Schule auf mein Anliegen reagiert hatte und bat ihn, zumindest zwei Bücher je Schüler zu bewilligen. Da konnte er nicht mehr widerstehen und willigte ein.

## Die Erkrankung meines jüngeren Sohnes

Während meine Arbeit an meinen beiden Schulen erfreulich verlief, kündigte sich zu Hause ein Unheil an. Gegen Ende Januar saßen wir an einem Sonntagmorgen alle zusammen am Frühstückstisch, als ich am Kopf meines Sohnes eine beulenartige Schwellung entdeckte. Ich wandte mich gleich an meinen älteren Sohn und fragte ihn, ob er seinem Bruder vielleicht etwas an den Kopf geschlagen hätte. Der Ärmste war völlig verwundert und verneinte. Ich suchte den Kopf sorgfältig ab, konnte aber keine weitere Schwellung feststellen und ließ es dabei bewenden. Gegen Mittag nahm ich die Kinder mit auf einen Spaziergang nach draußen. Als es abends wurde, kehrten wir nach Hause zurück, wo ich die Jungs wie immer auszog, um sie zu baden. Zuerst wusch ich meinen älteren Sohn und während sein Vater ihn anzog, entkleidete ich meinen jüngeren Sohn. Als ich nun wiederum unter dem rechten Arm eine riesengroße bläulich gefärbte Stelle erblickte, war ich wie von Sinnen vor Angst.
Als ich damals die sechste Klasse besuchte, hatte sich unter meinem linken Arm ein großer Furunkel gebildet. Der Erdkundelehrer hatte mich nach Hause gebracht und warnte meinen älteren

Bruder, „Es könnte eine schlimme Krankheit sei, also gebt Acht." Ich hatte damals große Angst davor bekommen, dass ich schwer krank sein könnte. Meine Cousine, die gleichzeitig meine Schwägerin war, hatte es damals wie erwartet auf die leichte Schulter genommen.

Als man mich damals aus dem Dorf mitnahm und zu meinen Brüdern nach Polatlı brachte, wo ich die Schule besuchen sollte, verhielt sie sich anfangs sehr nett zu mir. Ich weiß nicht, was dann passierte, doch nach vier, fünf Monaten wollte sie mich nicht mehr bei sich haben. Mein Bruder hatte sich anfangs zwar in sie verliebt, wollte sich dann aber von ihr trennen. Auch wenn ich damals noch ein Kind war, hatte ich doch durch die Auseinandersetzungen zu Hause sehr genau registriert, dass mein Vater damals Druck auf meinen Bruder ausübte, damit dieser seine Cousine heiratete. Vater argumentierte, dass sie zumindest keine Fremde sei und sich auch um die jüngeren Geschwister kümmern würde. Unsere Schwägerin, die eine sehr enge Verwandte unserer Familie war, hatte damals meinem älteren Bruder wegen mir ein Ultimatum gestellt, „Entweder geht sie, oder ich gehe". Ich hörte immer wieder, dass es bei ihren Streitereien um mich ging, was mich sehr bedrückte. Ich ernährte mich auch nicht richtig und man sagte mir auch, dass diese Krankheit aufgrund meines geschwächten Immunsystems aufgetreten war. Damals hatte ich große Angst davor, nach Hause zurückgeschickt zu werden, da ich dann die Schule nicht würde weiter besuchen können.

Ohnehin sagte mein Vater bei jedem Zusammentreffen, „Ein Mädchen schickt man doch nicht zur Schule. Vergesst es." Selbst damals, als er zu uns gekommen war und die Abschlussprüfungen anstanden, hatte er noch gesagt „Vergiss die Schule. Komm, meine Tochter, lass uns in unser Dorf zurückgehen." Das werde ich nie vergessen. Da mein älterer Bruder an die Lehrerschule Kepirtepe in Thrazien versetzt worden war, besuchte ich dort die 2. Klasse weiter. Lange Zeit wohnte ich mit meinem älteren Bruder allein, da ihm noch keine Dienstwohnung zugewiesen worden war. Später wiederum wollte meine Schwägerin mich nicht bei sich haben. Einige Monate später kam sie dann doch nach,

doch zu Hause wollte sich einfach kein harmonisches Familienleben einstellen. Ich vermute, es hing mit mir zusammen.
Später erfüllte sich der Wunsch meiner Schwägerin. Nachdem ich am Ende der 2. Klasse die Zusatzprüfung abgelegt hatte, schickte mein untröstlicher Bruder mich notgedrungen zu meinem anderen Bruder, der damals in Isparta – Gönen war. Bevor ich den Überlandbus stieg sagte er, „Wie sehr hatte ich es mir gewünscht, überall hin gemeinsam mit meiner Schwester und meiner Frau zu gehen und meine Schwester bei mir ausbilden zu lassen. Dieser Wunsch wird nun nicht mehr in Erfüllung gehen." Es ist mir, als hätte er dies erst heute gesagt, so gut entsinne ich mich noch an seine Worte.
Manchmal fällt es sehr schwer, sich gut zu den Menschen zu verhalten und erfordert viel Geduld. Mir ist bewusst, dass das Gefühl der Verantwortung manchmal in erdrückender Weise auf unseren Schultern lastet, dennoch sehe ich es als unser aller Pflicht an, den Mitmenschen zu helfen und füreinander einzustehen. Ich weiß, dass meine Schwägerin es heute bedauert, damals nicht das Richtige für mich getan zu haben. Doch ich verhalte mich anders als sie und bei jedem unserer Türkeiurlaube besuche ich sie und rufe sie von Zeit zu Zeit an, um mich nach ihrem Befinden zu erkundigen. Wenn es jemals irgendetwas geben sollte, was ich für sie tun müsste, dann würde ich ohne zu zögern ihr die Hand reichen, um ihr zu helfen. Ich beschränke dies nicht auf sie allein: ich halte es für einen Konsens eines Lebens in Gemeinschaft, dass wir alle uns unserer Verantwortung der gesamten Menschheit gegenüber bewusst sind.
Die Schule schloss ich dann schließlich bei meinem mittleren Bruder ab, der ebenfalls Lehrer und auch mit einer Cousine mütterlicherseits verheiratet war. Beide bemühten sich nach Kräften um mich. Und, wie mein Bruder es später ausdrücken sollte, am Ende beschenkten sie mich mit „dem goldenen Armreif", ohne den ich nie wieder sein würde und sorgten dafür, dass ich Lehrerin wurde. Wie sehr ich mich auch für alles bei ihnen bedanke, das sie für mich taten, ich werde doch auf ewig in ihrer Schuld stehen.

Als ich die dunkelbläuliche Verfärbung unterhalb der Achsel des Kindes sah, ergriff mich eine panische Angst, wie damals in der Mittelschule. Als ahnte ich bereits das Unglück, das auf uns zukam, verspürte ich einen tiefen Schmerz in mir. Sofort zeigte ich meinem Mann die Stelle, der zwar sagte, es werde schon nichts Schlimmes sein, dem aber die Beunruhigung ebenfalls anzusehen war. Hals über Kopf brachten wir unseren älteren Sohn zu meiner Schwägerin und fuhren mit dem Kleinen ins nächstgelegene Krankenhaus.

Es war um 19 Uhr am Sonntagabend, als die diensthabende junge Ärztin unseren Sohn untersuchte. Sie fragte uns, ob und aus welchem Grunde wir dem Kleinen irgendwelche Medikamente verabreicht hätten, welche Medikamente dies gewesen seien. Sie stellte uns noch viele weitere ähnlich gelagerte Fragen. Wir antworteten, dass unser Sohn häufig fieberte und wir ihm daher das Medikament gaben, das der Kinderarzt uns verschrieben hätte. Die Ärztin sagte, „Dieses Medikament schädigt das Rückenmark. Es wäre besser gewesen, wenn sie es ihm nicht gegeben hätten. Hoffentlich ist es nichts Ernstes, aber für die weitere Untersuchung muss das Kind im Kinderkrankenhaus bleiben." Wir waren völlig verwundert und versuchten uns ein klareres Bild von der Situation zu machen, indem wir die Ärztin mit Fragen überhäuften. Sie antwortete, dass sie nichts Genaues sagen könnte, ohne dass die Tests abgeschlossen seien. Gleichzeitig versuchte sie uns begreiflich zu machen, es könnte etwas Ernstes vorliegen, oder aber auch nicht. Wir wiederum versuchten aus unserer Sicht heraus die Dinge zu begreifen. Doch was wir auch taten, es blieb uns nichts anderes übrig als hinzunehmen, dass das Kind diese Nacht ohne uns dort verbrachte. In völlig verzagtem und perplexem Zustand kamen wir zurück. Nachdem wir unserer Schwägerin die Lage kurz schilderten, nahmen wir unseren älteren Sohn mit und gingen nach Hause. Die Angst hatte sich in mir breit gemacht, doch dennoch versuchte ich mir einzureden, dass es hoffentlich nichts Ernstes war und betete leise vor mich hin. Die ganze Nacht über wälzte ich mich in meinem Bett hin und her und hoffte, dass es so schnell wie möglich Tag werden sollte. Meinem Mann war es genauso ergangen, doch es war fast so, als

hätten wir Angst davor gehabt, miteinander zu reden, oder uns Fragen zu stellen. Also wurde es Morgen, ohne dass einer auch nur ein Wort gesagt hätte. Doch die Nacht war mir so lang vorgekommen, als würde es kein Morgen geben.
An diesem Tag wollte ich nicht in die Schule gehen, also rief ich an und schilderte die Situation. Nachdem wir unseren älteren Sohn im Kindergarten abgegeben hatten, gingen wir in aller Frühe ins Krankenhaus. Am ersten Tag wurden ermüdend lange Untersuchungen vorgenommen. Das Ergebnis war, wie wir es befürchtet hatten: unser Kind war an Leukämie erkrankt und die Behandlung im Krankenhaus der Universität Hamburg musste umgehend eingeleitet werden, da die erforderliche Behandlung im jetzigen Krankenhaus nicht möglich sei. Es ist mir unmöglich hier in Worte zu fassen, wie schwer es für uns war, diese traurige Nachricht zu verkraften. Bis im Universitätskrankenhaus ein Platz frei wurde, verbrachte unser Kind noch zwei Tage in diesem Krankenhaus und sobald der Krankenhausplatz frei war, überführten wir ihn in die andere Klinik. Unser Sohn aber wollte mit uns nach Hause kommen, mit seinem älteren Bruder spielen und wieder in den Kindergarten gehen. Dieser Wunsch sollte sich nie wieder erfüllen. Während der ihm verbliebenen Lebenszeit von weiteren acht Monaten durften wir ihn zwar von Zeit zu Zeit mit nach Hause nehmen, doch in seinen Kindergarten konnte der Kleine nie wieder zurückgehen. Er war für immer von seinem geliebten Kindergarten, den auch wir liebten und in den wir unsere Kinder immer vertrauensvoll gebracht hatten, getrennt worden, genauso wie von seinen Erzieherinnen und seinen Freunden. Wie sehr hatte er sich bei ihrem späteren Besuch im Krankenhaus bemüht, ihnen mit seinen sehnsüchtigen Blicken verständlich zu machen, dass er so gerne wieder in den Kindergarten gehen würde.
Unterdessen ging ich morgens in die Schule und sobald der Unterricht zu Ende war, eilte ich ins Krankenhaus zu meinem Kind. Ich blieb immer im Krankenhaus, bis der Kleine eingeschlafen war. Vom Krankenhaus zu uns nach Hause fuhr man anderthalb Stunden und es war meist schon neun oder zehn Uhr am Abend, wenn ich zu Hause ankam. Wenngleich ich mich zwar über ge-

wisse Dinge mit meinem Mann austauschte, war es doch so, dass ich durch die Arbeit an zwei Schulen, meinen anschließenden Besuch im Krankenhaus, die Beschäftigung mit unserem älteren Sohn und die Hausarbeit sehr erschöpft war. Eine gewisse Zeit später lehnte unser älterer Sohn es ab, weiter in den Kindergarten zu gehen, da sein jüngerer Bruder nicht mehr dort war. Also redete ich im März mit dem Direktor unserer Schule und der Klassenlehrerin darüber und meldeten ihn an der Vorschulklasse unserer Schule an. Damit begannen wir, morgens gemeinsam zur Schule zu fahren, von dort ins Krankenhaus und abends zusammen nach Hause zurückzukehren. Beide freuten sich darüber, dass er nicht mehr in den Kindergarten ging, denn so konnten die beiden Brüder nachmittags zusammen im Spielzimmer des Kindergartens miteinander spielen. In das gleiche Krankenhaus wurde auch die erkrankte Tochter einer türkischen Familie eingeliefert. Sie war etwa drei oder vier Jahre älter, als unser Sohn, doch da sie erst vor kurzer Zeit aus der Türkei gekommen war, sprach sie noch kein Deutsch. Deswegen liebte sie es, mit meinem Sohn zu spielen. Der Kleine beachtete sie kaum, wenn sein älterer Bruder kam, doch wenn die beiden allein waren, spielten sie wohl sehr gerne miteinander. Damals erschien ihr Zustand wesentlich schlechter zu sein, als der unseres Sohnes, doch am Ende wurde ihre Krankheit erfolgreich behandelt. Wenngleich es unserem Sohn dem äußeren Anschein nach viel besser ging, hatte man seine Krankheit leider nicht behandeln können. Trotz aller Bemühungen gelang es uns nicht, ihm seine Gesundheit wiederzugeben.

Als die Behandlung in der ersten Phase positiv anschlug freuten wir uns. Unterdessen übermittelte mein älterer Bruder meinem Mann die Nachricht, dass er die Prüfungen, die er in der Türkei abgelegt hatte, bestanden hatte. Er konnte sich nun umgehend eine der betriebswirtschaftlichen Fakultäten in Ankara, Istanbul oder Bolu aussuchen und dort als Mitglied des Lehrkörpers seinen Dienst antreten. Wir redeten mit den Ärzten und diese teilten uns mit, dass die Behandlung unseres Sohnes mindestens fünf Jahre lang unter ständiger Beobachtung fortzusetzen sei. Angesichts dieser Situation verzichteten mein Mann und ich auf alle unsere Zukunftspläne - unser Ziel, dass wir bislang immer vor Augen gehalten hatten eingeschlossen – und entschieden uns, in Hamburg zu bleiben, denn die Gesundheit unseres Kindes war uns wichtiger, als alles Andere. Es war uns nicht leicht gefallen, auf unseren größten Traum, unser Ziel aufzugeben, doch die Gesundheit unseres Sohnes hatte Vorrang.

Die Erforschungen und Behandlungen wurden nach vielen Richtungen hin fortgeführt. Nachdem man unsere Zustimmung eingeholt hatte, nahm der Professor, der sich auf dieses Krankheitsbild spezialisiert hatte, das Kind mit in seine Vorlesung. Natürlich gingen auch wir gemeinsam mit dem Kleinen in den Vorlesungssaal. Der Professor umkreiste die bläulich verfärbten Stellen am Körper unseres Kindes mit einem Rotstift und zeigte sie den anwesenden 300 – 400 Teilnehmern im Hörsaal der Universität. Auch ging er ausführlich auf die Symptome und weiteren Indikatoren der Krankheit ein, die er in detaillierter Weise schilderte und erklärte. Da mein Deutsch ohnehin nicht besonders gut war und ich zudem die medizinischen Fachbegriffe nicht verstand, konnte ich den ausführlichen Schilderungen zwar kaum folgen, doch von Tag zu Tag vergrößerte diese Krankheit die Angst in mir und ich begann, argwöhnisch zu werden. Wie ich hörte, hatte man auch die Tochter der anderen türkischen Familie, sowie einige andere Kinder mit in die Vorlesungen genommen – genauso wie es bei unserem Sohn der Fall gewesen war.

Als die Medikamente sich in der ersten Phase positiv auswirkten, nahmen wir das Kind mit nach Hause. Unterdessen war ich neben dem Unterricht auch mit Vorbereitungen in kleinerem Umfang für die anstehende Feier zum 23. April, dem Feiertag der Nationalen Unabhängigkeit und dem Kinderfest, beschäftigt. Da das Fest in eine Zeit fiel, wo es unserem Kind ein wenig besser ging, feierten tagsüber mit den Kindern und abends mit den Eltern. Eine solche Feier fand zum ersten Mal in einer deutschen Schule statt und alle Teilnehmer waren sehr angetan. Meine deutschen Kollegen hatten mich durch verschiedene Aktivitäten sehr bei der Organisation unterstützt, was sowohl mich selbst, auch die Eltern, deren Kinder teilgenommen hatten, sehr erfreute.

Es ist so ziemlich jedem bewusst, dass man einfach erfolgreicher ist, wenn man glücklich ist. Nachdem die durchgeführten Behandlungen zu positiven Ergebnissen geführt hatten und eine Verbesserung des Gesundheitszustandes meines Sohnes sich abzeichnete, war meine Erschöpfung wie weggewischt und meine Arbeitslust stieg. Allerdings hielten unsere Freude und die Anzeichen der Besserung nicht lange an. Im Verlauf der weiterhin anhaltenden Kontrolluntersuchungen wurde festgestellt, dass die Wirkung der verabreichten Medikamente ab einem gewissen Punkt aussetzte. Man sagte uns, dass man unserem älteren Sohn Rückenmark entnehmen und unserem jüngeren Sohn spenden könnte, wenngleich auch hier Nebenwirkungen zu befürchten wären. Die Behandlung wurde zwar wiederholt, verlief aber erneut negativ. Damals waren die Forschungsergebnisse bezüglich dieser Krankheit noch nicht so weit fortgeschritten, wie es heute der Fall ist. Täglich wurden neue Erkenntnisse bekannt und das war auch gut so, denn nur so war es möglich, dass Krankheiten wie diese in noch besserem Maße diagnostiziert und behandelt werden konnten. In einem Gespräch mit zwei Ärzten und einer Ärztin teilte man uns mit sorgsam gewählten Worten, doch sehr abgeklärt mit, dass die Behandlungsmöglichkeiten nun ausgeschöpft waren. Unserem Kind würden nun seine letzten Tage bevorstehen, also sollten wir uns darum bemühen, die verbleibende Zeit so angenehm wie möglich zu gestalten. Sie hielten es außerdem für möglich, dass er in seinen letzten Tagen große Schmerzen haben könnte. Darum empfahlen sie uns, Hamburg nicht zu verlassen. Die Worte der Mediziner hatten uns mit einem Wort, am Boden zerstört. Plötzlich überkam mich ein Hass auf diese Ärzte, die uns das negative Ergebnis der seit langem durchgeführten Behandlungen übermittelten – als wäre es ihr Verschulden gewesen. Besonders der Ärztin, die den letzten Satz gesagt hatte, hätte ich an den Hals gehen können. Tatsächlich war es so, dass die Ärzte nichts anderes taten, als ihre Pflicht. Nur wollten wir die Wahrheit nicht hören. Stellen Sie sich das Bild einer Frucht vor, die äußerlich vor Schönheit und Frische strotzt, deren Inneres aber bereits zerfallen und ungenießbar ist, ohne dass man ihr dies von außen ansieht. So stand es auch um den Zustand unseres Kindes, ohne dass wir dies mitbekommen hätten. Vielleicht war unsere Reaktion auch daher so heftig, weil er uns gar nicht erschien, wie ein Kind, das seine letzten Tage erlebte. Möglicherweise waren wir auch noch nicht bereit für ein solches Ende. Ich weiß auch nicht, ob es überhaupt möglich ist, auf den Verlust des eigenen Kindes, das man mehr liebt, als sein eigenes Leben, vorbereitet zu sein.

Wir waren psychisch völlig erschüttert von der bitteren Nachricht, die wir erhalten hatten. Da der Onkel und seine Familie am nächsten Tag in die Türkei reisen würden, waren mein Schwiegervater und die Kinder bei ihm und auch wir fuhren dorthin. Ohne, dass wir irgendetwas erklären mussten, sahen sie uns schon an, dass etwas Schlimmes eingetreten war. In dem Moment erblickte mein kranker Sohn die draußen stehenden Koffer und fragte – halb auf Deutsch und halb auf Türkisch – „Was ist das? Wohin verreisen der Onkel und die Anderen?". Als wir ihm antworteten, dass sie in die Türkei reisen würden, sagte er, „Ich auch verreisen in die Türkei". Die Schulferien standen bevor, doch wegen der Behandlung des Kleinen würden wir in diesem Jahr nicht in Urlaub reisen.

Doch der Wunsch meines geliebten Kindes hatte mich so tief in meinem Innersten berührt, dass ich zu mir sagte, bevor wir ihn nach seinem Tode dorthin bringen, fahren wir noch zu seinen Lebzeiten mit ihm in die Türkei. Sofort teilte ich meinem Mann diesen Gedanken mit. Als der sah, wie fest entschlossen ich war, gab er zu bedenken, dass das Kind unter ärztlicher Aufsicht zu stehen hätte, damit er keine Schmerzen erleiden musste. Als ich daraufhin entgegnete, dass es auch dort Ärzte gab, widersprach er nicht mehr. Die Schulferien hatten bereits begonnen und innerhalb von zwei Tagen hatten wir alle erforderlichen Vorbereitungen abgeschlossen. Von meinem Schwiegervater begleitet setzten wir uns ins Auto und fuhren los. In Gedanken hatte ich mich darauf fixiert, dass wir so schnell wie möglich in der Türkei ankommen mussten, wo ich ihn zusätzlich durch die türkischen Ärzte untersuchen lassen wollte. Man sollte die Hoffnung auf Gott nie aufgeben, dachte ich mir, vielleicht lag die Rettung ja dort.

Unter dem Eindruck meiner gemischten Gefühle und der Betrübnis bemerkte ich gar nicht, wie die Reise verging. In der Mittagshitze eines Tages im Juli hatten wir Antalya entdeckt. Das gesunde Aussehen des Kindes hatte meine Schwiegermutter, die Brüder meines Mannes und alle weiteren Angehörigen zutiefst verwundert. Noch bevor sie uns willkommen hießen, machten sie alle ihrer Verwunderung und ihrem Unmut Luft und äußerten sich in der Art, „Dieses Kind ist doch auf keinen Fall krank. Die haben eine falsche Diagnose gestellt. Das Kind lacht und spielt doch."
Nach zwei Übernachtungen in Antalya fuhren wir weiter nach Ankara, wo auch meine Brüder auf die gleiche Art reagierten. Am nächsten Morgen unserer Ankunft, suchten wir das Krankenhaus der Hacettepe Universität auf, wo wir die Behandlung erneut einleiten ließen. Wir trafen dort auf einen Röntgenspezialisten, der ein ehemaliger Schüler meines Bruders war. Dieser erklärte uns, dass die Strahlenbelastung der Röntgenaufnahmen, denen das Kind noch im Mutterleib während der Schwangerschaft ausgesetzt gewesen war, einen beträchtlichen Einfluss auf den Ausbruch der Krankheit Leukämie gehabt habe. Ich verspürte einen kleinen Funken von Freude, als die Ärzte uns sagten, „In der Türkei werden amerikanische, englische und weitere Behandlungsmöglichkeiten aus verschiedenen Ländern angewandt. Die Deutschen aber wenden nur ihre eigene Methode an". Da die Zahl der weißen Blutkörperchen angestiegen war, erhielt das Kind ab und zu eine Bluttransfusion. Auch hier wurden Transfusionen vorgenommen, die hier allerdings äußerst merkwürdig vonstatten gingen: die Krankenschwester, die den Schlauch für die Bluttransfusion an die Ader anschloss, war gab sich unnahbar und erschien äußerst unfreundlich! Die beiden behandelnden Ärzte hingegen begegneten uns mit einem vorbildlichen und fortschrittlichen Verständnis von ihrer Arbeit als Mediziner. Im Vergleich zu deren humaner Einstellung war uns das Verhalten dieser Krankenschwester sehr primitiv erschienen. Nachdem sie Schlauch des Beutels mit dem für die Transfusion bestimmten Blut öffnete, hielt sie den Schlauch zunächst an die Wand, wodurch die Wand und die Zimmerdecke mit Blut be-

spritzt zurückblieben. Da wir so etwas noch nie zuvor erlebt hatten, wollten wir eingreifen, doch sie wies uns mit harschen Worten zurück, „Wollen Sie mir etwa beibringen, wie ich meine Arbeit zu tun habe?" Angesichts dieses lieblosen Verhaltens schwiegen wir und nachdem unsere Behandlung dort erledigt war, gingen wir wieder.
Die Behandlung sollte erst zwei Tage später fortgesetzt werden, also fuhren wir noch am gleichen Tag nach Kastamonu, wo wir meinen Vater besuchen wollten. In Çankırı nahmen wir außerdem meine ältere Schwester und ihren Mann mit, der dort als Lehrer tätig war. Die Nacht verbrachten wir im Dorf, wo mein geliebtes Kind einen ruhigen und tiefen Schlaf genoss. Als sich sein Zustand jedoch gegen Mittag des folgenden Tages zusehends veränderte und das Kind regelrecht ermattete, machten wir uns sofort auf den Rückweg. Im Dorf meiner Schwester angekommen, bestanden mein Vater und mein Schwager darauf, dass mein Mann zusammen mit dem Schwager den Hoca des Nachbardorfes aufsuchte. Insbesondere mein Mann war es, der unter normalen Umständen keinerlei Wert auf Glaubensweisen dieser Art legte, doch in der Not klammert man sich an jeden Hoffnungsstrahl. Wahrscheinlich ist es so, dass man sich selbst nichts vorwerfen will, wenn es dann zu spät ist! Ohne das Kind selbst gesehen zu haben, hatte der Hoca meinem Mann und meinem Schwager gesagt, dass es für eine Behandlung zu spät sei. Entweder hatte er eine Eingebung, oder aber der Zustand meines Mannes brachte ihn zu dieser Annahme. Nachdem wir uns dort noch ein wenig ausruhten, fuhren wir nach Ankara zurück und fuhren direkt ins Krankenhaus. Einer der Ärzte, die die Behandlung eingeleitet hatten, untersuchte das Kind erneut und eröffnete und anschließend, dass die Behandlung nicht positiv angeschlagen hatte. Als er uns dann noch mitteilte, dass das Kind seine letzten Stunden erlebte, waren wir noch einmal erschüttert. Der Zustand, in dem sich unser Kind befand, war nun auch für uns offensichtlich.
Dem so gesund aussehenden Kind war mit einem Schlag sämtliche Farbe aus dem Gesicht gewichen und es erschien blass und matt. Der Arzt sagte noch, „Sobald er Blut spuckt, wird es nicht

mehr lange dauern und zu Ende gehen." Wir waren so zerstreut gewesen, dass wir unsere Pässe im Dorf vergessen hatten, also fuhr mein Schwager ins Dorf zurück, um sie zu holen, während wir uns auf den Weg nach Antalya machten. An Einzelheiten der Fahrt kann ich mich heute nicht mehr erinnern. Als wir in Afyon ankamen, hielten wir vor einem Restaurant, wo wir den Kindern eine Suppe zu essen geben wollten, doch sie wollten nicht. Mein kranker Sohn hatte die dort ausgestellten kleinen Fläschchen mit Eau de Cologne Flaschen entdeckt und wünschte sich je eine für sich und eine für seinen Bruder, die wir ihm, neben einigen Kleinigkeiten, auch kauften. Dann gingen wir hinaus. Es war, als würde unser Kind uns zwischen unseren Armen hindurch entrinnen. In diesem Moment passierte es: Blut trat aus seinem Mund aus. In völlig verwirrtem Zustand setzten wir uns ins Auto und fuhren los. Ich saß hinten und hielt mein Kind in meinen Armen. Insgeheim hoffte ich, dass wir es zumindest bis nach Hause schafften. Ich vermied es, mit meinem Mann zu reden. Von Zeit zu Zeit erkundigte er sich, wie e dem Kind gehe. Gut, antwortete ich, dabei war ich mir bewusst, dass er bereits seine letzten Atemzüge tat. Nachdem wir durch Burdur gefahren waren, begegneten wir meinem Schwiegervater, meiner Schwiegermutter und den Schwiegertöchtern. Sie waren unterwegs nach Burdur, wo sie für meinen Schwager um die Hand eines Mädchens anhalten wollten. Als sie unseren Zustand erblickten, sagten sie, dass auch sie so schnell wie möglich zurückfahren würden. Gegen 19 Uhr kamen wir zu Hause an. Der Rest der Familie traf eine Stunde später ein. Mein geliebtes Kind schlief nur noch und schrie von Zeit zu Zeit auf, wenn die Schmerzen kamen. Ich fühlte, dass mein Kind große Schmerzen hatte. Mein eigener Körper fühlte sich vor Schmerz und Trauer wie betäubt an. Dieses vor Gesundheit strotzende Kind, dieses Kind, das die Ärzte für zu groß befanden, als das ich ihn hätte geboren haben können, dieses Kind, das man immer wieder für den Zwilling seines älteren Bruders gehalten hatte, obwohl er drei Jahre jünger war, war regelrecht zusammengeschrumpft, erblasst und verwelkt. Um 22 Uhr ging er von uns. Mein Gott, was war das für eine Gerechtigkeit? Wie groß war unser Schmerz. Warum nur war ihm das Recht auf ein Leben verwehrt worden? Unser Kind war noch eine Knospe, die verwelkte, noch bevor sie aufblühen konnte. Mit unserem Kind starb auch ein Teil von uns. Ich bete zu Gott, dass Niemandem ein solcher Schmerz zuteil wurde.

In dieser Nacht schlief ich nicht. Mein Schwager, der mit dem Bus zurückgekommen war, hatte sich neben das Kind gelegt und schlief dort. Ununterbrochen ging ich im Haus auf und ab. Für einen kurzen Moment ging ich zu meinem Kind und küsste ihm die Stirn. Sie war eiskalt geworden. Mein Schwager schlief in diesem Moment und bemerkte es nicht. Ich ging aus dem Zimmer und trat auf den Balkon. Da schoss mir der Gedanke durch den Kopf, dass ich mit meinem Sohn gehen musste. Ich durfte ihn doch nicht alleine gehen lassen. Doch im gleichen Moment kam mir mein älterer Sohn in den Sinn. Was sollte aus ihm werden? Es war das erste Mal, dass solche Vorstellungen mich beschäftigten. Mitten in der Nacht, während alle Anderen schliefen, stand ich auf dem Balkon einer Wohnung im fünften Stock und kämpfte mit diesen Gedanken. Ich würde wieder bei meinem geliebten Kind sein, das von mir gegangen war, doch was würde mein mir gebliebenes Kind ohne seine Mutter tun? Ich selbst hatte erfahren, was es hieß, ohne Mutter aufzuwachsen, denn im Alter von nur anderthalb Jahren hatte ich meine eigene Mutter verloren und solange ich zurückdenken kann, hatte ich alles das am eigenen Leib erlebt, was Mutterlosigkeit bedeutete. Nach all diesen Gefühlen und Gedanken entschloss ich mich, meinen Sohn nicht ohne seine Mutter aufwachsen zu lassen.

Die Zeit bis zum Anbruch des Tages war mir unendlich lang vorgekommen. Nachdem das Erforderliche veranlasst war, legte mein Mann ihn auf den Sitz hinter sich, den er am liebsten hatte und nicht einmal seinem Bruder gestattete, dort zu sitzen. Der Vater spielte seine Lieblingsmusik und so machte er sich am 3. August 1979 auf seine letzte Reise. Unser Sohn liebte es, im Auto zu fahren. Stolz baute er sich hinter seinem Vater auf und konnte gar nicht genug davon bekommen, mit ihm unterwegs zu sein. Außerdem vergötterte er das Auto seines Vaters und auch die Autoschlüssel. Ein Mal hatte er im Winter aus dem Fenster beobachtet, wie die Nachbarskinder Schnee vom Dach unseres Autos genommen hatten und hatte vor Wut getobt. Doch am Ende ließ er alles das, was ihm lieb und teuer war, und auch uns in unserem Schmerz zurück und ging von uns.

In den ersten Augusttagen des Jahre 1979 verloren wir den einen unserer beiden Söhne. Wir waren regelrecht wie versteinert durch unseren Schmerz. Nicht umsonst sagt man, „Nicht den Stein sollst Du einen Stein nennen, sondern den Menschen". Lachen, Weinen, Hitze oder Kälte: rein gar nichts berührte uns. Wenn wir in den folgenden Jahren Urlaub in Antalya machten, fragte ich mich immer wieder, wie ich damals diese langen Reisen mit nur einem Polyesterkleid ertragen hatte, ohne dass ich irgendetwas bemerkt hätte. Nachdem wir noch eine Woche dort blieben, machten wir uns in Begleitung meines Schwiegervaters und des älteren Onkels auf die Rückfahrt. Mein Sohn hatte sich noch nicht an die Abwesenheit seines Bruders gewöhnt und konnte das Geschehene einfach nicht begreifen. Immer wieder brach er unter verschiedenen Vorwänden in Weinen aus und rang um Aufmerksamkeit. Es war, als versuchte er, seinen eigenen Gedanken, die ihn beschäftigten, zu entkommen. Gleichzeitig versuchte er aber auch, uns von unserer Trauer abzulenken.

Kinder sollte man niemals unterschätzen. Unser Sohn verhielt sich damals verständiger, als so mancher Erwachsener und ließ sich verschiedene Dinge einfallen, um uns Trost zu spenden. Er stellte Fragen, machte verschiedene Bewegungen und vermied alles, was uns an seinen Bruder erinnert hätte. Dieses Verhalten behielt er uns gegenüber noch jahrelang bei.

In meiner schwärzesten Stunde war mein Schwager bei mir gewesen und war mir beigestanden. Zwei Tage später kam auch mein geliebter älterer Bruder, bei dem ich seinerzeit nicht hatte weiter zur Schule gehen können. Auch er nahm Anteil an meiner Trauer. Meinem Schwager und meinem älteren Bruder bin ich sehr dankbar dafür, dass sie mich in einer solchen Zeit nicht allein ließen und mir Trost spendeten.

In Istanbul angekommen, verbrachten wir eine Nacht bei meinem älteren Bruder. Am nächsten Tag wollten wir uns in aller Frühe auf den Weg machen, doch mein Schwiegervater stürzte hierbei die Treppen hinab und verstauchte sich dabei einen Arm.

Die ganze Zeit lang mussten wir uns dann seine Klagen über seinen verstauchten Arm anhören, denn er war sehr empfindlich. Für ihn war der Schmerz seines Armes unerträglicher, als unser Schmerz. Obwohl die beiden angeblich mit uns mitgefahren waren, um uns zu trösten, war es doch tatsächlich so, dass wir uns die ganze Fahrt über um die beiden kümmern mussten. So blieb es dann auch später, denn dieses kindische Verhalten dauerte auch nach unserer Ankunft zu Hause weiter an.
Wenngleich ich früher über viele Dinge einfach hinweggesehen hatte, war es mir in einer solchen Situation nicht möglich, sein Verhalten zu ertragen, noch dazu, wo er um unseren großen Schmerz wusste. Wenn er mich trauern sah, versuchte er, uns zu trösten, sagte aber einfach lapidar, „Ihr seid noch jung und werdet wieder Kinder haben." Ich könnte jedes Mal wahnsinnig werden, wenn er das sagte, dennoch gab ich keinen Ton von mir. Doch irgendwann brach es aus mir heraus. Als er sich eines Tages wieder beschwerte, wie sehr sein Arm ihn schmerzte, schrie ich ihn an, dass mir mein Herz aus dem Leib gerissen wurde und selbst wenn er seinen Arm verloren hätte, würde es mich nicht berühren. Ich brüllte weiter, dass es genug sei und ich nichts mehr davon hören wollte. Eine solche Reaktion hatte er von mir am wenigsten erwartet und war daher perplex. In all den acht Jahren, die wir zusammen gewohnt hatten, hatte ich ihm immer akkurat gedient, doch er war sich nicht bewusst, dass auch meine Geduld Grenzen hatte. Nun befürchtete ich, dass ich zu Hause mit Gegenwind zu rechnen hätte. Doch als er schließlich nach einem dreimonatigen Aufenthalt endgültig zurückkehrte, konnten wir uns endlich unserer Trauer hingeben. Weder hatte ich unsere Hinreise, noch unsere Rückfahrt bewusst registriert. Ich versuchte, meinen Schmerz in mir zu begraben.
Die Ferien waren zu Ende und der Unterricht sollte wieder beginnen, doch wie sollte ich arbeiten?! Weder hatte ich die Energie, noch die Kraft oder den Willen hierzu. Am dritten Tag nach unserer Rückkehr nach Hamburg ging ich in einem emotionalen Chaos in die Schule. Die Kollegen hatten sich im Lehrerzimmer versammelt und erwarteten den Direktor. Sobald sie mich sahen, drückten sie mir ihr Beileid aus und versuchten, Anteil an mei-

nem Leid zu nehmen und es zu lindern. Der Direktor kam auf mich zu, umarmte mich und übergab mir einen Umschlag. Nachdem er sagte, er verstehe meinen großen Schmerz und sie alle würden Anteil daran nehmen, rief er das Kollegium zu einer Gedenkminute für meinen Sohn auf. Endlich konnte ich weinen. Nachdem mein Körper regelrecht erstarrt war, schien ich mich endlich zu lösen. Diese Menschen, denen meine Kultur und meine Werte doch so fremd waren, waren mir die Nächsten gewesen, die mich verstanden hatten. Sie versuchten alles Erdenkliche zu tun, um mich zumindest ein wenig abzulenken. Für ihr Verhalten und ihre Anteilnahme bin ich ihnen sehr dankbar. Nachdem der halbstündige Informationsteil beendet war, schickte der Direktor mich nach Hause.

Die Kondolenzkarte in der Hand, die von allen Kollegen und dem sehr geschätzten Direktor unterschrieben war, kam ich bedrückt und erschöpft zu Hause an. Da das Leben auf jeden Fall weitergehen würde und ich dies nicht ändern konnte, musste ich mich so schnell wie möglich wieder sammeln. Ich würde immer trauern, so sehr ich auch versuchte, dies zu verhindern, denn dies ist ein Gefühl, das in der Natur des Menschen verhaftet ist. Doch musste ich nun versuchen, rational zu denken und mich an ein Leben mit meiner Trauer zu gewöhnen. Ich musste mir selbst Trost spenden und so bald wie möglich in den Unterricht zurückkehren, und mich mental und emotional darauf einstellen, für die Schüler von Nutzen zu sein. Ich brauchte meine Schüler und meine Schüler brauchten mich.

Nachdem das neue Schuljahr begonnen hatte, teilte mein Direktor mir mit, dass ich nur noch an seiner Schule unterrichten würde. Ich würde also nur noch an einer Schule arbeiten und inmitten meiner Trauer hatte diese Nachricht mich ermuntert. Ich würde nicht mehr zwischen zwei Direktoren, zwei Schulklassen und zwei Elterngruppen hin und her pendeln und mich aufreiben. Es war wesentlich besser, nur an einer Schule zu unterrichten, denn so konnte ich viel produktiver sein, da ich mich auf die Schüler, die Lehrerkollegen und die Eltern viel intensiver konzentrieren und sie besser kennen lernen konnte.

Meinen Beruf und meine Schüler liebte ich sehr. Dieses wurde noch dadurch verstärkt, dass ich in einem fremden Land unterrichtete, in dem es um Menschen und ihre Kinder ging, die aus den tiefsten Provinzen hergekommen waren. Diese Menschen hatten meist in ihrem eigenen Land noch keine größere Stadt und das Leben dort kennen gelernt, geschweige denn, dass ihnen eine fremde Kultur oder ein fremdes Land vertraut wäre. Auch wenn ich selbst mit einer Vielzahl von Schwierigkeiten zu kämpfen hatte, bereitete es mir doch große Freude, sie dabei zu unterstützen, die Schwierigkeiten eines Lebens in einem ihnen fremden Land zu meistern. Obwohl mein eigenes Deutsch nicht besonders gut war, sahen diese Mütter und Väter, die zumeist kein einziges Wort Deutsch sprachen, mich als ihr Sprachrohr an. Es war, als hätte ich ihnen einen Teil der Last, die ihnen aufgebürdet worden war, abgenommen, was man ihren Gesichtern ablesen konnte. Einige von ihnen konnten aufgrund der mangelnden Sprachkenntnisse, oder aber aufgrund anderer Motive, nicht in die Schule kommen, um sich der Belange ihrer Kinder anzunehmen. In solchen Situationen kam es häufig vor, dass ich die Funktion der Elternteile übernahm.
Die Deutschen hatten von Zeit zu Zeit Schwierigkeiten damit, die Mentalität zu verstehen, dass die Eltern ihre Kinder so uneingeschränkt und bedingungslos den Lehrern überließen. Denn mit diesem Verständnis versuchten sie die gesamte Verantwortung einer guten Ausbildung ihrer Kinder auf uns Lehrer abzuwälzen. Dabei lag in diesem Land, in dem wir lebten, alle Erziehungsgewalt bei den Eltern. Den Lehrern hingegen waren die Hände gebunden. Aufgrund dieser Differenzen im Autoritätsverständnis kam uns türkischstämmigen Lehrern eine größere Bürde und Verantwortung zu. Überall dort, wo wir nicht intervenieren konnten, kam es häufig vor, dass die Eltern falsch beraten wurden und dadurch eine optimale Ausbildung ihrer Kinder verhindert wurde. Mit größtem Bedauern musste ich mit ansehen, wie unsere Eltern auch nach 30, 40 Jahren noch, ihren Verpflichtungen als Eltern schulpflichtiger Kinder nicht nachkommen, da sie dieser nicht gewahr werden.

Ich weiß, dass einige meiner Kollegen, die gemeinsam mit mir angefangen hatten, teilweise in vier, fünf Schulen gleichzeitig arbeiteten. Ihren Berichten zufolge, kamen sie tatsächlich kaum dazu, zu unterrichten. Vielmehr versuchten sie, einen bescheidenen Beitrag zur Lösung der dringenden Probleme an den Schulen zu leisten. Während ich mit meinen Einsätzen an nur zwei Schulen schon Bedenken hatte, dass ich nicht produktiv genug sein konnte, wie hätte man erwarten können, dass diese Kollegen leistungsorientiert arbeiten konnten, wenn sie gleichzeitig an so vielen Schulen unterrichteten. Es ist eine allgemein bekannte Tatsache, dass die Voraussetzung produktiven Arbeitens eine gute Kenntnis der Arbeitsumgebung ist, damit man die eigene Arbeit dementsprechend ausrichten kann. Doch ich denke heute, dass diejenigen, die uns damals einstellten, dies nur taten, um den formalen Anforderungen zu genügen. Ich halte es für ausgeschlossen, dass ihnen die Unmöglichkeit, unter diesen Bedingungen effizient zu arbeiten, entgangen war. Zu unterrichten, oder Probleme lösen zu wollen, ohne die Schule, das Lehrerkollegium, den Schüler und seine Eltern zu kennen, pflege ich, mit einem Arzt zu vergleichen, der eine Diagnose erstellt und eine Medikament verschreibt, ohne seinen Patienten untersucht zu haben. Denn auch unsere Aufgabe war nicht allein darauf beschränkt, nach dem Unterricht die Klasse zu verlassen und zu gehen. Nein, je nach Situation waren wir als Dolmetscher, als Sozialberater, als Elternteil, oder als Lehrer gefragt.

**Das neue Schuljahr**

Ab dem Jahr 1979 kamen aus der Türkei zwar keine neuen Arbeitnehmer mehr, dafür aber ihre Kinder. Die Menschen hatten inzwischen festgestellt, dass es mit ihrem Vorhaben, ihre Familie und die Kinder in der Heimat zurückzulassen, kurze Zeit zu arbeiten, derweil Geld zu sparen und wieder zurückzugehen, nicht so einfach funktionieren würde. Aus diesem Grund und auch unter dem Eindruck der negativen politischen Entwicklungen in der Türkei waren unsere Landsleute ab diesem Jahr verstärkt dazu übergegangen, ihre Kinder und Familien zu sich nachzuholen.
Jeden Tag strömten förmlich Mütter mit ihren Kindern in die Schulen. In den Schulen, die in Stadtteilen mit hohem Ausländeranteil lagen, stieg dadurch der Anteil türkischer Schulkinder zunehmend an. Auch meine Schule lag in einem solchen Gebiet. Während ich im letzten Schuljahr noch an zwei Schulen unterrichtet hatte, kam ich in diesem Schuljahr schon in den ersten Tagen nach Schulbeginn nicht mehr mit meinen Stunden aus. Der Direktor teilte mir mit, dass er einen weiteren türkischen Kollegen angefordert habe. Auch an meiner früheren Schule habe man einen neuen türkischen Lehrer eingestellt. Also trat schon kurze Zeit später ein zusätzlicher neuer Kollege seinen Dienst an unserer Schule an.
Die Pläne wurden nach dem zuvor erstellten Schema erarbeitet. Ich selbst würde in der 1. Klasse die Nationalen Übergangsklassen (NÜK) und in den 3., 4. und 5. Klassen die bilingualen Klassen für Schüler unterrichten, die in der Türkei bereits Schulen besucht hatten. Der neu eingestellte türkische Kollege wiederum, würde in den 6. und 7. Klassen, ja teilweise sogar in den Übergangsklassen bis in die 8. Klasse hinein unterrichtet. Genauso, wie es bei mir im letzten Schuljahr der Fall gewesen war, würde er an zwei Schulen gleichzeitig unterrichten.
Die 1. Klassen waren – wie im vorangegangenen Schuljahr auch – als Nationale Übergangsklassen (NÜK) eingerichtet worden. Wie ich zuvor an anderer Stelle bereits schilderte, waren die Un-

terrichtsfächer für diese Klassen feststehend. Während ich die diesbezüglichen Projektarbeiten verfolgte, wurde mir bewusst, wie penibel man die Lehrform dieser Klassen erarbeitet hatte. Der Unterricht begann mit einem türkischsprachigen Schwerpunkt und je weiter die Klasse sich vorarbeitete und die Schüler die deutsche Sprache erlernten, desto mehr wurde der Schwerpunkt in Richtung deutschsprachiger Unterricht verlagert. So war es vorgesehen und so wurde es auch gemacht.

In der 1. Klasse wurden Unterrichtsfächer wie Lesen, Schreiben und Mathematik in türkischer Sprache, also in der Muttersprache erteilt. Die weiteren Fächer wie Sachkunde, Malen und Sport unterrichtete ich gemeinsam mit einer deutschen Kollegin. Währenddessen brachte die deutsche Kollegin den Schülern auch in intensiver Weise die deutsche Sprache bei. Die Probleme, die ich in der anderen Schule mit meiner Kollegin gehabt hatte, erlebte ich hier nicht. Meine Kollegin hier war wirklich überaus geschätzt und gemeinsam mit ihr begann ich zwei Wochen nach Schulbeginn die Klasse zu unterrichten. Die Kollegin war bereits sehr erfahren und durch unseren regen Meinungsaustausch gelang es uns, eine sehr förderliche Zusammenarbeit fortzuführen.

In der Anfangszeit hatten wir nahezu jede Unterrichtsstunde mit der deutschen Kollegin gemeinsam gestaltet, denn schließlich waren wir beide Klassenlehrerinnen. Während der Unterrichtsstunden, die ich in türkischer Sprache erteilte, ging sie zu den Schülern und versuchte, Fragen zu beantworten. Andersherum unterstützte ich sie während ihrer Unterrichtsstunden. Im ersten Schuljahr lag der quantitative Schwerpunkt allerdings auf meinen Unterrichtseinheiten. Diese spezielle Klasse war eingerichtet worden, da die Deutschkenntnisse der Kinder gegen Null gingen.

### Das Unterrichtsfach „Lesen"

Obwohl wir dem Anschein nach sowohl die „deduktive", als auch die „induktive" Methode gleichzeitig anwandten, arbeiteten wir doch überwiegend mit der „deduktiven" Methode, wie ich es auch in der Türkei gelernt hatte. Mit Hilfe der Handpuppen namens FU und UFU, die wie Handschuhe gearbeitet waren und die wir uns über die Hände stülpten, begannen wir den Leseunterrichtet. Dies war ein Highlight für die Kinder.
Dank dieser lustigen Lernspiele, die die Kinder gleich lieb gewonnen hatten, hatten sie in kürzester Zeit die Buchstaben U und F erlernt. Den Kindern händigten wir ebenfalls jeweils ein Exemplar dieser Puppen aus, so dass sie damit im Unterricht und auch zu Hause das Lesen spielerisch weiter lernen konnten. Wir gaben den Kindern weitere Sätze und Worte, in Zusammenhang mit FU und UFU vor. Die Schüler mussten dann die enthaltenen neuen Buchstaben herausfinden, auf die wir uns dann konzentrierten und die wir weiter bearbeiteten. Das Lesegerüst bauten wir also um FU und UFU herum auf. Da die Kinder von dieser Lesearbeit sehr angetan waren, behielten wir die Methode bis zum Ende der zweiten Klasse bei.

### Das Unterrichtsfach „Schreiben"

Den Schreibunterricht gestalteten wir völlig unabhängig vom Lesen. Die im Leseunterricht beigebrachten Buchstaben ließen wir die Kinder in Druckbuchstaben schreiben, lehrten aber auch die verbundene Schreibschrift. Somit war der Schreibunterricht unabhängig vom Lesen. Die Familien wurden aufgefordert, keinesfalls zuzulassen, dass die Kinder zu Hause die gelernten Buchstaben schrieben.

Offen gestanden war ich von dieser Art des Schreibunterrichtes nicht sonderlich überzeugt, denn die Buchstaben, mit denen die Kinder das Lesen erlernten, waren völlig anders, als diejenigen, mit denen sie zu schreiben lernten. Es erschien mir persönlich, als würden wir den Kindern somit eine zusätzliche Belastung aufbürden, was ich in Gesprächen mit den Kollegen auch von Zeit zu Zeit zur Sprache brachte. Diese teilten meine Ansicht nicht. Ich mochte mich auch mit meiner Einschätzung irren, denn die Handschrift der Schüler in den oberen Klassen war wirklich sehr gut und so ganz anders, als die Handschrift der Schüler in der Türkei. Man schrieb nur Schreibschrift. ...
(„...sadece bitişik yazı yazıyorlardı ve işlekti...".?)
Als in den späteren Jahren immer mehr Familien endgültig in die Türkei zurückkehrten, war man dort im Nationalen Kultusministerium auf die schöne Handschrift ihrer Kinder aufmerksam geworden. Die zuständigen Verantwortlichen hatten daraufhin die die Bildungsattachés in Deutschland um Informationen über die „verbundene Schreibschrift" ersucht, wobei auch wir versucht hatten, behilflich zu sein. Schließlich war mir auch nicht entgangen, dass nahezu alle meine Kollegen eine wesentlich schönere Handschrift hatten als ich.
Wenn ich einen einseitigen Text zu schreiben hatte, bestand das Endergebnis teilweise auch Schreibschrift, teilweise aus Druckschrift und neigte sich stellenweise nach links oder rechts. Doch die Schrift der deutschen Kollegen und der Schüler aus den oberen Klassen war ebenmäßig wie aus der Druckmaschine. Insgeheim kam es auch vor, dass ich über mich selbst amüsierte, da ich es mir mit meiner unschönen Handschrift noch anmaßte, meine Meinung zum Thema Schreiben zu äußern.
In den Vorschulklassen und den 1. Klassen begannen die Übungen zur Schreibschrift mit dem Zeichnen von Formen, wobei die Hand aus dem Gelenk heraus bewegt wurde. Auch wir begannen den Schreibunterricht in dieser Form. Erst nach Abschluss vielfältiger Handübungen gingen wir zu den einzelnen Buchstaben über. Bei den Buchstabenübungen begannen wir mit den einfacheren Buchstaben und arbeiteten uns sukzessive zu den komplizierteren Buchstaben vor. Jeweils einem Druckbuchstaben

gegenüber schrieben wir in adäquater Weise den gleichen Buchstaben in Schreibschrift. Anschließend ließen wir die Kinder die Buchstaben, die sie im Leseunterricht bereits erlernt hatten, in Schreibschrift schreiben. Im Schreibunterricht entwickelten wir die Schreibschrift weiter, in dem wir die Schüler Wörter aus ihnen bereits bekannten Buchstaben zusammensetzen und schreiben ließen. Gegen Ende des Jahres waren die Guten unter den Schülern bereits in der Lage, bereits erste Texte, sowohl in Schreibschrift, als auch in Druckbuchstaben, zu lesen. Nachdem sie alle Buchstaben in Schreibschrift erlernt hatten, wurde das Schreiben in Druckbuchstaben vollständig aus dem Lehrplan genommen und die Schüler schrieben nun ausschließlich in Schreibschrift weiter.

Ein weiterer Punkt, der meine Aufmerksamkeit erregt hatte, war der, dass man es als normal betrachtete, sich mit dem Erlernen des Lesens und Schreibens bis zum Ende der 2. Klasse hin Zeit zu lassen. So weit ich verstanden hatte, hätten die Kinder etwa zur Mitte der 1. Klasse das Lesen und Schreiben gelernt haben müssen. Doch obwohl bereits das Ende des Schuljahres nahte, bestanden in der Klasse noch immer diverse Schwierigkeiten beim Lesen und Schreiben. Angesichts dessen war ich besorgt, doch die deutschen Kollegen sahen dies als normal an.

Meine Bedenken bezüglich des Schreibunterrichts wurden in den darauf folgenden Jahren bestätigt, wodurch diese sich begründet herausgestellt hatten. Man ging dazu über, in den 1. Klassen ausschließlich mit Druckbuchstaben zu schreiben, da man festgestellt hatte, dass das Erlernen des Lesens einfacher verlief, wenn die Kinder in der gleichen Schrift lesen und schreiben. Also wurde die schulische Ausbildung an diesen Erkenntnissen ausgerichtet. Beim Lesen ging man so vor, dass die Schüler, die gelernten Buchstaben gleichzeitig zu schreiben lernten. Während man vorher bereits in der 1. Klasse die Schreibschrift gelehrt hatte, ging man nun dazu über, diese erst in der 2. zu unterrichten. Die Kinder liefen nun nicht mehr Gefahr, die Buchstaben zu verwechseln und waren von einer erheblichen Belastung befreit.

## Das Unterrichtsfach „Mathematik"

Mathematik war eines der wichtigsten Fächer und wurde ebenfalls recht unklar unterrichtet. Ich war damit beauftragt, dieses Fach in den 1. und 2. Klassen zu unterrichten. Zuvor hatte ich bereits geschildert, wie auch neben den anderen Kollegen auch ich verpflichtet war, an den Vorbereitungsseminaren teilzunehmen, um Mathematik unterrichten zu dürfen. Die Teilnahme an diesen Seminaren war obligatorisch und so besuchten wir sie monatelang. Wir wurden hier ausführlich über die einzusetzenden Lehrmittel und –materialen, sowie die Lehrmethoden informiert. Unter der Bezeichnung „Moderne Mathematik" wurde die Mengenlehre mit geometrischen Formen vermittelt. Dem Übergang zur Zahlenlehre überging, wurde eine ausführliche Arbeit mit geometrischen Lehrmitteln vorangestellt. Man kann es so bezeichnen: anhand der Spiele mit geometrischen Lehrmitteln und dem Zeichnen verschiedener Formen simulierten wir Geometrie und Algebra. Zusätzlich zu dieser Arbeit lehrten wir die Zahlen.

In der ersten Phase gelang es zwar augenscheinlich, die Aufmerksamkeit der Schüler zu erlangen und ihre Konzentration zu erhalten, doch der Übergang zum Addieren und Subtrahieren wurde dadurch verzögert und nahm wesentlich mehr Zeit in Anspruch. Auch von dieser Unterrichtsmethode, die zwar gut und interessant erschien nahmen wir später Abstand. Ich vermute, dass man diese ebenfalls als erschwerende Zusatzbelastung angesehen hatte, wie es auch mit der Schönschrift im Schreibunterricht gewesen war. Vielmehr gingen wir dazu über, auch dieses Fach in herkömmlicher Weise zu unterrichten.

Ebenso, wie man die Lehrmethoden geändert hatte, wurden auch die Unterrichtszeiten dergestalt modifiziert, dass man in den letzten Jahren von der Halbtagsschule zum Modell der Ganztagsschule überging. Der Ausgangsgrund war der, dass die in den letzten Jahren durchgeführten Untersuchung Mängel des deutschen Schulsystems offenbart hatten. Angefangen von der Undiszipliniertheit bis zu allen Punkten im Zusammenhang mit der schulischen Ausbildung wurde einfach alles hinterfragt. Gleichzeitig intensivierte man die dahingehenden Bemühungen, um die Leistungsfähigkeit zu erhöhen.

## Die allgemeine Schulsituation

Wie ich zuvor bereits kurz schilderte, wurden die Nationalen Übergangsklassen (NÜKs) bis hin in die 4. Klassen angeboten. Ab der 5. Klasse wiederum ging man in die normalen Klassen über, wo der dortige Lehrplan angewandt wurde. Ohnehin war es so, dass die Schüler nach dem Erreichen der 4. Klasse an eine Wegabzweigung gelangten, ab der sie, je nach ihrem Leistungsstand, verschiedenen Schulformen zugewiesen wurden. An manchen Schulen hatten die die Schüler das Glück, den Türkischunterricht unter der Fächerbezeichnung „Muttersprachlicher Unterricht" weiterhin zu erhalten. Gleichzeitig muss aber betont werden, dass die Zahl dieser Schule in Hamburg äußerst gering war.
Die Vertragsdauer von uns Lehrern, die wir erst neu in den Schuldienst aufgenommen waren, betrug anfänglich vier Jahre. Nach einer Beobachtung unseres Unterrichtes durch den Schuldirektor und einen Inspektor sollte ein Bericht erstellt werden, anhand dessen über eine eventuelle Verlängerung entschieden werden sollte. Etwa vier Monate nach Beginn des Schuljahres wurde mir mitgeteilt, dass der Schuldirektor, der Inspektor und einige Beauftragte der Schulbehörde an meinem Unterricht teilnehmen würden, um sich ein Bild davon zu machen. Am vorher festgelegten Tag erschienen dann fünf Personen, die an meiner Unterrichtsstunde teilnehmen würden. Meine deutsche Kollegin war zwar ebenfalls in der Klasse anwesend, doch den Unterricht selbst gab ich. Für diesen Unterricht hatte ich fünf verschiedene Arbeitsblätter vorbereitet, die ich unter den Schülern verteilte. Dieser Arbeitsblätter bearbeitete ich in einem solchen Tempo mit den Kindern, dass der Unterricht zu Ende ging, noch bevor

die Schüler sich umsehen konnten. Später wurde dann eine Bewertung meines Unterrichtes erstellt und die Beobachter hatten einen äußerst positiven Eindruck gewonnen.
Der Schuldirektor indes sagte im Scherz zu mir, „Du hast aber viele Arbeitsblätter ausgeteilt. Vor lauter Blätterverteilen bist Du ja gar nicht zum Unterrichten gekommen." Daraufhin entgegnete ich, dass ich davon ausging, es werde als positive Unterrichtsform ausgelegt, wenn man viel Papier austeilte. Schließlich quollen unsere Postfächer immer förmlich über vor all den Informationsblättern, die der Direktor täglich verteilte. Dies hatte zur allgemeinen Erheiterung der Anwesenden geführt. Tatsächlich wurde in den Schulen und überall sonst auch dermaßen viel Papier benutzt, dass es schwierig war, diese alle zu lesen und auszuwerten. Obwohl sich jeder über diesen Zustand beklagte, trug doch ein jeder seinen Anteil hierzu bei. Obwohl der Kopierer in den achtziger Jahren noch nicht besonders weit verbreitet war, vielen dennoch wahre Papierberge an, was in den neunziger Jahren weiter ausartete.
Das Schulwesen in Deutschland ist Ländersache, wodurch jedes Bundesland frei über sein Schulsystem entscheiden kann. In den Hamburger Schulen wurde nachmittags muttersprachlicher Unterricht von Lehrern erteilt, die mit 5-Jahresverträgen aus der Türkei geholt und verpflichtet worden waren. Diesen Unterricht gab es in dieser Form in anderen Bundesländern nicht. Alternativ wurde teilweise der muttersprachliche Unterricht innerhalb des Lehrplans am Vormittag erteilt. Mir war zwar bekannt, dass die Lehrpläne in den anderen Bundesländern unterschiedlich aussahen, doch detaillierte Informationen hierzu lagen mir nicht vor. Wie ich aber von Kollegen, die in anderen Bundesländern unterrichteten, erfuhr, waren die Probleme und Schwierigkeiten auch dort ähnlich gelagert, wie bei uns.
In den oberen Schulklassen angekommen, wurden die Schüler nach Maßgabe der Einschätzung durch ihre Lehrer und Eltern eingestuft und auf entsprechende Schulen verwiesen. Die leistungsstärksten Schüler wurden auf das Gymnasium oder die Gesamtschule geschickt. Letztere Schulform sprach sämtliche Schülergruppen an. Die Schüler, die auf die Haupt- oder Real-

schulen geschickt werden sollten, wurden entweder ab der 6. Klasse abgetrennt oder blieben auf ihren Schulen, sofern Grund-, Haupt- und Realschulen sich unter einem Dach befanden. Dort besuchten sie dann die entsprechenden Klassen. Die Gymnasien endeten in der Klasse 13. Die gymnasiale Schuldauer wurde für die Schüler, die ab dem Schuljahr 2002 begannen, auf insgesamt 12 Jahre verkürzt. Während die Schüler die Möglichkeit hatten, nach Beendigung der 10. Klasse die Mittlere Reife zu machen, erhielten sie bereits nach der 9. Klasse den Hauptschulabschluss. In allen Schulklassen bestand die Möglichkeit eines Schulwechsels, wobei dies äußerst schwer war. Neben all diesen Schulformen gab es noch die Sonderschulen, die heute unter dem Namen Förderschulen bekannt sind. Diese Schulen richteten sich an lernbehinderte Kinder und betrafen insbesondere unsere Kinder, denn die Zahl der Kinder, die aufgrund einer Einschätzung auf diese Schulen geschickt wurden, in der mit speziellen Lehrmethoden gearbeitet wurde, war bemerkenswert hoch und nicht zu unterschätzen. Ich selbst musste häufig mit ansehen, wie Kinder zu Unrecht auf diese Schulen geschickt wurden und konnte es nicht verwinden, dass diese Kinder dadurch stigmatisiert wurden und dieses Stigma bis zu ihrem Lebensende nicht würden ablegen können. Aus diesem Grunde habe ich häufig gegen diese Entscheidungen protestiert und meine diesbezüglichen Eindrücke an gegebener Stelle noch schildern.

Zuvor berichtete ich bereits, dass ich neben den 1. Klassen auch die bilingualen Übergangsklassen unterrichtete. Diese Klassen bestanden aus Schülern, die in der Türkei altersmäßig die 3., 4., oder 5. Klasse hätten besuchen müssen. Da diese Schüler aber erst kürzlich nachgezogen waren, beherrschten sie die deutsche Sprache noch nicht und besuchten die bilingualen Klassen, in denen zweisprachig unterrichtet wurde. Im Anschluss an die 1. Klasse unterrichtete ich also in dieser Klasse die Fächer Türkisch und Sachkunde, wodurch mein Lehrpensum erfüllt war. Allerdings sah die Realität so aus, dass meine tatsächliche Arbeitszeit weit über meinen offiziellen Unterrichtsstunden lag. Es blieb ja nicht dabei, dass ich unterrichtete. Vielmehr wurde ich auch als Dolmetscherin oder Sozialberaterin herangezogen. Als die Zu-

ständigen später feststellten, dass diese und ähnliche Tätigkeiten äußerst zeitaufwändig waren, reduzierten sie später unsere Unterrichtsstunden und richteten stattdessen entsprechende Sozialberatungsstunden ein.
In diesen Jahren stieg die Zahl ausländischer Schüler weiter an, so dass an unserer Schule der Anteil ausländischer Schüler zeitweilig bei 75% lag. Zusätzlich zu mir wurden an unserer Schule zwei weitere türkische Lehrer eingestellt. Während der eine Kollege in den 5. und 6. Klassen unterrichtete, war der andere Kollege in den 7. und 8. Klassen beschäftigt. In den betreffenden Klassen, der neu aus der Türkei nachgezogenen Schüler wurde zweisprachig unterrichtet.
In den zweisprachig unterrichteten Klassen waren immer je ein deutscher und ein türkischer Lehrer anwesend. Die deutschen Kollegen unterrichteten zwar in deutscher Sprache, doch hatte man der Frage, welche Inhalte ich und meine anderen türkischen Kollegen zu unterrichten hatten und welche Lehrmaterialien wir einzusetzen hatten. Diese Punkte hatte man vollständig unserem eigenen Ermessen überlassen. Nach wie vor war es ein großes Problem, geeignete Schulbücher ausfindig zu machen.

### Einige deutsche Lehrer

Unsere Schwierigkeit, geeignete Schulbücher ausfindig zu machen, hielt noch lange Zeit an. Also versuchten wir, im Unterricht von Büchern Gebrauch zu machen, mit denen in der Türkei unterrichtet wurde. Die erforderlichen Bedingungen waren nicht gegeben und selbst an diese Bücher heranzukommen war schwer. Während unserer Unterrichtsstunden fühlten die Schüler sich wie in der Türkei und sperrten sich dagegen, den Unterricht der deutschen Kollegen zu akzeptieren. Da unsere deutschen Kollegen sowohl andere Lehrmethoden, als auch andere Verhaltensweisen den Schülern gegenüber zeigten, gerieten sie häufig in unschöne Situationen. Sie selbst waren nicht dafür ausgebildet und vorbereitet worden, um in solchen Klassen zu unterrichten. Genauso wie wir Schwierigkeiten hatten, uns in diesem für uns fremden Bildungssystem zurecht zu finden, fiel es den deutschen Kollegen schwer, mit diesen Schülern zusammenzuarbeiten, die sie nicht kannten und auch nichts über deren familiären Hintergrund wussten. Diejenigen, die über genügend Selbstvertrauen verfügten, meisterten die Hürden, indem sie durch verschiedene Aktivitäten die Akzeptanz der Schüler für sich selbst als Lehrer, als auch für den Unterricht gewannen. Andere wiederum verletzten diese Schüler, die teilweise in auseinander gerissenen Familien aufgewachsen und in eine fremde Umgebung gekommen waren, deren Sprache und Kultur sie nicht verstanden. Diese Kollegen brüskierten indirekt auch uns, indem sie die Schüler mit diskriminierenden Äußerungen wie, „Wir sind hier nicht in der Türkei. Dort könnt ihr machen was ihr wollt, aber hier nicht" herabwürdigten. Einstellungen dieser Art verhinderten die Durchführung eines produktiven Unterrichtes. In späteren Jahren wurden ähnliche Seminare, an denen wir teilgenommen hatten, auch den deutschen Kollegen angeboten. Doch ich erfuhr, dass das Interesse nur sehr gering ausgefallen war.

Das Verhalten unserer Kinder, die in eine für sie völlig fremde Umgebung gekommen waren, deren Kultur und Religion sie nicht kannten, fanden einige unserer Kollegen belustigend und wieder andere zogen dies ins Lächerliche. Für mich ist es unvergesslich, wie eines Tages eine der Kolleginnen, die mit den 7., 8. Klassen einen Ausflug gemacht hatte, im Lehrerzimmer darüber herzog, unsere Mädchen seien mit hochhackigen Schuhen und Lippenstift zum Waldausflug gekommen. Sie mag aus ihrer Sicht im Recht gewesen sein, denn in diesem Kulturkreis zog man bei solchen Ausflügen bequeme Wanderschuhe an. Dennoch hatte es mich sehr verletzt, dass sie sich dermaßen über unsere Kinder amüsiert hatte, die davon einfach nichts wussten.

Da die Kinder in der Regel aus Familien der tiefsten Provinz in der Türkei stammten, dachten sie, dass es richtig wäre ihre besten Kleidungsstücke anzuziehen, egal wohin sie auch gingen. Doch im Grunde hätte man es je nach Facon ohnehin immer so

ausgelegt, wie es opportun war. Wenn die Kinder sich gut kleideten, sagten viele deutsche Kollegen, „Als wenn sie ins Theater oder auf eine Hochzeit gehen, wie übertrieben". Wenn sie wiederum Schüler sahen, die schlecht gekleidet waren, kritisierten sie dies mit den Worten, „Sie kaufen ihren Kindern keine anständige Kleidung, nur um Geld zu sparen." Bei einer anderen Gelegenheit machte ein anderer Kollege seinem Ärger im Lehrerzimmer Luft, „Ich habe extra Pferdesalami gekauft und ein Heidengeld ausgegeben, weil sie kein Schweinefleisch essen. Doch auch die haben sie nicht gegessen". Auch wenn sie teilweise im Recht waren, war ich doch der Ansicht, dass man den Schülern im Allgemeinen Unrecht antat. Noch vor den Familien der betroffenen Schüler selbst, waren ich und meine türkischen Kollegen es, die sich über Kritiken dieser Art aufregten. Bei meinen Gesprächen mit türkischen Kollegen stellte ich fest, dass die Situation bei ihnen ähnlich war, was mich sehr bedrückte. Die deutschen Schüler waren gar nicht so bedeutend anders, als unsere Kinder und gerieten teilweise in noch belustigendere Situationen, als unsere, dennoch gerieten sie kaum in die Kritik. Möglicherweise wurden sie auch in meiner Abwesenheit kritisiert, so dass ich es nicht mitbekam. Möglicherweise wurde man auch einfach empfindlicher, wenn man im Ausland lebte, ich weiß es nicht. Es kam häufig vor, dass ich mich selbst über gewisse Dinge echauffierte und kritisierte, doch es ging mir immer besonders nahe, wenn ein Deutscher die gleichen Punkte kritisierte. Es war so ähnlich wie mit den eigenen Kindern: man selbst durfte schimpfen und schelten, wie man es für richtig hielt. Doch sobald jemand von außerhalb etwas sagte, nahm man reflexartig die Verteidigungshaltung an. So erging es mir mit den türkischen Schülern. Sobald ich eine negative Kritik zu hören bekam, ging ich reflexartig zur Verteidigung über.
Unabhängig davon, wie alt die Schüler sind, sie brauchen unsere Zuneigung, Aufmerksamkeit und unseren Respekt. Wenn man bedachte, dass diese Schüler fern ihrer Heimat waren und aus zerrissenen Familienverhältnissen kamen, kann man sich vorstellen, dass diese Bedürfnisse umso stärker zum Tragen kamen. Sobald solche Kinder und Jugendliche nämlich merken, dass

man für sie da ist, erfüllen sie alles, was man ihnen abverlangt und werden auch erfolgreich. Doch wenn ihnen nicht genügend Zuneigung, Aufmerksamkeit und Respekt zuteil werden, können sie auch ablehnend und destruktiv werden.
Es ist mir oft in meinem eigenen Unterricht aufgefallen: sobald diese kleinen Erstklässler feststellten, dass ich verärgert war, übertrug sich dies auf sie und sie wurden aufsässig. Wenn ich aber ruhig und ausgeglichen im Unterricht erschien, beteiligten auch sie sich gerne am Unterricht. Der emotionale Zustand der Lehrer hat einen unmittelbaren Einfluss auf die Konzentrationsfähigkeit der Schüler. Beim Erstantritt eines neuen Lehrers, wird dieser durch die Schulklasse regelrecht einer Prüfung unterzogen. Sobald die Schüler feststellen, dass der Lehrer es nicht schafft, seine Klasse in den Griff zu bekommen, werden sie keine Gelegenheit auslassen, um ihn vorzuführen. Sie werden herausfordernd und behindern den Unterricht. Wenn der Lehrer aber die Akzeptanz der Klasse erzielt und seine Zuneigung zeigt kann er großen Einfluss auf den Leistungserfolg der Schüler ausüben. Ich bin der Ansicht, dass durch ehrliches Wohlwollen und Aufmerksamkeit jeder Knoten gelöst und jede Tür geöffnet werden können. Es ist keine Übertreibung, wenn ich die Ansicht vertrete, dass dies für jede Altersgruppe und für jede Umgebung gilt. Besonders bei kleinen Kindern erzielt man so sehr gute Ergebnisse.
Überall und in jedem Beruf gibt es erfolgreiche und erfolglose Menschen. Dessen war ich mir zwar bewusst, konnte es aber dennoch nicht verwinden und darüber hinwegsehen, wenn man Kindern gegenüber eine ablehnende Haltung einnahm. In solchen Situationen habe ich häufig interveniert, indem ich mit dem Direktor oder den betreffenden Lehrern direkt redete. Oft sah ich Lehrer, die ihre Klassen nicht in den Griff bekamen oder nicht unterrichten konnten. Sie disqualifizierten sich durch ihre Kleidung, ihr Auftreten, durch mangelndes Wissen und Kenntnisse, doch ohne Einsicht über ihre eigenen Unzulänglichkeiten zu zeigen, schoben sie die Schuld für Misserfolge stets den Schülern in die Schuhe. Teilweise kam es vor, dass die Lehrer die Klasse verließen, weil sie es nicht zustande brachten, für Ruhe im Unterricht zu sorgen. In diesen Situationen ging dann die äußerst

versierte Schulsekretärin in die Klasse und schlagartig herrschte Stille und Ordnung. Nicht einmal daraus zogen die betreffenden ihre Lektion. Eine weitere unvergessliche Erinnerung für mich ist folgende: Unser Schuldirektor hatte einen äußerst unfähigen Kollegen, der in einer normalen Schulklasse keinesfalls hätte unterrichten können, in die Schulklasse mit den türkischen Schülern zugewiesen. Daraufhin suchte ich den Direktor auf und fragte ihn, warum er dieser Klasse diesen Lehrer zugewiesen hatte. Die Antwort verärgerte mich sehr: „Wo soll er denn sonst unterrichten." Ich hielt entgegen, dass dem Direktor das Wohl eines einzelnen Lehrers zwar am Herzen lag, das der 17 jungen Menschen in der Klasse aber nicht. Darauf erhielt ich dann keine Antwort mehr. Viel später gab der Direktor mir Recht und dieser betreffende Kollege wurde nie wieder als Klassenlehrer eingesetzt. Leider waren solche Lehrer aber keine Seltenheit und waren insbesondere unter den Lehrern, die mit türkischen Schülern arbeiteten, häufiger anzutreffen. Dabei war es gerade in diesen Klassen immens wichtig, dass die Schüler so schnell wie möglich die deutsche Sprache erlernten, damit sie auf die normalen Klassen wechseln konnten. Obwohl sich sehr intelligente Schüler unter ihnen befanden, wirkten sich die Einstellung unfähiger Lehrer und die Haltung ihrer Familien negativ auf den schulischen Erfolg der Kinder aus. Im Endeffekt wurden dann unverhältnismäßig viele dieser Kinder auf die Schulen für lernbehinderte, die Sonderschulen, geschickt.

Ein anderes Mal, als wir uns über die Schüler unterhielten, wandte sich unvermittelt eine Kollegen mir zu und sagte, „Wenn Du dafür sorgen willst, dass diese Arbeiterkinder alle auf die Hochschulen gehen, dann wird für die Kinder von Akademikern, wie wir es sind, dort kein Platz mehr sein." Da ich dies zunächst für einen Scherz gehalten hatte, wunderte es mich später doch sehr, als ich feststellen musste, dass es ganz ernst gemeint war. Mit einer solchen Einstellung war ich zum ersten Mal konfrontiert. Ich entgegnete, dass dem nichts entgegenstand, wenn auch Arbeiterkinder von diesen Möglichkeiten profitierten, sofern sie den Anforderungen entsprachen. Ich hielt meiner Kollegin vor, dass sie den Leistungsstand ihres Kindes verbesserte, in dem sie ihm zusätzliche Stunden geben ließ, doch die Kinder hier versuchten, mit eigener Kraft etwas zu erreichen. Als war es doch nicht zu viel verlangt, wenn wir auch versuchten, sie etwas zu unterstützen. Offen gestanden hätte ich gerade von dieser Kollegin nicht erwartet, dass sie so dachte und war sehr befremdet. Doch in den späteren Jahren sollte ich feststellen, dass sie nicht nur über die ausländischen Kinder so dachte, sondern über alle Arbeiterkinder. Aufgrund dieser Haltung sind es in Deutschland nur 3-4% der Arbeiterkinder, die hier die Hochschulen besuchen.

In den Gesprächen, die von Zeit zu Zeit zwischen mir und den deutschen Kollegen stattfanden, versuchten wir, die bestehenden Probleme zu erörtern. Wenn ich meinerseits meine Kritikpunkte vorbrachte, sahen sie zwar ein, dass ich im Recht war, nahmen dies aber nicht ernst. Dies ist der Punkt, den ich hier eigentlich zu veranschaulichen versuche. Ein Großteil der Deutschen ist zwar in höchstem Maße hilfsbereit, mag es aber nicht, wenn man mit ihnen auf einer Stufe höher steht, oder ihnen voraus ist. Wenn Du immer hinter ihnen zurückstehst oder als schutzbedürftig erscheinst, kommen sie Dir mit großer Sympathie entgegen und unterstützen Dich. Doch sobald sie feststellen, dass Du ihnen ebenbürtig oder ihnen voraus bist, nehmen sie Abstand von Dir.

### Einige türkische Lehrer

Obwohl die weitere Kollegin, die später noch an unsere Schule versetzt worden war, an zwei Schulen arbeitete, kamen wir so oft es ging mit ihr zusammen, um uns auszutauschen, oder einander zu unterstützen. Innerhalb kürzester Zeit hatten wir miteinander Freundschaft geschlossen und bezogen in diese Freundschaft auch unsere Familien mit ein. Als meine Tochter im August 1980 auf die Welt kam und unser Heim mit Freude erfüllte, waren es

diese liebe Familie, deren Kinder und weitere gute Freunde, mit denen wir unser Glück teilten. In den folgenden Jahren teilten wir miteinander Freud und Leid und hielten wir unsere Freundschaft immer aufrecht, auch wenn wir später in verschiedenen Schulen arbeiteten. Ja sogar, als wir schon aus dem Berufsleben ausgeschieden waren und bis heute noch sind wir einander gute Freunde geblieben. Leider funktionierte die gute Zusammenarbeit, die ich mit dieser Kollegin hatte, nicht auch mit den anderen türkischen Kollegen, die an unsere Schule kamen. Wegen eines Kollegen, der sogar noch ein Landsmann von mir war, erlebte ich sogar noch einiges an Unannehmlichkeiten.
Natürlich kann ich hier nicht die negativen Seiten der deutschen Kollegen kritisieren und über die Mängel meiner türkischen Kollegen hinwegsehen. Meiner Überzeugung nach haben Menschen, die sich für den Lehrerberuf entschieden haben, sich darüber bewusst zu sein, dass sie die zukünftigen Generationen erziehen werden und somit eine große Verpflichtung auf sich genommen haben. An diesem Bewusstsein haben sie auch ihr Handeln auszurichten.
Wie ich zuvor bereits berichtet hatte, wurden wir neben unserer eigentlichen Tätigkeit als Lehrer auch mit Dolmetsch- und Sozialberatungsaufgaben betraut. Als an unsere Schule weitere meiner Landsleute als Lehrer aufgenommen wurden, bat ich den Direktor, dass die Dolmetsch- und Sozialberatungsstunden diesen Kollegen zugeteilt werden sollten, da ich einerseits weiter weg wohnte und es außerdem schwierig für mich, gemeinsam mit meinem Kind abends die Hausbesuche bei den Eltern zu machen. Offen gestanden sagte es mir darüber hinaus auch einfach mehr zu, zu unterrichten. Da das Telefon damals unter unseren Landsleuten noch nicht so verbreitet war, wie heute, musste ich fast jeden Abend Elternbesuche machen. Den sozialen Tätigkeiten in der Schule kam ich zwar nach, doch war ich nicht davon angetan, dies auch außerhalb der Schule erledigen zu müssen. Bezüglich der verschiedenen Probleme der Schüler mussten die Eltern und Lehrer Lösungsansätze erarbeiten, doch ich wollte eine solche Aufgabe nicht übernehmen. Da dem Di-

rektor meine persönlichen Umstände auch bestens bekannt waren, brachte er meiner Bitte auch Verständnis entgegen.
Alle sechs Monate fanden den Schülerzahlen an den Schulen entsprechend Neuorganisationen statt und neue Lehrer wurden eingestellt. Meine Kollegin, die nach mir an unserer Schule eingestellt worden war und in zwei Schulen gleichzeitig arbeitete, war an eine Schule versetzt worden, da sie nur noch an einer Schule arbeiten wollte. Also wurden an unserer Schule zunächst eine weitere Kollegin und dann ein Kollege eingestellt. Soweit ich es ihren eigenen Erzählungen entnehmen konnte, hatten diese beiden Kollegen mit zahlreichen persönlichen Schwierigkeiten zu kämpfen und waren recht belastet. Sie brachten Hilfe, um ihre eigenen Probleme zu lösen. Von anderen Personen, die ihn kannten, hatte ich erfahren, dass der männliche Kollege vom charakterlichen Typus her eher problematisch im Umgang war. Soweit es nicht erforderlich war, mied ich daher den Umgang mit ihm.
Die weibliche Kollegin hingegen erzählte, wann immer sich die Gelegenheit hierzu bot, von ihren privaten Problemen. In der Klasse hatte sie Anpassungsschwierigkeiten und beklagte sich ständig über die Schüler. Soweit sie erzählt hatte, war sie aufgrund ihrer familiären Schwierigkeiten tatsächlich in einer komplizierten Situation, doch ich konnte ihr nur behilflich sein, indem ich ihr zuhörte. Diese Kollegin lebte mit ihrem Mann, ihren zwei Töchtern und ihrer Mutter zusammen und ihr Mann hatte ihr bislang in mancherlei Hinsicht übel mitgespielt. Eines Tages hatte der Direktor die Eltern eines Schülers in die Schule bestellt, um mit ihnen ein Problem zu besprechen. Da das Kind die Klasse eben dieser Kollegin besuchte, ließ der Direktor auch sie und die deutsche Kollegin kommen. Ich weiß nicht, wie die Besprechung verlief, doch am nächsten Tag bestellte der Direktor mich zu sich und sagte, „Diese Kollegin ist ja selbst auf einen Sozialberater angewiesen. Sie kommt als Beraterin in sozialen Fragen nicht mehr in Betracht. Sollte ich Bedarf haben, werde ich auf Sie zurückkommen." Ich wusste nicht, was ich darauf antworten sollte. Doch tatsächlich war es so, dass sie nicht mehr zu den Besprechungen hinzugerufen wurde, solange sie an der Schule

war. Außerdem wurde sie, nachdem sie sechs Monate an unserer Schule arbeitete, ebenfalls an eine andere Schule versetzt. Diese Kollegin sah ich nie wieder, erfuhr aber später, dass ihr Mann bei einem Verkehrsunfall ums Leben kam und sie selbst nach ihrer Pensionierung für immer in die Türkei zurückging.
Meine Probleme mit dem anderen türkischen Kollegen, der insgesamt zwei Jahre an unserer Schule unterrichten sollte und dessen Umgang ich zu vermeiden bestrebt war, bewegten sich auf einer ganz anderen Ebene. Er übernahm die bewilligten Stunden für Sozialberatung und Dolmetschen an der Schule, womit er 14 Stunden unterrichtete und 14 Stunden als Berater in sozialen Fragen tätig war. Die Schüler erzählten und beklagten sich darüber, dass sie mit diesem Lehrer nicht zufrieden waren, da er in den Klassen merkwürdige Dinge erzählte. Wenn er abends die Hausbesuche bei den Eltern machte, würde er sich mit den Elternteilen zusammensetzen, mit ihnen alkoholische Getränke trinken und dann anfangen, auf Geratewohl zu erzählen. Voller Verwunderung erfuhr ich noch später von seiner Haltung den weiblichen Kolleginnen gegenüber. Bei seinen Einsätzen als Dolmetscher hingegen, habe er anstatt das Gesagte zu dolmetschen, seine eigene Meinung wiedergegeben, worüber man sich auch beschwerte. Angesichts der umfangreichen Kritik der Schulleitung und der Lehrer dachte ich bei mir, dass es wohl so schlimm auch nicht sein könne – bis ich Gelegenheit erhielt, mir selbst ein Bild zu machen. Ich hatte viele negative Dinge gehört, doch ich gab nichts auf das, was ich nicht mit eigenen Augen gesehen und mit eigenen Ohren gehört hatte. Zwischen uns gab es keinerlei Zusammenarbeit, außer das wir einander grüßten, wenn wir uns zufällig mal begegneten.

## Das Drama einer türkischen Familie

Bezüglich eines Mädchens, das in den unteren Klassen meine Klasse besucht hatte, und später in die Klasse des türkischen Kollegen, den ich zu meiden versuchte, versetzt worden war, ging eines Tages ein Anruf bei mir zu Hause ein. Die männliche Stimme schrie am anderen Ende, „Wie können Sie als Lehrerin es wagen, meiner Nichte zu sagen, sie wird mal dort arbeiten, wo die schlechten Frauen arbeiten, wenn sie nicht ordentlich lernt?" Ich war perplex. Als ich nachfragte, wem ich was gesagt haben sollte, rief er das Kind ans Telefon. Dieses 13jährige Kind sagte daraufhin, dass nicht ich dies gesagt hätte und nannte den Namen des anderen Lehrers. Da entschuldigte sich der Mann zwar, doch ich war schockiert und wusste nicht, was ich sagen oder tun sollte. Als ich später noch eine Reihe ähnlich gearteter Vorfälle erlebte, stellte ich es auch ein, diesen Kollegen zu grüßen.
Das betreffende Mädchen war eines von neun Geschwistern und der Vater der Familie war ständig betrunken unterwegs. In der Straße der Familie wusste jeder, dass der Vater in betrunkenem Zustand die Mutter und die Kinder schlug. Dieser höchst talentierte Kollege wiederum hatte sich mit dem Vater des Kindes angefreundet, trank mit ihm häufiger einen über den Durst und drehte dann voll auf. Angeblich habe er diese so geredet, weil er das Beste für das Mädchen gewollt habe. Durch seine Worte habe er sie motivieren wollen, mehr für die Schule zu tun.
Das gleiche Mädchen suchte später Zuflucht bei ihrem Onkel und ging von dort aus ins Jugendheim. Während sie im Jugendheim wohnte, besuchte sie weiterhin unsere Schule. Der Kontakt zu ihrer Familie aber war untersagt. Eines Tages kam die Mutter des Kindes in die Schule und bat den Direktor, ihre Tochter nur einmal sehen zu dürfen. Der Direktor antwortete, dass sie ihre Tochter im Schulbüro und unter Aufsicht der Sekretärin und mir sehen dürfe. Die Sekretärin der Schule war eine äußerst versierte und fleißige Dame, die selbst Kinder hatte. Manchmal unterstützte sie sogar die Lehrer, die ihre Klassen nicht in den Griff bekamen oder die Probleme ihrer Schüler nicht lösen konnten.

Die Mutter stimmte zu, das Treffen in der besprochen Art und Weise durchzuführen und kam in der Pause des nächsten Tages ins Büro. Die Schülerin wollte zunächst nicht kommen, als sie aber erfuhr, dass wir beiden auch dabei sein würden, willigte sie schließlich ein. Die Mutter flehte ihre Tochter an, nach Hause zurückzukommen, doch die Tochter wollte nicht. Als das Mädchen sagte, dass der Vater sie manchmal in der Nacht bedrängt habe und sie habe lieben wollen, versuchte ich in schockiertem Zustand gerade zu übersetzen, als die Mutter plötzlich eine Art Schaufel mit scharfer Spitze aus ihrer Tasche zückte, mit dem sie dem Mädchen auf den Kopf schlagen wollte. Nur unter Mühe gelang es uns, das Kind der Mutter zu entreißen und im Zimmer des Direktors in Sicherheit zu bringen. Sofort alarmierte die Sekretärin die Polizei. Nachdem unsere Aussagen zu Protokoll genommen wurden, wurde die Frau 15 Tage lang in U-Haft genommen und später entlassen. Das Mädchen wurde erneut ins Jugendheim geschickt. Die türkische Angestellte des Jugendheims, die mit der Erstellung des Berichts beauftragt war, sagte, „Ein Großteil der Mädchen, die von zu Hause ausreißen, beschuldigen ihre Väter, um nicht nach Hause zurückgeschickt zu werden." Zum ersten Mal in meinem Leben war ich als Zeugin aufgetreten. Diese Schülerin verließ später unsere Schule.
In den weiteren Jahren erfuhr ich, dass dieser Vater am Alkohol gestorben war. Der Lehrer hingegen erlitt einen schweren Autounfall, infolgedessen er zum Pflegefall wurde und in Rente ging.

### Einige Verantwortliche in der Türkei

Wie allgemein bekannt ist, kamen meine in Deutschland tätigen türkischen Kollegen aus verschiedenen Gründen als Migranten nach Deutschland – wie ich auch. Es gab viele verschiedene Motive, die von wirtschaftlichen Gründen, bis zur Familienzusammenführung reichten. Abgesehen von diesen Gründen kamen damals auch Menschen aus politischen Gründen hierher. Ich sah und hörte, dass ein Großteil dieser Kollegen später in verschiedenen Bereichen arbeitete. Manche erhielten – ebenso wie ich auch – die Gelegenheit des Eintritts in das deutsche Bildungssystem und unterrichteten hier die Kinder ihrer eigenen Landsleute in den Fächern „Muttersprache und Kultur".

Wenngleich es, wie in allen anderen Gemeinschaften und Berufen auch hier einige negative Beispiele gab, arbeitete doch der Großteil von ihnen dafür, dass die türkischen Kinder eine gute Ausbildung erhielten. Allen Widrigkeiten der Gesellschaft, in der sie lebten, und in ihrem beruflichen Umfeld standhaltend führten sie ihren Dienst durch. Diese Lehrer, die hier in so idealistischer Weise ihrer Arbeit nachgingen, wurden in einer Presseerklärung des Nationalen Kultusministeriums der Republik Türkei in verantwortungsloser Weise verunglimpft. „Die im Ausland tätigen Lehrer waren hier nicht erfolgreich. Sie wurden daher aus dem Dienst entlassen und gingen erst dann ins Ausland." Somit hatte man alle Lehrer über einen Kamm geschert und alle auf einmal der Niveaulosigkeit bezichtigt.

Auch die Bildungsattachés, die von Zeit zu Zeit aus der Türkei entsandt wurden, diskriminierten die türkischen Lehrer, die in ihren Regionen tätig waren und behandelten diese vorwurfsvoll. Sie glaubten, durch dieses Verhalten der Ausbildung türkischer Kinder und der Türkei einen Dienst zu erweisen.

Um ein Beispiel zu nennen: Es war die Zeit um den 23. April herum, als ich eines Tages nach der Schule den damaligen Bildungsattaché an der Haltestelle traf. Ich kannte ihn nicht allzu gut. Als er fragte, wie es mir gehe, antwortete ich, dass ich sehr erschöpft sei, weil es anstrengend war, drei Vorführungen an einem Tag aufzuführen. Da drehte er sich verärgert zu mir um und zischte, „Sie sind verpflichtet, das zu tun. Oder wollen Sie es etwa nicht?" Da entgegnete ich, dass ich keineswegs verpflichtet sei, sondern es freiwillig mache. Es war ganz offensichtlich, dass er regelrecht nach einem Fehler suchte und keine recht gute Meinung von mir hegte.

Die Zuständigen und Beauftragten von diesem Typus waren sich dessen nicht bewusst, dass die hier arbeitenden türkischen Lehrer mit größtem Einsatz dafür arbeiteten, dass ihre Landsleute und deren Kinder hier erfolgreich waren und die kommenden Generationen gut ausgebildet wurden. Dabei hätte man in der Ausbildung unserer hier lebenden Kinder und Jugendlichen eine wesentlich höhere Effizienz erzielen können, wenn man in einer Zusammenarbeit ohne Vorbehalte und mit gegenseitigem Austausch vorgegangen wäre. Es freut mich natürlich zu betonen, dass es an verschiedenen Orten und zu verschiedenen Zeitpunkten erfreuliche Kooperationen durchaus gegeben hat. Doch begrüßenswerter wäre es, wenn die öffentlichen Stellungnahmen und Arbeiten von unterstützender Natur wären und nicht behindernder. Wie können wir das Vertrauen und die Unterstützung anderer einfordern, wenn wir selber uns gegenseitig behindern? Insbesondere die negativen Äußerungen der Verantwortlichen sind es, die zu einer Fehlinformation der Gemeinde führen und ihr Vertrauen in die Lehrer erschüttern und dadurch unsere Arbeit erschweren.

## Über den Unterricht hinausgehende Aufgaben (Sozialberatung und Dolmetschen)

Unter dem Vorwand einiger negativer Entwicklungen, die ich zuvor bereits schilderte, drängten der Direktor und meine Kollegen mich dazu, auch die Sozialberatung zu übernehmen. Notgedrungen nahm ich dies an, doch ich stimmte unter der Vorbedingung zu, die Gespräche nach Möglichkeit in der Schule durchzuführen. Da die Zahl der türkischen Schüler in den späteren Jahren auch abnahm, nahm ich als einzige türkische Lehrerin diese Aufgaben wahr. Meine diesbezügliche Arbeit war nicht nur auf meine Schule beschränkt. Vielmehr dehnte mein Zuständigkeitsbereich bei Bedarf auch auf die weiteren Schulen in der näheren Umgebung aus.

Offen gestanden fühlte ich selbst mich den Anforderungen dieser Aufgaben nicht gewachsen und dementsprechend erschöpfte mich diese Arbeit auch über die Maßen. Weder beherrschte ich die deutsche Sprache in dem Maße, dass ich dolmetschen konnte, noch war ich ausgebildete Soziologin. Persönlich vertrat ich die Auffassung, dass man entsprechend ausgebildet sein musste, um eine fruchtbare Sozialberatung vorzunehmen. An der Lehrerschule war uns zwar ein wenig Psychologie und Soziologie gelehrt worden, doch reichten diese Kenntnisse keineswegs aus, um diese Berufe auszuüben. Wir waren schließlich Lehrer. Inwieweit war es also vertretbar, in einem Berufsbild tätig zu sein, wenn man selbst sich als nicht geeignet empfand? Während ich bemüht war, meinem Gegenüber behilflich zu sein, laugte ich mich selbst aus. Auch fehlte mir Fähigkeit, die erforderliche Distanz zu den Dingen zu wahren und identifizierte mich persönlich zu sehr mit den Geschehnissen. Für meine Begriffe waren dies Indikatoren dafür, dass ich für diese Aufgaben nicht geeignet war. So weit ich weiß ist es ausgeschlossen, dass Soziologen, Psychologen, Ärzten, Anwälten und Vertretern ähnlicher Berufe beruflicher Erfolg versagt bleibt, sobald sie ihre Fälle allzu persönlich wahrnehmen. Wir aber waren gezwungen, in den oben genannten Berufen tätig zu werden, ohne dass wir hierfür geeignet oder qualifiziert waren. Aus diesen Gründen kam es natürlich auch vor, dass wir teilweise mit komplizierten Situationen konfrontiert wurden.

Um ein Beispiel zu nennen: zwei von drei Kindern einer höchst problematischen Familie gehörten zu unseren Schülern. In der Schule war allgemein bekannt, dass diese Kinder häufig von der Mutter und dem Vater geschlagen wurden. Immer wenn ich die Mutter antraf, hatte sie Blutergüsse im Gesicht. Noch bevor ich sie daraufhin ansprach sagte sie, „Der Mann hat mich geschlagen. Was soll ich tun? Manchmal gibt es Liebe und manchmal eben Hiebe". Offensichtlich sah sie dies als etwas ganz normales an, doch der psychische Zustand der Kinder war sehr beeinträchtigt. Wie hätten sie sich bei solchen Eltern auch normal entwickeln können?! Die Kinder sabotierten jeden Versuch der Klassenlehrer, einen normalen Unterricht abzuhalten. Hinzu kam, dass ihre Verfehlungen wie Diebstahl, Wandalismus, Schlägereien von Tag zu Tag zunahmen. Nachdem die Ermahnungen durch die Lehrer und den Direktor ins Leere gelaufen waren, zog man den Inspektor hinzu. Unter seiner Zuhilfenahme versuchte man der Familie zu erklären, dass die Kinder in einer anderen Schulform untergebracht werden sollten, die für solche und ähnliche Kinder konzipiert worden war. Ich selbst war ausschließlich als Dolmetscherin anwesend. Da die Schule weit entfernt war, sträubten sie sich dagegen, die Kinder dorthin zu schicken. Als ihnen jedoch mitgeteilt wurde, dass die Kinder keinesfalls an dieser Schule bleiben könnten, wurden sie missmutig und warfen mir vor, ihnen nicht zu helfen, da ich die Kinder nicht an der Schule haben wollte. Auf Türkisch sagten sie zu mir, „Du hilfst uns nicht, denn Du hast kein türkisches Blut in den Adern", was mich wiederum ärgerte. Auch wenn die anderen Anwesenden nicht verstanden, was geredet wurde, so hatten sie doch am Tonfall der Familie und meinem Gesichtsausdruck erkannt, dass etwas Negatives vorgefallen war. Also fragte der Schulinspektor nach. Ich brachte es nicht über mich, das wiederzugeben, was man mir gesagt hatte, also umschrieb ich es mit anderen Worten, so gut es ging. Sowohl ich selbst, als auch die anderen Anwesenden waren äußerst unzufrieden mit der Situation. Jedes Mal, wenn ich mit derart unerfreulichen Situationen konfrontiert war, beschäftigte es mich anschließend noch tagelang.

### Der familiäre Einfluss auf die Kinder

Nachdem ich meinen jüngeren Sohn verloren hatte, ging mein älterer Sohn nie wieder in den Kindergarten, sondern besuchte stattdessen die Vorschulklasse an meiner Schule. Da er noch zu klein war, nahm ich ihn zwei Jahre lang mit zur Vorschule und die Lehrerkollegen in der Vorschulklasse drückten ein Auge zu. Das Kind wollte einfach nicht mehr in den Kindergarten gehen

und bis nach Hause war es ein zu weiter Weg. Während die anderen Kinder nur zwei bis drei Stunden in der Schule verbrachten, war mein Sohn jeweils fünf oder sechs Stunden in der Schule. Jedes Mal, wenn Lehrerversammlungen stattfanden, holte sein Vater ihn ab, oder aber ich war gezwungen, ihn in der Obhut der Eltern meiner Schüler zu lassen. Bei meiner Tochter machte ich später die gleichen Probleme durch. Ich bin meinem Direktor, den Klassenlehrern meines Sohnes und meiner Tochter, sowie den Eltern meiner Schüler sehr dankbar dafür, dass sie mich sowohl bei meinem Sohn, als auch bei meiner Tochter unterstützt haben und mich in dieser schweren Zeit nicht im Stich ließen. Es war sowohl für mich, als auch für meine Kinder eine schwierige Zeit, doch wie immer fühlte ich mich verpflichtet, das Schwierige zu meistern. Einen anderen Ausweg gab es nicht.
Der Herbst des Jahres 1979 verlief in einer sehr bedrückten Stimmung. Mein Schwiegervater kehrte endgültig in die Türkei zurück. Für diesen Menschen, der jahrelang seiner Heimat und seiner Familie ferngeblieben war, um zu arbeiten und Geld zu sparen, der so seinen Kindern die Ausbildung ermöglichte und den Lebensunterhalt für seine Familie bestritt, für diesen Menschen war nun die Zeit gekommen, sich in den Ruhestand zurückzuziehen. Die Kinder hatten alle ihre Ausbildung abgeschlossen und einen Beruf erlernt. Somit waren sie nun in der Lage, auf eigenen Beinen zu stehen. Vier seiner fünf Kinder waren verheiratet, für den fünften liefen bereits die Hochzeitsvorbereitungen. Alle fünf waren zu vernünftigen, bewusst handelnden Menschen mit einwandfreiem Charakter herangewachsen. In solchen Zeiten war es nicht leicht gewesen, solche Kinder aufzuziehen. Die Eltern wohlgeratener Kinder können mit Recht stolz auf ihre Leistung sein und was das anbelangt, habe ich meine Schwiegermutter immer sehr bewundert, denn sie leistete einen großen Beitrag dazu, dass ihre Kinder zu Menschen heranwuchsen, die sich gut in ihre Gesellschaft integrierten und von denen alle profitierten. Während der Schwiegervater in Deutschland arbeitete und ihr das Geld schickte, das er hier verdiente, hatte diese ungebildete Frau sich ausschließlich der Erziehung ihrer Kinder gewidmet und ihnen die erforderliche moralische

Unterstützung gegeben, damit sie eine erfolgreiche Ausbildung erhielten. Sie vermittelte ihren Kindern gesellschaftliche Werte und schaffte somit wesentlich mehr, als so manche gebildete Familie. Einem anderen Angehörigen der gleichen Großfamilie, der noch dazu über wesentliche bessere Möglichkeiten verfügte, war es nicht gelungen, seinen Kindern eine gute Zukunftsperspektive zu schaffen. Weder schlossen sie ihre Ausbildung ab, noch hatten sie irgendeinen Beruf oder eine andere Zukunftsperspektive erworben.

Natürlich komme ich an dieser Stelle nicht umhin, auf den Beitrag meines eigenen Vaters zu unserer Erziehung einzugehen. Die Art und Weise, wie meine Schwiegermutter ihre eigenen Kinder umsorgte, verglich ich stets mit der Art, wie mein Vater sich um uns kümmerte.

Obwohl wir keine Mutter hatten, wurde doch vieren von uns sechs Geschwistern eine Hochschulausbildung. Obwohl wir völlig mittellos und noch dazu ohne Mutter aufwuchsen, sorgte unser Vater dafür, dass wir als verantwortungsvolle und soziale Menschen heranwuchsen. Wenn wir morgens aufstanden, ließ er uns nicht aus dem Haus gehen, ohne dass wir etwas Warmes zu trinken bekamen. Mein Vater war es, der mich immer wusch. Zur Essenszeit setzten wir uns immer gemeinsam an den Tisch – auch wenn es nur Brot und Zwiebeln gab - und nahmen unsere Mahlzeiten gemeinsam ein. Ähnliches hatte ich auch von meiner Schwiegermutter gehört: „Es kam oft vor, dass ich keine Zutaten hatte, um ein anständiges Essen zu kochen, denn damals herrschte große Armut. Doch wenn es gar nichts anderes gab, dann kochte ich eben eine einfache Suppe und scharrte alle meine Kinder um den Tisch. Ich fühlte mich einfach beruhigt, wenn wir alle zusammen aßen – so einfach die Mahlzeiten auch waren."

In einem Gespräch mit einem deutschen Professor, mit dem unsere Familie gut befreundet war, kam eines Tages der familiäre Zusammenhalt zur Sprache. Er erzählte, dass es bei ihm zu Hause auch so gewesen sei und betonte mit Nachdruck den vereinenden Effekt einer gemeinsam eingenommenen Mahlzeit. Es können hier noch weitere Beispiele angeführt werden um aufzuzeigen, welch große Rolle derartig simpel erscheinende Dinge in der Erziehung der zukünftigen Generationen spielen. Die erfolgreiche Erziehungsleistung dieser beiden Menschen habe ich in vielen meiner Gespräche mit den Eltern meiner Schüler exemplarisch angeführt. Sie hatten zwar nicht die Möglichkeit, ihre Kinder mit viel Geld oder teuren Kleidungsstücken zu verwöhnen, wie es bei den Eltern in Deutschland der Fall ist, doch gaben sie ihnen Aufmerksamkeit und Liebe. Ihnen gelten daher mein Stolz, meine Hochachtung und mein Glückwunsch.

Heute ist man sich im Allgemeinen darin einig, dass der Grund für den mangelnden schulischen Erfolg unserer Kinder in Deutschland daherrührt, dass die Familien sich nicht in erforderlichem Maße mit ihren Kindern beschäftigen. Die Familien wiederum argumentieren, dass sie sich deswegen nicht mehr mit ihren Kindern befassen können, da sie einerseits die Sprache nicht beherrschen und andererseits durch die Arbeit zu erschöpft sind. Dabei haben die beiden Menschen, die ich soeben exemplarisch nannte, unter wesentlich widrigeren Umständen gelebt und es dennoch bewerkstelligt, ihren Kindern Aufmerksamkeit zu geben. Mit Bedauern muss ich daher feststellen, dass für die in Deutschland lebenden und arbeitenden Eltern das Geld oberste Priorität gewonnen hat und sie daher ihre Kinder vernachlässigen. Dem Ziel zuliebe, Geld zu sparen, um so schnell wie möglich in ihre Heimat zurückzukehren, lebten sie in viel zu kleinen Wohnungen, wo die Kinder kein eigenes Zimmer hatten, in dem sie in Ruhe schlafen und für die Schule lernen konnten. Um ihr Heimweh zu lindern wurden in der Freizeit häufige Familienbesuche gemacht, doch die Kinder hatten unterdessen keine Möglichkeit zum Lernen. Da sie meistens im Wohnzimmer schliefen, konnten sie bis spät in die Nacht nicht zu Bett gehen, bis der Besuch gegangen war. Wenn sie dann unausgeschlafen in den Unterricht kamen, blieb der erwartete Lernerfolg aus. Ich verstehe, dass hier gewichtige Argumente ins Feld geführt werden, doch die Kinder sind weitaus wichtiger. Selbst unter den schwierigsten Bedingungen ist es wichtig, dass man den Kindern Zeit und Aufmerksamkeit widmet. Es gilt ihnen zu zeigen, dass sie über alles andere hinaus geschätzt und geliebt werden. Die Kinder müssen ernst genommen, angehört und nach ihren Gedanken gefragt werden. Es sollte vermieden werden, sie immer zum Schweigen bringen zu wollen, nur weil sie Kinder sind. Ich selbst habe sowohl von meinen Schülern, als auch von meinen eigenen Kindern noch viel gelernt, als ich das 50. Lebensjahr bereits überschritten hatte. Teilweise habe ich mit Verwunderung festgestellt, dass sie mancherorts zu positiveren und reiferen Gedankengängen fähig sind, als wir.

Da das soziale Niveau der deutschen Familien im Umfeld unserer Kinder meist niedrig einzustufen ist, bewegen sich auch deren Kinder auf einem niedrigen Niveau. Meist wachsen sie in einem Milieu auf, in dem man auf Bildung und Erziehung keinen besonders großen Wert legt. Unsere Kinder wiederum nehmen sich diese zum Vorbild. Wenn dann auch noch die familiäre Aufmerksamkeit fehlt, nehmen unerwünschte Entwicklungen ihren Lauf. Während ich dieses schreibe, liegt es mir fern, alle deutschen Familien dieser Schicht zu beschuldigen und selbstverständlich gibt es auch solche, die sich um ihre Kinder kümmern, doch bleiben diese meist in der Minderheit und fallen nicht auf. Die unbeaufsichtigten Kinder unserer arbeitenden Eltern werden zudem meist von den anderen beeinflusst.

Ein anderer Punkt, den ich nicht nachvollziehen kann, ist der, dass die Mutter sich häufig mit den Worten, „Auf mich hören sie nicht. Sag es dem Vater" einfach zurückziehen und ihre Unfähigkeit eingestehen. Was soll das bedeuten? Schließlich sind es doch die Mütter, die weitaus mehr Zeit mit den Kindern verbringen. Und letzten Endes sind sie doch die Mütter. Den Müttern kommt ein zumindest ebenso hohes Maß an Aufgaben und Verantwortung in der Kindererziehung zuteil, wie den Vätern. Sie haben ihre Kinder zu lieben, zu respektieren, ihnen zuzuhören und sich mit allen ihren Problemen zu befassen. Im Gegenzug werden auch die Kinder sie lieben, respektieren und auf sie hören. Sich einfach aus der Affäre zu ziehen und sich der Verantwortung zu entziehen sollte doch keine Alternative sein. Unseren Familien und Kindern erscheint es oft, als würden die deutschen Familien ihren Kindern mehr Freiheiten zugestehen, dabei ist es mir sehr wohl bekannt, dass die Regeln in den Familien bestimmter Schichten weitaus unnachgiebiger aufgestellt werden, als es bei uns der Fall ist. Ich habe oft erlebt, wie den Kindern nicht ein Pfennig mehr gegeben wurde, als das wöchentlich zugestandene Taschengeld. Eltern, die ihre Kinder einfach von dort abholten, wo sie sich befanden, weil sie nicht zur vereinbarten Zeit zurückkamen; Eltern die ihre Kinder mit Hausarrest oder Taschengeldentzug bestraften, weil die Regeln gebrochen wurden. Unsere Familien hingegen machen manchmal große Fehler, indem sie ihren Kindern gegenüber viel zu tolerant sind und sich die falschen Vorbilder wählen. An gegebener Stelle werde ich auf dieses Thema noch zu sprechen kommen.

**Wie meine Nichte zu meinem dritten Kind wurde**

Nachdem mein Schwiegervater endgültig in die Heimat zurückgegangen war, holte ich meine Nichte, die Tochter meines ältesten Bruders, zu mir. Sie war gerade durch die Aufnahmeprüfung für die Universität gefallen. Mein ältester Bruder war der einzige von uns Geschwistern, der noch im Dorf lebte und daher fühlten wir alle uns ihm gegenüber verpflichtet. Da wir sahen, dass seine Lebensumstände nicht sonderlich gut waren, sahen wir es als unsere geschwisterliche Pflicht an, sowohl ihn, als auch dessen Kinder nach Möglichkeit zu unterstützen.
Die Familie hatte eine Tochter, die erst nach neun Jahren Ehe zur Welt gekommen war, und den drei Jahre jüngeren Sohn. Ich machte mir Gedanken darüber, was dieses junge Mädchen, das ja zuvor das Gymnasium abgeschlossen hatte, im Dorf machen sollte. Ich dachte mir, dass es für sie besser wäre, herzukommen, wo sie vielleicht Deutsch lernen und später im Fachbereich Germanistik studieren könnte. Gleichzeitig hätte sie mir natürlich auch ein wenig Gesellschaft leisten können. Gegen Ende des Jahres gelang es mir schließlich, sie zu uns zu holen. Hierbei war

ich mehr um ihr Wohl besorgt gewesen, als mein eigenes. Dennoch war mir von verschiedener Seite zugetragen worden, dass man anders darüber dachte. Allerdings gab ich nichts auf das Gerede. Angeblich hätte ich sie zu mir geholt, damit sie auf die Kinder aufpassen könne. Mir war bekannt, dass damals die Familien, die ihre Kinder nicht in den Kindergarten geben konnten, oder die einen Kindergartenplatz schlicht für zu teuer hielten, ihre jüngeren Familienangehörigen aus der Türkei als Babysitter zu sich holten. Ich selbst war aber eher dagegen eingestellt, für das Wohl meiner eigenen Kinder die Zukunftsperspektiven eines anderen Kindes oder Jugendlichen negativ zu beeinträchtigen. Nun ist es eben manchmal so, dass man missverstanden wird, auch wenn man es gut meint. Dagegen kann man nichts machen. Solange man mit sich selbst bei seinen Entscheidungen im Reinen ist, sollte man auf das Gerede der anderen nichts geben.
Im Endeffekt war es zwar so, dass meine Nichte mir mit meinen Kindern eine Unterstützung war, doch eigentlich war es mir darum gegangen, dass mir einfach unwohl bei dem Gedanken war, dass eine Abiturientin ihr Leben in der Einöde eines gottverlassenen Dorfes fristen sollte. Außerdem ist es ja nichts Schlimmes, wenn man sich im Alltag gegenseitig unterstützt. Meine Nichte nahm dann an verschiedenen Deutschkursen an meiner Schule, aber auch an der Hochschule meines Mannes teil. Ich werde nie vergessen, wie sie Monate später eine erste Einschätzung ihrer Situation abgab. Sie hatte es so formuliert, „Jetzt, seit ich bei Euch bin, habe ich das Gefühl, als hätten sich mir so viele neue Fenster geöffnet. Ich fühle mich, als wäre ich aus einem Tiefschlaf erwacht." Meine Nichte war in der Türkei in einem Dorf aufgewachsen und hatte das Gymnasium in der nächsten kleinen Ortschaft besucht. Ihr soziales Umfeld bestand aus vielen gebildeten Menschen und auf sie selbst wurde kein Druck ausgeübt. Wenn ich nun ihre Selbsteinschätzung mit der Situation unserer hier lebenden Landsleute vergleiche, werden deren Probleme mir mit einem Schlag viel deutlicher.
In unserer Kultur nennt man es einfach `Kismet´, wenn völlig unvorhergesehene Dinge eintreten. Während meine Nichte regelmäßig die Kurse an der Schule meines Mannes besuchte, fan-

den sie und einer der Schüler meines Mannes Gefallen aneinander. Hieraus entstand eine Romanze, die schließlich mit der Heirat der beiden besiegelt wurde. Dadurch, dass mein Mann und ich ihre Hochzeit ausrichteten, ohne dass ihre eigenen Eltern anwesend waren, waren wir beide eine bedeutende Verantwortung eingegangen. Nachdem wir auch das Einverständnis meines älteren Bruders und dessen Frau eingeholt hatten, richteten wir den beiden jungen Leuten eine schöne Hochzeit aus, wenngleich wir alle etwas bedrückt darüber waren, dass die Eltern an diesem schönen Tag nicht hatten teilnehmen können. Meine Nichte ist inzwischen seit zwanzig Jahren verheiratet und hat selbst zwei Kinder. Doch noch immer empfinde ich für sie eine Art Verantwortungsgefühl, wodurch ich nach wie vor beunruhigt bin, wenn sie auch nur einmal nicht gut gelaunt ist. Auch sie blieb aufgrund ihrer Eheschließung in Deutschland, doch zumindest war es ihr gelungen, einen guten Beruf zu erlernen, der die Basis für ihr weiteres Leben in Hamburg bildete. Nachdem sie die vierjährige Berufsfachschule absolvierte, konnte sie sich ausgebildete Grundschullehrerin nennen und unterrichtete von da ab an verschiedenen Schulen.

### Die Geburt meiner Tochter

Unterdessen erwartete ich selbst mein drittes Kind und die Schwangerschaft verlief völlig ohne Komplikationen. Auch musste ich dieses Mal nicht, wie es in den ersten Tagen der Schwangerschaft mit meinen Söhnen der Fall gewesen war, das Krankenhaus aufsuchen. Ich fühlte mich gut und arbeitete an meiner Schule weiter bis zum Mutterschutz. Unser Sohn war derjenige, der sich am meisten über die Ankunft eines Geschwisterchens freute. Natürlich hatte ich mitbekommen, dass mein Kleiner von Zeit zu Zeit die Bekannten befragte, ob er denn wieder ein Geschwisterchen bekommen würde oder nicht, dennoch hatte ich nicht damit gerechnet, dass seine Freude so groß sein würde.

An dieser Stelle will ich einen Traum wiedergeben, den ich etwa anderthalb Monate nach dem traurigen Verlust meines kleinen Sohnes geträumt hatte: Ich sehe meinen Sohn vom Fenster der fünften Etage eines achtstöckigen Gebäudes. Er sitzt inmitten von Getreideähren auf dem Hof eines Bauernhofes. Er winkt mir zu und sagt, dass er jetzt zwar gehe, aber in der Gestalt eines Mädchens zurückkommen werde. Dieser Traum war mir so real vorgekommen, dass ich aufwachte. Nun ging dieser Wunschtraum in Erfüllung und am 7. August 1980 kam meine Tochter zur Welt, der wir den Namen ihres verstorbenen Brüderchens gaben. Für uns war es, als wäre unser verstorbener Sohn tatsächlich als Mädchen zurückgekommen. Sie ähnelte ihm sehr und ob Sie es glauben oder für übertrieben halten, durch diesen Traum begann auch ich die Existenz einiger unerklärlicher Dinge zu akzeptieren. Ich weiß nicht, ob Sie dies verstehen und kann Ihnen die Freude, die in unserer Familie herrschte, gar nicht mit Worten wiedergeben. Unser Schmerz wurde zwar nicht ausgelöscht, aber – wie der Volksmund sagt – verwandelte sich die Glut in Asche.

## Die Menschen in den schwierigen Zeiten

Mein Mann hatte zuvor aufgrund seines Studiums noch nicht seinen Militärdienst ableisten können, doch 1980 erhielt er die Möglichkeit, den vereinfachten Militärdienst gegen Devisenzahlung abzuleisten. Diese Alternative hatte man den im Ausland lebenden Menschen zum ersten Mal eröffnet und sofort stellte er seinen Antrag, um in den Genuss dieser Regelung zu kommen. In der Türkei war die damalige Situation von einer täglichen Eskalation der Kämpfe zwischen Links- und Rechtsgerichteten geprägt. In unserem Bekanntenkreis hieß man es damals nicht gut, dass jemand, der im Kontakt zu den linksgerichteten Vereinen stand, einen Antrag stellte, um zum Militär zu gehen. Auch waren wir damals nicht sonderlich beliebt, da wir das Verhalten einiger Personen, das wir wiederum nicht guthießen, innerhalb des Vereins kritisiert hatten. Damals wurden vor allem diejenigen auf Händen getragen, die aus politischen Gründen die Türkei verlassen hatten, und hier hemmungslos ihrer Engstirnigkeit nachhingen. Sobald man sich aber auch nur in Ansätzen kritisch äußerte, wurde man schief angesehen. Besonders waren es einige bestimmte Leute, die sich selbst für zuständig und berechtigt erklärt hatten, sich sogar in das Familienleben anderer einzumischen. Natürlich gab es wiederum auch einige, die ihnen diese Berechtigung zugesprochen hatten, sonst hätten sie sich nicht derart anmaßend verhalten. Allerdings irrten diese Leute, wenn sie alle über den gleichen Kamm scherten und bissen sich an manchen auch die Zähne aus. Natürlich waren sie umso verdatterter, wenn sie an Leute gerieten, die ihnen klar machten, dass sie ihre Grenzen überschritten und ihnen eine Lektion erteilten. Interessanterweise wurden wir wiederum von Leuten, die nicht im Verein waren, kritisiert, weil wir Vereinsmitglieder waren. Das bedeutete, dass wir vereinsintern kritisiert wurden, da wir keine Kommunisten seien und von Außenstehenden wiederum, weil wir Kommunisten seien.

Ob es nun an der Lebensform, der Art der Erziehung oder dem Bildungsstand liegt, nennen Sie, wie Sie es wollen, doch in der Realität ist es so, dass bestimmte Menschen, die eine gewisse Persönlichkeit entwickelt haben, einfach negativ auffallen, wenn sie so leben, wie es ihrem Naturell entspricht. Natürlich sind menschliche Irrtümer nicht ausgeschlossen, doch für mich ist es ein Anzeichen für inneren Zwiespalt, wenn ein Mensch nicht den Mut aufbringt, die Dinge so wiederzugeben, wie er sie erlebt. Manche von uns hatten damals die Möglichkeit, die sozialistischen Länder zu bereisen und versuchten anschließend, ihre dortigen negativen Beobachtungen als positiv darzustellen. Das dortige Leben schilderten sie geradezu als eine Art „Rosengarten ohne Dornen". Hätte man aber stattdessen frühzeitig bei den Fehlentwicklungen interveniert und sich einem Dialog bezüglich der Mängel gestellt, statt alles unter den Teppich zu kehren und hinter verschlossenen Türen, hätte man also die Diskussion ganz offen unter Einbeziehung der Bevölkerung geführt, dann wäre es in den sozialistisch regierten Ländern nicht zu den schmerzhaften Entwicklungen gekommen und man hätte ein besseres Gleichgewicht in der Welt schaffen können.

Für mich persönlich ist Bulgarien immer ein Maßstab gewesen und mit Interesse habe ich die Haltung dieses Landes verfolgt. Daher konnte ich einfach nicht nachvollziehen, wie einige unserer Bekannten dieses Land so positiv darstellten. Stellen Sie sich vor, sie sind auf einer langen Autofahrt unterwegs, sind erschöpft und brauchen dringend eine Verschnaufpause, da sie sonst noch in einen Unfall verwickelt werden können, aber: es ist verboten! Etwas später haben Sie zwar eine Stelle ausgemacht, an der Sie Rast machen könnten, doch erwartet werden Sie von einem Schild mit der Aufschrift „Halten verboten". Dabei existiert kein Grund für ein solches Verbot, die Umgebung ist geeignet für einen Halt und Sie können dem ganzen keinen Sinn abgewinnen. Und wenn Sie sich denken, dass Sie ja ohnehin nur 10 Minuten Halt machen wollen, dann ist auch hier Fehlanzeige angesagt, denn sogleich werden Sie von einem Polizisten angesprochen, der Sie auffordert, weiterzufahren. Völlig vergebens indes, ist der Versuch, ihn umstimmen zu wollen mit der Begründung, dass man sich nur kurz ausruhen und dann gleich weiterfahren möchte. Es ist ausgeschlossen, sich hier in Sicherheit zu fühlen, sich zu identifizieren oder Kontakt zu den Menschen aufzubauen. Wenn man völlig zufällig auf Menschen trifft, die Türkisch sprechen, können diese nicht ihre Angst verbergen, unter der sie um türkische Musikkassetten bitten. Und das also soll eines der nach Frieden strebenden Länder sein, das in den höchsten Tönen gelobt wird und in dem die Menschenrechte gewahrt werden?

Manche unserer linksgerichteten Bekannten waren zutiefst verärgert, wenn wir bemerkten, wir könnten ihre lobenden Töne ja nachvollziehen, wenn es wenigstens um ein so sauberes Land wie Österreich ginge, in dem man überall, wo man mochte, einfach halten und sich ausruhen konnte. Noch Jahre später, als die gan-

ze Welt mit Empörung und Bitterkeit wahrnahm, wie man in diesem Land sogar dazu überging, die Namen der Menschen zu ändern und die Auswanderungswellen in die Türkei stattfanden, verteidigten einige unserer Linken noch diesen Unsinn. Mir selbst wurde noch unbehaglicher zumute, wenn sie dann sagten, sie hätten selbst auch begriffen, was vor sich ging, es aber nicht gewagt, den Mund aufzumachen. Wir pflegten dann zu antworten, dass diese Leute sowohl der Menschheit, als auch sich selbst in die Tasche gelogen hätten.
Im Jahre 1989 hatte die Schulklasse meines Sohnes an einem einwöchigen Schüleraustausch mit Bulgarien teilgenommen. Der Zustand der aus Bulgarien kommenden Schüler, hatte mich tief berührt. Der Schüler, der bei uns zu Hause unterkam, hatte seinen Freunden berichtet, dass es ihm sehr gut gehe und auch die anderen Schüler hatten unseren Sohn ins Herz geschlossen. So kam es dazu, dass diese Schüler sich während dieser einen Woche häufig bei uns zu Hause trafen. Sie sagten, dass sie sich uns sehr nahe fühlten, da es mehr kulturelle Gemeinsamkeiten zwischen ihnen und uns gebe, als mit den Deutschen. Die Deutschen hingegen hätten sie als etwas unterkühlt kennen gelernt. Als die Schüler bei ihren ersten Ausflügen den Überfluss in den Geschäften sahen, so erzählen sie uns, sei manchen der 14-15jährigen Schülern regelrecht schwindelig geworden und manche seien sogar ohnmächtig geworden. Besonders beeindruckt hatte mich eine Schülerin: für einen Nagellack, der für nur 2,- Mark im Geschäft verkauft wurde, nahm sie es sogar in Kauf, von der Schule verwiesen zu werden. Zu Hause hatten wir noch Geld in bulgarischer Währung, die wir bei unseren früheren Durchfahrten eingetauscht, aber nicht ausgegeben hatten. Dieses Geld gaben wir dem Schüler, der bei uns wohnte. Der Schüler nahm das Geld voller Verwunderung an und sagte, dass der Betrag höher sei, als zwei Monatsgehälter seines Vaters. Dabei war sein Vater leitender Angestellter einer Bank. Außerdem erzählten die Austauschschüler noch, dass sie mit Geld ohnehin nichts anfangen könnten, da die Geschäfte und Regale leer und die benötigten Dinge nicht aufzutreiben seien. Davon hatten auch wir uns bei unseren Durchfahrten überzeugen können. Dies war

der Grund dafür gewesen, dass wir das bulgarische Geld auch kaum ausgeben konnten.

Im Endeffekt war es so, dass sich das Gleichgewicht in den 90er Jahren in bedeutendem Ausmaß änderte. Dies ist allgemein bekannt und viel geschrieben wurde auch darüber. In den sozialistisch regierten Ländern versuchte man, der industriellen Rückständigkeit mit Repressalien Herr zu werden doch am Ende unterlagen sie alle dem Kapitalismus und waren schließlich gezwungen, die kapitalistischen Länder um Hilfe anzurufen. Schritt für Schritt erhielten die Nationen ihre Unabhängigkeit. Sowohl die Turkstaaten, als auch die weiteren Nationen steckten ihre Grenzen ab und vielfältige Beziehungen mit der Türkei wurden aufgenommen. Jugoslawien hingegen wurde von den blutigsten Kämpfen und Kriegen erschüttert. Die zwischen Ost-Deutschland und West-Deutschland errichtete Mauer der Scham, dieser Schandfleck der Menschheit, sowie die Grenze wurden eingerissen. Nachdem also diese berüchtigte „Berliner Mauer" eingerissen wurde, wurden selbst kleinste Mauerteile als Souvenir zum Verkauf angeboten. Das Gleichgewicht in der Welt wurde neu geordnet und bei der Neuordnung in der Welt kam natürlich auch der Türkei die Aufgabe zu, neue Verpflichtungen einzugehen.

**Militärdienst meines Mannes**

Von der militärischen Intervention am 12. September 1980 erfuhr ich, als mein Mann zur Bank gegangen war, um das Geld für den ersatzweise abzuleistenden Militärdienst einzuzahlen. Sofort rannte ich zu ihm und berichtete ihm, was passiert war. Ich teilte ihm mit, dass besonders viele Menschen aus dem linken Lager verhaftet worden waren. Ich sagte, er dürfe nicht fahren, da man auch ihn verhaften könnte. Er aber entgegnete nur, „Ich habe nichts getan, wofür man mich verhaften könnte" und zahlte die

10.000,- Mark ein. Offen gestanden, war ich in großer Sorge, denn damals musste man noch nicht einmal irgendetwas getan haben. Vielmehr machte man sich bereits strafbar, wenn man eine linke Weltanschauung hatte.
Viele unschuldige junge Leute kamen in dieser Zeit ums Leben. Die Jugendlichen wollten gegen die Armut, die Arbeitslosigkeit und das Unrecht aufbegehren und ohne sich ihres Handelns bewusst zu sein, gingen einige dieser Jugendlichen zum linken und wieder andere zum rechten Lager über. Manche wiederum wurden aufgestachelt und regelrecht zum Brudermord animiert. Viele unschuldige Menschen bezahlten diese Konflikte mit ihrem Leben. Mein Mann gab damals nichts auf die Kritik, die aus unserem Bekanntenkreis hochkam und reichte für die Zeit gegen Ende des Jahres seinen Jahresurlaub ein. Mit der ersten Gruppe, die sich damals zum Militärdienst unter Devisenersatz gemeldet hatten, reiste er dann nach Burdur in der Türkei. Ohne mit irgendwelchen Problemen konfrontiert zu werden, leistete er dort seinen Militärdienst ab und kehrte wieder zurück. Unsere ganze Familie war erleichtert, dass er diesen Dienst, zu dem er verpflichtet war, abgeleistet hatte. Für uns alle wäre es sehr viel schwieriger gewesen, wenn er einen längeren Militärdienst zu leisten hätte.
Nach seiner Rückkehr nahm er seine Arbeit an der Berufsschule, an der er unterrichtete, wieder auf und unterrichtete dort weiter bis 1988. An dieser Schule kündigte er dann mit dem Ziel, endgültig in die Türkei zurückzugehen. Auch von mir verlangte er, dass ich die Kündigung einreiche. „Lass uns alle Brücken abreißen und nie wieder zurückkehren", sagte er damals. Ich hingegen entgegnete, dass ich zuvor bereits einmal meinen Arbeitsplatz gekündigt und deswegen Einiges durchgemacht hatte. Niemals wieder würde mich jemand dazu bringen, meine Arbeit aufzugeben, solange der Andere auch keine Arbeit hatte und wir nicht konkret wüssten, was wir weiter tun würden. Wie sich später herausstellen sollte, war es doch besser gewesen, dass ich meine Arbeit nicht aufgegeben hatte, denn unsere Pläne hatten sich nicht – wie erwartet - in die Tat umsetzen lassen. An den verschiedenen Anadolu Gymnasien in der Türkei, die wir erforsch-

ten, um unseren schulisch begabten Sohn dort anzumelden, sprachen wir mit den jeweiligen Direktoren. Immer wieder bekamen wir zu hören, dass man dort eher dazu tendiere, die guten Schüler ins Ausland zu schicken. Vorwurfsvoll wurde uns als Pädagogen vorgehalten, dass wir aber unseren begabten Sohn in die Türkei bringen wollten. Unser Sohn wiederum bekam dies alles mit und als er uns eines Tages eröffnete, er wolle in Deutschland weiter zur Schule gehen, war für uns die Entscheidung gefallen und notgedrungen blieben wir dann doch hier. Mein Mann war in den folgenden Jahren in verschiedenen Bereichen – vom Reisebüro bis zur Sozialberatung – tätig, bis er 1993 schließlich, auch durch die Unterstützung meines Schuldirektors in den Schuldienst aufgenommen wurde und, ebenso wie ich auch, als Lehrer tätig wurde. Somit wurde er niemals als Volkswirtschaftler tätig, obwohl dies seiner eigentlichen Ausbildung entsprach.

### Schulbesuch meines Sohnes

Aufgrund der vorher beschriebenen Gründe besuchte mein Sohn zwei Jahre lang die Vorschulklasse an meiner Schule, bis er im Jahre 1980 schließlich an der 1. Klasse der Grundschule eingeschult wurde. An unserer Schule gab es in diesem Jahr nur eine 1. Klasse, in der ein Kollege als Klassenlehrer tätig werden sollte, den ich nicht kannte und der sich kaum unter die anderen Lehrer mischte. Als ich mich im Kollegenkreis nach ihm erkundigte, riet man mir von ihm ab. Also schulte ich meinen Sohn in der Grundschule in unserem Stadtteil an. Noch bevor wir die Aufregung über das Studium meines Mannes überwunden hatten, begann nun mit der Einschulung unseres Sohnes unser Herz bis zum Halse zu schlagen. Innerhalb kürzester Zeit hatte der Knirps seine Schule und seine Lehrerin lieb gewonnen und hatte mit der Schule keinerlei Schwierigkeiten. Am Jahresende zeigte sich sein schulischer Erfolg und er wurde versetzt. Mit seiner Klassenlehrerin hielt er noch lange den Kontakt aufrecht und teilte später sogar noch die Freude über das bestandene Abitur mit ihr.

Unsere Wohnung in diesem Stadtteil war recht beengt, so dass wir durch die Hilfe unseres Direktors eine geräumigere Wohnung in einem anderen Stadtteil fanden und bezogen. Den Kleinen meldeten wir dann in der Schule dieses Stadtteils an. Doch im Laufe der Zeit konnte ich mich weder für den Stadtteil, noch für die dortige Schule erwärmen. Ich persönlich sehe die Schule immer als eine Art Familie an, in der die Schulverwaltung, die Lehrer und die Schüler die Atmosphäre bestimmen. Auch wenn jeder seinen eigenen Beitrag zum Erfolg dieser Schule beiträgt, ist es doch die Schulleitung, die hier einen gravierenden Einfluss ausübt. Solange die Schulleitung die Fähigkeit hat, Akzeptanz in der ganzen Schule zu finden, bleibt auch jeglicher Misserfolg aus. Sowohl in den Kindergärten, in die ich meine Kinder gab, als auch in den Firmen und Schulen, in denen ich beschäftigt war, habe ich feststellen müssen, dass der jeweilige Erfolg oder Misserfolg einer Institution mit dem Management steht und fällt. Auch in den Institutionen ist es so, dass es dann zu einer effektiven Arbeitsteilung und einer harmonischen Arbeitsatmosphäre kommt, solange diese Institution durch die Leitung zu einem liebenswerten und angenehmen Ort gestaltet wird. Diese positive oder auch negative Atmosphäre spürt man sofort.

Schon nach unserem ersten Kennenlernen mit der Schulleitung sagte ich zu meinem Mann, dass der Allgemeinzustand der Schule mir nicht zusagte. Doch mein Mann antwortete mir, dass ich voreingenommen sei. In dieser Wohnung, die wir für viel Geld eingerichtet hatten, blieben wir im Endeffekt nur sieben Monate wohnen. Zu meinem Unbehagen über die neue Wohngegend hatte sich auch das Unbehagen über die Schule des Kleinen gesellt. „Hier bleibe ich nicht wohnen", sagte ich. Eines Tages kamen mein Mann und ich von der Schule, als wir unseren Sohn – vor dem Fenster auf uns wartend - mit tränenverquollenen Augen antrafen. Als wir ihn fragten, was passiert sei, antwortete er, „ Weil ich einen Fehler im Diktat hatte, hat die Lehrerin mich zum Deutschförderkurs angemeldet. Sie sagte, ich sei ein schlechter Schüler." Sofort riefen wir sie an, um zu erfahren, was sich zugetragen hatte, doch die Lehrerin zeigte kein Einsehen. Als sie sagte, „Ihr Sohn versucht, der Klassenbeste zu sein, aber wie sollte ein Ausländerkind das Beste seiner Klasse sein?", rasteten mein Mann und ich aus. Mein Mann weigerte sich, mir den Hörer zu geben und entgegnete ihr, „Wie können Sie so reden? Dieses Kind wurde hier geboren und hat hier den Kindergarten besucht. In der 1. Klasse war er noch sehr gut und besucht erst seit einem Monat diese Klasse. Sie kennen ihn noch kaum. Es ist sehr gut möglich, dass er Klassenbester wird. Obwohl wir noch am Anfang des Schuljahres sind, nehmen Sie ihm den Wind aus den Segeln. Natürlich werden wir auch Nachhilfeunterricht veranlassen, wenn es notwendig sein sollte." Daraufhin sagte sie, „Die deutschen Grammatikregeln sind sehr kompliziert. Sie können ihm zu Hause doch gar nicht helfen." Ich stand neben meinem Mann und wollte vor Wut explodieren. Da ich diese rassistische Einstellung schon anderenorts miterlebt hatte und auch zuvor schon feststellen musste, wie die Lehrerin sich dem einzigen türkischen Kind in der Klasse gegenüber verhielt, lagen meine Nerven blank. Doch mein Mann wollte mir den Hörer partout nicht geben. Ich hätte unmöglich bis zum nächsten Tag warten können. Mein teilte der Lehrerin mit, dass er Volkswirtschaft an der Universität Hamburg studiert habe und momentan Deutsch unterrichte. Über die deutsche Grammatik könne er daher sehr wohl mit der Lehrerin diskutieren. Als er dann noch hinzufügte, dass wir beide als Lehrer tätig seien, antwortete sie nun wiederum, dass wir in der falschen Straße und in einer typischen Arbeiterwohngegend wohnen würden. Sie versuchte uns einzureden, dass dies unser Pech sei. Dies hatte das Fass zum Überlaufen gebracht und mein Mann legte den Hörer auf. Dies blieb unser letztes Gespräch mit dieser Lehrerin. Als sie schon in früheren Gesprächen äußerte, unser Sohn sei „zu ehrgeizig", hatten wir dem noch nicht die erforderliche Beachtung beigemessen.

Im Grunde genommen verhielt diese Lehrerin sich nicht nur den ausländischen Kindern gegenüber voreingenommen, sondern

hatte auch Vorbehalte gegen die Kinder aus einfachen Arbeiterfamilien. Durch dieses Verhalten verhinderte sie es, dass die Kinder eine positive Beziehung zur Schule und ihren Schulkameraden aufbauten. Es war erforderlich, dass man diesen Zustand weiter verfolgte, sich engagierte und die Schulleitung, sowie die zuständigen Verantwortlichen in der Schulbehörde über die Situation unterrichtete. Heute kann ich es mir nicht erklären, warum wir dies nicht taten und den einfachen Weg wählten, indem wir unseren Sohn umgehend an einer anderen Schule anmeldeten. Diese Lehrerin und ihresgleichen hatten und haben kein Recht dazu, diese heranwachsenden Kinder derart negativ zu prägen und deren schulisches Versagen zu verursachen. Jedes Mal, wenn man auf derartige Pädagogen trifft, ist eine sofortige Intervention geboten, denn schließlich sind sie es, die die Zukunft von vielen Kindern prägen. Das Problem bestand auch nicht nur in dem Verhalten, dass sie gegen unseren eigenen Sohn an den Tag legte, sondern vielmehr in der konfliktträchtigen mentalen Einstellung. Um unseren eigenen Sohn zu schützen, wählten wir damals den einfacheren Weg. Doch auch wenn seitdem nun schon lange Jahre ins Land gegangen sind, mache ich mir noch immer Vorwürfe, weil ich in diesem speziellen Fall meiner Verantwortung nicht gerecht wurde.
Später meldete ich meinen Sohn in meiner Schule an dieser Klasse an, über die ich zuvor Negatives gehört hatte. Dieses Mal hatte mich ein weiteres Mal geirrt und zwar in der Klassenlehrerin. Ich stellte aber fest, dass auch meine Kollegen, die gesagt hatten, sie würden diese Kollegin kennen, sich in ihrer Einschätzung über sie geirrt hatten. Diese Lehrerin kam zwar kaum zu uns ins Lehrerzimmer und hatte keinen Kontakt zu uns, doch wie ich feststellte, kümmerte sie sich intensiv um die Kinder und alle ihre Schüler mochten sie sehr gerne. Als ich später sah, wie gut meinen Sohn betreute, schämte ich mich für meine frühere Einstellung über sie. Mehr als die Hälfte der Kinder dieser Klasse, die sie bis zur 4. Klasse unterrichtete, besuchten später das Gymnasium. Viele von besuchten nach dem Abitur die Universitäten. Nach dieser Klasse übernahm die Kollegen keine weiteren

Klassen, da sie aus Altersgründen auch schon die Pensionierung erreicht hatte.

## Noch ein notgedrungener Umzug

Nachdem auch unser Sohn an unsere Schule gekommen war, bezogen wir im Mai 1982 eine Wohnung in einem Wohnhaus in der Nähe der Schule. Dieses Wohnhaus war gerade erst fertig gestellt worden. Durch unseren Schulleiter hatten wir zuvor den Leiter der Wohnungsgesellschaft kennen gelernt, der uns half, unser Wohnungsproblem zu meistern. Unsere Wohnung war recht geräumig und komfortabel und wir lebten dort 15 Jahre lang ohne irgendwelche Schwierigkeiten. Auch wenn wir auch hier nicht sehr häufig mit den Nachbarn verkehrten, unterstützten wir uns doch bei Gelegenheit immer gegenseitig. Besonders mit den Nachbarn, die unter uns wohnten, hatten wir ein sehr gutes Verhältnis aufgebaut, durch das wir uns besonders bei der Kinderbetreuung oft entlasteten. Einige dieser Familien mochten die Ausländer im Allgemeinen und die Türken im Besonderen nicht und brachten ihre Meinung über uns oft in der Form „Ihr seid aber ganz anders" zum Ausdruck. Bei Gelegenheit werde ich auf das Nachbarschaftsverhältnis in diesem Haus noch eingehen.

## Kollegialität an der Schule

Wie ich zuvor bereits mehrmals betonte, haben mein Schulleiter und die Kollegen mich stets unterstützt. Ich selbst war immer glücklich, mit ihnen zusammenzuarbeiten und wo immer es erforderlich war, setzten wir uns gegenseitig füreinander ein. Angefangen von den Unterrichtsstunden, bis zu besonderen Tagen, waren wir immer füreinander da. Beispielsweise half ich ihnen, wenn die Weihnachtsfeierlichkeiten anstanden, und gemeinsam organisierten wir türkisch-deutsche Feiern. Meine Kollegen wiederum halfen mir bei den Vorbereitungen zum 23. April – dem Feiertag der Nationalen Unabhängigkeit und dem Kinderfest – oder zum Zuckerfest. Diese Tage verbrachten wir dann geschlossen mit den Lehrern, den Schülern und den Eltern. In den 16 Jahren, die ich an der Schule verbrachte, hielten wir diese Feierlichkeiten aufrecht und es war nicht von der Hand zu weisen, dass es ohne die große Unterstützung des Schulleiters nicht so erfolgreich verlaufen wäre. Da auch mein Sohn an unserer Schule war, beteiligte mein Mann sich am Elternrat der Schule und kam den Dolmetschaufgaben nach, die ich nicht alle bewältigen konnte. Somit befassten wir uns mit allen Belangen in türkischer Sprache und die türkischen Eltern hatten deswegen die Schule kurzerhand nach unserem Familiennamen benannt. Am Ende der 4. Klasse hielten die Schulen jeweils Informationsabende mit den Leitern der weiterführenden Schulen ab, die die Schüler zukünftig besuchen würden. Insbesondere bei diesen Veranstaltungen übernahm mein Mann die Dolmetschaufgaben, da dies von den Leitern der umliegenden Schulen explizit gewünscht wurde. Damals gab es nicht viele unserer Landsleute, die gut Deutsch sprachen und die Schulleiter hatten festgestellt, dass einige unserer Kollegen nicht das tatsächlich Gesprochene übersetzten, sondern den Eltern gegenüber vielmehr ihre eigene Meinung zum Ausdruck brachten.

## Meine Tochter kommt in den Kindergarten

Auch bei dem Finden eines Kindergartens für meine Tochter hatte der Schulleiter mir geholfen. Es handelte sich hierbei um einen kirchlichen Kindergarten. Anfangs war uns bei dem Gedanken an einen kirchlichen Kindergarten zwar etwas unbehaglich zumute, doch im Laufe der Zeit gewannen wir ihn sehr lieb. In der Betreuung selbst spielte die religiöse Ausrichtung keine Rolle. Hinzu kam, dass man in dieser Institution bemüht war, den Kindern und Jugendlichen zu vermitteln, wie sie ihre Freizeit sinnvoll und in sozialer Weise gestalten konnte. Viele der ausländischen Kinder, die in unserer Nachbarschaft wohnten, hatten hier die Möglichkeit zu spielen, ihre Hausaufgaben zu machen, oder in der Bibliothek zu lesen.
Die Hilfe meines Direktors wird für mich unvergesslich bleiben und so dankbar ich auch bin, werde ich immer in seiner Schuld stehend. Auf Empfehlung eines Freundes meines Mannes meldeten wir unsere Tochter, die noch nicht zwei Jahre alt war, in einem Kindergarten an. Wie auch bei der ersten Schule meines Sohnes, gewann ich hier noch beim Betreten am ersten Tag einen negativen Eindruck. Ich denke, dass ich mich auf meine Intuition verlassen kann. Da wir keine Alternative hatten, gaben wir unsere Tochter in diesen Kindergarten, auch wenn uns nicht wohl dabei war. In dem Kindergarten selbst war alles völlig durcheinander und die Kinder machten einen verwahrlosten Eindruck auf uns. Es ist klar, dass überall Spielsachen herumliegen, wo Kinder sind, doch sogar herumliegendes Spielzeug kann einen liebenswürdigen Eindruck machen – was aber nicht heißt, dass es dreckig auszusehen hat. An diesem Ort war es aber nicht nur einfach durcheinander, sondern regelrecht dreckig und schmutzig. Auch das Aussehen und Verhalten der Angestellten machte einen merkwürdigen Eindruck und sie wirkten auf uns kaum vertrauenserweckend. Wenn wir unser Kind hinbrachten oder es wieder abholten, bekamen wir die Erzieher kaum zu Gesicht und es war, als seien die Kinder die ganze Zeit über sich selbst überlassen.

In keiner Hinsicht ähnelten dieser Kindergarten oder seine Beschäftigten dem Kindergarten, in den wir unsere Kinder früher gegeben hatten. Ich mochte ihn nicht. Was aber noch viel schlimmer war: unsere Kleine mochte ihn ebenfalls nicht und so gaben wir sie jeden Morgen unter Tränen im Kindergarten ab. An den Wochenenden gelang es uns kaum, sie aus dem Haus zu bekommen, da sie Angst hatte, in den Kindergarten gebracht zu werden. In diesen drei Monaten bezahlten wir eine beträchtliche Summe Geldes, doch unsere Tochter besuchte den Kindergarten höchstens drei Wochen lang.
Schließlich half unser Schulleiter uns dabei, dass unsere noch nicht einmal zweijährige Tochter in dem kirchlichen Kindergarten angenommen wurde, wobei dieser Kindergarten erst Kinder ab dem dritten Lebensjahr annahm. Es war unglaublich, aber schon nach dem zweiten Tag ging unsere Kleine morgens fröhlich zum Kindergarten. Später weigerte sie sich sogar, zu mir zu kommen, wann immer ihre Erzieherin anwesend war und tänzelte immer nur um sie herum. Im Kindergarten fanden gelegentlich verschiedene Ausflüge ins Theater, ins Kino oder in den Zoo statt. Manchmal sind Kinder einfach urkomisch. Eines Tages hat unsere Kleine beim Anblick eines Papageis im Zoo ihre Erzieherin gefragt, warum es nur den Papagei, aber keinen Mamagei gäbe. Noch heute, wenn wir der Erzieherin begegnen, erinnert sie sich schmunzelnd daran zurück. Bei einem gemeinsamen Theaterbesuch hatte die Kleine sich geweigert, neben mir zu sitzen und den Platz neben ihrer Erzieherin vorgezogen.

### Die Nachbarschaft

Nachdem wir in die neue Wohnung eingezogen waren, lernte ich die Nachbarn im Haus und in der Straße kennen. Die ältere Frau, die mit ihren drei Söhnen uns gegenüber wohnte, hatte mich einmal beim Treppenputzen mit meinem Kopftuch gesehen und

sich dann gedacht, „Oh Gott, hier gibt es jetzt auch Türken!". Sie hatte in ihrem früheren Wohnhaus zwei türkische Nachbarn gehabt. Ich fragte sie zwar nicht danach, was zwischen ihnen vorgefallen war, konnte ihren Äußerungen aber entnehmen, dass sie keine gute Meinung von ihnen hatte. Sie ging davon aus, dass die Türken alle gleich seien und war deshalb in Aufruhr geraten. Vermutlich war sie in einem zu starren Weltbild verhaftet, als dass sie hätte differenzieren können, dass es in jeder Gesellschaft solche und solche gibt. Sie war sehr erstaunt, mich am nächsten Tag ohne Kopftuch und in Jeans zu sehen. Später wiederholte sie immer wieder, wie glücklich sie sei, solche Nachbarn wie uns zu haben. Allerdings bekamen wir solche Worte in fast jedem Haus, in dem wir bis dahin wohnten, zu hören. Auch wenn wir keinen besonders integrierten Eindruck machten, muss es wohl daran liegen, dass wir uns in niemandes Angelegenheiten einmischten und eher auf Distanz blieben.
Unter unseren Nachbarn befanden sich Deutsche, Türken, Spanier und Iraner und mit allen halfen wir uns im Laufe der Zeit gegenseitig aus. Da die Mieten dort recht hoch waren, wechselten die Mieter recht häufig und die, die blieben, erhielten Wohngeld. Ein Großteil der Mieten, in vielen Fällen sogar die ganze Miete, wurde aus staatlicher Unterstützung bestritten. Mit diesen Familien, die Sozialhilfe bezogen, kamen wir gut aus, solange die Kinder klein waren. Als die Kinder aber heranwuchsen, traten auch die Probleme auf. Keines der Kinder, dieser acht Wohnparteien, besuchte eine Hochschule, lernte einen anständigen Beruf oder ging einer geregelten Arbeit nach. An manchen Tagen spielten sie bis spät in die Nacht Musik und feierten. Natürlich war es ihr gutes Recht, sich zu amüsieren, aber nur unter der Voraussetzung, die anderen Nachbarn nicht zu stören. Da sie nichts weiter zu tun hatten, hatten sie immer reichlich Zeit, ihre Partys unter großem Lärm und Radau zu feiern. Immer mehr fühlten die Kinder und wir uns dadurch gestört, so dass wir schließlich eines Nachts nicht umhin kamen, die Polizei zu verständigen. Die Polizisten verwarnten unsere Nachbarn, sagten aber zu uns gewandt, „Für heute Nacht haben wir zwar für Ruhe gesorgt, wir können aber nicht jede Nacht herkommen. Wenn Sie für so viel

Geld hier wohnen bleiben, dann sind Sie selber schuld." Jedes Mal, wenn ich bis dahin meinen Wunsch äußerte, eine Wohnung zu kaufen, hatte mein Mann entgegnet, „Du versuchst, mich mit allen Mitteln hier zu behalten. Dabei versuche ich, zurückzugehen." Doch nun begann er selber, nach einer geeigneten Wohnung zu suchen. Zu der Zeit, als ich noch diejenige war, die immer wieder anregte, eine Wohnung zu erwerben, waren die Immobilien noch günstig. Doch nach dem Mauerfall waren die Immobilienpreise auf das zweifache angestiegen.

## Die Geschichte mit dem Wohnungskauf und die emotionale Seite der Einbürgerung

Das Vorhaben mit dem Wohnungskauf nahm recht viel Zeit in Anspruch. Eine Kollegin, die schon vorher eine Eigentumswohnung erworben hatte, machte uns eines Tages auf eine Immobilienanzeige in der Zeitung aufmerksam. Wir vereinbarten einen Termin mit dem Makler und gingen dann zum vereinbarten Termin los, um die Wohnung zu besichtigen. Wir wurden begleitet von unserem Sohn, unserer Tochter, meiner Nichte, deren Ehemann und der deutschen Freundin meiner Tochter. Meine Tochter und ihre Freundin waren damals 16 Jahre alt. Die Maklerin aber sagte uns, dass sie uns die Wohnung nicht zeigen könne, da die Nachbarn gegen einen Verkauf an Ausländer seien. Wir waren perplex, denn damit hatten wir nicht gerechnet. Als die Freundin unserer Tochter dies hörte, brach sie in Tränen aus, „Ich schäme mich, eine Deutsche zu sein. Ich kann Euch nicht mehr unter die Augen treten." Das Mädchen war drei Mal mit uns zusammen in der Türkei im Urlaub gewesen und verbrachte jeden Tag mit unserer Tochter. Wir versuchten, das Kind mit den Worten zu beruhigen, in jeder Gesellschaft könne es solche Leute geben, wenngleich wir selbst unsere Verwunderung nicht überwunden hatten. Wieder zu Hause angekommen nahmen wir uns vor, in diesem Land rein gar nichts anzuschaffen, doch im Laufe der Zeit gelang es uns nicht, diesen Standpunkt beizubehalten.

Etwa ab dem Jahre 1986 hatten unsere Landsleute endgültig begriffen, dass sie nicht mehr in die Türkei würden zurückgehen können. Also verkauften sie ihre dortigen Anlagen und tätigten zunehmend Investitionen in Deutschland. Sie eröffneten Geschäfte, erwarben Immobilien zum Eigenbedarf und sogar zur weiteren Vermietung. Heute leben hier Tausende von türkischen Selbständigen, die seinerzeit als Arbeitnehmer kamen, hier ihre Betriebe gründeten und ausbauten.

Mit der Zunahme der Eigenheimkäufe und Existenzgründungen wurde auch verstärkt auf die Vorteile der Einbürgerung hingewiesen und diese gefördert. „In der Migration gibt es keine Rückkehr". Es hatte mich sehr betroffen gemacht, als ich diesen Ausspruch zum ersten Mal gehört hatte. Gleichzeitig hatte mich die Angst befallen, ich könnte nie wieder in meine Heimat zurückgehen. Während ich später auf einer Versammlung über die Argumente sprach, aufgrund derer die „deutsche Staatsangehörigkeit" für uns so wichtig war, erinnerte ich mich plötzlich über den inneren Schmerz zurück, den ich damals verspürt hatte, als ich die türkische Staatsangehörigkeit verlor. Trotz aller dieser Emotionen jedoch, begaben auch wir uns auf diesen Weg: wir erwarben sowohl die deutsche Staatsangehörigkeit, als auch ein Eigenheim. Auch wenn es ein Fakt ist, dass wir uns hier niedergelassen haben, so können nach wie vor weder die Deutschen, noch wir dies akzeptieren. Obwohl wir wissen, dass uns keine andere Möglichkeit bleibt zu akzeptieren, dass Deutschland ein Einwanderungsland ist und wir als Migranten hierher gekommen sind, wehren wir uns doch bei jedem Schritt, den wir auf diesem Pfad gehen.

Auch wenn die Realität manchmal bitter und unverständlich ist, so müssen wir uns doch mit ihr arrangieren. Warum also mühen wir uns vergebens ab? Ich vermute, dass dieser Widerstandsreflex, die Angst vor dem Verlust der eigenen Wurzeln in der Natur des Menschen begründet ist und dazu führt, sich gegen die Akzeptanz der Realität zu sträuben. Ich denke, dass diese emoti-

onalen Bindungen bei Menschen, mit ländlicher Herkunft und bei unseren Landsleuten stärker ausgeprägt sind.
In diesen Jahren war es zu den Ereignissen von Mölln und Solingen gekommen. Man hatte unschuldige Menschen mitten in der Nacht, während sie schliefen, verbrannt, nur weil sie Ausländer waren, weil sie Türken waren. Als eines Tages eine Kollegin mich darauf aufmerksam machte, dass in ihrer Straße neue Wohnung gebaut worden waren und wir doch dort eine Wohnung erwerben könnten, hatte ich schroff erwidert, dass sie uns dann wohl auch in unserer eigenen Wohnung in Brand setzen würden. Meine Kollegin war verdutzt und ich schämte mich später für meine Worte. Trotz all dieser negativen Entwicklungen und Reaktionen waren wir letzten Endes doch gezwungen, eine Wohnung zu kaufen. Manchmal liegen die Dinge eben nicht in unserer Gewalt und obwohl wir uns vorher völlig anders über bestimmte Dinge äußern, können wir uns am Ende doch nicht dagegen wehren, uns völlig anders zu verhalten. Es bleibt Ihnen überlassen, wie Sie dies benennen. Ich für meinen Teil nenne es `Schicksal´, wenn manche Dinge sich einfach derart außerhalb unseres Willens und trotz jeglichen Widerstandes so entwickeln, wie sie sich entwickeln.
Ein guter Freund unserer Familie, der es überdrüssig geworden war, jahrelang in beengten Wohnungen zu leben, erzählte uns bei einem seiner Besuche, dass er eine eigene Wohnung gekauft hatte. Wir freuten uns für ihn und seine Familie und sahen uns den Katalog der Baufirma an. Es war eine Firma, die Bauprojekte in verschiedenen Stadtteilen Hamburgs ausführte. Unfreiwillig begannen wir also wieder, uns nach geeigneten Wohnungen umzusehen, denn die Kinder konnten ihre Hausaufgaben nicht in Ruhe machen und mussten oft unausgeschlafen zur Schule gehen. Manchmal kam es sogar vor, dass wir nicht einmal in Ruhe lesen konnten. In der Straße meiner Kollegin sagten mir auch viele Häuser zu und ich schlug vor, eine der neu gebauten Doppelhaushälften zu kaufen. Die Kinder waren aber dagegen, da sie einen zu langen Weg zu ihrer Schule gehabt hätten.
Das Bauunternehmen, bei dem unsere Freunde eine Eigentumswohnung gekauft hatten, hatte auch Häuser in dem schönsten

Stadtteil Hamburgs gebaut, die wir ebenfalls besichtigten. Weil diese aber recht klein und zudem teuer waren, war ich eher dagegen. Dann war ich aber von der deutschen Familie, die die Wohnung in der obersten Etage eines Wohnhauses mit fünf Wohnungen gekauft hatte, sehr beeindruckt. Schon beim zweiten Zusammentreffen luden sie uns zum Kaffee ein. Der Mann war Zahnarzt und die Frau Schulleiterin. Sie sagten, „Hoffentlich kaufen Sie die freie Wohnung". Das liebenswürdige Verhalten dieser Menschen ließen uns die früheren ausländerfeindlichen Erlebnisse vergessen und mein Mann, der sich vorher immer gegen den Eigenheimkauf gewehrt hatte, setzte sich nun in den Kopf, eine dieser Wohnungen zu erwerben, koste es was es wolle. Wenn ich ihm sagte, dass ich keine Wohnung wolle und er mich mit seinem ständigen Beharren noch ganz krank machen werde entgegnete er, „Dann geh bitte ins Krankenhaus, so dass ich meine Angelegenheiten zu Ende bringen kann." Ich war perplex. Die Kinder waren von der Straße sehr angetan und die kleinen Zimmer störten sie daher kaum. Also ergriffen auch sie Partei für ihren Vater. Da ich nun mit drei zu eins unterlegen war, musste ich mich wohl oder übel der Entscheidung beugen. Für den Preis, für den wir ein Haus hätten kaufen können, erwarben wir nun eine kleine Wohnung. Allerdings hatten wir bei diesem Preis mehr Wert auf die gute Nachbarschaft, als auf die Wohnung gelegt. Genauso, wie man es bei uns mit dem Sprichwort ausdrückt, „Nicht das Heim sollst Du kaufen, sondern gute Nachbarn gewinnen" hatten auch wir es gehalten. Jedes Mal, wenn ich mich später beklagte, sagte mein Mann, „Ich habe Dir im schönsten Stadtteil der schönsten Stadt Deutschlands eine Wohnung gekauft und Du bist immer noch nicht zufrieden". Augenzwinkernd versuchte er unseren Freunden weis zu machen, dass ich undankbar sei.

Eine weitere Wohnung im Haus kauften meine Nichte und ihr Mann. Auch hier lebten wir in sehr gutem Kontakt zu unseren Nachbarn, was bei meiner Nichte und ihrem Mann leider nicht der Fall war. Sie wohnten Wand an Wand mit einem älteren Ehepaar aus dem Nachbargebäude, teilten sich aber den Garten mit ihnen. Aufgrund der aufgetretenen Probleme mit ihren

Nachbarn, die keine Ausländer mochten, kam es sogar zu einem Gerichtsverfahren. Diese Leute hatten aber nicht nur Schwierigkeiten mit der Familie meiner Nichte, sondern auch mit weiteren Wohnparteien aus unserem Haus – und dass obwohl es ein ganz anderes Gebäude war. Man kann es eben nicht vermeiden, dass überall ein Störfaktor auftritt.


## Vorurteile gegen die Türkei und die Türken


Der Direktor meiner Schule hatte mich bei meiner Arbeit, unserer Wohnungssuche, der Stellensuche meines Mannes, ja sogar bei dem Kindergarten für unsere Tochter immer tatkräftig unterstützt. Er war noch nie in der Türkei gewesen und kannte nur Türken, die – wie wir auch – aus den ländlichen Regionen des Landes gekommen waren. Wann immer ich ihm von unserer Rückkehrplänen erzählte, fragte er mich, ob ich denn gar nicht an die Zukunft meiner Kinder dächte. Seine Meinung war ausschließlich von dem negativen Bild geprägt, dass die deutschen Medien verbreiteten und es war schwerlich möglich, ihn eines besseren zu belehren. So sehr ich auch versuchte ihm zu erklären, dass die positiven Seiten die negativen bei weitem überwogen, so gelang es mir doch nicht, ihn umzustimmen. Sie konnten es einfach nicht nachvollziehen, wenn ich davon berichtete, dass die sozialen Beziehungen trotz aller Widrigkeiten in der Türkei bei weitem besser waren als hier. Unser Land geriet damals aufgrund der Terrorereignisse und der Tatsache, dass eine Militärregierung an die Macht gekommen war, ausschließlich mit seinen negativen Seiten in die Medien, wodurch eine negative Meinung weit verbreitet war. Viele unserer Politiker, die in den späteren Jahren auf das Ziel „Europäische Union" hinarbeiteten, mühten sich noch jahrelang mit diesem Problem ab.

In der Vergangenheit und auch heute setzten und setzen wir uns nach wie vor dafür ein, uns in diesem Land bekannt zu machen.

Ob in den Schulen oder im täglichen Leben, fühlen wir uns immer verpflichtet, denjenigen, die nur unsere negativen Seiten kennen, auch unsere positiven Seiten nahe zu bringen. Die Menschen hier haben jedoch Schwierigkeiten damit, die Türken außerhalb der ihnen bekannten und durch sie gesetzten Normen zu verstehen und zu akzeptieren. In der Presse treten die Türken immer in der Form in Erscheinung, dass die kopftuchtragenden Frauen zwei Meter hinter ihren schnurrbärtigen und grobschlächtigen Männern her gehen. Bei allen denjenigen, die nicht diesem Erscheinungsbild entsprechen, tippt man auf den ersten Blick stets auf Griechen, Spanier, Italiener oder Menschen aus anderen europäischen Ländern. Ich erinnere mich gut, dass man mir bei vielen Gelegenheiten eines ersten Kennenlernens mit Erstaunen begegnete, sobald ich sagte, dass ich Türkin sei, da ich gar nicht aussehen würde, wie eine Türkin. Nicht nur ich, sondern auch viele andere meiner Landsleute haben ähnliche Äußerungen schon oft gehört. So gibt man hier ein Urteil über die Türken und die Türkei ab, als wären beide hierzulande bestens bekannt.

In den Herbstferien 1984 reiste unser Schulleiter gemeinsam mit dem Pastor des Kindergartens meiner Tochter für zwei Wochen in die Türkei. Nach ihrer Rückkehr befragte ich die beiden nach ihren Eindrücken. Sie sagten mir, dass sie mich nun in allem, auch in meinen Rückkehrplänen, viel besser verstehen könnten und sprudelten förmlich über vor positiven Erzählungen. Sie waren mit einem Kleinbus in ein Dorf gefahren, in dem die Bewohner die beiden bewirtet haben. Von der Gastfreundschaft unserer Menschen in Anatolien waren beide regelrecht verzaubert. Der Pastor schwärmte, „Es war unglaublich, was für leckere Gerichte die Frau zubereitet hatte. Nachdem wir gegessen hatten, gab sie mir als Geschenk für meine Frau auch noch einen Ballen Kleiderstoff mit, den sie für sich selbst gekauft hatte. Was für genügsame Menschen". Auf dem Rückflug waren sie mit einem Türken aus Bulgarien ins Gespräch gekommen, der ebenfalls seinen Namen hatte ändern müssen. Sie regten sich nun während des Gesprächs darüber auf, wie man aus einem `Ali´ einfach über Nacht einen `Albert´ machen konnte.

## Die Fächer Muttersprache und Islamische Religion

Nach den beiden in den Jahren 1979, sowie 1980 eingerichteten NÜK Klassen (Nationale Übergangsklasse), sah man in den folgenden Jahren von der weiteren Initiierung solcher Klassentypen ab. Diese Klassen liefen zum Schuljahr 1984 aus. Wie ich zuvor bereits anmerkte, wurden die Schüler im Anschluss an die vierte Klasse jeweils auf weitere Schultypen verteilt. In den weiteren Jahren begann ich, die türkischen Schüler von der zweiten Klasse an beginnend, bis zur vierten Klasse in den Fächern Türkisch und Religion zu unterrichten. Der wöchentliche Unterrichtsumfang betrug drei Stunden. In den ersten Klassen nahm ich gemeinsam mit den Klassenlehrern teil und unterstützte die türkischen Kinder bei den Themen, die sie nicht verstanden. Während ich diese Kinder unterrichtete, erteilte die deutsche Lehrerin den in der Klasse befindlichen Schülern mit Lernschwierigkeiten Nachhilfeunterricht.

Ohnehin war es so, dass der von uns erteilte Türkischunterricht in den Lehrplänen in Form von islamischem Religionsunterricht aufgeführt war und nicht als muttersprachlicher Unterricht. Ab 1983 waren diejenigen, die islamischen Religionsunterricht erteilen wollten, angehalten, zwei Jahre lang am Seminar eines Professors teilzunehmen. Als Grundschullehrer in der Türkei waren wir verpflichtet, diese Fächer zu unterrichten. Wenngleich ich nicht beabsichtigte, an diesen Seminaren teilzunehmen, änderte sich dies jedoch, als mir der Schulleiter ein Schreiben des Kultusministeriums vorhielt, aus dem hervorging, dass die Teilnahme obligatorisch war, sofern man Türkischunterricht erteilen wollte.

Im Verlauf des Seminars wurden die Lehrbücher für den Religionsunterricht im Hinblick auf die Erfordernisse des hiesigen Unterrichtes modifiziert. Ich beteiligte mich nicht an der Kommission, die mit der Vorbereitung der Bücher betraut war, jedoch profitierten wir alle im Unterricht sehr von diesen Büchern, die unter großen Mühen von den Kollegen erarbeitet worden waren.

Langsam überwand man die Schwierigkeiten der vorangegangenen Jahre, geeignetes Lehrmaterial zu beschaffen.
Durch die Verlagshäuser, die in verschiedenen Städten gegründet wurden, wurden Bücher herausgebracht, die sich an den hiesigen Anforderungen orientierten. Die Herausgabe dieser Bücher kam somit unserem dringendsten Anliegen nach. Wir waren nun in der Lage, jedes gewünschte Buch aus den Katalogen der betreffenden Verlage zu bestellen. Die wöchentliche Stundenzahl von drei Stunden teilte ich in der Form auf, dass ich jeweils zwei Stunden Türkisch unterrichtete und in der dritten Stunde unter der Bezeichnung Religionskunde unsere Kultur lehrte. Natürlich war ich bestrebt, das Beste aus dieser kurzen Zeit zu machen, doch wenn ich ehrlich bin, war ich über meine Arbeit in diesem Bereich selbst nicht ganz glücklich, denn selbst über diese Zeit, die uns zugeteilt worden war, konnten wir nicht frei verfügen. Es kam vor, dass die Klassenlehrerin die Kinder mit der Begründung nicht zum Unterricht schickte, dass etwas Wichtiges unternommen wurde. Ein anderes Mal musste ich einen fehlenden Klassenlehrer in dessen Klasse vertreten und konnte meine eigene Klasse nicht unterrichten. Im Endeffekt hatte man uns nicht eingestellt, um hier in Muttersprache und Kultur zu unterrichten, sondern vielmehr, um beim Auftreten von Problemen vermittelnd einzuspringen! Im Allgemeinen war es so, dass ich und die anderen in meinem Status befindlichen Lehrer als Springer eingesetzt wurden und in der verbleibenden Zeit unseren eigenen Unterricht erteilten.
Es missfiel mir, unter diesen Umständen zu unterrichten, doch wenn ich andererseits detailliert darüber reflektierte, versuchte ich mich damit zu trösten, dass es doch immerhin besser sei als gar nichts. Möglicherweise resultierte mein Unbehagen auch daher, dass ich Jahre zuvor bei meinen ersten Erfahrungen als Lehrerin bestimmte Angewohnheiten erworben hatte, die abzustreifen mir schwer fiel. Doch natürlich war es ausgeschlossen, unter denselben Bedingungen zu arbeiten, wie es in der Türkei der Fall war. Eine solche Erwartungshaltung wäre unrealistisch gewesen!

Eines der Motive für die Erteilung des Religionsunterrichtes war es zwar, die Teilnahme der Kinder an den „Korankursen" zu verhindern, doch hinderte der von uns erteilte Unterricht nicht wirklich an der Teilnahme an derartigen Kursen. Nach eigenem Gutdünken versuchte man, die Kinder, die nachmittags zu Hause auf sich selbst gestellt wären, durch die Teilnahme an diesen Kursen zu schützen! Dabei war es so, dass die Kinder dort viel größeren negativen Tendenzen ausgesetzt waren. wir selbst waren bei der Erteilung dieses Unterrichtsfaches vielfach der Kritik verschiedener Kreise ausgesetzt und ich komme nicht umhin, an dieser Stelle nur einige der Vorfälle zu schildern, mit denen wir diesbezüglich konfrontiert waren. Einmal kam eine zehnjähriges Kind nach dem Unterricht zu mir und sagte, „Frau Lehrerin, ich habe Angst." Auf Befragen, wovor das Kind Angst habe, antwortete es, dass der Imam am Vortag in der Moschee gesagt habe, dass die Kinder verbrennen würden, wenn sie das tägliche obligatorische Gebet vor dem Zubettgehen nicht sprechen würden. Da das Kind das Gebet am Vorabend vergessen hatte, fragte es mich, ob es nun verbrennen werde. Da ich über derlei Vorgänge ein wenig im Bilde war, war ich keineswegs erstaunt und antwortete dem Kind, dass ihm überhaupt nichts passieren werde und dass es nicht daran glauben solle. Am nächsten Tag klopfte es während des Unterrichtes an der Klassentür. Ich öffnete die Tür und vor mir stand der Vater des Kindes, das am Vortag mit mir geredet hatte. Er wünschte, mich zu sprechen und ich bat ihn, zu warten. Nach dem Unterricht ging ich zu ihm und wir redeten bis ins Detail über die Vorgänge. So, wie das Kind ihm die Angelegenheit wiedergegeben hatte, hatte es ihn sehr verärgert. Nachdem es uns schließlich gelungen war, die Sache im Guten zu klären, sagte er mir – nicht ohne Freude – „Eigentlich war ich heute mit dem Vorsatz hergekommen, Ihnen eine Tracht Prügel zu verpassen, doch Sie haben mich aufgeklärt und dafür bin ich Ihnen sehr dankbar." Er war davon ausgegangen, dass ich jemand war, der gegen moscheenfeindlich eingestellt war, doch tatsächlich war ich nur dagegen, dass die Köpfe kleiner Kinder mit negativen Gedanken voll gestopft wurden.

Auch mit unseren alewitischen Landsleuten erlebten wir manche Unannehmlichkeit. Sie wiederum brachten ihren Unmut darüber zum Ausdruck, wir würden nur über die eine Schule des Islam unterrichten und andere Aspekte außer Acht lassen. Dabei widmete ich mich eher dem kulturellen Aspekt der Religion. Sobald ich ihnen dies erklärte, willigten sie ein, dass ihre Kinder am Unterricht teilnahmen. Einen Teil der Kinder – wenn auch nur einen geringen - konnten meine Kollegen, die wie ich dachten, und ich auf diese Weise erreichen.


### Auswirkungen der Arbeitslosigkeit


Gegen Mitte der achtziger Jahre begann in Deutschland die Arbeitslosigkeit anzusteigen. Auch die Ausländer wurden von dieser Entwicklung überrollt und wie immer waren es unsere Landsleute, die unter allen Ausländern am stärksten betroffen waren! Durch einen Beschluss wurde im Jahre 1984 die so genannte Rückkehrprämie eingeführt, wodurch man den Effekt erzielte, dass ein Großteil unserer Landsleute in die Türkei zurückkehrte.
Den Verlust vieler ihrer erworbenen Ansprüche in Kauf nehmend, gingen damals viele unserer Landsleute mit dem wenigen Geld, dass sie sich mühsam zusammengespart hatten, zurück. Nicht zuletzt auch aus meinem eigenen Bekanntenkreis erfuhr ich, dass diese Menschen, denen die Lebensbedingungen in der Türkei nicht vertraut waren, nicht in der Lage waren, ihre Ersparnisse dort vorteilhaft zu verwenden. Daher gerieten nicht wenige in Notsituationen und bereuten ihre Rückkehr. Diese versuchten später zwar, wieder nach Deutschland zurückzukehren, scheiterten aber daran.
Auch unter dem Einfluss dieser Rückkehrbewegung, sanken in Schulen wie den unseren die Schülerzahlen und die Schulen wurden kleiner. Während die Anzahl der Lehrer an die 35 gestiegen war, sank diese Zahl gegen Ende der achtziger Jahre bis auf 16.

## Sozialberatungsstunden

Da ich selbst den Unterricht der Sozialberatung vorzog, unterrichtete ich zunächst auch an der anderen Schule, an der ich anfangs zu unterrichten begonnen hatte. Als später jedoch auch unsere Schule geschrumpft war, nahm ich notgedrungen auch Sozialberatungsaufgaben war. So übernahm ich – unter der Voraussetzung, keine Hausbesuche durchzuführen - auch diesen Aufgabenkreis, gegen den ich mich anfangs gesträubt hatte.
Zu Beginn war es so gewesen, dass jeweils zu gleichen Anteilen 14 Stunden Unterricht und 14 Stunden Sozialberatung zu erteilen waren, doch mit den gesunkenen Schülerzahlen, wurde auch die für die Sozialberatung vorgesehene Stundenzahl gesenkt. Für die Sozialberatung kalkulierte man mit der doppelten Zahl der Unterrichtsstunden – also achtundzwanzig Stunden. In diesem Punkt setzte jede Schule die Vorschriften individuell um, so dass sowohl Stundenzahl, als auch Art der Umsetzung bei den Kollegen an anderen Schulen variierten. Bei mir war es so, dass ich – der Anweisung der Schulleitung folgend - die Sozialberatung genauso mit Datum und Stundenzahl ins Klassenbuch eintrug, wie ich es bei dem erteilten Unterricht tat. Somit war meine Arbeit mit den Anweisungen konform. Ohne mir dessen aber bewusst zu sein, hatte ich mit meiner Angewohnheit, Buch über meine Sozialberatungsstunden zu führen, meine türkischen Kollegen verärgert. So war auf der Rektorenkonferenz darüber geredet worden, dass nur ich Buch über die Stunden führte. Als der Schulaufsichtsbeamte daraufhin erklärte, dass aber jeder seine Arbeit zu dokumentieren habe, wiesen die anderen Rektoren auch meine anderen Kollegen an, ebenso Buch zu führen. Für mich persönlich war es kein Hindernis, Aufzeichnungen anzufertigen. Ich hatte einen größeren Aufwand und investierte effektiv mehr Zeit, als die mir zustehenden Stunden. Meinen Direktor

243

teilte ich mit, dass ich es aber nicht verantworten wollte, meine Kollegen in Bedrängnis zu bringen. Für mich war es keine zusätzliche Bürde, alles aufzuzeichnen. Ein anderer Aspekt war, dass – ähnlich wie der Türkischunterricht - die Sozialberatungsaufgaben von Schule zu Schule variierten. Auch hier gab es keine festgelegte Arbeitsmethode.

## Unterricht mit der Schulaufsicht

Die Beamten von der Schulaufsicht waren nur in besonderen Ausnahmesituationen, in denen ein besonderer Grund vorlag, dazu berechtigt, den Unterricht zu beobachten. Es war also nicht so wie bei uns, wo man je nach Gutdünken einfach unangemeldet in den Unterricht platzen konnte. Vorher musste man außerdem mitteilen, wessen Unterricht beaufsichtigt werden sollte, und einen Termin vereinbaren. Eines Tages war der Schulaufsichtsbeamte an unserer Schule und da er noch Zeit hatte, wollte er gerne einer Unterrichtsstunde beiwohnen. Als der Direktor jedoch von allen befragten Lehrern eine Absage erhielt, fragte er mich. Ich antwortete, dass er gerne kommen könne – sofern er Türkisch verstehe. Ich vermute, dass ich hier noch immer meine alten Angewohnheiten nicht ablegen konnte, denn in solchen Situationen wollte mir einfach kein Nein über die Lippen kommen. Schließlich nahmen der Direktor und der Schulaufsichtsbeamte gemeinsam an meinem Türkischunterricht in der 4. Klasse teil. Einer der Schüler übersetzte unterdessen von Zeit zu Zeit.
Am Ende der Stunde teilte der Herr von der Schulaufsicht mir mit, dass mein Unterricht ihm gefallen habe, dass sogar er alles verstanden habe, dass ich aber mit sehr lauter Stimme gesprochen hätte. Auch mir wurde bewusst, dass ich im Unterricht wirklich sehr laut sprach. In späteren Jahren litt ich dann auch an Kopfschmerzen, selbst wenn ich nicht besonders laut, sondern mit gemäßigter Stimme sprach.

## Die vierjährige Schule

Nachdem ich im Januar des Jahres 1979 meinen Dienstantritt an dieser Schule hatte, unterrichtete ich 16 Jahre dort. Während dieses Zeitraums war ich kurzfristig auch an weiteren Schulen mit Aufgaben betraut. Meine externen Aufgaben beinhalteten manchmal Dolmetschen, manchmal die Vertretung bis zur Einstellung weiterer Lehrer, oder manchmal Sozialberatung. Mein eigentlicher Dienstort aber blieb immer der gleiche. Dieser Ort, diese Schule wurde mir so vertraut, dass sie für mich wie mein zweites zu Hause war, dass ich vermisste, wenn ich an einer anderen Schule war.
In den ersten Jahren war unsere Schule eine Hauptschule, in der wir bis in die neunten Klassen unterrichteten. Als jedoch die Schülerzahlen sanken, unterrichteten wir nur noch bis in die vierte Klasse. Wir unterrichteten nur noch die unteren Klassen und im Anschluss an die Grundschule wurden die Schüler – je nach Leistungserfolg – auf die entsprechenden Schulen verteilt. Mit der Tatsache, dass unsere Schule nur noch vier Klassen hatte, blieb ich als einzige ausländische Lehrerin zurück.
Im Rahmen der Veränderungen in der Schulbehörde wurden auch Art und Umfang unserer Unterrichtsstunden neu festgelegt. Unter Berücksichtigung der jeweiligen Schulstruktur wurde diese Neuorganisation in den betreffenden Schulen auch durch die Schulleitungen und die Lehrer vorgenommen. Während das Lesen und Schreiben an manchen Schulen in der Muttersprache unterrichtet wurde, war es wiederum an anderen Schulen innerhalb der normalen Klasse eine Zusatzunterstützung geleistet.
Obwohl es in den Lehrplänen nicht vorgesehen war, wurde der muttersprachliche Unterricht an manchen Schule bis zur vierten, an wieder anderen bis zur fünften oder sechsten Klasse erteilt. Wie ich zuvor bereits kurz schilderte, wurde teilweise auch in den

höheren Klassen in variierenden Konstellationen der muttersprachliche Unterricht erteilt, doch gab es hierbei in keiner Klasse eine versetzungsrelevante Benotung. Da also unser Unterricht keinen Einfluss auf den Versetzungserfolg hatte, wurde er von den Schülern als zusätzliche Bürde aufgefasst.
So blieb es auch der Entscheidung der Erziehungsberechtigten überlassen, wenn die Schüler keine Lust mehr hatten, am Unterricht teilzunehmen. Dieses bewirkte, dass die Arbeit sich nicht in der gewünschten Richtung entwickelte. Wir Muttersprachlehrer wiederum wurden als Lehrer zweiter Klasse angesehen. Der jeweilige Lehrer war angehalten, die Eltern zu Beginn eines jeden Schuljahres anzuschreiben, um eine dahingehende unterschriebene Bescheinigung einzuholen aus der hervorging, ob das Kind an diesem Unterricht teilnehmen wird oder nicht. Wenngleich dies im Grunde nicht in das Leistungsspektrum eines Lehrers passte, kam die bestehende Regelung doch so mancher Schulleitung sehr gelegen. Auch an der Schule, an der ich arbeitete, ging ich in den ersten Jahren so vor. Später ging ich aber dazu über, dass ich bei den einzuschulenden Kindern über das Sekretariat das Teilnahmeinteresse erfragen ließ. Bei den höheren Klassen brachte ich es nicht mehr zur Sprache.
Stellte ich fest, dass es Familien gab, die ihre Kinder nicht zum Unterricht schicken wollten, befragte ich diese nach ihren Bedenken. Nach eingehenden Erläuterungen gelang es mir dann doch, dass auch diese Schüler an meinem Unterricht teilnahmen. Von Zeit zu Zeit gab es auch Fälle, in denen man aus politischen Gründen die Kinder nicht zum Unterricht schickte. In diesen Fällen sprach ich persönlich mit den Familien und konnte auch sie überzeugen. In den Schulen gelang es mir dadurch, dass die aus der Türkei stammenden Kinder zu 100 % am Unterricht teilnahmen.

## Der Stand der Zeugnisse

Obwohl in unserem Unterricht normalerweise keine Noten erteilt wurden, setzte ich es jedoch nach Gesprächen mit den Kollegen und der Schulleitung durch, dass mein Unterricht mitsamt der Benotung in das Zeugnis aufgenommen wurde. Da in den ersten und zweiten Klassen Beurteilungen statt Benotungen vorgenommen wurden, gab es Kollegen, die es unter dem Vorwand des Platzmangels zu behindern versuchten. Für diese Skeptiker erstellte ich dann eine Kopie des Zeugnisses und fügte es dem normalen Zeugnis hinzu. Ab der dritten Klasse war es von der Entscheidung der Eltern abhängig, ob eine Benotung oder eine Beurteilung vorgenommen werden sollte.
Bezüglich der Bewertung des schulischen Erfolgs zogen manche Eltern eine Benotung vor, während wiederum andere eine ausführliche Beurteilung wünschten. Die Mehrheit unserer Eltern zog die Benotung vor. Es entsprach auch meiner Ansicht, dass eine Benotung sowohl aus Schüler- als auch aus Elternsicht angebrachte war, denn hier konnten sie sich von der konkreten Leistungsbewertung überzeugen. Die ausführlichen Beurteilungen, die teilweise mit blumigen Worten ausgeschmückt waren, um den Schüler nicht zu kränken, verstanden sie ohnehin nicht. Wann immer in Form von Beurteilungsberichten bewertet wurde, stellten die Eltern bei den Elternabenden fest, wie sehr die dortigen Äußerungen der Lehrer über ihre Kinder von den geschriebenen Beurteilungen abwichen. Über diese Missverständnisse brachten sie dann ihren Unmut zum Ausdruck mit Vorwürfen wie, „In den Zeugnissen steht etwas ganz Anderes, als Sie hier sagen". Ob Note oder Beurteilung: wenngleich meine Leistungsbewertung keine direkten Auswirkungen auf die Versetzung hatten, so maßen doch sowohl Schüler, als auch Eltern, allein dadurch, dass sie diese im Zeugnis stehen sahen, dem Unterrichtsfach eine höhere Bedeutung bei. Außerdem hatte dies auch einen Effekt auf die anderen Lehrer. Notgedrungen mussten sie mich nun zu jeder Zeugniskonferenz einladen, wodurch ich ein

Mitspracherecht bei der Gestaltung der weiteren schulischen Zukunft der Kinder hatte.

Bezüglich der Zeugnisproblematik möchte ich Ihnen von einem Vorfall berichten, den ich nie vergessen werde und von dem ich immer wieder erzähle: Wir führten damals gerade die Zeugniskonferenz für die vierten Klassen durch, in der ich nur drei Stunden wöchentlich unterrichtet hatte. Man ging dazu über, die Kinder zu bestimmen, die auf das Gymnasium gehen könnten. Ich war der Auffassung dass drei türkische Kinder aus dieser Klasse ebenfalls für das Gymnasium geeignet waren. So hatte ich mich von Zeit zu Zeit bei der Klassenlehrerin nach deren Lernerfolg erkundigt und sie hatte sich sehr zufrieden geäußert. Als es auf der Konferenz nun an der Reihe war, über diese Schüler zu reden, war ich mehr als verwundert, als sie plötzlich sagte, „Sie sind zwar sehr fleißig, aber da ihr Deutsch schlecht ist und sie zu Hause nur Türkisch sprechen, können sie das Gymnasium nicht bewältigen." Ich reagierte sofort, denn obwohl ihr Notendurchschnitt ausreichend war, versuchte man, eine positive Empfehlung zu behindern. Natürlich stand die Schulwahl Eltern und Schülern frei, solange keine allzu negative Beurteilung vorlag. Dennoch kam der Schulempfehlung der Klassenlehrerin eine große Bedeutung bei. „Solange diese Schüler fleißig sind, werden sie es schaffen. Sie haben kein Recht, dies zu behindern", konterte ich. Als ich dann Unterstützung durch den Schulleiter und einen weiteren Kollegen erhielt, stellte sie notgedrungen die entsprechende Empfehlung aus.

Obwohl die in den Zeugnissen aufgeführten Empfehlungen keiner endgültigen Entscheidung gleichkamen, beeinflussten sie dennoch sowohl den weiteren Schulbesuch, als auch die Schüler selbst. Diese Kinder, um die es gegangen war, schlossen das Gymnasium ab und studierten später. Somit waren sie auch für mich ein wichtiges Beispiel, dass ich zu gegebener Zeit immer wieder anführe. Dem hingegen war es so, dass viele meiner Kollegen nicht einmal zur Zeugniskonferenz eingeladen wurden, geschweige denn, dass sie Noten vergaben. Dabei waren in manchen anderen Bundesländern die Noten im muttersprachlichen Unterricht gar versetzungsrelevant. In Hamburg wurden erst zum Schuljahr 2003-2004 dahingehende Regelungen eingeführt, dass die Noten im muttersprachlichen Unterricht versetzungsrelevant wurden und Türkisch als Wahlpflichtfach, bzw. als zweite oder dritte Fremdsprache angeboten wurde. Die Vereine haben einen großen Beitrag zu Errungenschaften dieser Art beigetragen. Ich bin daher der Ansicht, dass wir uns noch besser organisieren müssen, um andere Nachteile auszuräumen und wirksame Projekte erfolgreich durchzuführen.

### Schulen für Kinder mit Lernschwierigkeiten

Es ist bekannt, wie bedeutsam die persönliche Haltung des Lehrers für die Beurteilung des jeweiligen Schülers ist. Mein soeben dargestelltes Beispiel offenbart bereits, wie weit verbreitet derartige Konflikte sind. Besonders viele Negativentwicklungen aus der Sicht der türkischen Schüler habe ich erlebt, wenn es darum ging, diejenigen Kinder zu bestimmen, die auf Schulen für Kinder mit Lernschwierigkeiten geschickt werden sollten. Diese hießen früher „Sonderschulen" und später „Förderschulen".
Während der ersten ein oder zwei Jahre nach meinem Dienstantritt war auch ich – unter Einfluss der positiven Bewerbung dieses Schulkonzeptes – angetan von diesem Modell und unterstützte deren Befürworter. Später begriff ich, dass man bestrebt war, besonders unsere Kinder auf diese Schulen zu schicken, sobald in der Klasse schon geringfügige Probleme auftraten, das Kind nur schlecht Deutsch sprach, oder Differenzen mit dem Lehrer bestanden. Es ist zwar möglich, dass auch solche Kinder dabei sind, bei denen diese Beurteilung erforderlich ist, doch fragte ich mich immer wieder, warum sich ein Großteil aus unseren Kindern formierte. Nachdem ich später einige Recherchen angestellt, die Kinder kennen gelernt hatte, die dorthin geschickt wurden und mit deren Familien gesprochen hatte, begann ich, mich gegen diese Schulen zu wehren. Ich vernahm damals, dass

der Direktor dieser Schule verärgert war über mich, da ich es behinderte, dass Schüler an ihn empfohlen wurden, doch das war für mich nicht von Bedeutung. Das einzig für mich Wichtige war, dass den Schülern die richtige Ausbildung am richtigen Ort ermöglicht wurde.

Aus einer zweiten Nationalen Übergangsklasse der benachbarten Schule hatten der deutsche und der türkische Kollege gemeinsam elf von sechsundzwanzig Schülern auf eine solche Schule empfohlen. Die Eltern von dreien der Kinder kamen daraufhin zu uns und baten uns um Unterstützung, damit wir die Kinder aufnahmen. Unter normalen Bedingungen war es zwar so, dass die Kinder auf eine normale Schule wechseln konnten, sobald sie dort Erfolg zeigten, doch allein daran, dass derart viele Schüler aus dieser einen Klasse an die Schule verwiesen worden waren, war es feststellbar, dass hier etwas merkwürdig vorgefallen war. Ich vermute, dass dies auch der Direktor dieser Schule eingesehen hatte, denn auf Wunsch unseres Direktors gelang es uns, dass diese Kinder in meiner Klasse aufgenommen wurden. Diese Schüler schlossen die Schule später ab und erlernten alle einen soliden Beruf.

An einer anderen Schule, an der ich vorübergehend beschäftigt war, war ich offenbar einem Lehrer zu nahe getreten, da ich verhindert hatte, dass ein Schüler auf diese Schule empfohlen wurde. Allerdings wusste ich davon nichts. Dieser Kollege hatte sich bei den Direktoren der beiden Schulen, an denen ich beschäftigt war, sowie bei dem Direktor der Sonderschule über mich beschwert. Bei unseren morgendlichen Begegnungen grüßte der Lehrer mich nie und erwiderte auch nie meinen Gruß, worüber ich mich schon gewundert hatte. Allerdings hatte ich nie die Zeit gehabt, um diesem Verhalten durch ein Gespräch auf den Grund zu gehen. Als mein Schuldirektor mir am nächsten Tag mitteilte, dass er mich zu sprechen wünschte, suchte ich sein Büro auf und war zunächst erstaunt, dort neben meinem Direktor auch den Direktor der anderen Schule anzutreffen. Erst als ich begriff, worum es ging, musste ich lachen: Der Klassenlehrer hatte sich über mich beschwert, weil ich der Mutter eines Kindes – entgegen seiner Meinung - gesagt hatte, dass sein Kind nicht für die Sonderschule geeignet sei. Dadurch, dass ich der Mutter gegenüber eine dem Klassenlehrer entgegenstehende Meinung vertreten hatte, hätte ich ihn diskreditiert und daher rede er nicht mit mir. Ich entgegnete, dass diese Person meines Erachtens – mit Verlaub - noch nicht einmal als Erwachsener durchgehe, geschweige denn als Lehrer. Ich erklärte, dass ich genauso gleichberechtigt ein Lehrer dieses Kindes sei, wie er. Ich fügte hinzu, dass ich noch dazu in der Lage war, dass Kind viel besser zu verstehen, da ich es in seiner eigenen Muttersprache unterrichtete. Ich erklärte weiterhin, dass ich zunächst seine Äußerungen übersetzt und im Anschluss meine eigene Meinung zum Ausdruck gebracht hätte. Wenn ihm dies missfallen habe, dann hätten wir wie zwei Erwachsene und zwei Lehrer miteinander darüber reden können. Daraufhin lachten auch die Direktoren und sagten, dass wir in Zukunft sofort über derartige Vorfälle reden sollten. Ich brachte an dieser Stelle eine bei uns verbreitete Redensart an, „Der Berg steht in Flammen, doch das Kaninchen ahnt von alledem nichts". Damit wollte ich zum Ausdruck bringen, dass ich zwar gespürt hatte, dass dieser Lehrer verärgert über mich war, ich den Grund aber nicht kannte. Somit war das Thema beendet. Der Kollege hätte ja wohl kaum erwarten können, dass ich mich durch seine Beschwerde davon abbringen ließe, mich weiterhin für das einzusetzen, was ich für richtig hielt. Mein eigener Direktor kannte mich zwar gut, doch durch diesen Vorfall hatte er dafür gesorgt, dass auch der andere Direktor sich ein Bild von mir machen konnte.

Auch die Tochter eines unserer Onkel hatte eine Empfehlung für eine dieser Schultypen erhalten. Doch das gleiche Mädchen schloss später erfolgreich das Berufsgymnasium in der Türkei ab, erlernte binnen kürzester Zeit die englische Sprache und wurde Stewardess. Nach wie vor vertrete ich die Auffassung, dass der Fehler oder die Ursache des Übels, neben mangelnder Aufmerksamkeit der Familien, auch im hiesigen Schulsystem liegt.

Im Bezug auf die Schulen mit speziellem Unterrichtsbedarf, die Sonderschulen hießen und die von unseren Landsleuten auch „Schule für Unterbemittelte" genannt werden, war die Zahl der Ungereimtheiten derart hoch, dass ich gar nicht weiß, welchen

Vorfall ich darlegen soll. Während ich an einer anderen Schule einen vorübergehenden, viermonatigen Einsatz hatte, bat einer der Klassenlehrer mich, fünf Minuten in der Pause als Dolmetscherin zu fungieren. Der Vater, das Kind, der Lehrer und ich sollten also zusammenkommen, um in fünf Minuten über die Zukunft eines Kindes zu entscheiden. Wie sollte das gehen? Da das zehnjährige Kind, dass vor erst sechs Monaten aus der Türkei gekommen war, noch nicht genug Deutsch sprach, sollte ich dem Vater die erforderlichen Unterlagen zur Unterschrift vorlegen, damit das Kind auf die „Förderschule" geschickt werden konnte. So sah die Unterstützung aus. Ich reagierte hier mit äußerster Schärfe: „Dieses Kind hat sich noch nicht einmal an seine eigene Familie, von der es seit Jahren getrennt lebt, gewöhnen können. Wie können Sie nur erwarten, dass es sich in so kurzer Zeit an der Schule einlebt? Und selbst wenn der Vater bereit sein sollte, das Schreiben zu unterschreiben, so werde ich es nicht zulassen." Daraufhin drehte der Lehrer sich verärgert um und ging.

Im Rahmen meiner Möglichkeiten war ich stets nach Kräften bemüht zu verhindern, dass die Schüler bereits in jungen Jahren als „Unterbemittelte" stigmatisiert wurden. Es ist mir selbst bewusst, dass ich nur wenigen helfen konnte, doch immerhin war es besser, als untätig zuzusehen. Bei einer anderen Gelegenheit erzählte ein junger Mann, der geheiratet und sich hatte scheiden lassen, „Das Mädchen hatte ohnehin nur die Idiotenschule abgeschlossen". Als ich dies hörte, fühlte ich mich in meiner Protesthaltung nur bestärkt und behielt diese stets bei. Die Zahl derer, die zu Unrecht auf diese Weise stigmatisiert wurden, war nicht zu unterschätzen. Die Absolventen dieser Schulen erhielten ein Zeugnis, dass nicht als normaler Hauptschulabschluss anerkannt wurde. Daher war ihnen selbst der Weg einer Berufsausbildung verwehrt.

Zu diesem speziellen Treffen mit den Direktoren war der andere Lehrer nicht erschienen, doch alles, was ich mit den Direktoren besprochen hatte, erörterte ich später mit ihm persönlich. Er war zwar ein guter Lehrer, doch stellte er an die Schüler überzogene

Anforderungen und war einer von der stets besserwisserischen Sorte.

## Die kollegialen Beziehungen unter Lehrern in Deutschland

Beim Meinungs- und Wissensaustausch zwischen Berufskollegen ist es immer möglich, dass Meinungsverschiedenheiten auftreten und dies ist auch nur allzu natürlich. Was für uns aber besonders kränkend war, war die Tatsache, dass die deutschen Kollegen bei auftretenden Problemen auf uns stets ein wenig von oben herabblickten. Sie verhielten sich, als wären wir keine Lehrer, sondern ihre Assistenten. Entweder wollten sie unsere Gleichberechtigung nicht akzeptieren, oder aber es gelang ihnen einfach nicht.
Mit denjenigen, die gewerkschaftlich organisiert waren, trafen wir uns einmal im Monat entweder in der Wohnung eines Kollegen, oder aber in einem Restaurant, wo wir uns dann über die jüngsten Entwicklungen austauschten. Da es reihum ging, trafen wir uns auch mal bei uns zu Hause. Doch leider gelang es uns nicht, das gute Verhältnis, dass wir durch die Versammlungen aufgebaut hatten, auch auf einer freundschaftlichen Ebene - nach unserem Verhältnis - fortzuführen. Selbstverständlich kann man nicht mit jedem freundschaftlich familiär verkehren, dennoch kann es auch nicht als normal angesehen oder dargestellt werden, dass man nach dreißig Jahren so wenige deutsche Freunde hat, mit denen man privat verkehrt. Allerdings sollte hier auch hinzugefügt werden, dass sie selbst unter sich kaum Beziehungen herstellen, die nach unseren Begriffen als freundschaftlich bezeichnet werden können.
Obwohl ich eine derjenigen bin, die einem derartigen Verhalten am wenigsten ausgesetzt war, wurde auch ich häufig damit konfrontiert. Wann immer sie ein Anliegen hatten, kamen sie in den Pausen auf mich zu und baten mich, ihnen bei der Lösung eines

Problems behilflich zu sein. Doch wenn es darum ging, sich über ein beliebiges Thema zu unterhalten, so zogen sie stets den deutschen Kollegen vor. So habe ich in den meisten Pausen meinen Kaffee allein getrunken. Ich bin der Ansicht, dass dies ein klarer Indikator ihrer Bereitschaft ist, mich in ihrem Kreise aufzunehmen. In dem gleichen Maße, in dem die deutsche Gesellschaft uns akzeptiert hatte, haben auch die Kollegen an den Schulen uns akzeptiert. Große Unterschiede gab es hier nicht. Wenn ich versuchte, die Haltung der Schulleitung, sowie die Haltung der Kollegen mir gegenüber zu bewerten, fühlte ich mich manchmal im Zwiespalt mit mir selbst: In dem einen Moment noch arbeiteten wir zusammen und solidarisierten uns in guten wie in schweren Momenten. Doch sobald es beispielsweise Schwierigkeiten mit einem von unseren Schülern oder deren Familien gab, verhielten sich die deutschen Kollegen mir gegenüber so abweisend, als trüge ich hierfür die Verantwortung. Innerhalb dieser Unannehmlichkeiten zwischen der Schulleitung, den deutschen Kollegen, sowie den Eltern und Schülern hin- und her gerissen zu sein, war für mich sehr aufreibend und stellte eine der relevantesten Schwierigkeiten meines Dienstes hier dar. Zudem bezog sich dies nicht ausschließlich auf mich, sondern betraf vielmehr alle Kollegen, die sich alle über die gleichen Dinge beklagten. Jeder erwartete Unterstützung von uns, doch kaum jemand nahm war, dass auch wir von Zeit zu Zeit Unterstützung benötigten. So kam es, dass – ich selbst eingeschlossen – eine Vielzahl von Kollegen aus gesundheitlichen Gründen pensioniert werden mussten, noch bevor das in Deutschland gültige Regelrentenalter von 63 Jahren erreicht wurde.

Ich weiß nicht, ob Sie nachvollziehen können, dass es in Deutschland härter ist, Lehrerin zu sein, als Arbeiterin zu sein. Wie ich in den vorherigen Kapiteln schilderte, habe ich sowohl als Reinigungskraft, als auch als Fabrikarbeiterin gearbeitet. Bei diesen Beschäftigungsverhältnissen ist es meist so, dass man keine Probleme mit nach Hause schleppt, sondern sie am Arbeitsplatz zurücklässt. Doch für eine Lehrerin ist es nicht möglich, die Probleme einfach hinter sich in der Schule zurückzulassen. Sobald irgendetwas Unangenehmes passiert, ist man um den

Schlaf gebracht und liegt bis zum Morgen wach. Noch vor der Mutter oder dem Vater ist die Lehrerin diejenige, die einen Misserfolg oder eine Ungerechtigkeit, die einem Schüler widerfahren, miterlebt. Und wenn sie versucht zu helfen, gelingt dies häufig nicht.

Ganz verschiedene Probleme traten auf, die teilweise aus der Familie, dem Umfeld oder den Lehrern resultierten. Wie hätte man für alle diese Probleme Lösungen erarbeiten können? Der Direktor, dem es bewusst war, welch hohes Maß an Verantwortung ich mir aufbürdete, fragte mich eines Tages, ob ich überhaupt wisse, wie viele Türken in Hamburg lebten. Sechzigtausend, antwortete ich daraufhin. Da fragte er mich weiter, ob ich denn angetreten sei, die Probleme von so vielen Türken zu lösen. Ich war stets davon ausgegangen, dass ich eine bewusste Haltung den Dingen gegenüber entwickelt hatte, wie sich aber herausstellte, war dem keineswegs so. Vermutlich dadurch, dass ich selbst fremd war, war ich dermaßen übersensibel, dass ich alle diejenigen, die sich Problemen plagten, versuchte, unter meine Fittiche zu nehmen. Beinahe hatte es den Anschein, als sei ich nicht als Lehrerin, sondern als Verteidigerin und Beschützerin der Türken und der türkischen Kinder angetreten.

Bei einer anderen Gelegenheit war ich überaus verärgert, als eine der deutschen Kolleginnen mich ansprach, „Was willst Du denn mit unseren Kindern machen, wenn Du alle Arbeiterkinder studieren lassen willst? Wenn es nach Dir ginge, würdest Du alle türkischen Kinder zum Studium bringen. Du bist einfach zu idealistisch." In meiner Verärgerung konterte ich, dass ihr Kind kein Recht darauf habe, einem begabten Kind den Platz wegzunehmen, wenn es selbst nicht begabt genug sei. Es war für mich unvorstellbar und inakzeptabel, dass diese Frau zwar Lehrerin geworden war, doch derartigen Gedanken nachging, dass die Arbeiter- und Ausländerkinder die Akademikerkinder verdrängen könnten. Ich hätte erwartet, dass sie ihre begabten Schüler verteidigt.

Neben der Diskriminierung an den Schulen kämpften die türkischen Eltern auch mit anderen Problemen, die nicht zu unterschätzen waren. Mit ihren Schwierigkeiten liefen unsere Landsleute stets zu uns türkischen Lehrern, doch sobald ihr Anliegen gelöst war, fühlten sie sich den deutschen Lehrern wieder viel verbundener als uns und begegneten ihnen mit übertriebenen Sympathiebekundungen. Selten vernachlässigten sie es, sich vor ihnen mit ihren Besitztümern zu brüsten, doch sobald es um die Kosten für eine anstehende Klassenfahrt ging, vergaßen sie ihre Prahlerei und gaben sich regelrecht als Hilfebedürftige aus. Genau an diesem Punkt liefen sie dann wieder zu uns mit der Bitte, die deutschen Kollegen zu überzeugen. Während wir dann wiederum – auf Ersuchen der Eltern – versuchten, bei unserem Gegenüber um Verständnis für die Bedürftigkeit der Eltern zu werben, konfrontierte diese uns wiederum plötzlich mit früheren Äußerungen der gleichen Eltern. Immer dann, wenn wir nicht helfen konnten, wurden wir beschuldigt, unsere eigenen Landsleute nicht in ausreichendem Maße unterstützt zu haben und unfähig zu sein. Wir wurden sogar schon des Verrates bezichtigt oder mussten uns Zweifel daran gefallen lassen, ob in unseren Adern überhaupt türkisches Blut fließe.

Einer der Väter hatte der Klassenlehrerin seines Kindes ein Foto seines fünfstöckigen Wohnhauses gezeigt, dass er in Konya hatte bauen lassen. Der gleiche Vater erklärte später, er habe kein Geld, um seine Kinder mit auf Klassenfahrt zu schicken. Wenn die Klassenlehrerin aber darauf bestehe, dass die Kinder mitfahren sollten, dann solle sie den Beitrag aus Schulmitteln aufbringen. Die Lehrerin war eine ältere Dame, die sofort fragte, wie er denn in der Türkei ein fünfstöckiges Wohnhaus habe bauen lassen, wenn er kein Geld habe. Sie selbst besitze nicht einmal eine Eigentumswohnung. Als ich dem Betreffenden übermittelte, was die Lehrerin gesagt hatte, wurde er ganz ärgerlich über mich, als sei ich die Verantwortliche, und ging einfach weg. Bei unseren späteren Begegnungen grüßte er mich nicht einmal mehr.

Wie Sie sehen, arbeiteten wir unter höchst aufreibenden Bedingungen, erfüllten das zwei- oder dreifache Pensum der deutschen Kollegen, waren schlechter bezahlt und erhielten nicht einmal eine adäquate Anerkennung für unsere Leistung. Mindestens tausend Mark netto verdienten die deutschen Kollegen monatlich mehr als wir. Unsere Arbeit, die wir leisteten, wurde weder durch die Bildungsstätte, für die wir arbeiteten, noch durch unsere eigenen Landsleute in angemessener Weise honoriert. Meine Gesundheit wurde, neben der physischen Erschöpfung, zunehmend von psychischen Erschöpfungserscheinungen in Mitleidenschaft gezogen. Dies war auch bei allen anderen Kollegen der Fall und einer der Gründe, warum ein Großteil von uns in Pension gehen musste, ohne das gesetzliche Rentenalter erreicht zu haben.

## Meine Tochter wird ein Schulkind

Nachdem meine Tochter an meiner Schule im Schuljahr 1984-1985 gelegentlich und im Schuljahr 1985-1986 dann regelmäßig die Vorschulklasse besucht hatte, wurde sie zum Schuljahr 1986-1987 in die erste Klasse eingeschult. Eine Kollegin, mit der ich schon an meinem ersten Tag an der Schule Bekanntschaft gemacht und Freundschaft geschlossen hatte, wurde ihre Klassenlehrerin. Sie war nicht so streng wie die Klassenlehrerin meines Sohnes und die Schüler schlossen sie gleich ins Herz. Meine Tochter war sehr zufrieden, so dass wir in der schulischen Ausbildung weder bei meiner Tochter, noch bei meinem Sohn Probleme durchmachen mussten. Meine Tochter war in den ersten Schulklassen nicht ganz so erfolgreich wie mein Sohn, doch die Leistungskurve stieg stetig an. Als sie in der fünften Klasse am Gymnasium anfing, geriet sie anfangs etwas ins Wanken, doch sie sammelte sich dann recht schnell. Da die Klassenlehrerin in der Grundschule nicht ausgeprägt streng war, war es normal, dass sie anfangs mit dem zügigen Lehrplan am Gymnasium ihre Schwierigkeiten hatte. Im Gegensatz zur Klassenlehrerin meiner Tochter war die Lehrerin meines Sohnes, wie ich zuvor bereits schilderte, autoritärer gewesen, während seine Lehrer am Gymnasium wiederum einen freieren Lehrstil bevorzugten. Dies hatte seinen Übergang vereinfacht. Die Gymnasiallehrer, die schon meinen Sohn kannten, äußerten sich – für meine Begriffe unangebracht – meiner Tochter gegenüber in der Art, „Du kommst aber nicht nach Deinem Bruder". Meine Tochter hatte daraufhin entgegnet, „Ich bin eben anders als mein Bruder. Dafür kann ich ja nichts." Aber ohne sich Minderwertigkeitskomplexen hinzugeben machte auch sie ihren Weg.

Nachdem mein Sohn 1993 und meine Tochter 1999 das Abitur gemacht hatten, studierten sie beide. Unter dem Einfluss der Dinge, die unsere Familie durchgemacht hatte, und auch unserer Einwirkung begann unser Sohn zunächst, Medizin zu studieren, obwohl er im Grunde lieber Jura studieren wollte. Nachdem er zu Beginn eines jeden Semesters zwischen Medizin und Jura geschwankt hatte, brach er schließlich nach drei Jahren das Medizinstudium ab und beschloss, Jura zu studieren. Es war zwar bedauerlich gewesen um seine drei Jahre, doch im Endeffekt war es wichtiger, dass er das studierte, was ihm wirklich am Herzen lag. Wir widersprachen seiner Entscheidung nicht. Im Übrigen hätten wir auch kein Recht dazu gehabt, denn wider besseren Wissens hatten wir uns bereits zu sehr eingemischt und ihm dadurch keinen Gefallen getan. Bei unserer Tochter versuchten wir dann, nicht den gleichen Fehler zu machen, den wir bei unserem Sohn gemacht hatten.

Häufig stellt man fest, wie vehement Familien ihre Standpunkte verteidigen in dem Glauben, nach bestem Wissen und Gewissen zu handeln. Es ist aber auch eine Tatsache, dass das Verhältnis zum ersten Kind ein anderes ist und dass man von seinem ersten Kind sehr viel lernt und dementsprechend weniger Fehler beim zweiten Kind macht.

Obwohl wir selbst Pädagogen waren, waren wir vor Fehlern bei unseren eigenen Kindern nicht gefeit. Nach dem Abitur ging meine Tochter für sechs Monate nach England. Später studierte auch sie Jura, wie schon ihr Bruder zuvor. Ohne sich dessen bewusst zu sein, hatten sie somit die berufliche Laufbahn eingeschlagen, von der ihre Mutter einst geträumt hatte.

Ich weiß auch gar nicht, wie ich in meinem Dorf auf diese Idee gekommen war, doch schon in der Grundschule antwortete ich immer, wenn man mich fragte, was ich werden wolle, wenn ich

mal groß sei, dass ich Anwältin werden wollte. Dies war zwar mein Traumberuf, doch da die Umstände aber nicht geeignet waren, habe ich diesen Traum nie realisieren können.
Ohne es wirklich zu wollen und völlig zufällig wurde ich schließlich Lehrerin, doch muss ich zugeben: wenn man mich fragte, welches der schönste Beruf der Welt sei, meine Antwort wäre Lehrerin. Es ist als würde man Menschen wie Blumen heranziehen. Je länger ich in meinem Beruf arbeitete und von den Kindern umgeben war, desto inniger und liebevoller wurde mein Verhältnis zu meiner Arbeit. Selbst als ich wegen gesundheitlicher Gründe eigentlich schon nicht mehr arbeiten konnte, machte ich noch weiter. Als mein Arzt mich weit weg zur Erholung schicken wollte, damit ich nicht mehr an die Schule dachte, entschloss ich mich, bis zum „bitteren Ende" an der Schule zu bleiben. Als meine Kopfschmerzen dann aber unerträglich wurden, musste ich 1994 notgedrungen die Arbeit als Lehrerin aufgeben. Allerdings habe ich danach noch jahrelang von meiner Schule und den Schülern geträumt.
Mein Wunsch war es, dass meine Kinder und meine Schüler erfolgreich werden, wie es sich alle Mütter und Väter wünschen. Für eine Lehrerin ist es eines der größten Glücksmomente zu sehen, wenn Schüler sich erfolgreich entfalten. In meinen ersten Jahren in Deutschland war ich sehr betrübt darüber, dass ich keine Schüler bis zum Studium bringen konnte. Sie können sich nicht vorstellen, wie unbeschreiblich glücklich ich war, als mir ein ehemaliger Schüler erzählte, dass er nun ein Physikstudium an der Universität aufgenommen hatte. Ich bin sehr dankbar dafür, dass uns auch dies zuteil wurde. Auch wenn es noch nicht im gewünschten Maße ist, so ist es doch eine Tatsache, dass auch unsere Kinder mittlerweile an den Hochschulen studieren und sehr schöne Berufe ergreifen. Ich habe keinen Zweifel daran, dass die Zahl unserer erfolgreichen Jugendlichen stetig ansteigen wird.

## Meine Gesundheit leidet

Aufgrund meiner übermäßigen Identifikation mit den Problemen im schulischen und privaten Bereich setzten ab 1988 schwere Kopfschmerzen bei mir ein. Anfangs klangen diese nach ein wenig Erholung auch ab, weswegen ich dem keine größere Bedeutung zumaß. Ich unterrichtete trotz Kopfschmerzen weiter, doch sobald ich zu Hause war, legte ich mich ins Bett. Im Laufe der Jahre nahmen diese Schmerzen immer weiter zu und ich suchte die verschiedensten Ärzte und Krankenhäuser auf, wo ich mir Besserung erhoffte. Im Endeffekt stellte man fest, dass meine Krankheit keine organische Ursache hatte, sondern vielmehr aus einem beruflich bedingten Erschöpfungszustand resultierte. Ich war natürlich sehr bedrückt, als mir empfohlen wurde, die Arbeit aufzugeben, denn auf so etwas war ich nicht vorbereitet. Ich wollte noch so viele Schüler unterrichten. Also haderte ich mit mir selbst: musste es ausgerechnet jetzt sein, wo ich eine gewisse berufliche Routine entwickelt und begonnen hatte, die Schüler wirklich zu verstehen. Andererseits litt ich aber auch große Schmerze und musste dieses Problem lösen.
Nach entsprechenden Tests und Untersuchungen wurde mir empfohlen, mich einer Mandel- und Nasenoperation zu unterziehen, da dies die Quelle meiner Beschwerden sein könnte. Also ließ ich beide Operationen über mich ergehen. Durch einen chirurgischen Fehler hatte man mir während der Operation sogar mein Nasenbein verbogen, doch die erhoffte Besserung meiner Schmerzen trat nicht ein. Ein Jahr später musste ich erneut ins Krankenhaus. Dieses Mal untersuchte man, ob vielleicht ein Tumor vorliegen könnte. Natürlich war ich sehr erleichtert, als sich dieser Verdacht als unbegründet erwies. Als der Oberarzt in Begleitung von drei Ärzten mir dass Ergebnis mitteilte, war ich sehr erfreut und sagte, dass mir dann also nichts Ernstes fehlte. Der Arzt dämpfte meinen Optimismus, indem er anmerkte, dass ich zwar für meine Begriffe an keiner organischen Krankheit litt, dass mein Zustand aber dennoch organisch sei. Eine übermäßige Ausbeutung der eigenen physischen Ressourcen könne dazu

führen, dass der Körper verschiedene Signale aussende und damit sage, „Es ist genug, sei vorsichtiger mit Dir." Während dem Einen dann der Arm schmerzt, leidet der Andere an Bauchweh, die Andere wiederum an Kopfschmerzen. Wenn man sich nicht vorsieht, können in Zukunft noch wesentlich größere Beschwerden auftreten.
Die Erklärungen des Arztes nahm ich mir sehr zu Herzen. In Situationen, in denen ich zuvor einem großen Entscheidungsdruck ausgesetzt gewesen wäre, fasste ich meine Entschlüsse nun wesentlich leichter. Obwohl es einem selbst bewusst ist, wie schädlich einige Angewohnheiten sind, so fällt es doch schwer, sich von diesen zu lösen. Man lernt Neues dazu. Ich wurde noch einige Male stationär behandelt und probierte auch neuere Behandlungsmethoden wie beispielsweise Akupunktur oder Feldenkrais aus, um Linderung für meine Kopfschmerzen zu erhalten. Unter diesen Umständen arbeitete ich noch bis 1994 weiter.
Immer wenn diese Schmerzen heftiger wurden und meine Tochter gerade mit mir reden wollte, vertröstete ich sie mit den Worten, „Lass uns später reden". Erst als mein Kind eines Tages entgegnete, „Immer sagst Du später, aber Du hörst mir nie zu" wurde mir bewusst, dass ich tatsächlich nie Zeit für sie hatte. Wie auch mein Arzt sagte, hatte ich meine Kinder vernachlässigt. Ich hatte überhaupt nicht gemerkt, wie sie das Gefühl entwickelt hatten, ihre Mutter würde sie nicht lieben, weil sie sich kaum mit ihnen beschäftigte. Da sie die Grundschule jeweils an meiner Schule besucht hatten, hatte ich sie bewusst auf Distanz gehalten, damit die anderen Schüler nicht den Eindruck bekamen, es gehe ungerecht zu.
Eines Tages klopfte es in der Pause an der Tür zum Lehrerzimmer und da ich zufällig neben der Tür saß, war ich diejenige, die öffnete. Vor der Tür stand weinend meine Tochter. Einer der Schulkameraden hatte ihr einen Stein an den Kopf geworfen und sie zeigte mir ihre blutende Wunde. Die Wunde war nicht besonders groß und blutete auch nicht übermäßig. Dennoch war es das Natürlichste von der Welt, dass sie von mir getröstet werden wollte. Doch was tat ich? Ich sagte ihr, dass sie es nicht mir,

sondern ihrer Klassenlehrerin zeigen sollte. Noch heute reden wir darüber, dass meine Tochter mein damaliges Verhalten einfach nicht verstehen konnte, doch wie hätte eine Zweitklässlerin das verstehen können? Mein Sohn wiederum führt als ein Beispiel, das ihn gestört hatte, an, dass ich in der Pause zwar mit den anderen Kindern spielte, mit ihm aber nicht. Während ich alle anderen Mütter und Väter immer wieder aufforderte, ihren Kindern Aufmerksamkeit zu geben und ihnen ihre Liebe zu zeigen, hatte ich selbst es offenbar versäumt, meinen eigenen Kindern in der Schule die erforderliche Liebe und Aufmerksamkeit zuteil werden zu lassen. Noch heute reden wir bei unseren Gesprächen am Frühstückstisch häufig über meine Fehler, die auf meinem Verständnis von Dienstpflicht basierten. Ich stehe dann regelmäßig in der Kritik meiner Kinder, die mir berichten, wie sie sich fühlten, während ich derart streng versuchte, alle Kinder gleich zu behandeln. Andererseits beklagen sie sich darüber, dass ich sie außerhalb der Schule mit übermäßiger Aufmerksamkeit überschütte und sie mit meiner Übersensibilität regelrecht erdrücke. Dieses zeigt mir, dass wir unseren Kindern nicht dann und dort die erforderliche Liebe und Aufmerksamkeit zukommen lassen sollten, wenn wir sie nötig haben, sondern vielmehr ihren Bedürfnissen entsprechend. Unpassende Bekundungen von Liebe und Aufmerksamkeit müssen ähnlich unbefriedigend sein, wie das Unterfangen, einen satten Menschen zum Essen zwingen zu wollen.
Da ich selbst Schulen besucht hatte, an denen meine älteren Brüder unterrichteten, wusste ich um die Schwierigkeiten und hätte mir daher gewünscht, dass meine Kinder nicht meine Schule besuchen, doch leider hatte es sich nicht vermeiden lassen. Somit besuchten beide meiner Kinder bis zur vierten Klasse die Schule, an der ihre Mutter unterrichtete. Erst viel später begriff ich, dass ich in dem Bemühen, alle Kinder gleich zu behandeln, um sie nicht zu kränken, meine eigenen Kinder gekränkt hatte.

## Auswirkungen der türkisch-kurdischen Thematik auf die Schulen

Nachdem der Konflikt zwischen den Linken und Rechten in der Türkei abgeklungen war, trat die türkisch-kurdische Situation in Erscheinung und äußerte sich prompt auch in Deutschland. Teilweise verzerrten die deutschen Medien die negativen Erscheinungen in der Türkei und gaben diese meiner Ansicht nach in um ein vielfaches überspitzter Weise wieder. In solchen Zeiten sind es immer die Lehrer, die besonders sensibel reagieren und ihre Haltung an der durch die Medien vermittelten Richtung orientieren. Je mehr der Terror in der Türkei eskalierte, desto größer wurde die Zahl der kurdischstämmigen Landsleute, die nach Deutschland kamen. Bei der ersten Gelegenheit, die sich bot, reisten sie mitsamt ihren Kindern ein. Sie kamen meistens in den Stadtteilen unter, in denen bereits überwiegend Ausländer lebten, da auch ihre bereits hier lebenden Verwandten dort lebten. Sobald sich in der näheren Umgebung Wohnungen fanden, zogen sie dort ein. Aus diesem Grunde stieg unser Anteil an Schülern, die Asylbewerber waren, damals schnell an. In der ersten Zeit war es sogar so, dass Kinder, die kaum 10 oder 12 Jahre alt waren, ohne ihre Familien durch Verwandte hergebracht wurden. Ihnen wurden dann Leistungen gewährt und die Kinder wurden in die Schulen geschickt. Meine deutschen Kollegen und ich halfen ihnen damals, denn es waren Kinder, die – aus welchen Gründen auch immer – von ihren Familien getrennt und hergeholt worden waren. Meiner Auffassung nach wäre es ziemlich unmenschlich gewesen, ihnen nicht zu helfen. Während ich mich aber dementsprechend verhielt, entging es mir nicht, dass einige der mit Vorurteilen behafteten deutschen Kollegen versuchten, Zwietracht zwischen mir und den kurdischstämmigen Landsleuten zu säen. In solchen Situationen zögerte ich nicht, mehr als das erforderliche Maß an Einsatz zu zeigen.
Eine gute Freundin von mir war Lehrerin in der Vorschulklasse, die wir zwei Stunden in der Woche gemeinsam betreuten und in der wir mit den Kindern Spiele spielten. Bald kamen fünf neue

Kinder von kurdischstämmigen Landsleuten in die Klasse. Noch bevor die Kinder die Klasse betreten hatten, berichtete die Kollegin von der Abstammung der Kinder und es hatte fast den Anschein, als forderte sie die anderen Kinder auf, sich von ihnen fernzuhalten. Ich kümmerte mich aber nicht darum und ging auf die Kinder zu und machte mich mit ihnen bekannt. Nachdem sie sahen, dass ich Türkisch sprach und sie außerdem die deutschen Kollegen nicht verstanden, wollten sie sich nicht mehr von mir trennen. Wenn sie mich später in den Pausen sahen, kamen sie auf mich zugelaufen und fragten mich, wann wir wieder zusammen Unterricht haben würden.

Als ich eines Tages erneut in diese Klasse kam, sah ich, dass eines der Kinder weinte und ging sofort zu ihm hin. Es war in der Pause hingefallen und hatte sich eine Schramme zugezogen. Das Kind sagte, dass es Schmerzen im Bein und im Bauch hätte. Daraufhin fragte ich die Kollegin, warum sie das Kind nicht nach Hause geschickt oder die Erziehungsberechtigten verständigt hätte. In solchen Situationen hatte man in den Vorschulklassen die Pflicht die Erziehungsberechtigten zu verständigen oder das Kind selbst nach Hause zu bringen, sofern es in der Nähe wohnte. Sie antwortete, dass sie das Kind nicht bringen konnte, da sie zu tun habe und die Familie kein Telefon habe. Als ich sie fragte, warum sie es dann mir nicht gesagt habe, da sie doch wusste, dass ich in dieser Stunde in der Klasse sein würde, antwortete sie „Du kannst dort sowieso nicht hingehen, denn sie sind Kurden". Ich war wie vor den Kopf geschlagen und fragte sie, was sie sich dabei dachte, denn schließlich waren auch sie meine Landsleute und das Kind mein Schüler. Ich ärgerte mich sehr, denn ob ich das Kind nach Hause bringen konnte oder nicht, konnte ich auch selber entscheiden und sollte nicht an unterschiedlichen Abstammungen gemessen werden. Ich gab ihr zu verstehen, dass sie diese Menschen nicht besser kannte als ich und ich sehr wohl das Kind nach Hause bringen konnte. Mit diesen Worten nahm ich das Kind auf den Arm, schlug die Tür zu und ging.

Im Sekretariat ließ ich mir die Adresse der nahe gelegenen Wohnung geben und brachte das Kind nach Hause. Als ich an der Tür klingelte öffnete ein junger Mann, der die Mutter des Kindes

rief. Sie waren sehr erstaunt, als sie mich plötzlich mit dem Kind vor der Tür stehen sahen. Entweder waren sie zu perplex, um mich hereinzubitten, oder sie wollten es nicht. Erst als ich fragte, ob sie mich nicht hereinbitten wollten, luden sie mich ein, einzutreten.
In der Wohnung waren 7 bis 8 Personen. Nachdem ich mich vorgestellt und von dem Unfall des Kindes berichtet hatte, kam ich etwa 15 Minuten später wieder in die Schule. Da die Eltern dieses Kindes kein Deutsch sprachen, kamen sie später immer auf mich zu, wenn sie ein Anliegen hatten, dass es zu klären galt und ich versuchte ihnen dann, behilflich zu sein. Bei den Versammlungen saßen sie neben mir und wenn sich die Gelegenheit bot, unterhielten wir uns. Meine Kollegin war darüber erstaunt und sagte, „Ich hätte nicht gedacht, dass Ihr so miteinander auskommen könnt." Dies gab das falsche Bild wieder, welches viele Menschen in Deutschland leider hatten. Trotz der zeitweiligen Unruhen sind die Menschen nicht verfeindet und schließen sehr wohl auch gute Freundschaften.
Diese Kinder besuchten etwa bis zur Mitte der dritten Klasse meinen Unterricht. Da ich dann wegen meiner gesundheitlichen Probleme aus dem Schuldienst ausscheiden musste, konnte ich die vierte Klasse nicht mehr unterrichten. Von Zeit zu Zeit besuchte ich aber die Schule. Es hatte mich sehr berührt als bei einem dieser Besuche eines der Kinder zu mir gesagt hatte, „Ohne Dich ist die Schule überhaupt nicht schön."
Mit den politischen Ansichten dieser Familien stimmte ich zwar überhaupt nicht überein, vielmehr lehnte ich sie vollkommen ab. Allerdings sah ich es gleichzeitig als meine Pflicht an, den Menschen in menschlicher Weise zu begegnen. Eines Abends klingelte es an unserer Tür und mein Sohn öffnete. Als ich hörte, dass eine Diskussion im Gange war, ging ich zur Tür und sah vor mir die Mutter eines unserer Schüler in Begleitung von zwei Männern. Als die Frau mich sah, war sie zunächst überrascht und sagte dann ihren Begleitern die Namen der Kinder und dass ich deren Lehrerin sei. Ich fragte sie, ob ich ihnen helfen könnte und sie antwortete mir etwas verunsichert, dass sie Spenden für ihren Verein sammelten. Ich wusste sehr genau um welche Art von

"Vereinen" es sich dabei handelte. So war das Geld für eine der Terrororganisationen bestimmt. Ich tat jedoch, als wüsste ich von nichts und entgegnete, dass wir schon ausreichend an verschiedene gute andere Organisationen spendeten. Bei unseren späteren Begegnungen in der Schule oder auch außerhalb, taten wir beide so, als wäre dieser Vorfall nie passiert.

Viele von diesen Leuten waren auch einfach dem Traum von einem Leben in Europa folgend hergekommen. Da sie dann nicht mehr zurückkehren konnten, wurden sie hier zeitweise zum politischen Spielball verschiedener Interessengruppen. Ich habe von vielen von ihnen gehört, wie sehr sich ihr Leben in der Türkei von dem Leben hier unterschied. Eine Mutter von drei Kindern, die aus der Gegend um Kayseri kam, erzählte mir, „Wir sind nur hierher gekommen, weil mein Mann es so wollte. Er wiederum hat auf seine Schwester gehört, die hier Arbeiterin ist. Wir bereuen es zwar sehr, aber wir können jetzt nicht mehr zurück. Wir hatten eine Fünfzimmerwohnung und ein riesiges Ladenlokal direkt unter der Wohnung. Jede Woche kam eine Putzfrau zu mir. Hier aber muss ich selber Putzen gehen und mit drei Kindern leben wir in einer Zweizimmerwohnung. Mein Mann und ich sind beide sehr niedergeschlagen, trotzdem können wir nicht zurückgehen." Als ich im Scherz sagte, dass sie dies hoffentlich auch den deutschen Beamten so erzählten, merkte ich ihr an, dass es ihr sehr unangenehm war und bereute, dass ich das gesagt hatte. Neben denen, die wegen wirtschaftlicher Schwierigkeiten gekommen waren, gab es auch solche, die ein recht sorgloses Leben geführt hatten. Ich habe Menschen gesehen, die dort Höfe und Geschäfte besessen hatten. Viele von ihnen bereuten ihre Entscheidung. Sie hatten ein anderes, besseres Leben im reichen Europa erwartet. Ein anderer sagte, „Wir besaßen 500 Schafe und hatten ein ausreichendes Einkommen, mit dem wir leben konnten. Wir bereuen es zutiefst, hergekommen zu sein." Dadurch brachten sie gleichzeitig ihre Sehnsucht und ihre Unzufriedenheit zum Ausdruck.

Im Grunde genommen ist es völlig unerheblich, auf welchem Wege die Menschen einst herkamen: unsere Landsleute werden leider häufig als Menschen dritter Klasse behandelt. Ich denke in den Augen von einigen Deutschen rangieren sie selbst an erster Stelle, danach kommen die EU Bürger und erst an dritter Stelle kommen unsere Landsleute. Wann immer wir dies ansprechen, relativieren diejenigen dies damit, dass sie selbst einer Untersuchung der beliebtesten Länder zufolge nur auf Platz neun in Europa rangieren.

Aber was auch immer sie sagen und wie auch immer sie denken mögen, diese eine Tatsache gilt es zu akzeptieren: ganz egal, aus welchen Gründen diese Menschen einst herkamen, sie werden und können häufig nicht wieder weggehen. Somit ist es geboten, sämtliche Maßnahmen unter Berücksichtigung dessen zu entwickeln, dass diese Menschen dauerhaft hier bleiben werden. Menschen, die gleiches leisten, müssen auch dem Gleichheitsprinzip entsprechend behandelt werden.

### Die Haltung der Gewerkschaft (GEW)

Obwohl wir jahrelang Mitglieder der Gewerkschaft für Erziehung und ... waren, nahm dieser Verband sich unserer nicht an. Sobald in der Türkei irgendetwas falsch lief, füllten sich die Seiten des Presseorgans HLZ mit Negativmeldungen, während unsere Probleme nicht einmal in den kleinsten Artikeln Würdigung fanden. Hätten wir selbst geschrieben, wäre es ohnehin nicht abgedruckt worden. Weder schrieb man irgendetwas über unsere Arbeitsbedingungen, noch über unsere Minderbezahlung. Nach 18 oder 19 Jahren gründeten wir unseren eigenen Verein und versuchen seit dem, unseren Anliegen durch TÖDER, den Verein Türkischer Lehrer, selbst Gehör zu verschaffen. Mit diesem Verein gelang es uns endlich zahlreiche Bestrebungen wie Fortbildungsseminare zur beruflichen Qualifikation, die Aufnahme des muttersprachlichen Unterrichtes in die Lehrpläne,

deren versetzungsrelevante Benotung, sowie die Aufnahme von Türkisch als zweite Fremdsprache auf den Weg zu bringen.
Bezüglich der Erhöhung unserer Gehälter sagte ein GEW Verantwortlicher einmal, wir würden bereits mehr bekommen, als uns zustehe. Daraufhin fragte ein Kollege verärgert zurück, ob dieser Verantwortliche eigentlich die Arbeitgeberseite vertrete, oder ob er nicht vielmehr verpflichtet sei, unsere Interessen wahrzunehmen. Nach neunzehnjähriger Mitgliedschaft trat er dann schließlich aus. Die GEW unterhielt zwar jahrelang Einrichtungen wie die Ausländerkommission und dergleichen, tat aber herzlich wenig für unsere Belange. Dennoch höre ich, dass andere GEW Filialen in anderen Bundesländern in konstruktiverer Weise mit unseren Kollegen zusammenarbeiten. Doch seit Ende der neunziger Jahre stellte ich fest, dass ihr Gewicht hierzulande stetig abnahm. Meist waren selbst die Telefone in den Büros nicht besetzt.
In Deutschland war es so, dass sogar diejenigen, die in einem anderen Bundesland studiert hatten automatisch in einer niedrigeren Gehaltsklasse eingestuft wurden – ganz zu schweigen von der gleichwertigen Anerkennung ausländischer Diplome. Wir selbst waren gleich mehrere Gehaltsstufen niedriger angeordnet und erhielten jahrelang niedrigere Gehälter als unsere Kollegen in anderen Bundesländern. Erst durch die Bestrebungen unseres Vereins gelang es schließlich, dass meine Kollegen bei der letzten Tarifanpassung berücksichtigt wurden und nun zumindest so viel verdienen, wie unsere ausländischen Kollegen in anderen Bundesländern. Da ich zuvor aus gesundheitlichen Gründen ausgeschieden war, kam ich nicht mehr in den Genuss dieser Regelung. Ich war zwar aus dem aktiven Berufsleben ausgeschieden, nicht aber aus den Bemühungen und Aktivitäten rund um Erziehung und Ausbildung. Als Gründungsmitglied des TÖDER war und bin ich seit langen Jahren im Vorstand. Die Kollegen scherzen manchmal mit mir und sagen, sie hätten meine Pensionierung nur abgesegnet, damit ich die Vereinsarbeit organisieren könne, die ja nicht so einfach sei. Offen gestanden ist die Vereinsarbeit in der Tat nicht so einfach, wie es scheint. Sie ist zeitraubend und wirkt sich zudem schädlich auf meine Gesundheit aus,

doch selbst über kleine Erfolge bin ich sehr glücklich. Als mich eines Tages ein Kollege ansprach und fragte, wie hoch mein Honorar sei, dass ich für meine Vereinsarbeit bekomme, war ich perplex und fragte zurück, ob er wisse, wie viel ich eigentlich draufzahle, was ihn wiederum erstaunt hatte. In der Tat ist es bitte, dass es nach wie vor Menschen unter uns gibt, denen der Gedanke, dass ehrenamtliche Vereinsarbeit auf reiner Freiwilligkeit beruht und ausschließlich sozialen Zwecken dient.

Wie ich bereits sagte, bedeutet es für einen Lehrer das höchste Glücksgefühl, wenn er sieht, dass seine Schüler gerne lernen und dabei erfolgreich werden. Dies sage nicht nur ich, sondern alle meine Kollegen. Der Erfolg basiert auf dem Zusammenspiel und dem gegenseitigen Vertrauen von Schüler, Familie und Lehrer. Sobald einer den anderen verzerrt wahrnimmt, wirkt sich dies kontraproduktiv aus. Wie in jedem anderen Beruf, gibt es auch bei den Lehrern solche und solche. Die allgemeine Weltanschauung spiegelt sich in der Regel im Verhältnis zu den Schülern und zum Beruf wieder. Einige Gedanken, die ich zuvor in meinen Schriften, die in verschiedenen Zeitungen erschienen, möchte ich an dieser Stelle ergänzend wiedergeben.

## Einfluss moderner Technologien auf die Kinder

Radio, Fernsehen, Video, Computer und Handys verändern das Leben unser aller, somit auch das der Kinder und Jugendlichen in positiver wie negativer Weise. Der sich rasant entwickelnde Markt für Elektronik hält jeden Tag immer neue Produkte bereit. Natürlich ist es begrüßenswert, wenn durch deren Beherrschung und Einsatz viele Arbeiten in wesentlich kürzerer Zeit bewältigt werden können. Somit bringt jedes für sich unzählbare Zusatznutzen mit sich, sofern sie gut und zweckgerichtet eingesetzt werden. Was aber geschieht, sobald diese Geräte in missbräuchlicher und zweckentfremdeter Weise benutzt werden? Wir müssen uns auch über möglichen katastrophalen Schäden im Klaren sein. Daher müssen wir vorsichtig sein und richtungweisend eingreifen, sobald unsere Kinder Gebrauch von modernen Technologien machen.

Als in den achtziger Jahren die Videorecorder auf den Markt kamen, kauften unsere Landsleute gleich zwei oder drei Filme auf einmal und gemeinsam mit ihren Kindern sahen sie sich an nur einem Abend bis zu fünf Filme auf einmal an. Am nächsten Tag erschienen die Kinder dann so müde und unausgeschlafen im Unterricht, dass sie dem Unterricht nicht folgen konnten. Wir selbst schafften lange Zeit keinen Videorecorder an, da unser Sohn relativ viel fern sah und wir dies nicht noch durch den Videorecorder verstärken wollten. Wir wollten dadurch vermeiden, dass er auf diese Weise noch mehr Zeit totschlug. Als ich auf einer Elternversammlung sagte, dass mein Sohn, wie die anderen Kinder auch, zu viel fernsah, entgegnete die Gymnasiallehrerin mir, er wisse schon was er tue. Dabei war es doch bei allen Kindern so, dass sie kaum selbst Grenzen setzen konnten, wenn man es ihrer freien Entscheidung überließ.

Eines Tages sah ich erneut, wie müde die Schüler in der Klasse waren, weil sie am Vorabend zu viele Filme gesehen hatten. Ich begann, ein Gespräch darüber zu führen und erzählte, dass wir zu Hause keinen Videorecorder hätten. Eines der Kinder fragte daraufhin, „Kaufst Du keinen, weil Ihr kein Geld habt? Bei uns zu Hause gibt es drei Stück. Wenn Du möchtest kann ich Dir einen mitbringen." Als ich ihn fragte, wozu sie diese vielen Geräte benötigten, antwortete er mir stolz, dass sie die Filme vervielfältigen und dann im anderen Zimmer einen anderen Film ansehen. Daraufhin entgegnete ich, dass das der Grund dafür sei, dass er immer müde und unkonzentriert im Unterricht sei.

Heutzutage ist es so, dass Kinder, die mit dem PC nicht umgehen können, aber sich den ganzen Tag nicht von ihm lösen können, in der Schule absacken und die ohnehin geringe Lesebereitschaft noch weiter absinkt. In der Realität ist es so, dass die Kinder die PCs weniger zum Lernen, als zum Spielen benutzen und stundenlang nicht aufhören. Die Handys sind wiederum sowohl in finanzieller, als auch in gesundheitlicher Hinsicht schädlich.

Die Familien und Lehrer sind hier besonders gefragt, um den konstruktiven Gebrauch der genannten Geräte zu gewährleisten.

## Als türkische Lehrerin in Deutschland

Unser Leben formt sich mit unserer Umgebung und es ist nur allzu natürlich, dass wir sowohl in positiver, als auch in negativer Weise von der Welt beeinflusst werden, die uns umgibt. Uns allen ist es bewusst, dass wir nach Kräften und im Rahmen unser individuellen Möglichkeiten danach zu streben haben, dass die positiven Entwicklungen überwiegen. Aber kommen wir unseren Aufgaben wirklich nach? Wenn ja: Verfügen wir um ein geeignetes Umfeld, um diese umzusetzen? Unabhängig davon, in welchem Beruf wir tätig sind, gilt es zu hinterfragen, ob unsere Lebens- und Arbeitsbedingungen für unser weiteres Fortkommen nützlich oder hinderlich sind.
Wie fanden die Türkischlehrer in diesem Land in den Schuldienst? Unter welchen Umständen kommen sie ihrer Arbeit nach? Ich bin der Ansicht, dass es von Nutzen sein wird, die Öffentlichkeit über diese Punkte zu informieren – auch wenn es erst spät geschieht. Ich halte es für sinnvoll, die Türkischlehrer entsprechend ihrer Aufnahme in den Dienst und ihrer Arbeitsrichtungen in zwei Gruppen aufzuteilen. Die Arbeit der durch die Schulbehörden in den Bundesländern eingestellten Lehrer in den regulären Schulen unterscheidet sich stark von der Arbeit der Lehrer, die mit zeitlich befristeten Lehrverträgen aus der Türkei angefordert werden – wenngleich beide Schüler aus dem gleichen Land unterrichten. Zunächst möchte ich auf die Arbeit der hiesigen Lehrer eingehen.
Jede Berufsgruppe hat ihre spezifischen Schwierigkeiten. Jeder ist in der Lage, seinen eigenen Beruf zu beurteilen und darüber zu reflektieren. Als eine der in Deutschland beschäftigten hiesigen Lehrerinnen werde ich mehrere Aspekte unseres Berufsstandes

beleuchten. Wenngleich unsere Arbeitsmethoden je nach Bundesland leicht variieren, so stellen wir in unserem Erfahrungsaustausch auf den Tagungen des ATÖF – der Föderation der Türkischlehrer in Deutschland – doch immer wieder fest, dass im Kern keine allzu großen Unterschiede bestehen.

Bei einer chronologischen Betrachtung, beginnend am Zeitpunkt unserer Einstellung in den Schuldienst, stellen wir fest, dass die hier aufgetretenen Mängel unser gesamtes weiteres Arbeitsleben beeinträchtigen. Obwohl wir zwar alle Lehrer sind, entstammen wir doch einem gänzlich anderen Ausbildungssystem und waren auf die Arbeit in einer anderen Unterrichtssprache nicht vorbereitet. Mit Ausnahme einiger weniger Bundesländer, wurde es überwiegend versäumt hier die Möglichkeiten für berufsbegleitende Fortbildungsmaßnahmen zu schaffen. Auf die gleiche Art und Weise, wie das Land in dem wir leben, von der Arbeitskraft unserer Landsleute profitierte, ohne in deren Qualifikation investiert zu haben, investierte man auch nichts in die zusätzliche Qualifikation der Lehrer, profitierte aber dennoch von ihnen, indem sie in vielfältiger Weise und Aufgabengebieten eingesetzt wurden.

So wurden sie an den Schulen nicht nur als Lehrer, sondern auch in völlig fremden Berufsbildern wie Sozialberatung und Dolmetschfunktionen eingesetzt, wie es auch heute noch der Fall ist. Als wäre dies noch nicht genug, wurden wir zudem noch in gleich mehreren Schulen gleichzeitig eingesetzt, wodurch uns eine kaum zu bewältigende Mehrfachbelastung aufgebürdet wurde. Während wir unter diesen erschwerten Bedingungen unserem Beruf nachzukommen versuchten, verdienten wir regelmäßig um ein Drittel weniger, als unsere deutschen Kollegen. Während unsere primäre Aufgabe in der Erteilung des muttersprachlichen Unterrichts zu liegen hätte, waren wir in der Praxis Sozialberater, Dolmetscher, kurz Rettungsring und Feuerlöscher zugleich. Unsere erste Aufgabe war es, Konflikte mit der Schulleitung und die Probleme unserer deutschen Kollegen zu lösen. In der verbleibenden Zeit und wenn es unseren deutschen Kollegen, mit denen wir gemeinsam unterrichten sollten, genehm war und diese genügend Verantwortungsbewusstsein zeigten, uns entsprechende Schüler zu überweisen, klapperten wir zusätzlich noch die Klassen ab und erteilten dann erst den muttersprachlichen Unterricht.

Als Türkischlehrer werden wir behandelt, als wären wir für sämtliche im Umfeld der Schule auftretenden Probleme verantwortlich. Geht es um einen ungezogenen Schüler oder ein starrköpfiges Elternteil, dann ist es unser Landsmann und wir sind erster Ansprechpartner. In den Lehrerzimmer suchen die deutschen Kollegen in der Regel dann unsere Nähe, um über die Probleme der Schüler zu reden; allerdings nicht, um über bessere Ausbildungs- oder Unterrichtsbedingungen zu reden. Bei diesen Gesprächen legen sie zudem eine vorwurfsvolle Haltung an den Tag, als ginge es um eines unserer spezifisch-persönlichen Probleme. Wir sind ohnehin Menschen, die in dem Verantwortungsbewusstsein um jeden unserer Schüler, ja sogar im sozialen Umfeld befindlichen Schüler, handeln. Trotz dieses uns eigenen Verantwortungsbewusstseins wird uns von unseren Landsleuten unter den Eltern völlig undifferenziert zum Vorwurf gemacht, wir würden nicht in ausreichendem Maße unterstützend wirken. Zusammengefasst kann man sagen, dass unsere Arbeit weder durch das schulische Umfeld, mit dem wir zusammenarbeiten, noch durch die Eltern anerkannt wird. Wenn es gelingt, dass ein Schüler erfolgreich ist, dann wird dieser Erfolg den deutschen Kollegen zugute gehalten und nicht uns. In der unseren Landsleuten eigenen grenzenlosen Vertrauenshaltung erteilen diese den deutschen Lehrern jegliche Kompetenz. Erst wenn sie enttäuscht werden, machen sie uns Vorwürfe, da sie davon ausgehen, wir würden ihre Kinder nicht unterstützen. Und wenn wir noch so produktive Arbeit leisten, so wird dies doch in der Regel nicht wahrgenommen.

Den gleichen Verantwortlichen, die in großen Reden immer wieder betonen, für wie wichtig sie den muttersprachlichen Unterricht halten, ist es nicht möglich, den ohnehin nur symbolisch aufgenommenen muttersprachlichen Unterricht in den Lehrplänen unterzubringen. Tatsächlich wissen wir aber alle, dass der Grund nicht in der befürchteten Überfrachtung der Lehrpläne zu suchen ist, sondern schlicht im mangelnden Willen. Statt die muttersprachliche Kompetenz zu fördern ist man viel mehr bestrebt, ihren Verlust durch schlichtes Verlernen herbeizuführen. Die GEW als Gewerkschaft der Lehrer in Deutschland hat sich trotz unserer jahrelangen Mitgliedschaft keines einzigen unserer Probleme angenommen.

Wir selbst sind eine Handvoll Lehrer, die sich abmühen, den Schülern ihre Muttersprache gut und richtig zu vermitteln. Obwohl wir selbst Unterricht haben, sind wir angehalten, in dieser Zeit andere Lehrer zu vertreten, die dann gerade fehlen. Hat der Lehrer Probleme mit einem Schüler oder den Eltern? Wir stehen ihm helfend zur Seite. Wenn es etwas zu erledigen gibt, dann übernehmen wir auch das. Hat der Klassenlehrer keine Lust, die Schüler zu uns in den Unterricht zu schicken, müssen wir uns selbst bemühen, die Kinder in die Klassen zu holen. Bei alledem spüren wir immer den Druck, unserer eigentlichen Arbeit, der Erteilung des muttersprachlichen Unterrichtes, nicht nachkommen zu können. Natürlich gibt es einen Bedarf an Dolmetschern oder Sozialberatern, aber diese Funktionen sollten nicht durch den Muttersprachlehrer abgedeckt werden. Vielmehr ist es erforderlich, dass auch für diese Funktionen qualifizierte Leute eingestellt werden, die dann für die Anliegen der Eltern, der Schüler, der Lehrer und der Schulleitung herangezogen werden.

Nicht genug mit den Behinderungsversuchen der Verantwortlichen, der Schulleitungen und der deutschen Kollegen: das Desinteresse unserer Landsleute am muttersprachlichen Unterricht erschwert es uns zusätzlich, unsere Aufgaben in zufrieden stellender Weise zu erfüllen. An dieser Stelle möchte ich betonen, mit welch großem Bedauern es unsererseits aufgenommen wird, wenn Eltern den falschen und hinterhältigen Behauptungen Glauben schenken, dass der Erfolg ihrer Kinder in den anderen Schulfächern darunter leiden würde, sobald sie an unserem muttersprachlichen Unterricht teilnähmen. Umso bedauerlicher, als diese Behauptung sowohl von der Wissenschaft als auch unsererseits immer wieder widerlegt wird. Ganz im Gegenteil kommt der muttersprachlichen Kompetenz im Hinblick auf die Entwicklung zu erfolgreichen und charakterfesten Persönlichkeiten eine große Bedeutung zu.

Immer wieder betonen Wissenschaftler und Experten in ihren Schriften, dass die Muttersprache die familiären Bande festigt und das Selbstbewusstsein stärkt. Die Leistung eines selbstbewussten Kindes wird nicht sinken, sonder steigen. Von unseren Erfahrungen ausgehend sind wir in der Lage zu behaupten, dass ein Kind, das seine Muttersprache gut beherrscht, die Fähigkeit hat, eine weitere Fremdsprache besser und schneller zu lernen. Aus diesen Gründen ist es erforderlich, dass die Eltern uns ihr Vertrauen und ihre Unterstützung schenken. Unsere Forderungen nach der Bewilligung von mehr muttersprachlichem Unterricht und die Einstellung von mehr Muttersprachlehrern muss durch die Eltern Nachdruck verliehen werden. Obwohl diese Forderungen konform mit unseren natürlichen und gesetzlichen Ansprüchen sind, ist es leider in der Praxis so, dass die Eltern von Zeit zu Zeit sogar die Muttersprachlehrer verunglimpfen und ihre Arbeit dadurch noch weiter erschweren.
Von dem uns aus der Geschichte bekanntem Wissen ausgehend, können wir voraussagen, dass die kommenden Generationen sich der Erforschung und Ergründung ihrer Muttersprache widmen und sich ihr zuwenden werden. Wenn wir uns in diesem Punkt heute nicht sensibel verhalten, dann wird es uns in der Zukunft kaum gelingen, dieses Problem zu lösen. Allen Widrigkeiten zum Trotz führen wir, die hiesigen Türkischlehrer, unsere Arbeit weiter fort. Ein großer Teil unserer Probleme kann dadurch gelöst werden, dass die Eltern sich mit einer größeren Sensibilität der Erteilung des muttersprachlichen Unterrichts widmen. Anderenfalls werden sich selbst die derzeit in nur geringem Umfang durch einige wenige Kollegen und unter schwierigsten Bedingungen erteilten Unterrichtsangebote langsam aber sicher erschöpfen. Dies wird in der Gestalt stattfinden, dass nach der Pensionierung der Lehrer keine ergänzenden Lehrer mehr eingestellt werden.
Trotz aller Beschwernisse und Probleme, lieben wir unseren Beruf sehr. Auch wenn wir stets im Hintergrund sind, handeln und arbeiten wir in dem Bewusstsein, einen wichtigen Beitrag zur Erziehung der kommenden Generationen zu leisten. Dement-

sprechend sind wir bemüht, unseren Aufgaben im Rahmen unserer Möglichkeiten weiterhin nachzukommen.
Im Bestreben darum, diesen Anspruch, der als Errungenschaft anzusehen ist, nicht zu verwirken, sind wir auch angehalten, unsere Kinder zweisprachig zu erziehen und auch das Interesse an dem Lehrberuf zu steigern, der es ermöglichen soll, dass weitere muttersprachlich qualifizierte Lehrer ausgebildet werden. Hierfür sind wir auf die Zusammenarbeit von Lehrern und Eltern angewiesen. Diejenigen unserer Schüler, die später einmal ausgebildet sein werden für den zweisprachigen Schuldienst, werden auch nicht mit den gleichen materiellen und ideellen Einbußen konfrontiert sein. Ich habe keine Zweifel daran, dass sie eine sehr produktive Arbeit leisten werden, da sie mit den deutschen Kollegen auf einer Stufe stehen werden. Einige positive Beispiele existieren bereits. Nun liegt es in der Hand der Eltern, die Anzahl dieser Beispiele durch eine Erhöhung der Sensibilität und der Bemühungen zu erhöhen.

## Appell an die Eltern

Es ist das Gesetz der Natur, das auch vor den Menschen nicht halt, die ebenso geboren werden, heranwachsen und schließlich sterben, wie alle anderen Lebewesen auch. Während dieser Zeitspanne kommen jedem Lebewesen gewisse Pflichten zu, die es zu erfüllen gilt. Die Menschen unterscheiden sich von den übrigen Lebewesen darin, dass sie die ihnen obliegenden Pflichten in bewusster Weise zu erfüllen haben.
Genauso notwendig, wie das tägliche Essen und Trinken für die Aufrechterhaltung unserer Existenz ist, so wichtig es, sich in jeder Hinsicht unseren Kindern zu widmen, sie zu lieben und ihnen auch zu zeigen, dass wir sie lieben. Nur so können wir das Heranwachsen glücklicher, erfolgreicher zukünftiger Generationen erreichen. Zu unseren wichtigsten Aufgaben gehört es hier,

uns nicht auf ihre physische Nahrungsaufnahme zu beschränken, sondern uns weitaus umfassender mit ihrem sozialen Umfeld, den Schulen, die sie besuchen, den Berufen, die sie auswählen, den politischen, sozialen und wirtschaftlichen Themen der Gesellschaft befassen, in der sie leben werden. Zusammengefasst kann man sagen, es gilt, sich in allen Bereichen zu sensibilisieren.
In Hamburg, wo die meisten von uns bereits seit langen Jahren leben, fand bei den Wahlen zum 23. September 2001 – also nach 44 Jahren – ein Regierungswechsel statt. Noch bevor der neue Senat seine Arbeit aufgenommen hatte, war uns bereits klar, dass er einige Änderungen, die sich auf Migranten konzentrierten, in sein Arbeitsprogramm aufgenommen hatte. Obwohl es uns bekannt war, stellt sich die Frage, ob wir im Vorwege in ausreichendem Maße aktiv wurden, um diese Änderungen in eine für uns günstige Richtung zu lenken. Ich persönlich beantworte diese Frage mit „Nein". Obwohl wir unzählige Male erlebten, dass es vergebens ist, sich nach vollendeten Tatsachen gegen diese abzumühen, waren wir bislang aus unerfindlichen Gründen nicht in der Lage, die erforderlichen Maßnahmen zu treffen.
Beispielsweise verkündete der neue Senat, dass die Schulen neue Lehrer einstellen würden, dass Kinder vor der Einschulung einem Sprachtest unterzogen werden, um ihr Niveau der deutschen Sprache einzustufen und dass diejenigen, die kein ausreichendes Deutsch sprechen, zur Teilnahme an Deutschkursen verpflichtet werden. So weit, so gut, dennoch wissen wir noch immer nicht, wie viele der neu einzustellenden Lehrer für die Muttersprache zuständig sein werden. Außerdem erhalten wir auch keine dahingehenden Informationen, ob und durch welche Maßnahmen man bereits im Vorschulalter die Kenntnisse der deutschen Sprache zu erhöhen gedenkt. In Zusammenarbeit mit dem vorangegangenen Senat, der sich aus Sozialdemokraten und der GAL bildete, war es uns gelungen, durch den Ansatz, bereits in den Kindergärten durch die Einführung der zweisprachigen Erziehung, äußerst viel versprechende Projekte auf den Weg zu bringen. Auch über die weitere Zukunft dieser begonnenen Projekte verliert man kein offenes Wort.

Wir alle sind seit langen Jahren hier lebende Hamburger mit ausländischer Abstammung und niemand kann abstreiten, dass wir hier bedeutende Beiträge zur Entwicklung der Wirtschaft und zum Wohlstand geleistet haben. Als Gegenleistung für diese unsere Beiträge muss man uns Möglichkeiten schaffen und bereitstellen, in deren Rahmen wir unsere Muttersprache und Kultur bewahren können. Hierfür ist es unabdingbar, dass die durch den vorangegangenen Senat erlassenen Beschlüsse fortgesetzt werden. Außerdem ist es erforderlich, neue muttersprachliche Lehrer einzustellen, damit der muttersprachliche Unterricht bereits im Kindergarten beginnen und erfolgreich weiter erteilt werden kann. Damit unsere Kinder zu erfolgreichen Persönlichkeiten heranwachsen, ist es unerlässlich, dass man ihnen die Möglichkeiten schafft, damit sie sowohl in ihrer Muttersprache, als auch im Deutschen unterrichtet werden können. Unbedingt zu vermeiden ist es hier, dass in der Ausbildung die eine Sprache der anderen vorgezogen wird. Es wird kein Garant für den Erfolg unserer Kinder sein, wenn man ausschließlich die deutschen Sprachkenntnisse stärkt.

Wir als türkische Lehrer stellten bereits vor Jahren fest, dass die erfolgreichsten und glücklichsten Kinder diejenigen waren, die zweisprachig aufwuchsen. Diese unsere Feststellung wurde zwischenzeitlich auch durch verschiedene wissenschaftliche Studien belegt.

In Anbetracht dessen ist es nur angemessen, wenn auch die Verantwortlichen und Amtsträger in dieser Stadt, in der wir leben, ihre dahingehende Verantwortung wahrnehmen, damit Möglichkeiten für die Wahrung unserer Sprache und Kultur geschaffen werden. Die Eltern wiederum sind angehalten, noch sensibler in dem Unterfangen zu sein, ihren Kindern eine gute Zukunft vorzubereiten. Bereits ab dem Kindergartenalter an müssen sie hierfür an den Informationsveranstaltungen, die regelmäßig in den Schulen und Vereinen stattfinden, teilnehmen. Durch gegenseitige Solidarität und gegebenenfalls Übernahme bestimmter Ämter. Denn dann wir niemand kommen und sagen können, „Ich gebe Dir Deine Rechte".

## Maßstäbe in Erziehung und Ausbildung

Nach langen Erfahrungen hat die Menschheit endlich das Maß gefunden. Maßstäbe treten heute als unausweichliches Phänomen in allen Lebensbereichen zutage. Dieses Phänomen ermöglicht es, dass Anteile, Abstände und Beziehungen eine gewisse Ordnung erfahren haben. Es bleibt Ihnen überlassen, ob Sie diese Maßstäbe als Grenzen, Regeln oder Distanz bezeichnen. Ich selbst werde diese Begriffe unter dem allgemeinen Oberbegriff „Maßstab" verwenden. Maßstäbe wurden an Geschäfts- und Freundschaftsbeziehungen gleichermaßen angelegt, an das Arbeitsleben, die Ernährung, ja sogar an das Gute und an das Schlechte. Uns allen ist es wohl bekannt, dass derjenige, der sich außerhalb dieser Maßstäbe bewegt, auf die eine oder andere Art bestraft wird. Sagen wir nicht alle von Zeit zu Zeit Sätze wie, „Ich habe das Maß überschritten", „Das Maß ist voll, das hätte ich nicht tun sollen, das hat er nicht verdient, bzw. er hätte mehr verdient". Eben diese Ansätze sind es, die in der Erziehung und Ausbildung von großer Bedeutung sind.

In einem Großteil der Gesellschaft, in der wir leben, stellen wir fest, dass die Bedeutung gewisser Normen ins Wanken geraten ist. Nachbarschaftliche Beziehungen sind bis auf ein Mindestmaß reduziert und kaum noch vorhanden. Die innerfamiliären Beziehungen sind gestört. Im Namen der Freiheit ist die Intoleranz allgegenwärtig. Der Presse und weiteren Publikationen entnehmen wir täglich die Tatsache, dass die Zahl der Kinder, die gezwungen sind, ohne Vater oder Mutter aufzuwachsen, von Tag zu Tag ansteigt. Die Ergebnisse von Studien, die sich auf diese Themen beziehen, können wir ebenfalls den Medien entnehmen. Wenngleich die Mütter und Väter es sind, die ihren Kindern Zeit, Geld und Toleranz nur in gewissen Grenzen zuteil werden lassen, wird diese Verantwortung in den Schulen auf die Lehrer übertragen. Sobald die Kinder zu Hause ihren Eltern gegenüber Grenzen im Verhalten überschreiten, haben sie die Konsequenzen hierfür zu tragen. Da dem Lehrer in der Schule eine solche Befugnis aber nicht erteilt wurde, gerät er häufig in die Ratlosigkeit und ist mancher orten kaum noch in der Lage, zu unterrichten. Durch die extreme Disziplin in den Familien und die extreme Freiheit an den Schulen ist der Eintritt einer Maßlosigkeit in Erziehung und Ausbildung feststellbar.

In den Familien mit Migrantenhintergrund – bei unseren Leuten also – treten wiederum andere Probleme zutage. Hier stehen stets die Extreme im Vordergrund. Beispielsweise: entweder werden sie extrem geliebt, oder extrem bestraft; entweder stehen sie unter übermäßigem Druck, oder aber sie werden durch übermäßige Geldzuwendungen belohnt. In jedem Fall wird das Maß überschritten. Für Aufmerksamkeit und Liebe gibt es zwar kein Rezept, aber sehr wohl ein Maß. Dieses Maß variiert je nach Person, Ort und Zeit. Kinder, die für eine ungezogene Tat mit einem Lächeln bedacht werden, dafür aber für einen Erfolg nicht gelobt werden, entwickeln mit der Zeit eine labile Psyche. Diese diffizile Situation wird zwar von den Erwachsenen mit den Worten abgetan, „er/sie ist noch zu klein und versteht noch nichts". Bei den Kindern selbst hingegen werden tiefe Wunden zurückbleiben. In der Summe wird es dazu führen, dass eine labile Generation, also eine Gesellschaft, heranwächst, die kein Bewusstsein dafür entwickelt, wo man sich richtig verhält und wo falsch.

Also was tun? Unbedingt zu vermeiden sind ungefragte Bekundungen von Zuneigung, Aufmerksamkeit oder Desinteresse, genauso wie unangebrachte Toleranz oder Intoleranz, zu viel, oder zu wenig an Taschengeld, wodurch Erfolge oder Misserfolge nicht adäquat belohnt, bzw. bestraft werden. extreme Verhaltensweisen gilt es zu vermeiden, um stattdessen jedem das zuteil werden zu lassen, was ihm zusteht.

Die familiäre Erziehung und die schulische Ausbildung sollten nicht im Konflikte zueinander stehen, sondern miteinander harmonieren. Selbst Mutter und Vater sollten zu Hause ihrem Kind gegenüber keine widersprüchlichen Äußerungen von sich geben. Wenn der eine schimpft, sollte der jeweils andere nicht in Schutz nehmen. Ferner sollten die Eltern einen engen Kontakt zur Schule und den Lehrern der Kinder pflegen.

Kinder müssen ernst genommen und zu Themen angesprochen werden, die sie interessieren. Vermeiden Sie die „er ist noch zu klein und versteht nichts" – Haltung. Solange die Kinder innerhalb gewisser Grenzen zu ihrer Meinung gefragt werden, werden Sie feststellen, dass sie zu einigen Themen Ansichten vertreten, von denen selbst Erwachsene noch etwas lernen können.

Es ist unser aller gesellschaftliche Pflicht, uns in allen Lebensbereichen und in jedem Alter innerhalb gewisser Maßstäbe zu verhalten und die Jugend ebenfalls diesbezüglich sensibilisierend zu erziehen. Ich bin davon überzeugt, dass wir eine herausragende menschliche Aufgabe erfüllt haben werden, indem wir dieser Anforderungen Genüge tun.

### Eine weitere Dimension des Erziehungsnotstandes

Aufgrund unseres Berufes haben wir jahrelang einen engen Kontakt zu Kindern und Jugendlichen und bemühen uns um deren Erziehung und Ausbildung. In diesem Bemühen treten manches Mal Probleme zwischen ihnen und uns auf, wir ärgern uns über sie, schreien sie an. Manches Mal geht es sogar so weit, dass man sie am Ohr fasst. Hierbei gehen wir davon aus, dass sie eine solche Maßnahme verdienen. Ein Großteil von uns ist geneigt, stets sie für die Fehler verantwortlich zu machen und sie dessen zu beschuldigen. Für Mangelerscheinungen, Fehlleistungen und Nachlässigkeiten werden stets die Schüler, oder aber ihre Familien verantwortlich gemacht.

Es ist nur allzu natürlich, dass auch die Eltern und das soziale Umfeld einen großen Einfluss auf die Erziehung der kommenden Generation ausüben, denn auch sie erziehen und lehren mit. Uns allen ist bewusst, dass auch ihnen eine große Verantwortung bei der Entwicklung der Persönlichkeit der Kinder zukommt, bis die Kinder schließlich den Lehrern anvertraut werden. Kinder, die aus einem guten familiären Umfeld kommen werden niedergeschlagen, aggressiv, kurz demotiviert und erfolglos, sobald sie sich in einem Umfeld befinden, in dem sie sich unwohl fühlen.

Genau aus diesem Grund werde ich heute als Mutter zweier erwachsener Kinder nicht über die Rolle der Familie und des sozialen Umfeldes, sondern als Lehrerin über unser Verhältnis zu Kindern und Jugendlichen reden.
Ist es nicht möglich, dass wir, die wir diesen Beruf erwählt haben – gewollt oder ungewollt – zu negativen Entwicklungen im Heranwachsen der kommenden Generation beigetragen haben? Wie viele von uns sind bereit, sich in diesem Punkt selbstkritisch zu hinterfragen? Wie viele von uns sind bereit, die Stimme der Generation zu erhören, die wir erzogen haben, bzw. die wir im Begriff sind, zu erziehen? Kurz gefragt: wie viele von uns sind aufrichtig dazu bereit, sich an die eigene Nase zu fassen und sich selbst bezüglich der Misserfolge zu hinterfragen? Wir sind nicht dazu in der Lage, alles zu korrigieren, doch sind wir sehr wohl in der Lage, vieles zu verbessern. Sind wir uns dessen bewusst?
Wenn wir einen Blick auf die in unserer unmittelbaren Nähe befindlichen Kollegen und Schüler werfen, stellen wir fest, dass die Schüler dem Unterricht mancher von uns gerne folgen und sich beteiligen. Dem Unterricht wieder anderer von uns versuchen sie unter verschiedenen Vorwänden tunlichst zu entgehen. Ich denke dass wir alle solchen Lehrern sowohl als Schüler, als auch als Lehrer begegnet sind.
Einige meiner Kollegen sind in der Lage, ein bei den Schülern äußerst unbeliebtes Thema allein durch ihre Arbeitsmethoden und ihre individuelle Annäherung an das Thema attraktiv zu gestalten. Die glücklichen Schüler, die auf solche Lehrer stoßen, sind zufrieden und steigern ihren Leistungserfolg. Ist es nicht ohnehin so, dass das Glücksgefühl zum Erfolg führt und Erfolg zum Glück?
Leider gibt es aber auch solche Lehrer, die einem selbst das interessanteste und beliebteste Fach verleiden können und die so talentiert sind, dass man dieses Faches überdrüssig wird. Hierbei halten sie es nicht ein einziges Mal für notwendig, sich selbst zu fragen, warum dies so ist. Ein Teil der Probleme unserer Jugendlichen resultiert eben aus dem Verhalten solcher Kollegen und deren uneinsichtiger Haltung.

Wenn ich über unser Arbeitsleben reflektiere, so stelle ich fest, dass wir mit Freude in die Klassen gehen, den Kindern geduldig zuhören, einen schönen Tag mit ihnen verbringen und einen produktiven Unterricht erteilen, wenn wir selbst glücklich und gesund sind und bei guter psychischer Verfassung sind. Sobald wir aber schlecht gelaunt sind, schäumen wir bei dem kleinsten Anlass über und suchen förmlich nach einem Vorwand, um mit jemandem aneinander zu geraten. In solchen Zeiten erscheinen uns alle unsere Schüler als frech, faul und unbegabt. Noch dazu behaupten wir einfach, dass heute alle Kinder durchgedreht sind und merken meistens nicht einmal, dass der eigentliche Grund bei uns liegt. Sobald dieser Zustand sich bei Lehrern häuft oder zu einer Dauererscheinung wird, sollte dieser Lehrer seinen Beruf nicht mehr ausüben. Ich vertrete hier die Ansicht, dass sie Hilfe von den zuständigen Behörden in Anspruch nehmen sollten, sofern sie selbst nicht in der Lage sind, die erforderlichen Maßnahmen zu treffen. Anderenfalls gilt es zunächst zu berücksichtigen, dass ein einziger solcher Lehrer bis zu 25 Schüler beeinträchtigt. Sie können selbst einschätzen, wie groß der entstandene Schaden im Hinblick auf eine gedeihliche und erfolgreiche Ausbildung von Kindern und Jugendlichen sein wird. Eine erfolgreiche Berufsausbildung wird so behindert.

Bei der Pflanzung einer Knospe ist zu viel oder zu wenig Wasser oder Dünger, oder ein Mangel an den richtigen Rahmenbedingungen schädlich und wird dazu führen, dass die Pflanze verfault oder vertrocknet. Gleiches gilt für die Ausbildung der kommenden Generation: es ist nicht möglich, ihnen einen optimalen Unterricht angedeihen zu lassen, wenn es uns nicht gelingt, die Rahmenbedingungen und das Umfeld zu optimieren.

Allerdings werden diejenigen Lehrer, die ihren Schülern zuhören, sie verstehen und sie als Individuum ernst nehmen, die sich auch für eigene Fehler entschuldigen können, die Respekt entgegenbringen und empfangen können, die ihren Schülern mit offenen Armen gegenüberstehen und deren Vertrauen erhalten, stets erfolgreich sein im Bemühen um die Ausbildung kommender Generationen.

Lehrer gab es bereits vor uns und es wird sie auch nach uns geben. Erst dann haben wir einen Anspruch darauf, uns glücklich zu schätzen, wenn wir von der Arbeit unserer Vorgänger in dem Maße profitiert haben, dass wir uns eine Stufe weiterentwickelt haben, bzw. wenn wir Werte erarbeitet haben, welche die nachfolgende Lehrergeneration eine weitere Stufe nach vorn bringen wird. Anderenfalls werden unsere Kinder uns nicht vergeben, weil wir es versäumt haben, unsere historische Pflicht zu erfüllen. Wir müssen offen und bereit dafür sein, von Zeit zu Zeit auch von den Gedanken zu lernen, die von Schülern aufgeworfen werden, die wir selbst mal unterrichtet haben. Wir müssen in der Lage dazu sein, unseren auf Alter und Beruf beruhenden Status innerhalb bestimmter Grenzen auch einmal beiseite zu legen, um sie ernst zu nehmen und mit ihnen diskutieren zu können. Auch müssen wir dazu in der Lage sein, ihnen Recht zu geben, wenn sie objektiv im Recht sind. Manchmal führen sie uns vor, dass sie in bestimmten Dingen progressiver denken als wir – wir müssen ihnen nur die Gelegenheit dazu geben. Wir dürfen keine Angst davor haben, dass die Kinder und Jugendlichen auch einmal Fehler begehen könnten. Gleichzeitig haben wir sie solchen Lehrern und Erziehern anzuvertrauen, durch die sie ein gesundes Selbstvertrauen entwickeln können. Nur so können wir selbst vertrauensvoll in die Zukunft sehen.

Meine vorliegende Schrift richtet sich nicht ausschließlich an die türkischen Lehrer, sondern vielmehr an alle diejenigen, die diesen Beruf zu ihrer Berufung gemacht haben. Meine Gefühle über einen langjährigen Kollegen, dem es weder gelingt, Verständnis für die jungen Leute aufzubringen, noch ihnen zuzuhören, um ihre Probleme zu lösen oder Respekt für ihre Gedanken aufzubringen – natürlich auch ein wenig der Umstand, dass heute der „23. April – das Kinderfest" ist, verleiten mich dazu, meine vorliegende Schrift zu verfassen.

## Die Ausbildungs- und Erziehungseinstellung der in Deutschland lebenden türkischen Eltern

Ich habe keinerlei Zweifel daran, dass alle Eltern bemüht sind, ihre Kinder auf bestmögliche Art und Weise zu erziehen. Sie würden niemals irgendwelche Mühen scheuen, damit sie gesund und erfolgreich werden. Ein Großteil von ihnen arbeitet Tag und Nacht, um die Kinder aufzuziehen. Vielen von ihnen ist es bewusst, dass es in einem fremden Land um ein Vielfaches größerer Opfer und Entbehrungen bedarf, um dieses Ziel zu erreichen. Allerdings stellen sie oftmals erst zu spät fest, dass sie die Erziehung ihrer Kinder an der Erziehung orientieren, die sie selbst einst genossen und kanalisieren daher ihre Energie in die falsche Richtung. Bei ihrem Vorgehen berücksichtigen sie nicht, dass das Land, die Umgebung und die Zeit gänzlich anders sind, als es bei ihnen der Fall war. Somit fällt es ihnen oftmals schwer, die Bedürfnisse der Heranwachsenden richtig zu erkennen und ihnen dementsprechend zu begegnen. Dies führt teilweise auch zu unerwünschten Entwicklungen. Dabei ist es so, dass solche Fehlentwicklungen schon am Anfang durch einen Wandel der Aufmerksamkeitsmethoden verhindert werden können. Unter Berücksichtigung der Tatsache, dass die Zeit eine ganze andere Zeit ist als die, zu der sie aufwuchsen, genauso wie die Umgebung, wird die Erziehung der Kinder wesentlich konstruktiver verlaufen und zu besseren Ergebnissen führen. Zudem ist es so, dass sich in den Beziehungen zwischen Eltern und Kind, sowie den Erziehungsmethoden in ihren Herkunftsländern ebenfalls ein starker Wandel vollzogen hat. Dieses entgeht ihnen oftmals.
Ein Großteil der nach Deutschland gekommenen ersten Generation stammt aus dem Hinterland der anatolischen Provinz. Da sie aus Dörfern oder Kleinstädten stammen, war ihnen aus ihrer Heimat weder die Institution Kindergarten bekannt, noch hatten sie dort jemals einen Bedarf daran, denn im Endeffekt war es so, dass diese kleinen Ortschaften regelrecht eine Art offener Kindergarten waren. Selbst wenn die Eltern sich gerade nicht um die

Kinder kümmerten, waren stets der Großvater, die Großmutter oder die Nachbarn zur Stelle, die sich der Kinder annahmen. Kritisch werden Sie nun hinterfragen, ob diese Art der Aufmerksamkeit ausreichend sein kann. In manchen Fällen war es so, in anderen wiederum nicht. Dieses Kriterium variierte auch nach dem jeweiligen Umfeld. In der Regel ist es so, dass die Heranwachsenden sich dem zuwenden, mit dem sich die meisten Erwachsenen in der Umgebung auch beschäftigen. Da die erwachsenen Verwandten und die Nachbarn der Umgebung stets ein Auge auf Wohl- oder Fehlverhalten der Kinder haben, ist die Erziehungsarbeit der Eltern äußerst begrenzt und reicht nur bis zu einem gewissen Punkt. In den größeren Städten der Türkei ist dieser Umstand wiederum ganz anders. Hierzulande ist es wiederum völlig anders. Bedauerlicherweise müssen wir heute feststellen, dass viele der Eltern in ihren althergebrachten Verhaltensweisen stagnieren, ungeachtet dessen, dass die Migration in dieses Land sich bereits vor vierzig Jahren vollzog. Sie bemühen sich einfach, ihre Kinder so zu erziehen, wie sie es in ihrer Heimatregion selbst erfahren haben.

Die Erziehung beginnt zu Hause, setzt sich in den Kindergärten fort und wird später in den Schulen fortgeführt. Hierbei spielen die Eltern eine große Rolle, denn wenn die Kinder aus den Kitas nach Hause kommen, haben sie einen besonderen Aufmerksamkeitsbedarf. Da die Kinder den ganzen Tag getrennt von ihrer Familie waren, versuchen sie nun, durch Ungezogenheiten deren Aufmerksamkeit zu erregen. Wenn an diesem Punkt versäumt wird, sie mit der erforderlichen Aufmerksamkeit zu empfangen, werden die Kinder sich schnell einsam und verlassen fühlen. Wenn dies in weiteren Phasen anhält, wird dieses Gefühl sich vertiefen. Es ist falsch, die kleinen Kinder mit sich allein zu lassen und zu sagen, „Ich komme von der Arbeit und bin müde, später …". Wir müssen uns um sie kümmern und ihnen zeigen, wie sehr wir sie lieben. Bezüglich unserer Liebe und Aufmerksamkeit dürfen wir sie nicht aushungern lassen. Es ist ausgeschlossen, dass Kinder, die von ihren Eltern immer ausreichend Liebe und Aufmerksamkeit erhielten – ohne verhätschelt worden zu sein – später nicht erfolgreich werden.

Für den Erfolg eines Kindes spielt das Eltern – Schule – Verhältnis, sowie die häusliche Verarbeitung der am Tag erzielten Leistung essentiell.

Auch ein reger Kontakt zwischen Eltern und Lehrern schulpflichtiger Kinder, sowie die rege Beteiligung der Eltern an Elternabenden wirken sich äußerst positiv auf den schulischen Erfolg der Kinder aus. Vorwände wie, „Ich spreche kein Deutsch", „Ich bin müde", können für eine Nichtteilnahme nicht als legitime Entschuldigung akzeptiert werden. Es wird sich immer jemand finden, der sprachlich vermitteln kann. Notfalls wird der Lehrer sich mit Händen und Füßen verständlich machen und versuchen, sie zu informieren. Das Wichtigste ist der positive Eindruck, den der Lehrer dadurch gewinnt, dass sie sich um ihr Kind bemühen. Es wird auch das Vertrauensverhältnis ihres Kindes zum Lehrer stärken. Tatsächlich ist es so, dass sich heutzutage überall jemand findet, der bei Sprachproblemen behilflich sein kann.

Zweitens ist es sehr wichtig, dass man nach dem Nachhausekommen der Kinder gemeinsam mit ihnen den Tag Revue passieren lässt. „Was hast Du heute in der Schule gemacht?", „Wie war Dein Tag?" Diese und ähnliche Fragen fungieren zwar als indirekte Kontrolle, zeigen dem Kind aber auch, dass man sich interessiert und es ernst nimmt. Auch Kinder wollen ernst genommen werden. Dieses zeigen sie, in dem sie den Erwachsenen bei jeder Gelegenheit ins Gedächtnis rufen „Ich bin nicht klein!". Unabhängig davon, ob sie den Hausaufgaben des Kindes folgen können oder nicht: sobald sie ihr Kind fragen, was es heute in der Schule gemacht hat, wird es fühlen, dass man sich wirklich dafür interessiert. Dies wird sich positiv auf das Selbstvertrauen und den schulischen Erfolg des Kindes auswirken. Wir Pädagogen stellen diesen positiven Effekt regelmäßig fest. Einer Vielzahl von Eltern, die nicht genug Deutsch sprechen und das in der Schule erarbeitete nicht verstehen, ist es gelungen, maßgeblich zum Erfolg ihrer Kinder beizutragen, in dem sie ein gutes Verhältnis zur Schule aufbauten und sich um ihr Kind kümmerten.

Bedauerlicherweise mussten wir auf die erste Generation bereit verzichten: da hier nicht genug Deutsch gesprochen wurde, konnten sie sich nicht genug um die Schule und die Kinder kümmern. Heute stellen wir jedoch fest, dass nicht einmal die zweite und dritte Generation – die wahrlich keine Sprachprobleme hat - sich in ausreichendem Maße an den Informationsveranstaltungen beteiligt. Sie interessieren sich kaum dafür, was ihre Kinder den ganzen Tag über tun. Solange dieses Desinteresse nicht behoben und die Kinder nicht als eigenständige Charaktere Achtung erfahren, wird es weder möglich sein, ihren schulischen Erfolg zu steigern, noch, ihr Selbstvertrauen zu stärken. Später wird es dann in keiner Form von Nutzen sein zu sagen, „Nur für sie arbeite ich Tag und Nacht. Für sie habe ich Investitionen in der Türkei getätigt." Wenn man dem Kind heute nicht die Aufmerksamkeit zuteil werden lässt, die es benötigt, dann wird das Kind in der Zukunft nicht in der Lage sein, dem Wert beizumessen, was ihm zugedacht ist und hierfür kein Verständnis aufbringen. Hierfür sollten wir Bewusstsein und Sensibilität entwickeln. Anderenfalls werden sämtliche Investitionen, die man für die Zukunft getätigt hat, dazu verurteilt sein, ins Leere zu laufen.
Ohne weiter Zeit zu verlieren, sind die Eltern aufgerufen, noch heute Kontakt zu den Schulen und Lehrern ihrer Kinder aufzunehmen. Ob sie Deutsch sprechen oder nicht, ob sie hart arbeiten oder nicht: Sie müssen die Hindernisse überwinden und heute ihre Pflichten erfüllen. Dieses wird die rentabelste Investition in die Zukunft überhaupt sein. Dieses ist Ihre Aufgabe und niemand kann diese Aufgabe an Ihrer Stelle erfüllen. In diesem Land, in dem wir leben, haben die Eltern vielfältige Rechte und Pflichten inne. Bei der Wahrnehmung dieser Pflichten, werden sie einen größeren Erfolg bei der Erziehung der kommenden Generation erzielen, wenn sie in gleichem Maße auch ihre Pflichten erfüllen. Es liegt nun in Ihrer Hand, die kommende Generation in optimaler Weise zu erziehen. Bitte verlieren Sie keine weitere Zeit.

## Meine Pensionierung
## wegen gesundheitlicher Beschwerden

Mittlerweile waren meine gesundheitlichen Beschwerden zu einem ernsten Problem geworden, dass es mir unmöglich machte, meiner Arbeit weiter nachzugehen. Meine Fehltage in der Schule überwogen bald die Anwesenheitstage. Anstatt für mich selbst, meine Familie oder meine Schüler von Nutzen zu sein, schadete ich ihnen vielmehr. Dadurch, dass die Hälfte meiner Stunden ausfiel, gerieten sowohl die Schulleitung, als auch die Schüler in Bedrängnis. Außerdem hatte ich bemerkt, dass ich in meiner Zeit an der Schule nicht mehr in der Lage war, produktiv zu unterrichten, wie ich es mir wünschte. Meiner Ansicht nach war es unmöglich, seinem Gegenüber behilflich zu sein, wenn man selbst krank und niedergeschlagen war – noch dazu, wenn es sich bei dem Gegenüber um Kinder handelte. Es erschien mir, als wäre ich nicht in der Lage, mich den Kindern gegenüber so zu verhalten, wie es erforderlich war, damit sie lernen konnten: tolerant, liebevoll, aufmerksam. Aus diesem Grund und auch dem Rat der Ärzte folgend, beantragte ich im Februar 1994 meine Pensionierung.
Meine Befürchtungen, ich müsste nun von Vertrauensarzt zu Vertrauensarzt, von der Versicherung zur Schulbehörde laufen, bestätigten sich nicht. Bei mir war es nicht so gewesen, wie bei meinen Freunden, die erst zur Kur geschickt und dann jeweils nach Maßgabe der Empfehlung des dortigen Arztes verrentet wurden. Meine einzige ärztliche Untersuchung fand im Mai bei dem Arzt der Versicherung statt. Anschließend wurde meine Verrentung bereits zu Ende Oktober bestätigt. Meine Verrentung war zunächst befristet auf drei Jahre gewesen. Je nachdem, ob sich mein Gesundheitszustand besserte, würde ich nach Ablauf der Frist erneut in den Dienst zurückkehren. Den gültigen deutschen Gesetzen zufolge hätte ich mindestens 18 Jahre gearbeitet haben müssen. In den nächsten Jahren wurde mir jedoch weder von meinen eigenen Ärzten, noch von den Ärzten der Versicherung empfohlen, wieder zu arbeiten. Meine Freizeit

gestaltete ich nun verstärkt durch ehrenamtliches Engagement und versuchte auf diese Weise, der Gesellschaft von Nutzen zu sein.

Im Rahmen der Organisation meiner Aktivitäten im Lehrerverein gestalte ich Folklorekurse für die Kinder und Jugendlichen und Türkisch Kurse für ältere Deutsche – solange meine Gesundheit es erlaubt. Solange man selbst es möchte und die Gesundheit mitmacht ist es immer möglich, zum Wohle der Gesellschaft zu arbeiten. Anfangs war ich sehr niedergeschlagen, weil ich nicht mehr unterrichten und nicht mehr mit meinen Schülern zusammen sein konnte. Als ich aber feststellte, dass auch in diesem Bereich Hilfe dringend nötig war und zudem sah, dass die Menschen etwas erwarteten, engagierte ich mich dort und fühlte mich wieder besser.

Ich handle in dem Bewusstsein, dass es keine geringzuschätzende Tätigkeit ist, auf sozialem Gebiet zu arbeiten und dadurch eine menschliche Pflicht zu erfüllen. Für uns Menschen gibt es noch viel zu tun – solange wir dies nur wollen.

Wie im Leben aller anderen Menschen, gab es auch in meinem Leben Grund zur Freude und Grund zur Trauer, doch ich führte meine Arbeit weiter, ohne aufzugeben. Mir war immer bewusst, dass einem nur durch Arbeit ein Erfolg vergönnt war. Ich erlebte auch Trauer, doch ich fixierte mich nicht auf meine Trauer. Ich war auch verärgert, aber nie nachtragend. In dem festen Glauben, dass jedem Tiefschlag ein Hoch folgen würde, versuchte ich immer, der jeweiligen Situation Positives abzugewinnen. Unser Volksmund kennt eine Redewendung, die ich sehr schätze, „Nach jedem Tal geht es wieder bergauf", oder auch, „nicht alle Wege sind gerade". Diese Redewendungen haben immer meinen Weg erleuchtet.

Meine Schüler und die Menschen in meiner Umgebung hielt ich auch stets an, alle Dinge von ihrer positiven Seite zu betrachten. Was kann einen Menschen schon glücklicher machen, als das Leben von seiner schönen Seite zu betrachten! Das Leben erhält seinen Sinn erst dann, wenn man die Natur, die Menschen und alle Lebewesen positiv zu sehen versucht. Dies gibt den Menschen Lebensfreude und stärkt den Lebenswillen. Ich denke, dass ich diese Eigenschaft meinen Großvater zu verdanken habe. Mein Großvater, der in Kriege zog, in Gefangenschaft geriet und in dem Moment zu seinen Liebsten zurückkehrte, als man die Hoffnung schon aufgegeben hatte, lebte in ärmlichen Verhältnissen in einem winzigen Dorf an der Schwarzmeerküste. Eines Tages kommt ihm einer seiner Ochsen abhanden und die ganze Familie macht sich auf, ihn zu suchen. Mein Großvater findet schließlich den Ochsen, der von einem Wolf gerissen worden war. Er zieht dem Tier das Fell ab, legt es sich über die Schultern und macht sich auf den Weg zurück ins Dorf. Auf dem Rückweg stimmt er lauthals ein Lied an. Als seine Familie ihn singen hört, denken alle, dass er den Ochsen gefunden hat und freut sich darüber. Dann aber erscheint er in Sichtweite des Hauses und die Familie sieht erstaunt, was passiert war. Mein Vater spricht in mit bedrückter Stimme an, „Sag mal, bist Du denn verrückt geworden? Wie kann man nur in einer solchen Situation singend nach Hause kommen? Einer von zweien Deiner Ochsen wird von einem Wolf gerissen und Du wanderst singend nach Hause." Mein Großvater entgegnet daraufhin, „Macht Euch keine Sorgen, ich habe auch nicht meinen Verstand verloren, aber diesen Ochsen haben wir gemästet und aufgezogen, der Ochse aber nicht uns". Mein Großvater lebte bis zu seinem 95. Lebensjahr und war trotz seiner Armut immer glücklich und voller Lebensfreude. Er munterte stets die Menschen in seiner Umgebung und stand mit beiden Beinen fest im Leben. Er erlebte mit, dass vier seiner sechs Enkel – nicht zuletzt durch seine Unterstützung und Hilfe – verschiedene Hochschulen abschlossen und lebte immer glücklich.

Für eine Lehrerin ist es das größte Glück und die größte Freude zu sehen, wenn ihre Schüler erfolgreich sind und man an diesem Erfolg teilhaben kann. Wenngleich mir dies in den ersten Jahren nicht vergönnt war, so habe ich es doch später vielfach erlebt, je älter sie wurden. Heute bin ich stolz auf unsere Jugendlichen. Den Skeptikern sage ich stets, dass es keinen Grund zum Pessimismus gibt. Wo waren wir einst in der Fremde und wo sind wir heute? Ich bin mir sicher, dass der Erfolg unserer Jugendlichen sich noch weiter entwickeln wird. Die Anzahl der Arbeitgeber, der Studenten, der Akademiker und der Handwerker steigt stetig an.

Für meine positive Haltung gegenüber den Menschen und den Geschehnissen wurde ich sogar aus meinem engsten Familienkreis kritisiert. Eines Tages fragte mein Mann mich, ob ich jemals einen Streit angezettelt hätte. Ich hatte nie darüber nachgedacht, doch tatsächlich war ich niemals die Partei gewesen, die einen Streit vom Zaun gebrochen hatte. Im Gegenteil: meist versuche ich, Streitigkeiten und unangenehmen Situationen aus dem Weg zu gehen. Ich bin der Auffassung, dass das gemeinsame Erleben der schönen Dinge zu den Grundsteinen des Glücks gehört. Deswegen entgegne ich all diesen Kritikern stets, dass es den Pessimisten auch nicht besser geht als mir und dass diese aus ihrer Haltung auch keinen Vorteil haben. Auf keinen Fall sind sie glücklicher als ich. Wessen Erfolg es auch immer sei: die Quelle meines Glücks liegt darin, dass ich es genieße, diese zu teilen.

## Nachwort

Nach dem ich hier 16 Jahre lang meinen Beruf ausgeübt hatte, war ich 1994 wegen gesundheitlicher Gründe gezwungen, in den Vorruhestand zu gehen. Ich engagierte mich in der kulturellen und sozial-politischen Arbeit verschiedener Vereine, war aber insbesondere in den Vereinen der Türkischen Lehrer in Hamburg (TÖDER) und der Föderation der Vereinen der Türkischen Lehrer in Deutschland (ATÖF) tätig. Auf diesem Wege versuche ich nach wie vor, einen Beitrag zu Verbesserung der Bildung zu leisten. Ich bin sehr glücklich darüber, einen Beitrag zur (schulischen) Bildung zahlreicher jugendlicher und Schüler geleistet zu haben. Darüber hinaus bin ich glücklich, zwei Kinder, wie meinen Sohn Erinc, der bereits sein Studium der Rechtswissenschaften an der Universität Hamburg abgeschlossen hat und wie meine Tochter Bilinc, die unmittelbar vor ihrem Abschluss desselben Studienganges steht, aufgezogen zu haben. Meinem Mann Nihat Ercan verdanke ich einen Großteil meines Glücks. Mit ihm habe ich Freud und Leid sowie mein ganzes Leben geteilt und ihm hierfür dankbar.

Dieses Buch habe ich geschrieben, weil ich es als meine Pflicht betrachte, den zukünftigen Generationen von der ersten Migrantengeneration zu erzählen, die nach Deutschland kam. Meine Überzeugung ist, dass diese Verpflichtung nach wie vor besteht. Daher werde ich weiterhin bestrebt sein, dieser Pflicht auch in Zukunft bestmöglich nachzukommen.